NAZOMER

Meer lezen van Esther Verhoef?
Kijk op pagina 461.

Volg Esther Verhoef op social media:

@auteurestherverhoef

@estherverhoefinsta

@estherverhoef

ESTHER VERHOEF

NAZOMER

AMBO|ANTHOS
AMSTERDAM

MIX
Papier van verantwoorde herkomst
FSC® C014496
www.fsc.org

Eerste druk (gebonden) juli 2017
Tweede druk (paperback) juli 2017
Derde druk (dwarsligger®) juli 2017
Vierde druk september 2017

ISBN 978 90 263 4055 0

Omslagontwerp Roald Triebels, Amsterdam
Omslagillustraties © Metin Demiralay / Trevillion Images (vrouw), Martin Rügner / Westend61 GmbH / Hollandse Hoogte (New York) en Regina Jershova / Shutterstock (bloemenpatroon)
De afgebeelde jurk is ontworpen door Nelli Uzun.
Foto auteur © Carli Hermès

Verspreiding voor België:
Veen Bosch & Keuning uitgevers nv, Antwerpen

'Und der Haifisch der hat Tränen
Und die laufen vom Gesicht
Doch der Haifisch lebt im Wasser
So die Tränen sieht man nicht.'

Rammstein, 'Haifisch'

1

De jurk sluit strak om mijn lichaam, een dwangbuis van flonkerende pailletten in taupe. Verdwaasd staar ik naar de wc. Bukken gaat niet, de jurk ophalen evenmin. Daarmee loop ik het risico haar te beschadigen nog voor ze is gefotografeerd. Mijn blaas zal moeten wachten.

Vanuit de nis boven de spoelknop grijnst een boeddha naar me. Naast hem drijven bloemen in een waterschaal. Ze bewegen schokkerig, alsof de schaal heen en weer wordt geduwd. Met enige vertraging besef ik dat het niet de schaal is die beweegt, maar ikzelf. Misschien adem ik te snel, misschien is mijn bloeddruk te laag. Ik leg mijn handen tegen de koele wand. Rustiger ademen nu, dieper, langzamer. Concentreer je.

Ik kan dit.

Ik heb het vaker gedaan.

Ik trek een papiertje van de rol, draai het om mijn bevende vinger en dep voorzichtig mijn ooghoeken.

'Vivian?'

Haastig doorzoek ik mijn clutch: keycard van de hotelsuite, telefoon, lipgloss, poeder.

'Vivian? Ze wachten op je.' De stem van Joelle, mijn assistente.

'Eén minuut!'

Ik weet zeker dat ik die tabletjes bij me heb gestoken.

'Alles oké daar?'

'Ja, hoor.'

Marnix bood me eerder vanavond een lijntje aan. Het sleurt hem door avonden als deze. 'Je moet er niet mee overdrijven, dan kan het heus geen kwaad.' Ik wees het af, zoals gewoonlijk.

Gevonden.

Ik peuter een tabletje uit de doordrukstrip en leg het op mijn tong. Zuig erop, met gesloten ogen. Straks een glas champagne, meteen bij binnenkomst, dat versterkt de werking.

Ik open de wc-deur. Mozaïek, zachte verlichting, loungemuziek. Geen mens bij de wastafels. Ongeduldig beweeg ik mijn handen onder een kraan en laat het koele water over mijn polsen stromen.

In de spiegel zie ik het werk van een topvisagist. Volle, lange wimpers. Een huid die tien jaar jonger toont dan ze in werkelijkheid is. Met druppels Visine zijn de gesprongen adertjes in mijn oogwit geminimaliseerd. Zwarte kohl maskeert de rode randen rond mijn ogen. Een effectieve façade.

Ik voel me rustiger worden.

'De definitie van succes is voor iedereen anders,' merkte een journalist laatst op. 'Beschouwt u zichzelf als succesvol?'

'Natuurlijk,' antwoordde ik.

'Laat ik het zo stellen: als u terugdenkt aan uw tienjarige ik, bent u dan geworden wie zij graag wilde zijn? Zou zij trots zijn op wat ze heeft bereikt?'

Ik dacht. Ik dacht heel veel.

Ik zei niets.

'Nou?' drong hij aan.

'Ze zou het leven dat ik nu leid niet eens voor mogelijk hebben gehouden.'

Een

'Zit ik op mijn dúívenplatje... dan is alles weer oké... Dan fluit ik een áárdig liedje... en m'n duiven kirren mee...' Opa's basstem komt met gemak boven het geluid van de transistorradio uit.

Zijn grasparkieten vliegen kwetterend heen en weer onder het dakje van de volière. Er hangen er een paar aan het gaas, hun teentjes om het ijzerdraad geklemd. Ze weten niet voor wie ze meer moeten oppassen: voor opa Konings die met een bot keukenmes de zitstokken schoonschraapt, of voor mij, toekijkend aan de andere kant van het gaas. Donsveertjes stuiven op van het bodemzand en zetten zich vast in het metaaldraad.

Opa stopt met zingen om te hoesten. Hij haalt zijn aansteker uit de zak van zijn stofjas, houdt zijn hoofd scheef en steekt het stompje van zijn sigaar aan. Ik zie het uiteinde opgloeien.

Zit ik op m'n dúívenplatje,
dan is alles weer oké.
Dan voel ik me als een koning,
want mijn duiven brengen vrêe.

Ze draaien dit liedje bijna elke dag op Radio Mexico, meestal als verzoekplaatje voor opa Konings.

Hij was liever duivenmelker geworden, maar oma wilde daar niets van weten. Een neef van opa heeft toen grasparkieten meegebracht uit Engeland en nou staat de achtertuin vol met volières. Oma Konings kijkt niet naar de vogels om, ze is meestal binnen. Ik zie haar met een stofdoek over het dressoir in de woonkamer gaan. Ze heeft weer die metalen krulspelden in die een beetje prikken, met een netje eroverheen dat alles bij elkaar houdt. Met die krulspelden in gaat ze gewoon boodschappen doen.

Ik kijk weer naar de volière. Opa's parkieten zijn groen en blauw, met een zwart geschubd manteltje. Soms worden er vogels met een andere kleur geboren, die opa voor veel geld verkoopt aan kwekers uit België of Duitsland. Oma geeft soep met brood aan die mensen, omdat ze zo ver hebben gereden, maar als ze weg zijn klaagt ze dat ze viezigheid onder hun voeten hadden en vuile nagels, en dan gaat ze meteen aan het werk om alles schoon te maken.

'Hier hedde un haffeltje.' Opa steekt me een paar veren toe door het gaas. Staartpennen en slagpennen, diepblauw en zeegroen met langs de rand een vleugje zwart. Ik houd ze in het zonlicht. De glans en kleur veranderen steeds. Het maakt veel verschil hoe het licht erop valt, net als bij mama's suède jack.

'Wat doe je toch altijd met die veren?' vraagt opa.

'Knutselen.'

Op de radio vraagt iemand een plaatje aan van Ronnie Tober. Ik hoor het knarsen van de naald en opa begint weer mee te zingen.

Over een maand wordt hij vijftig. Het feest wordt gehouden in het café van oom Johan en tante Sein, want opa Konings heeft een heleboel broers en zussen en er komen ook mensen van de vogelvereniging, biljartclub en carnavalsvereniging.

'Ik ga ze naar huis brengen,' roep ik, en ik haast me tussen de volières door de brandgang in. Het geluid van mijn voetstappen weerkaatst tussen de schuttingen. De tuinen in onze buurt lijken op elkaar: iedereen heeft dezelfde stoeptegels, witgeschilderde muurtjes en ligusterheggen. En opa is niet de enige met een volière. In veel tuinen staat ook nog een konijnenhok en in bijna alle huizen blaft een hond als je voorbijloopt. Opa en oma hebben er ook eentje, Blacky, een dwergpoedel. Dat is een ras dat niet verhaart – oma houdt niet van haren in huis.

Aan het eind van de brandgang woont de familie Kreté die een pony in hun schuurtje houdt. Dat ruik je goed. Ze nemen hem elke dag mee naar een veldje om hem te laten grazen. Mama zegt dat je helemaal geen pony mag houden in een huurhuis en dat een pony sowieso niet in een stad thuishoort, maar de familie Kreté doet het toch. Die mensen hebben een hekel aan regeltjes, dus misschien doen ze het expres.

De oogst van maanden ligt op mijn sprei uitgestald, gesorteerd op kleur en grootte: blauw, zeegroen, zwart en grijs. Ik zou willen dat ik meer veren had. Nu moet ik zuinig zijn op elk veertje, zorgen dat ze schoon blijven en dat de baardjes niet uit elkaar gaan staan. Ik leg de veren naast en onder elkaar, laat de randen elkaar deels overlappen. Mijn vingers werken snel, steeds sneller, ze kunnen mijn hersenen amper bijhouden. Ik voel een kriebel in mijn maag, alsof ik op een slee van een heuvel glijd. De kleuren lopen in elkaar over, van licht naar donker.

Ja, dit is het.

Zo had ik het in mijn hoofd.

Ik zou van mijn werkje een foto willen maken, maar mama's toestel is kapot.

'Clau? Eten!'

Ik kijk op mijn wekkerradio. Halfzes. Toen ik voor de laatste keer keek was het nog twee uur.

'Claudia?'

Ik staar naar mijn werk. Kijken, denk ik. Kijk goed. Neem de lijnen, de kleuren en vormen in je op. Maak een foto met je ogen. Bewaar dit in je hoofd.

Tante Riek eet mee. Ze is onze buurvrouw, maar we noemen haar tante. Haar jurk heeft een panterprint en om haar taille spant een gouden riempje. Tante Rieks borsten zitten vlak onder haar kin en wijzen recht naar voren, in twee punten. Dat komt door het korset.

Mama tikt met haar vinger naast mijn bord. 'Eet eens door, jij. Ik krijg steeds van oma op mijn sodemieter omdat je zo'n spinneke bent.'

Mama praat lang niet zo plat als tante Riek, die soms woorden gebruikt die ik niet eens ken. Ze zegt ook steeds dat ze het dom vindt klinken als iemand plat praat en dat alleen laag volk dat doet, maar als ze bij iemand is zoals tante Riek, doet ze gewoon mee.

Ik schraap een laatste hap geprakte aardappel met jus op mijn vork. De vla die op tafel staat, hoef ik niet. Ik wil zo snel mogelijk terug naar mijn kamer.

Tante Riek geeft mama een vuurtje. 'Weet je wie ik vanmiddag tegenkwam?' Ze noemt een naam die me niets zegt. 'Haar tot hier, keiblond geverfd.' Tante Riek brengt haar hand ver boven haar hoofd. Door de beweging rinkelen haar gouden armbanden. 'Ze was bij d'r vriend ingetrokken, zei ze. Snap jij wat zo'n griet nou helemaal in Rotterdam gaat zoeken? Daar komt toch *ginne goeien hond* vandaan?'

Mama knikt instemmend. Mama en tante Riek kunnen zo nog uren doorgaan, weet ik; ze doen niets liever dan praten over mensen die ik niet ken, en die alles verkeerd doen.

Ik laat me van de stoel glijden, zet mijn bord op het aanrecht en sluip de trap op, naar mijn kamer.

2

De witte limousine die komt voorrijden heeft geblindeerde ramen. Er kringelt rook uit de uitlaat.

Een jongeman in hoteluniform opent het achterste portier voor me. *'Je vous en prie.'* Zijn ogen zijn groot en groen, met volle wenkbrauwen erboven.

Hij doet me aan Jonathan denken.

Ik blijf staan.

Joelle pakt me bij mijn arm. 'Kom. We zijn al te laat.'

'Wie zijn er allemaal?'

'Iedereen.'

'Namen, Joelle.'

Ik weet dat ze me neurotisch vindt, toch somt ze vlot een vijftiental namen op van magazines, blogs, kranten en fotoagentschappen. Het is niet de minste lijst.

'Drie interviews zei je?'

'Interview is een groot woord.' Ze knijpt zachtjes in mijn arm. 'Geef ze wat quotes. Je kent je collectie.'

'Joelle...'

De jongeman wacht geduldig, zijn hand rust losjes op de greep van het portier.

'Ik wil die loper niet op. Kunnen we niet achter de fotografen langs naar binnen gaan?'

'Vivian, *please*,' sist Joelle.

'Ik ben verdomme geen mannequin! Dit was júllie idee.' Ik til demonstratief een voet op, voor zover als dat lukt. Mijn schoenen hebben een hakje en laten mijn tenen vrij – perfect voor onder een galajurk, alleen blijven de zooltjes steeds in de zoom steken. Die is vanmiddag nog vastgezet, maar niet goed genoeg.

Joelle kijkt me strak aan. 'Viv, luister: alle pers die ertoe doet, staat daar te wachten. Op jou, op deze jurk. Je ziet er fantastisch uit, je blaast iedereen van de loper.'

Het is niet de eerste keer dat ik op een evenement iets draag uit mijn eigen prêt-à-porterlijn, maar media-aandacht heeft me nooit gevoed. Integendeel, het zuigt energie weg. Joelle denkt dat mijn spanning daarvan komt. Ze heeft geen idee wat er nog meer speelt.

Eerst wil ik Marnix spreken.

'Ik heb nog nooit een onflatteuze foto van je gezien,' zegt Joelle.

Ik kijk naar de limo, naar de jongeman die geduldig het portier openhoudt. Joelle blijft op me inpraten. Haar argumenten komen steeds op hetzelfde neer: je bent Vivian D, een stér, geniet daar toch eens van. En het belangrijkste: elke publicatie op welk blog of in welk tijdschrift dan ook, en wat ook de strekking is van het verhaaltje dat erbij staat, is gratis reclame voor je merk.

Ik ben een wandelende reclamezuil.

'Ik ken echt niemand zoals jij,' verzucht ze.

'Dank je.'

Ze buigt zich naar me toe. 'Na die interviewtjes kun je er wat mij betreft tussenuit knijpen. Ik zeg wel dat je door een grote klant bent weggeroepen. Maar doe iedereen een plezier en hou het nog even vol. Over twintig minuten is het voorbij.'

Ik sluit mijn ogen. Er trilt iets achter mijn ribben.

'Je bent niet alleen, ik blijf bij je.' Joelles woorden klinken alsof ze me door een kilometerslange buis bereiken.

Ik laat me in de limousine duwen. Het portier wordt achter me gesloten. De geur van leer. Het gegrom van de motor. Koele lucht blaast zachtjes in mijn hals.

Ertussenuit knijpen, schiet het door me heen als de auto zich in beweging zet.

Joelle heeft echt geen idee.

Twee

'Jullie zijn de meest rumoerige vijfde klas waar ik ooit aan heb lesgegeven.' Juffrouw Van den Broek knipt de tl-balken aan en trekt de gordijnen dicht. De stof stinkt naar de pijptabak van meneer Robeerst van de zesde klas, die vorig jaar in dit lokaal zat.

Ik buig me weer over mijn proefwerk. 'Vraag zeven: hoeveel milliliter is 76 hectoliter?' Ik schuif dichter naar Henrie toe. Bij zijn antwoord op vraag zeven staan een heleboel nullen.

'Claudia! Als ik je dat nog één keer zie doen krijg je een één.'

Ik trek mijn schouders op en buig me over mijn blad. Er zit een zachte fluittoon in mijn oren, die ik altijd hoor als ik weinig geslapen heb. Een hectoliter is honderd liter. Een milliliter is één duizendste van een liter. Honderd maal duizend maakt...

Henrie kauwt op de achterkant van zijn potlood terwijl hij de sommen oplost. Meestal laat hij me afkijken, maar ik durf hem niet aan te stoten.

Ik laat mijn voorhoofd op mijn vuisten rusten en staar naar het velletje papier. Bestudeer de dunne blauwe lijntjes, horizontaal en verticaal, die samen honderden perfecte vierkantjes vormen. Ik vraag me af wie er ooit heeft bedacht dat de lijntjes in de schoolschriften blauw moeten zijn en niet, bijvoorbeeld, groen, grijs of bruin. Thuis gebruik ik ook ruitjespapier bij het tekenen. Met blanco vellen kun je je makkelijk vergissen; met ruitjes teken je vanzelf *symmetrisch*. Dat woord heb ik geleerd van opa Storimans, die in een rolstoel zit en heel veel moeilijke woorden kent omdat hij van kruiswoordpuzzels houdt. Die hebben trouwens ook een ruitjespatroon, net als de boerenbonte gordijnen van oma Storimans en het tafelzeiltje in haar keuken. De Schotse ruiten van de rok van juffrouw Van den Broek zijn weer totaal anders, toch heten die ook ruiten. Hoe zou het eruitzien als ik mijn werkje van parkietenveren in blokken zou leggen, licht en donker, om en om? En als ik het eens probeer te...

'Claudia Konings!'

Ik schiet rechtop.

Gegniffel. De geur van papier, krijt, de bedompte lucht van de gordijnen.

'Waar ben jij mee bezig?' Juffrouw Van den Broek staat voor mijn tafeltje.

'*Koekwous!*' roept iemand.

Iedereen begint te lachen. Henrie kijkt naar me, maar hij lacht niet.

De juffrouw trekt het proefwerkblad onder me vandaan. 'Ik ga binnenkort met je moeder praten, want dit kan zo niet langer.'

'Vera krijgt een poepjurk!' roept iemand.

Ik wend mijn gezicht af en hoop dat het snel voorbij is. Vera woont vijf straten bij mij vandaan. Haar moeder koopt Vera's kleding op een andere planeet; wijde rokken met stroken in felle kleuren en opgenaaide bloemen. Altijd dezelfde schoenen, met gespjes.

Henrie staat naast me.

'Ik snap niet waarom ze steeds zo gemeen doen,' zeg ik.

Vorige maand stond een ander klasgenootje in haar blote kont op het schoolplein. Jongens hielden haar vast, zodat ze niet kon terugslaan, en toen zakte haar broek af en ging het van kwaad tot erger. Tegen de tijd dat meneer Robeerst op de herrie afkwam, was iedereen alweer aan het knikkeren.

'Nou, ze vraagt er toch zelf om?' Henrie zegt het zacht, hij bedoelt het niet gemeen.

'Wie vráágt daar nou om?'

'Vera moet gewoon normaal doen. Ze hebben gisteren tegen d'r gezegd dat ze die kleuterkleren beu zijn. Trekt ze die tóch aan. Nou, dan moet ze niet *mauwen*.'

'Misschien heeft ze wel niets anders?'

'Jij één?' Hij haalt een gehavend pakje Stimorol uit zijn zak en drukt er een lichtblauw stukje kauwgum uit.

Een paar meisjes komen uit de struiken gerend. 'Hahaha, stront! D'r ligt daar écht hondenstront!'

'Hou je hand op, dan,' hoor ik Henrie naast me zeggen.

'Ik hoef niets.'

'Echt niet?'

Ik schud mijn hoofd.

Na school loopt Henrie een stuk met me op.

'Zit jij daar helemaal niet mee, als ze iemand *vatten*?' vraag ik.

'Niet echt.'

Henrie woont drie straten bij ons vandaan. Hij ziet er grappig uit met zijn scheve tanden en sproeten. Zijn ogen staan ver uit elkaar. Niemand pest hem daarmee, ook niet met zijn kapotte gymschoenen. Dat komt omdat hij een oudere broer heeft die al op de lts zit.

'Ik vind het zielig voor Vera,' ga ik door.

'Als ze normaal doet is er niets aan de hand.'

'Wat is normaal?'

Henrie kijkt me wezenloos aan. 'Gewoon... normaal.'

Ik knik alsof ik het snap.

In de eerste klas was er een meisje dat me elke dag tegen de muur duwde. Monique. Ze vond me raar. Dat zei ze ook steeds: 'Jij bent raarrr.' Met zo'n rollende r.

Ze had gelijk. Ik aaide bijvoorbeeld de hele tijd over iemands trui omdat die zo lekker zacht aanvoelde. Eén keer heb ik een stukje van een jas afgeknipt die op school aan de kapstok hing. Toen Monique bij ons thuis kwam spelen heb ik haar het werkje laten zien dat ik daarvan had gemaakt. Ze sloeg het uit mijn handen en zei dat ik niet goed snik was. Daarna trapte ze de schoenendoos omver waarin ik alles bewaar en ze riep dat er iets niet in orde was in mijn hoofd, met die rare werkjes van veren en gevlochten haar en takjes. Sindsdien probeerde ze iedereen tegen me op te zetten.

Sindsdien let ik goed op hoe de rest zich gedraagt en doe dan net zo. Het is moeilijk, want iedereen is anders en de een komt weg met dingen die de ander niet eens in zijn hoofd zou halen. Maar als je niet raar gevonden wilt worden, is je kleding ook belangrijk. Dat heeft Vera denk ik nog niet door. Als ik haar was zou ik mijn moeder vragen om van die Palomino-kleren van de C&A en een Lois-spijkerbroek. Dat scheelt allicht.

Halverwege de tweede klas is Monique met haar ouders naar Australië geëmigreerd. Daarna is het getreiter opgehouden. Het lijkt alsof iedereen het vergeten is, dus ik ga echt niet Henries geheugen opfrissen. 'Als je d'r niet over lult, is het er niet,' zegt opa Konings altijd.

3

Een beveiligingsman buigt voorover en kijkt de limousine in. Na een korte inspectie knikt hij naar me. Ik hoor het geroezemoes, het geratel van camera's, zie het flitslicht bij de ingang van het hotel. Fotografen roepen om aandacht. Een kordon toeschouwers omsluit de loper.

Joelle laat zich uit de auto helpen door iemand wiens gezicht ik niet kan zien. Hij draagt hetzelfde uniform als de jongeman die ons hielp bij de achteringang van het hotel. Misschien is het dezelfde man. We hebben een rondje om het gebouw gereden om mij een stijlvolle entree te laten maken. Voor de camera's lijkt het alsof ik ergens anders vandaan kom, in werkelijkheid ben ik hier al sinds gisteravond, in een senior suite op de bovenste etage.

Vanochtend kwam Cécile om de jurk te perfectioneren, gevolgd door de styliste en de visagist met zijn make-upkoffers. Kort erna viel Marnix binnen om samen met mij en Joelle de perslijst door te nemen. Aan zijn gedrag heb ik niets gemerkt, hoewel hij het toen al moet hebben geweten.

Het ging mis toen ik na de late lunch in de hotelbrasserie afscheid nam van Joelle en Marnix en ik bij de toiletten Valerio Bruno tegen het mediterrane lijf liep. In zijn witte pak en met zijn zonnebril oogde hij zo campy, zo misplaatst in de stijlvolle omgeving, dat ik me even afvroeg of hij zich met opzet zo uitdoste, of het zelfspot was – de dubieuze ondernemer die zichzelf persifleert. Die gedachte verdween meteen weer: ik had kortgeleden een documentaire gezien waarin de Hagenees van Italiaanse komaf de media de schuld gaf van zijn omstreden imago; Valerio Bruno was een vastgoedman – een 'eenvoudige stenenboer' – en dat zijn met veel tamtam uit de grond gestampte politieke partij binnen twee jaar met een heleboel geruzie ten onder was gegaan, kon hem niet worden aangerekend. Aan zijn visie mankeerde niets. Jezus werd in zijn eigen land ook niet serieus genomen. Uit de anderhalf uur durende registratie, waarin vriend en vijand werden geïnterviewd, kwam een man naar voren met meer geld dan goed voor hem was en een stuitend gebrek aan zelfreflectie.

Ik vroeg me af wat Valerio Bruno op een groot mode-event in een Parijs' hotel te zoeken had en knikte hem in het voorbijgaan kort en zakelijk toe, zoals ik gedaan zou hebben bij ieder ander die tussen mij en de toiletten stond opgesteld. Toen ik hem passeerde, schoot hij op me af en greep mijn bovenarm vast.

'Wacht even.' Ik leg een hand op Joelles schouder.

Ze draait zich naar me om. Fronst. 'We moeten –'

'Wácht!' snauw ik.

Ik sluit mijn ogen en haal diep adem. En nog een keer. Kijk naar het eiland vol flitslicht, dat plaatselijke noodweer waar ik me aan moet blootstellen.

Is Valerio vanmiddag vertrokken of loopt hij hier nog ergens rond? De man is onberekenbaar. Stel dat hij me begroet, zelfs amicaal een arm om me heen slaat waar alle media bij zijn? Het zou een golf van speculaties op gang brengen.

'Geef me je mobiel,' zeg ik.

Joelle overhandigt me haar iPhone.

Ik bel Marnix en krijg weer zijn voicemail. Op mijn tekstberichtjes reageert hij ook niet. Onze commercieel directeur staat vierentwintig uur per dag in verbinding met grote afnemers, bloggers, pr-bureaus en modejournalisten over de hele wereld.

Maar niet met mij. Niet vanavond.

'Klootzak,' fluister ik, en ik geef de telefoon met trillende vingers terug aan Joelle.

'Kunnen we nu dan eindelijk?'

Ik hef mijn kin.

'Over een kwartiertje ben je ervan af,' hoor ik Joelle zeggen.

Drie

'Hou je vast, opa.'

Opa Storimans knijpt in de armsteunen. Hij schiet naar voren en bereikt een punt waarop hij alsnog uit zijn rolstoel dreigt te kukelen.

'Het lijkt wel een expeditie!' roept hij, en hij veert terug tegen de rugleuning van blauw skai. Aan een van de handvatten van de rolstoel bungelt een tas met broodkorsten en 'kontjes'.

Sinds opa Storimans moest stoppen met zijn werk bij het spoor brengt hij elke woensdag schillen en brood naar de beestjes in het hertenkamp. In het begin kwam hij daar nog zelfstandig met zijn looprek, maar sinds de zomervakantie kan hij nog maar drie passen zetten en zit hij in een rolstoel. Daarmee kan hij niet in zijn eentje op pad – de stoepranden zijn te hoog.

'Dus juffrouw Van den Broek stond bij jullie voor de gesloten deur?' Opa's handen liggen alweer in zijn schoot.

'Ja, mama was in het café aan het werk en ik heb gedaan of ik niet thuis was.'

Het laatste stuk naar het parkje loopt af naar het water. Ik moet me schrap zetten om te voorkomen dat opa met rolstoel en al de vijver in rolt.

'De bok staat er al,' zegt opa.

Vanuit alle hoeken komen dieren aangehold. De bok stoot met zijn hoorns tegen het harmonicagaas, dat vervormd is van eerdere aanvallen.

Ik zet een papieren zak uit de tas bij opa op schoot en vouw de randen om. Hopelijk lukt het hem om zelf de schillen eruit te halen. Zijn arm hapert sinds een paar weken.

Opa doorzoekt de zak alsof die snoepgoed bevat, kiest een schil en houdt die de bok voor. 'Waarom wilde de juf eigenlijk met je moeder praten?'

'O, gewoon.' Ik hoop dat hij niet doorvraagt. Ik vind het moeilijk om tegen opa Storimans te liegen.

Ik ben vaker tijdens de les in slaap gevallen, in de week na de vakantie gebeurde het ook al. Van den Broek liet me toen nablijven. Ze stelde me allerlei vragen; ze wilde weten wat papa voor werk doet (bouwopzichter), of ik broertjes of zusjes heb (ja, Antoine van vijf) en hoe mijn kamer eruitziet (normaal, denk ik, met mosgroene vloerbedekking, een bureautje en een bruine kledingkast). Ze vroeg ook hoe laat we doordeweeks eten, wát we dan eten en hoe laat ik naar bed moet. 'Acht uur,' antwoordde ik, omdat ik bang was dat ze halfnegen te laat zou vinden.

'Rustig aan, jij,' zegt opa.

De bok steekt zijn snuit gulzig tussen het gaas door. De schil breekt af en valt langs de voetsteunen van opa's rolstoel op de grond, waar toegestroomde eenden uit de vijver er meteen op duiken. Opa Storimans houdt van de grote dieren, ik vind de pauw en de goudfazanten het mooiste. Ze doen me denken aan verre landen en oude schilderijen. Er ligt weleens een staartveer bij het hek.

Ik breek een korst in zo veel mogelijk stukken en werp ze met een ruime boog tussen de parkdieren om ze bezig te houden, daarna gooi ik gericht wat naar de pauw.

'Jouw juf komt niet voor de gezelligheid langs,' zegt opa.

Ik zeg niets.

'Gaat het wel goed op school?'

'O, jawel hoor.'

Opa schudt de papieren zak naast zijn rolstoel leeg en vouwt hem op. Hij kijkt me aan, zijn magere handen op het papier. 'Ik geloof er niks van.'

'Ik ben tijdens een proefwerk in slaap gevallen.'

'Hoe kan dat nou?'

'Weet ik niet.'

'Natuurlijk wel.'

Ik werp de laatste stukjes brood over het hek. Het is te druk geworden, te rumoerig. De pauw is omhooggefladderd en zit vanaf een boomtak toe te kijken.

'Soms kan ik 's nachts niet slapen. Dan blijf ik dingen voor me zien die ik van mezelf moet uittekenen.'

Opa fronst. 'Waarom moet je dat?'

Ik haal mijn schouders op. Ik heb weleens gehoord van mensen met een dwangneurose. Die moeten van zichzelf alle bomen tellen die langs de weg staan, of hun veters drie, vier, vijf keer opnieuw strikken. Daar lijkt dit op.

'Als ik het doe, voel ik me rustiger,' zeg ik.

'En als je er niet aan toegeeft?'

'Dan lig ik de rest van de nacht wakker.'

Opa vouwt de zak op zijn schoot dubbel. 'Wat teken je allemaal?'

'Van alles. Ik maak ook weleens dingen van hout, veren of stof.'

Hij doet zijn best me te begrijpen. 'Zoals op school, met handvaardigheid bedoel je? Pannenlappen?'

'Eh ja, ik denk het.'

De bok stoot weer tegen het gaas.

Opa negeert hem.

'Als ik met een werkje bezig ben, gaat de tijd sneller,' ga ik door. 'Soms heb ik pas door dat het ochtend is geworden als ik de vogels hoor fluiten.'

Opa schudt zijn hoofd. Hij vouwt de zak op zijn schoot nog een keer. Wrijft hem plat. Af en toe kijkt hij naar me alsof hij iets wil zeggen, maar hij zegt niets meer.

'Nog iemand een worstenbroodje?'

'Ja, ik!'

Oma Storimans geeft me er eentje, met een keukenpapiertje eromheen gewikkeld. 'Pas op, hij is gloeiend.'

Papa grist een worstenbroodje van de schaal en bijt er een flink stuk af. Meteen wappert hij met zijn hand voor zijn mond. 'Godsámme. Ik verbrand m'n bek!' Papa praat bijna altijd hard, alsof hij ruzie zoekt. Ik denk dat het komt omdat hij op de bouwplaats vaak moet schreeuwen. Als hij net thuis is nadat hij een week in Duitsland heeft gewerkt, vloekt hij er ook veel bij. Doet hij dat in het bijzijn van vreemden, dan legt mama haar hand op zijn arm.

Oom Kees drukt zijn sigaret uit in de asbak, helt naar achteren op de keukenstoel en trekt de koelkast open. 'Nog een pilsje?' vraagt hij aan mijn vader. 'En jij ook, pa?'

Opa Storimans neemt een flesje van hem aan en zet dat voor zich op het rood-wit geblokte tafelzeil. Hij wil zelf het kroonkurkje eraf wippen met de opener, maar het kost hem duidelijk veel moeite. Zijn hand beeft.

Ik zie dat mama en oma elkaar even aankijken.

Na het eten wordt opa naar zijn slaapkamer gebracht. Toen hij slechter begon te lopen heeft de gemeente een slaapkamer en een badkamer aan het huis gebouwd. Zijn badkamer is net een gymzaal, met beugels waaraan je kunt hangen.

Ik kijk hoe opa met oma en Antoine in de slaapkamer verdwijnt. Mijn broertje sluit de deur achter zich. Er zit bruin glas in waar je nauwelijks doorheen kunt kijken.

'Sommige mensen worden ongelukkig geboren,' hoor ik papa mompelen. 'Maar jouw opa was normaal tot zijn drieënveertigste.'

'Hoe is het eigenlijk begonnen?' vraag ik.

'Hij begon op een avond met zijn been te trekken.' Mama houdt haar hoofd scheef terwijl tante Andrea haar sigaret aansteekt. 'Hij liep te waggelen alsof hij te diep in het glaasje had gekeken.'

'Ik dacht eerst nog dat hij ons voor de gek hield,' zegt papa.

Tante Andrea knikt. 'Iedereen dacht dat. We moesten allemaal lachen.'

Ik kijk over mijn schouder – de deur naar opa's slaapkamer is nog dicht. 'Wat is het voor ziekte?'

'Een zeldzame.'

'Hij had nog zoveel plannen,' fluistert mama.

Papa pakt zijn flesje bier aan de hals vast en kijkt ernaar, zijn ogen een beetje toegeknepen. 'D'n dokter zei dat het erfelijk is.'

'Het slaat steeds een generatie over, toch?' vraagt tante Andrea.

'Ik geloof van wel.'

'Wat betekent dat?' vraag ik.

'Niets.'

Ik dring aan, maar niemand zegt iets. Mama neemt een hijs van haar sigaret en kijkt langs me heen.

Tante Andrea zucht.

Papa schuift zijn stoel naar achteren en staat op. 'Verdomme, dat gelul over ziektes de hele tijd! Als Clau of Antoine het krijgt, dan duurt dat nog heel lang. Dus daar hoeven ze nou nog niet over in te zitten.'

4

Joelle heeft haar kastanjebruine bob afgekeken van Uma Thurman in *Pulp Fiction*, maar verder gaat de vergelijking niet op. In tegenstelling tot Uma is het gezicht van mijn assistente smal, met fijne trekken. De tijd is haar goedgezind en dat zal waarschijnlijk zo blijven dankzij een gelukkige mix van Marokkaanse, Franse en Aziatische genen. Zelf haat ze haar diffuse afkomst – ieder heeft zijn eigen schaduwen.

Ik waardeer het dat ze op de loper bij me blijft, al neemt ze discreet afstand – armen over elkaar, zedig lachje – op het moment dat de camera's ratelen. Het flitslicht verblindt, ik hoor aan alle kanten mijn naam roepen en draai mijn hoofd naar links, dan weer naar rechts. De glimlach is in mijn gezicht gebeiteld. Een model ben ik niet, maar ik weet hoe ik een kledingstuk tot zijn recht kan laten komen; ik draai mijn lichaam een halve slag, zet een hand losjes in mijn zij, één voet voor de andere. De downers doen hun werk.

'Vivian, kom je mee?'

Joelle leidt me naar de luwte van de loper, waar een camerateam klaarstaat. Ik schud de hand van een regisseur die bezig is met een documentaire over succesvolle Nederlandse ontwerpers. Vorige week was hij nog met zijn team in ons atelier in Amsterdam, vanavond registreren ze de Nederlandse inzendingen op het Gala van de Mode hier in Parijs. Achter ons stort het leger fotografen zich op een verse aanvoer van designers, sterren en modellen. Het ziet er voor een buitenstaander waarschijnlijk heel glamoureus uit, maar het is natuurlijk gewoon werk. Je aanwezigheid en de manier waarop je je presenteert zijn belangrijke marketinginstrumenten die van invloed zijn op de bedrijfsresultaten.

Werk.

Marketing.

Bedrijfsresultaten.

Nare, zakelijke woorden waartegen ik me al jarenlang verzet.

Het licht van de filmcamera schijnt recht in mijn ogen. Ik knijp ze een beetje samen en concentreer me op de interviewer.

Misschien weten ze het nog niet.

Misschien vragen ze er niets over.

Vier

Juffrouw Van den Broek staat in de deuropening in haar groene houtje-touwtjejas.

Mama kijkt over haar schouder naar boven. ‘Clau, weet jij hier iets van?’

Ik balanceer op de bovenste traptrede en omklem het dikke scheepstouw dat als leuning dienstdoet. ‘Eh...’

Mama nodigt de juffrouw niet uit om binnen te komen. Mensen die aanbellen zijn types die in ons huis niets te zoeken hebben, zoals gemeenteambtenaren, politie, jehova’s en colporteurs. Bekenden komen achterom of laten zichzelf binnen met het koordje dat uit de brievenbus hangt.

‘Ik heb al eerder bij u aan de deur gestaan. Toen was u niet thuis,’ zegt juffrouw Van den Broek.

‘Waar gaat dit over?’

De juffrouw werpt een korte blik naar boven. ‘Over uw dochter. Heeft Claudia niets verteld?’

‘Moest dat dan?’ Mama doet stoer, maar ik hoor dat ze onzeker is.

Ik had het haar moeten vertellen.

‘Ze is vorige week tijdens een proefwerk in slaap gevallen,’ zegt de juffrouw. ‘En dat is al vaker gebeurd.’

‘O, nou, da’s niet zo mooi.’ Mama duwt de deur langzaam verder dicht. Je ziet amper dat ze dat doet. Ik hoor hem zachtjes kraken.

'Ik zou hier graag even met u over willen praten,' dringt de juf aan.

'Ze heeft toch een goed rapport?'

'Dat nog wel, maar –'

'Mooi,' onderbreekt mama haar. 'Nou, bedankt dat u dit bent komen vertellen. Ik zal het er straks eens met haar over hebben. Goeiedag.'

Ze duwt de deur dicht.

Ik hoor hem in het slot vallen.

'Dat mens komt niet voor de lol aan de deur, Claudia.'

Ik peuter aan de franjes van het tafelkleed.

'Ze maakt zich zorgen. Dat is nogal wat.' Mama vangt mijn blik en houdt die vast. Langs haar wimpers zit een zeegroen streepje met parelmoerglans. Haar geblondeerde haar is opgestoken met kammetjes waarop zijdebloemen en strassteentjes zijn geplakt. Mama houdt ervan om er feestelijk bij te lopen, ook al doet ze de strijk en komt papa vrijdagavond pas weer thuis.

Ze trekt de asbak naar zich toe en tikt de as van haar sigaret. 'Clau, hoe vaak moet ik nog zeggen dat je 's nachts moet slapen? Denk nou niet dat ik het niet hoor als je je bed uit komt.'

'Sorry.'

'Hou er dan gewoon mee op!'

'Dat heb ik geprobeerd, maar...'

Zal ik haar vertellen dat het weleens voelt alsof ik niet de baas ben over mezelf? Dat ik het gevoel heb dat iets me stuurt? Dat het gewoon *gebeurt*?

Beter van niet.

'Soms is mijn hoofd helemaal vol met... Nou ja, dan wíl ik wel slapen, maar dan lukt het niet omdat ik moet denken aan dingen die ik graag zou willen tekenen of proberen te maken. Ik kan er niets aan doen.'

Mama trekt een wenkbrauw op. 'Daar zit d'n Doorsteg vol mee hè, met zulke mensen.'

Op schoot grijpen mijn handen in elkaar.

'Snap je wat ik bedoel?' Haar stem klinkt zachter.

Ik knik. Ik snap het.

Het is dat ene woord, die ziekte: *dwangneurose*. D'n Doorsteg is een gesticht waar je naartoe moet als je niet normaal bent, daar zijn vast ook mensen bij die van zichzelf alle bomen langs de weg moeten tellen en hun veters steeds opnieuw moeten strikken. *En die 's nachts pas kunnen slapen als hun werkje klaar is.*

'Je zit te vaak alleen op je kamer,' gaat mama door. 'Dat zei oma Storimans laatst ook al. Dat spinneke moet vaker naar buiten, zei ze, met andere kinderen spelen. Neem anders je broertje een keer mee naar de speeltuin. Misschien dat er dan eens wat kleur op je gezicht komt. Je ziet hartstikke wit.'

5

'Je ziet er fantastisch uit, Vivian.'

Ik glimlach. 'Dank je. Ik ben er trots op dat ik op deze belangrijke avond een van mijn favoriete stukken uit onze nieuwe *limited edition* kan laten zien.'

'De primeur, begrijp ik?'

'Zeker. En, doe ik het goed?' Mijn glimlach wordt breder, ik hef mijn handen.

Vivian D, de buikspreekpop.

De poppenspeler van dienst is in geen velden of wegen te bekennen. Toch is het Marnix die deze woorden souffleert, die me deze stembuiging heeft aanbevolen, de beweginkjes. Hij schreef het script voor deze act.

'Toen we je in Amsterdam volgden viel het ons op dat je bijna alle interviews en mediaoptredens afwijst. Waarom is dat?'

'Mijn pr-dame zal zeggen dat ik anders niet aan ontwerpen toekom, maar daarnaast vind ik dat mijn kleding voor zich moet spreken.'

'Toch sta je hier.'

'Zichtbaarheid helpt nu eenmaal mee om de vrouw te bereiken die Vivian D graag draagt.'

'Waarom ben je dan vaak zo terughoudend, sommigen zeggen zelfs mediaschuw?'

'Dat valt toch wel mee?' Ik lach mijn nervositeit weg. 'De meeste aanvragen hebben niets met mijn vak te maken. Ik zie de toegevoegde waarde van een spelshow of praatprogramma niet als high fashion er geen centrale rol in speelt. Het moet gaan om mijn ontwerpen, niet om mijzelf.'

'Daar ben je blijkbaar anders over gaan denken.'

'Niet echt.'

'Nou... We hebben je de afgelopen maanden gespot op premières van films die met mode niets te maken hebben, behalve dan dat de acteurs kleding dragen.' De regisseur lacht om zijn eigen grapje, een onaangenaam hikkend geluid.

'Ontwerpen is een eenzame bezigheid. Je zit weken in een bubbel en hebt contact met steeds hetzelfde team. Filmpremières zie ik als een uitje, een plek om in contact te komen met mensen van buiten mijn vakgebied. Dat kan heel verfrissend zijn.'

Dit is niet ingefluisterd door Marnix.

'Een première is ook bij uitstek een gelegenheid waar je gezien wordt.'

'Klopt.' Het heeft geen zin hem te vertellen dat ik regelmatig áchter de fotografen langs een theater in sluip.

'Mag ik je een brutale vraag stellen?'

'Dat... eh... dat ligt eraan.'

'Je bent in de veertig. Heb je nooit behoefte om je te settelen?'

'Ik ben getrouwd met mijn werk.'

De regisseur leunt naar voren, knijpt zijn ogen een beetje toe. 'Volgens een van mijn bronnen ben je al eens getrouwd geweest.'

Nee.

Niet daarover beginnen. Niet nu.

Ik kan het er niet meer bij hebben.

'Ik heb...'

Een hand op mijn arm. De stem van Joelle. ‘Sorry heren, Vivian moet helaas door. Jullie tijd zit erop. Dank je wel.’

Vijf

Ik schiet overeind in bed, zoek op de tast mijn wekkerradio. Met bonkend hart laat ik me weer onder de dekens glijden. Klaarwakker.

Tussen de gordijnen door zie ik de straatlantaarn branden. Er fietst iemand voorbij met een rammelende kettingkast. Ergens verderop in de wijk kraait een haan.

In huis blijft alles stil.

Ik glip uit bed en knip mijn bureaulamp aan. Hij is van oranje metaal. Je kunt hem zwenken en uitschuiven. Ik heb hem afgelopen zomer van papa gekregen, samen met de fotospiegel die hij naast mijn bureau aan de muur heeft gehangen. Ik zie mezelf erin zitten, tussen de grote oorringen van Sandy en de vetkuif van Danny Zuko. Sommige kinderen uit de buurt zijn al zes keer naar *Grease* geweest. De film was mooi, maar die spiegel had van mij niet gehoeven. Er is niet veel aan mij te zien. Als ik een wens kon doen, dan zou ik wensen dat ik meer op andere meisjes leek. Op Mandy bijvoorbeeld, die er altijd uitziet alsof ze net terug is van een vakantie in Spanje, zo bruin. Ze heeft ook billen en zelfs al borsten, en vlees op haar bovenbenen. Bijna alle meisjes uit mijn klas hebben dat.

Spinneke...

Ik vind het geen leuke bijnaam.

Zachtjes maak ik het kastje van mijn bureau open en haal er

een schoenendoos uit. Ik bewaar er mijn veren in, een lap stof en een tubetje lijm.

De kerkklok in het centrum slaat zes keer. Mijn schouders ontspannen. Nu kan mama er niets meer van zeggen. Toen opa Storimans nog werkte zette hij de wekker altijd op vijf uur; dan stond hij op om naar zijn baas te gaan. Zes uur is dus ochtend.

Geen nacht meer.

6

Ik laat de gonzende hotellobby achter me en stap in de lift. Het zit erop – de jurk is vastgelegd door tientallen fotografen en een publieke confrontatie met Valerio Bruno is me bespaard gebleven. Was hij er eigenlijk wel?

Het is verleidelijk om te doen alsof ik hem vanmiddag niet tegen het lijf ben gelopen, alsof hetgeen hij me vertelde een gedachtespinsel was, ontsproten uit een verwarde geest – de mijne of de zijne, dat maakt me niet uit. Maar er moet wel degelijk iets aan de hand zijn. Zo'n man komt niet naar Parijs om mij een kletsverhaal op de mouw te spelden. Ik vrees dat elk woord waar is.

De liftdeuren schuiven open. Ik loop het halletje in, pak de keycard en open de deur van mijn suite. Ik schop de schoentjes uit. De dikke, veerkrachtige vloerbedekking voelt weldadig onder mijn beurse voetzolen. Ik til mijn arm op, peuter aan de dunne rits van de jurk en trek hem open van mijn oksel tot net over mijn heup.

Nu pas merk ik hoe moe ik ben. Elke trage bons van mijn hart voelt als een paukenslag die door me heen davert. Ik heb slaap nodig. Een uurtje is voldoende. Onvast loop ik naar de zitkamer en haal mijn telefoon uit mijn clutch.

Ik blijf staan.

Marnix zit onderuitgezakt in een fauteuil, zijn hand gevouwen om een whiskyglas. Paarse wallen tekenen zich af onder een intense, starende blik. Ik ken mijn beste vriend en manager lang en goed genoeg om te weten dat er op dit moment nog meer rotzooi door zijn aderen stroomt dan door de mijne. Ik ben al eens met hem naar de eerstehulppost gereden.

'Ik had je hier graag buiten gehouden.' Marnix' anders zo diepe, luide stem klinkt breekbaar en klagerig. Alsof niet ík ben verraden, maar hij.

Het is dus waar.

'Je hebt je aandelen Vivian D verkocht,' fluister ik.

'Hij heeft me genaaid.'

'Hoe haal je het in je hoofd?' Dat mijn stem zo rustig klinkt komt door de downers. Het ergert me.

Marnix ontwijkt mijn blik.

'Zeg op.'

'Hij deed een fantastisch aanbod voor het bedrijf, in ruil voor tien procent van mijn aandelen,' zegt hij zacht. 'Het ging om verschrikkelijk veel geld.'

'En dan beslis jij dat zonder met mij te overleggen?'

'Het leek veilig.'

'Wij hebben samen keiharde afspraken gemaakt.'

Hij heft zijn kin strijdvaardig, maar zijn donkere ogen staan hol. 'Ik heb zo vaak een geweldig aanbod moeten laten schieten dat ik –'

'We hebben geen investeerders nodig, zei je steeds.' Ik wil dat hij merkt hoe overstuur ik ben, maar mijn hartslag blijft rustig en de frequentie van mijn ademhaling neemt nauwelijks toe. 'Je zei dat het niets uitmaakte als de shows duurder uitvielen, dat we dat prima konden opvangen.' Ik duw mijn vingertoppen tegen mijn slapen. 'Hoe heb je dit eigenlijk kunnen doen zonder mijn medeweten?'

Door Marnix' zwijgen besef ik dat ik moet hebben getekend voor de overdracht. Marnix en Morris, onze financieel directeur, komen regelmatig mijn kantoor in gelopen met papieren. Hele stapels soms; paraaf hier, handtekening daar. Formulieren vol juridische teksten die ik zelden doorlees, omdat het er te veel zijn en ik er simpelweg te weinig vanaf weet. Er moet een machtiging tussen hebben gezeten.

'Ik dacht dat ik er goed aan deed.' Marnix' blote voeten wrijven ongedurig over het tapijt. Zijn Etro-overhemd is opengeknoopt, het randje vet van zijn buik stulpt over zijn broekriem.

Ik ken Marnix nog uit de tijd dat zijn buikhuid strak over een sixpack gespannen lag – en ik nog nooit van Etro had gehoord.

De duur van een vriendschap zegt uiteindelijk niets over de mate waarin je iemand kent, besef ik nu.

'Ik vertrouwde je.'

'Bruno heeft me genaaid. Toen hij met zijn aanbod kwam heb ik Morris meteen de andere aandeelhouders laten doorlichten. Er zijn wat wisselingen geweest, maar er leek niets aan de hand. Geen connecties met Bruno of zijn bedrijven.' Hij neemt een nijdige slok van zijn whisky. 'Hij heeft het heel slim en vies gespeeld.'

'Waar hebben we het eigenlijk over? Hoeveel procent?'

Marnix bijt op zijn lip. Zegt niets.

'Marnix?'

'Met die tien van mij erbij negenenvijftig procent.' Hij schokschoudert. 'Vivian D is van hem.'

Zes

'Weet jij wat een generatie is?'

Mandy fronst. 'Een wát?'

'Een ge-ne-ra-tie.'

'Eh... geen idee.' Ze pakt een tester uit de Miss Sporty-display en probeert hem uit op haar pols. Er staan meer veegjes op, allemaal roze. Hoe feller, hoe mooier Mandy het vindt.

Al die verschillende kleuren fascineren me. Ik stel me graag voor hoe ik ze zou combineren. Niet bij mezelf, maar bij iemand anders. Ik heb mama's zeegroene oogschaduw geprobeerd en haar oranje lippenstift met het bruine lippotlood waar ze heel zuinig op is. Ik leek wel een clown.

Mandy kan het goed hebben; alle dingen die bij volwassenen horen, staan haar. Zelfs hakken. Vandaag draagt ze witte pumps onder een glanzende broek. Paars met een witte bies langs de naad.

'Die testers zijn niet om mee te spelen,' blaft de verkoopster vanachter een stelling. 'Zijn jullie nog van plan iets te kopen?'

'Eh... ik heb geen geld bij me,' zeg ik.

De verkoopster slaat haar armen over elkaar. Zo ongeveer zou oma Konings kijken naar iemand die zonder zijn handen te wassen bij het eten zou aanschuiven.

Mandy doet alsof het haar niets kan schelen. Ze zet de lippenstift terug en pakt de volgende. 'Heb je echt geen centen bij je?' vraagt ze fluisterend.

Ik schud mijn hoofd.

Ze zet grote ogen op. 'Ik betaal je wel terug, hoor. Echt.'

'Maar ik heb niets.'

Nu zijn er twee mensen die me afkeurend bekijken.

Ik weet me geen houding te geven en stop mijn handen in de zakken van mijn jack.

'Waarom wil je dat weten eigenlijk, dat ene woord?' vraagt Mandy, terwijl ze een tester opendraait.

'Ik hoorde laatst dat de ziekte waardoor opa niet meer kan lopen een generatie overslaat. Dus nou ben ik bang dat ik die ziekte ook ga krijgen.'

Ze kijkt me even aan. 'Dat je in een rolstoel komt, bedoel je?'

Ik knik.

'Heb je dan last van je benen of zo?'

'Nee. Dat is het nou juist. Het begint pas als je veertig bent.'

Een telefoon rinkelt. De caissière draait ons de rug toe om op te nemen.

Mandy buigt voorover naar het spiegeltje van de verkoopstelling en smeert snel wat lippenstift rechtstreeks op haar lippen. Ze perst ze op elkaar en opent haar mond in een O. 'Ik denk dat ik deze neem.'

'Ik vind het best een eng idee dat je een ziekte kunt hebben zonder dat je dat weet,' ga ik door. 'Dat je daar pas achter komt als je oud bent.'

'Alle bejaarden zijn ziek.'

De caissière legt de telefoon op de haak. 'En, keuze kunnen maken?'

Mandy zet de tester terug. 'Er zit geen goede kleur bij.'

De vrouw wringt zich tussen ons en de verkoopstelling in en begint geërgerd spulletjes recht te zetten die al recht staan.

'Kom,' zegt Mandy. 'We gaan.'

Buiten versnelt ze haar pas. Als we de hoek om zijn diept ze twee lippenstiften op uit haar jaszak. De cellofaantjes zitten er nog omheen. 'Je mag er weleens eentje van me lenen, hoor.'

7

Ik heb de neiging af te stemmen op degene met wie ik ben, als een kameleon die de kleur van de omgeving aanneemt. Het gebeurt vanzelf. Toen ik me dat voor het eerst realiseerde, beschouwde ik het als een serieuze tekortkoming – een zorgwekkende combinatie van gebrek aan zelfbewustzijn en ruggengraat. Volgens Marnix is het juist mijn kracht. 'Door jouw gevoeligheid stem je af op de klant,' zei hij eens. 'Je weet wat mensen willen voordat ze het zelf doorhebben, en je geeft het hun. Dat is de basis van jouw succes. Jouw *unique selling point*.'

Marnix heeft in meer opzichten gelijk gehad. Ik heb veel aan hem te danken. Aan zijn flair, zijn durf, zijn talent om mensen te enthousiasmeren. Mijn carrière is grotendeels door hem bepaald. Ik moet mezelf dat inpeperen, want het beeld dat hij momenteel vormt is niet bepaald dat van een succesvolle inspirator. Mijn manager zit wijdbeens onderuitgezakt in de gestreepte hotelfauteuil, zijn ogen bloeddoorlopen. Hij komt niet goed uit zijn woorden en haalt zo nu en dan de rug van zijn hand langs zijn oog om het traanvocht weg te wrijven.

Het heeft zeker ook een mooie kant, om deze intimiteit met hem te delen binnen de muren van onze Parijse hotelsuite, maar het doet niets af aan het probleem waarmee hij ons heeft opgezadeld. Zodra bekend wordt dat Vivian D in handen is van Valerio Bruno, zijn de gevolgen niet te overzien. De media zullen massaal op ons duiken: veel smeuïger wordt het niet, met zo'n recht uit een jarenzeventigfilm weggelopen type. Een deel van de winkels en klanten zal ons de rug toekeren, bepaalde samenwerkingsverbanden zullen worden verbroken. *Image is key.*

Het heeft me altijd verbijsterd dat modehuizen zich laten opkopen door grote investeerders. Beursgenoteerde bedrijven zijn niet geïnteresseerd in schoonheid, kunst of ambacht. Met hun spreadsheets en targets trekken ze de ziel uit je bedrijf. Ontwerpers krijgen niet meer de ruimte om hun ideeën te laten rijpen en komen niet meer tot vernieuwende couture of spraakmakende experimenten. Er moet geproduceerd worden; geen twee, maar vier of zes collecties per jaar, en dan het liefst zo draagbaar en commercieel mogelijke prêt-à-porter die in duizenden winkels wereldwijd kan worden verkocht. Alles is geoorloofd, zolang dat gevierde label er maar ingenaaid kan worden. Collecties bevatten bij voorkeur zo veel mogelijk accessoires; tassen, riemen, zonnebrillen en sjaals, de bestsellers waar veel grote namen inmiddels op drijven. Of beter nog: geurlijnen. Ze zorgen voor sommige modehuizen voor bijna negentig procent van de omzet. De arbeidsintensieve couture waar het allemaal mee begon is bij hen op de achtergrond geraakt en niet zelden is de ontwerper, de kunstenaar aan wie het modehuis zijn naam te danken heeft, allang opgestapt.

Misschien ben ik hopeloos romantisch en ouderwets, maar Valerio Bruno mag zijn miljoenen houden. Ik wil samen met een fijn team kleding ontwerpen waar vrouwen zich goed en zeker in voelen. Af en toe couture, een paar keer per jaar een mooie prêt-à-portercollectie waar we allemaal achter staan. Meer wil ik niet. Rijk hoef ik er niet van te worden, als we maar genoeg verdienen om dit zonder al te veel kopzorgen te kunnen blijven doen.

'We moeten Vivian D gewoon failliet laten gaan,' hoor ik mezelf zeggen.

Zeven

Iedereen is stil in het lokaal van juffrouw Pot. Ze geeft handenarbeid – asbakken kleien, maskers maken en naaien. Vandaag breien we een wit muizenlijfje. Het staartje van babyroze katoendraad hebben we in de vorige les al gepunnikt.

Naast me hoor ik Mandy's breipennen zachtjes tikken; ze heeft het lijfje al bijna klaar. Haar breiwerkje is overal precies even breed.

'Alle steken gelijkmatig insteken, omslaan, doorhalen, af laten glijden,' zegt juffrouw Pot terwijl ze langs de tafeltjes loopt. 'Ellebogen langs je lichaam.'

Ze komt mijn kant op.

Ik verschuif op mijn stoel. De dingen die in mijn hoofd ontstaan kan ik meestal wel natekenen, maar ik kan ze niet maken. Het wordt nooit zo mooi als in mijn verbeelding.

Ook met dit breisel ga ik geen punten scoren, dat zie je zo. De randen golven en het lapje trekt een beetje scheef.

Juffrouw Pot geeft de hoogste punten aan degenen die het dichtst bij het voorbeeld komen. Hun werkjes krijgen een ereplek op de vensterbank. Maar ze let ook op werkhouding en ijver, dus ik zit rechtop en doe extra mijn best.

'Waar ben jij mee bezig?' Juffrouw Pot tuurt naar mijn lapje door haar dikke brillenglazen. 'Dit lijkt nergens naar.'

Mandy is opgehouden met breien en kijkt nieuwsgierig toe.

'Ik weet het,' zeg ik zacht.

'Als je het weet, waarom doe je het dan niet beter?' Ze wijst naar de voorbeeldmuis die op een tafeltje in het midden van de klas ligt. 'Ik heb het best vaak uitgelegd.'

Ik moet mijn hoofd helemaal in mijn nek leggen om haar aan te kunnen kijken. 'Ik probeer het te doen zoals u het zegt, ik weet niet waarom het niet lukt.' Ik pers mijn lippen op elkaar, vraag dan: 'Is er misschien een andere manier?'

'Kom nou, zo moeilijk is het toch niet? Gewoon...' Ze wijst naar mijn breiwerkje. 'Insteken, omslaan, doorhalen, af laten glijden. Zo moet het. En dan alle steken gelijk. Daar is niets moeilijks aan.'

Ze loopt door.

Naast me tikken Mandy's breinaalden weer.

'Heel goed, dat ziet er mooi uit,' hoor ik de juf zeggen.

Mandy's goudkleurige pony zakt over haar voorhoofd terwijl ze vlot de draad om de breipen slaat.

Ik kijk naar mijn eigen werkje. Naar de voorbeeldmuis. Naar Mandy's perfecte lapje.

Ineens zie ik het. Ineens begrijp ik wat het verschil is tussen mijn werkjes thuis en die op school: we máken hier geen dingen, we maken dingen na.

Het huisje van opoe Vonk ruikt naar de gele koffiemelk waarvan ze altijd heel veel in mijn kopje giet. Er gaan ook drie klontjes suiker bij. Ik voel de korrels knarsen onder mijn lepeltje.

'Hoe gaat het met je moeder?'

'Goed.' Ik bekijk de afbeelding op mijn koffiekopje: een jongetje met een kostuum van groen brokaat en een kraagje van witte kant.

'Ik zie ze hier anders nie veul.' Opoe draait met bevende vingers een pluk shag in een vloeitje en steekt de sigaret in een pijpje van

notenhout met een zwart mondstuk. Ze houdt hem in de vlam van haar tafelaansteker. Terwijl de rookwalmen door haar neusgaten naar buiten kringelen, schuift ze een koektrommel over het tafelkleedje naar me toe. *'Vat nog een kuukske, jong.'*

Als oma met me alleen is, noemt ze me 'jong', tegen anderen zegt ze 'dè meske' als ze het over mij heeft. Mama vindt dat oma te plat praat en zelfs haar eigen dochter, oma Storimans, vindt dat. 'Die Bargoense woorden allemaal,' zei mama laatst. 'Ik schaam me kapot voor d'r. Ga er maar niet te veel naartoe.'

Ik vind opoe Vonk aardig. Ze vraagt nooit hoe het op school gaat. Ik denk dat dat komt omdat ze zelf maar een paar jaar lagere school heeft gehad. Ze is geboren in een houten pipowagen. Haar ouders trokken met het hele gezin rond om scharen te slijpen en lappen te verkopen.

'Wat heb je bij je?' Opoe Vonk kijkt naar mijn schooltas, die naast me op de grond staat.

'De stof waar ik het over had.' Ik haal een plastic tasje met lappen uit mijn tas. Blauw en zwart fluweel en lichtblauwe voeringstof. Het zijn de laatste stukjes van de rol, met vouw en rafelranden. Daarom kreeg ik korting.

'Van de *mèrt*?'

Ik knik.

'Wat ze daar durven vragen voor een lapje stof en een beetje garen.' Ze kijkt hoofdschuddend van me weg. 'De mensen willen bedonderd worden. Vroeger al.'

Ik schuif op mijn stoel naar voren. Opoe praat weinig over vroeger, maar ze heeft me weleens verteld dat ze door haar ouders samen met haar broertjes en zusjes op pad werd gestuurd. Er werd dan een kar volgeladen met lappen en ze kregen een hond mee om de kar te trekken. De kinderen moesten over zandpaden van de ene boerderij naar de andere lopen en mochten pas weer thuiskomen als alles was verkocht. Dat kon dagen duren, maar ook weken.

'Opoe, toen u nog zelf lappen verkocht...' probeer ik.

Ze neemt een trek van haar sigarettenpijpje. De zon schijnt door de vitrage heen en valt schuin op haar gezicht. Opoe heeft heel lichtblauwe ogen, grijs bijna, met nog lichtere kringen rond de pupillen. Ze blaast de sigarettenrook uit via haar neusgaten. Het geeft haar iets draakachtigs.

'... waar sliep u toen?'

'Onder een brug.' Ze zet haar elleboog op tafel, het sigarettenpijpje tussen gestrekte wijs- en middelvinger geklemd. 'Dan lag je droog. Soms mocht je bij de boer in de schuur slapen. En af en toe in huis, als de boerin medelijden had. Maar meestal hielden ze je buiten de deur.'

'Waarom ging u niet naar een stad?'

Ze schudt haar hoofd. Haar gouden oorringen wiebelen mee. 'Die stadslui zaten niet op onze handel te wachten. D'r waren daar markten en winkels genoeg.'

'Was u nooit bang?'

'We hadden d'n hond bij ons, hè.' Ze houdt haar gerimpelde hand net boven het tafelblad. '*Zónne joekel.*'

Ik moet denken aan de hondenzweep die bij oma Storimans boven de trap hangt. Hij is van gevlochten leer en je kunt zien dat hij veel gebruikt is. Het handvat glanst en is donker.

Opoe wijst met haar kin naar mijn stofjes. 'Wat wil je daarmee?'

Ik haal een tekening uit het zijvak van mijn tas en vouw hem open. 'Ik wil er iets van maken, maar ik weet niet goed hoe.'

'Laat eens zien.' Ze pakt haar brilletje van tafel en zet het op.

'Dit hoort er ook bij,' zeg ik zacht, en ik haal een tweede tasje uit mijn schooltas. Een paar veertjes steken door een scheurtje in het plastic naar buiten.

8

'Failliet gaan?' Marnix is rechtop gaan zitten. 'Alles in het honderd laten lopen, bedoel je?'

'Precies. En dan maken we een doorstart onder een andere naam. Ik heb toch nooit iets gehad met dat Vivian D.'

'O, geweldig. En ook niet met je personeel zeker?'

'Natuurlijk wel. Hoezo?'

'Clau... er zijn mensen van ons afhankelijk. Hele families.' Hij noemt het Indiase familiebedrijf dat exclusief voor ons produceert. Ik ben er ooit geweest; het hele dorp liep uit om me te zien. Zelden heb ik me zo gegeneerd. We werken veel met kleine ateliers die fantastisch borduurwerk kunnen maken of wonderen verrichten met parels en pailletten. Het zijn trouwe leveranciers. Ze eten nog liever hun eigen lockmachines op dan dat ze orders aannemen van onze concurrenten.

Ik draai een losgeraakte pluk haar om mijn vinger.

'Cécile heeft voor Vivian D haar vaste baan bij Lanvin opgezegd,' gaat Marnix door. 'Ze is voor ons naar Amsterdam verhuisd.' Hij is gaan staan en zoekt steun bij de rugleuning van de fauteuil. 'Annika is net gescheiden. Maurice...'

'Ja, ja,' snauw ik. '*I get the point*.' Het voelt alsof hij de airco op volle kracht heeft aangezet. Ik sla mijn armen over elkaar. 'We kunnen toch gewoon het team en onze vaste leveranciers vertellen dat het tijdelijk is? Dat er een doorstart gepland wordt?'

'Dan zouden we liegen.'

'Want?'

'Het gaat niet gebeuren.' Marnix haalt zijn vingers door zijn dikke haar. Ze trillen. 'Voor een doorstart is geld nodig, dus nieuwe investeerders. Vooropgesteld dat we investeerders vinden met wie jij vrede hebt, zullen die absoluut zaken willen doen met Vivian D, niet met Claudia Konings.'

'Maar ik bén Vivian D.'

'Dat ben je niet. Die naam is ons handelsmerk, die is het meeste waard van alles en zit in de bv. En stel dat we inderdaad de boel zouden laten klappen, dat ons dat überhaupt zou lukken, want dat lijkt me nog een hele opgave, dan zal Bruno het er echt niet bij laten zitten.' Hij wrijft met zijn hand over zijn gezicht. 'Vergeet het. Hij laat zoiets niet eens gebeuren. Daar is die kerel te gehaaid voor, begrijp je?'

'Ik weet niet of ik het wil begrijpen.'

Acht

In het café van oom Johan en tante Sein is het altijd schemerig, zelfs als de zon volop schijnt. Dikke vitrage houdt het meeste licht tegen. De muren zijn betimmerd met donkere latten en hangen vol ingelijste foto's van vroeger.

Omdat ik familie ben mag ik achter de bar komen, en in het keukentje waar tante Sein altijd broodjes smeert voor de gasten en knakworsten opwarmt. Naast de keuken is een halletje met een steile trap naar het bovenhuis. Daar kom ik nog maar weinig, wat jammer is omdat mama's broer een aquarium heeft met maanvissen en kardinaaltetra's. Daar kan ik uren naar kijken, naar hun kleuren en de bewegingen van hun ragfijne vinnen. Mama neemt me bijna nooit meer mee als ze moet werken. Ze vindt me oud genoeg om alleen thuis te blijven en af en toe op Antoine te passen.

Papa en oom Leo hebben een Abraham naast de ingang van het café op een klapstoel gezet. Het hoofd is van papier-maché met een Vader Abraham-masker ervoor. Er piekt grijs, vettig haar onder zijn hoed vandaan en op de kin is een dunne baard geplakt. Ik begrijp niet dat iedereen er zo om moet lachen. Abraham ziet er helemaal niet grappig uit, met die priemende gaatjes in het masker op de plaats van de ogen. Hij zit er ook vreemd bij, met stijf afhangende armen.

Binnen zijn de biljarts tegen de muur gerold en afgedekt. Achterin is een laag podium met een microfoon op een standaard. De muziek staat hard: liedjes van André Hazes, Benny Neyman en Corry Konings, die iedereen meezingt.

Ik knijp in het hengsel van het plastic tasje van de V&D dat ik al de hele tijd met me meesleep. Mama en papa weten niet wat erin zit. Ik heb niemand wat verteld, alleen opoe Vonk weet ervan. Nadat ze mijn tekeningen had gezien pakte ze een meetlint en een stift en spreidde een paar kranten uit op tafel. Onder uit het dressoir haalde ze een stapel patronen en viste er een tussen vandaan. Daarmee ging ze aan de slag. Opoe trok lijnen op het krantenpapier en begon figuren te tekenen, soms met pen, soms met stift. Het zag eruit alsof ze het al honderden keren eerder had gedaan. De armgaten maakte ze wat ruimer dan die van het voorbeeld. Daarna moest ik elastiek gaan kopen voor het rugpand en gespjes voor de zijkanten. Een paar dagen later hebben we het cadeau samen afgemaakt. Opoe knipte de stof en naaide de stukken aan elkaar. Ze heeft me verzekerd dat het opa zal passen, want de gespjes zijn verstelbaar en het elastiek op de rug rekt mee. Opoe Vonk vond het heel bijzonder wat ik heb bedacht – 'Het is een gave, jong, waar haal je de fantasie vandaan?'

Maar nu het bijna zover is ben ik vooral bang.

Bang dat het opa níét zal staan.

Dat hij mijn cadeau stom zal vinden.

9

Mijn hart blijft in een traag, gestaag tempo kloppen. Treiterig bijna, onwillig om uiting te geven aan mijn paniek. Ik haal diep adem en kijk naar mijn handen. Ze trillen niet eens.

'Hoelang speelt dit al?' vraag ik aan Marnix.

'Twee maanden.'

Ik knijp mijn ogen tot spleetjes. Heeft Marnix het eerder over Valerio Bruno gehad? Welke signalen heb ik gemist? Die moeten er zijn geweest.

Uit Marnix' telefoon komen allerlei geluiden. Gezoem en bliepjes – social media, mail, tekstberichten, binnenkomende telefoontjes. De hele wereld roept hem.Ként hem. Zo is het altijd geweest. Marnix de motivator, Marnix de verbinder, de aanjager. Marnix om wie je wel moet geven, door zijn ontwapenende uitstraling en zijn originaliteit. Ik kan het nauwelijks bevatten dat een sociaal dier als hij, uit alle aanbiedingen die ongetwijfeld op zijn pad zijn gekomen en van iedereen die hij heeft ontmoet, op een bepaald moment heeft besloten om uitgerekend met iemand als Valerio Bruno in zee te gaan.

'Bruno is geen doorsnee-investeerder.' Marnix walst met houterige bewegingen de whisky in zijn glas. 'Hij is een fan, dol op je ontwerpen. Jullie hebben veel gemeen, vond hij, allebei selfmade. Hij heeft ons een stevige financiële injectie gegeven en belooft zich verder op de achtergrond te houden.'

'Dus niet.' Mijn oren beginnen zachtjes te piepen. Ik loop naar de minibar en trek een blikje cola open. 'Wat versta jij eigenlijk onder een "stevige" financiële injectie?'

Marnix masseert zijn neusbrug met duim en wijsvinger. Hij ziet er dodelijk vermoeid uit.

'Ik wil het weten,' dring ik aan. Ik duw het koele blik tegen mijn voorhoofd en sluit mijn ogen.

'Waarom? Je hebt een blinde vlek voor cijfers. Als je meer dan drie nullen ziet, raak je al van slag.'

'Zeg het toch maar.'

'Miljoenen. Tientallen miljoenen.'

Hij negeert mijn kreet, staart strak voor zich uit.

'Ik ben bang,' zeg ik.

'Ik ook.' Marnix loopt op me af en slaat zijn armen om me heen. Zijn lichaam gonst, zijn ademhaling is snel. Hij pakt mijn gezicht vast en kijkt me gepijnigd aan, zijn oogwit rood doorschoten. 'Geloof me,' zegt hij zacht. 'Als ik het terug kon draaien, zou ik het doen.'

Negen

Opa Konings staat op het podium met een glas bier, er is een fel spotlicht op hem gericht. De sliertige pruik van Abraham zit scheefgezakt op zijn hoofd. Papa en zijn broers staan naast hem. Ze hebben zich uitgedost als bejaarden en zingen om en om van een briefje.

De M is van de Maas, daar gaat hij steeds vissen.
De N is van neut, daarvan moet hij pissen.

Papa zwaait met zijn armen, roept 'Allemaal!' en de hele zaal zingt:

Naaa-na-na-na-naaa-na...
Naaa-na-na-na-naaa-na...

Een oom neemt het briefje over en schuift zijn bril hoger op zijn neus.

De O is van Opel, in het dak zat een deuk.
De P van parkietjes, daarvan krijgt ons Sjaantje jeuk.

Als het hele alfabet is opgezegd veegt oma Konings met een zakdoek de tranen uit haar ogen. Papa stapt van het podium en krijgt schouderklopjes. De muziek wordt harder gezet – 'Ik meen 't' van André Hazes. Er wordt gelachen en gezongen en sommige mensen dansen met hun glas in de lucht.

Ik sta nog steeds bij het podium, het plastic tasje in mijn hand. Op feestjes drink ik meestal cassis omdat we dat thuis nooit hebben, maar nu heb ik nog helemaal niets op. Honger heb ik ook al niet.

Terwijl achter me een polonaise wordt ingezet sjouwen een paar ooms een stoel het podium op. Hij is versierd met slingers en ballonnen. Opa krijgt een kartonnen kroon op zijn hoofd en gaat op de stoel zitten.

Antoine geeft me een por. 'Jij had toch een cadeau voor opa?'

Ik knik.

'Ze gaan nou de cadeautjes geven.'

'Ik weet het.'

Ik knijp in het hengsel van mijn tasje en sluit aan in de rij.

10

In relaties ben ik handelingsonbekwaam. Op een of andere manier mis ik het talent om keuzes te maken die op de lange termijn goed uitpakken. Mijn sociale struikeltocht voert helemaal terug naar mijn jeugd en heeft een spoor van vernieling achtergelaten. Ik wijt het aan een combinatie van matige zelfkennis en een te beperkt blikveld, evenals de torenhoge verwachtingen die ik heb van de anderen. Iedereen is beter dan ik. Mooier, verstandiger, intelligenter, spiritueler, beter geaard, beter geïnformeerd. Ik wilde niemand teleurstellen en wilde geaccepteerd worden door mijn omgeving – de grootste valkuil van allemaal. Alle ellende die eruit voortvloeide, is alleen mij verwijtbaar. Het heeft me voorzichtig gemaakt in de omgang met mensen, vooral met mannen.

Marnix weet dat. Hij weet alles, maar dat weerhoudt hem er niet van om me tegen zich aan te trekken en me te zoenen. Ik besef dat het een ontlading is, een bezwering van het kwaad na een krankzinnige dag, en tegelijkertijd de ultieme bevestiging dat we nog vrienden zijn.

'Beter van niet.' Ik leg mijn handen tegen zijn borst en duw hem van me weg.

'Kom op.'

'Nee.'

'Wat maakt het uit?'

Ik ga op mijn tenen staan en kus zijn voorhoofd. 'Ga slapen, Marnix. We zijn allebei moe. Morgen praten we verder.'

Tien

Opa trekt het papier van mijn cadeau. Verbaasd aaien zijn eeltige vingertoppen het rugpand. 'Och, *meske*, kijk nou toch. Een kussentje of iets?'

'Eh, nee, geen kussentje. Een gilet.' Mijn stem klinkt vreemd hoog. 'Opoe Vonk heeft geholpen met het patroon en het naaien.'

'Gilet...' Opa ontvouwt het kledingstuk en houdt het omhoog. Draait het, zijn hoofd scheef. 'Wat een eh... apart stofje.'

'Dat zijn veren,' leg ik uit. 'Veertjes van uw eigen vogels, van de parkieten.'

De voorpanden van het gilet zijn van patchwork; lapjes effen blauw of paars fluweel worden afgewisseld met lapjes die volledig zijn bedekt met grasparkietenveren in een kleurpatroon. Ik leg opa uit hoe ik het heb gemaakt en vertel hem dat het niet helemaal is gelukt zoals ik het in mijn hoofd had, omdat ik veren tekortkwam.

Opa werpt zijn colbertje van zich af en trekt het gilet aan over zijn witte overhemd. De gespjes aan de zijkanten hoeft hij niet strakker te zetten; als hij de knopen dichtdoet past het eigenlijk al best goed. Opoe Vonk heeft zijn maat goed ingeschat.

Opa fronst en bevoelt de veren. 'Maar wanneer moet ik dat aan?'

'Als u bijvoorbeeld netjes naar een vogeltentoonstelling wilt,' zeg ik.

Iemand giechelt. Er stijgt geroezemoes op.

'Pas daarmee op, Aad, straks win je zélf nog de eerste prijs.'

'Ja,' roept iemand. 'In de categorie Vreemde Snoeshanen!'

Er wordt gelachen.

Oom Johan wijst naar ons en slaat een arm om oma Konings heen. 'Nou, Sjaantje, hou hem maar goed in de gaten, straks vliegt-ie nog weg.'

'Of hij begint te zingen.'

Iedereen begint door elkaar heen te praten, sommigen hardop. Ik hoor ze smiespelen.

Wie trekt dat nou aan?

Daar ga je toch niet mee lopen?

Jij hebt je carnavalspak alvast, Aad.

Opa moet ook lachen, maar op het moment dat ik me omdraai om van het podium af te stappen trekt hij me bij zich op schoot. 'Mooi gemaakt, vrouwke.' Zijn warme adem ruikt naar bier. 'Daar heb je vast een hoop werk aan gehad.'

Ik wurm me los en haast me het podium af, weg van het felle spotlicht waar iedereen me kan zien. Met mijn blik op de vloer gericht baan ik me een weg tussen de warme opeengepakte lijven door. Ik maak me zo smal mogelijk, met mijn schouder vooruit om de vlezige, naar zweet, drank en sigarettenrook ruikende ruggen en buiken uit elkaar te duwen. Ik stoot tegen handen en glazen en voel spetters op me terechtkomen. Mijn ogen prikken. Iemand loopt een stukje met me mee en praat tegen me, aait over mijn haar.

In de donkere hoek bij de jassen duik ik onder een biljart, kruip over de stoffige houten vloer naar de uiterste hoek. Met mijn mouw wrijf ik mijn tranen weg.

Wanneer moet ik dat aan?

Opoe Vonk had geen gelijk. Opa vindt het niet mooi, hij doet maar alsof. Veren horen op hoedjes van mannen in Oostenrijk, niet op giletjes, en ze horen al helemaal niet van grasparkieten te zijn. Ik haal mijn neus op, en nog eens.

'Claudia?' Gehijg, een licht gepiep van iemand die verkouden is.

Een kleine, snelle gestalte kruipt op me af.

'Ga weg!' blaf ik.

'Kijk.' Antoine steekt zijn hand naar me uit en duwt me een halfverkruimeld stuk cake toe.

'Ik heb geen honger.'

'Pak nou.'

'Moest je het van mama brengen?'

'Nee.' Hij draait zijn gezicht naar het zachte licht dat langs de biljarttafel op de houten vloer valt. Ik zie zijn oogwit glanzen.

Ik pak de cake van hem aan.

Antoine komt dichter bij me zitten, zijn knieën opgetrokken. Ik ruik zijn stugge jongetjeshaar.

Ik pers het stukje cake fijn in mijn handpalm alsof het klei is.

Mama had me nog zo gewaarschuwd.

Daar zit d'n Doorsteg vol mee, met zulke mensen.

'Ik had moeten luisteren,' fluister ik.

Antoine kijkt van opzij naar me. 'Wat?'

Ik sla een arm om hem heen en leg mijn kin op zijn haar.

‘De spiegel die de omgeving ons voorhoudt,
bepaalt wie we worden.’

Paul Verhaeghe, *Identiteit*

Elf

'Clau, jij ook een supertje?' Mandy's stem komt amper boven het lawaai uit. Ze staat met Ronald bij de counter van de snackbar. Pat Benatar is op MTV en een groep naast ons zingt luid en vals met haar mee.

We are strong,
no one can tell us we're wrong.
Searching our hearts for so long.

'Speciaal met extra ui!' schreeuw ik.

Er worden nog meer bestellingen over en weer geroepen.

Ik kantel mijn pakje sigaretten en laat er drie guldens uit glijden. Daarna peuter ik een sigaret tussen de rest vandaan en haal hem langs mijn neus. Menthol. De filter tintelt tussen mijn lippen als de vlam het papier en de tabak verschroeit en ik een trekje neem. Ik adem de rook in, zoals ik heb geleerd van Rean, Ronalds oudste broer.

'Cola?' schreeuwt Ronald.

Henrie steekt twee vingers op. Daarna kijkt hij me aan. 'Toch?'

Ik knik. Veel liever drink ik melk, maar dat is raar.

Ik blaas de rook via mijn neusgaten weer uit. Toen ik in mei begon hield ik de rook nog in mijn mond en liet ik hem na een seconde of wat ontsnappen.

'Neproker,' zei Rean toen.

We zaten met een groep op het muurtje bij school. De stenen voelden nog warm van de zon.

Rean leunde tegen zijn opgevoerde Zündapp, zijn leren jack lag over de tank. 'Roken moet over je longen.'

Ik kon zijn ogen niet zien achter zijn donkere brillenglazen en ik voelde me opgelaten. Zoveel aandacht van een jongen was ik niet gewend. Al helemaal niet van iemand als Rean, die vier jaar ouder is.

'Je moet die rook inademen,' commandeerde hij.

Dat deed ik.

Het was smerig en naar en het voelde alsof ik stikte. Mijn armen en benen begonnen te tintelen en ik werd licht in mijn hoofd.

'En nou uitblazen.'

Ik hoestte. De rook wervelde uit mijn neus en keel. De tranen liepen over mijn wangen. Iedereen lachte. Na een paar trekken lukte het zonder te hoesten en werd ook dat rare, lichte gevoel minder.

'Vreten!' Mandy en Ronald storten de blikjes cola en plastic bakjes uit over het tafelblad en ploffen naast ons neer. We prikken met gekleurde vorkjes in de friet. Henrie hakt stukken van een gehaktbal uit de jus. Hij heeft vanavond een meisje bij zich, Annet. Haar jeansjack zit vol buttons en ze draagt een zwarte broek met scheuren. Papa zegt dat punkers allemaal luie viezeriken zijn. Ik mag niet met ze omgaan.

'Ik wil eigenlijk ook een kaassoufflé, maar dan wordt mijn kont nog dikker.' Mandy veegt met haar wijsvinger een restje satésaus uit haar frietbakje.

Ronald slaat zijn arm om haar middel en wrijft over haar bil. 'Ik hou anders wel van een zachte landing.'

'Doe normaal, gek!' Mandy port haar elleboog in zijn ribben.

Ronald staat op en loopt met een brede grijns naar de counter. We weten allemaal waarom hij zo vrolijk is. Gisteravond, toen

Mandy's ouders niet thuis waren, hebben Ronald en Mandy het gedaan. Ronald denkt dat hij haar heeft ontmaagd. Hij weet niet dat zijn broer hem voor is geweest toen Mandy pas dertien was. Rean was toen al achttien en hij heeft Mandy laten zweren dat ze er nooit met iemand over zou praten. Ik heb Mandy beloofd het aan niemand verder te vertellen.

Er wordt nog steeds gezongen. Een jongen roept met hoge stem: '*Why do you hurt me so bad?*'

In de videoclip schudt Pat Benatar met haar schouders, ze kijkt er boos bij. Haar kettingen, armbanden en zelfs haar oogschaduw hebben dezelfde kleur groen als haar jurk. Aan haar ceintuur hangen lange stroken en lapjes, tenminste, dat denk ik. Ik kan het niet goed zien, ze is steeds in beweging. Haar coupe blijft wel goed in model. Ik kan mijn haar touperen wat ik wil; het zakt meteen weer in.

'Hier.' Henrie geeft me zijn vorkje. Er zit een stuk gehaktbal op gespietst waar een klodder mayonaise van afdruipt.

'Zit je haar nou te voeren?' Annet kijkt naar mij en daarna met een vuile blik naar Henrie. 'Vind jij dat normaal of zo?'

Zijn kaken verstrakken.

'Hahaha!' Ronald slaat met platte hand op het tafeltje. 'Ze is jaloers. Op Claudia! Koekwous.'

'Ja, doe even normaal,' sust Mandy. 'Da's Claudia maar.'

'Waarom zit je háár te voeren?' Annet geeft Henrie een duw en knikt nijdig naar mij. De pieken op haar hoofd buigen mee naar voren. Ze doet me denken aan de geitjes in het park, die met dreigende hoorns boven de broodkorsten staan.

'Ik dacht er niet bij na,' zegt Henrie. 'Dat doen we altijd.'

'Zeik niet zo, Clau is een kont aan het kweken,' roept Ronald.

'En niet alleen een kont,' voegt Mandy eraan toe.

Mijn blik schiet over tafel.

Ze heft haar handen. 'Sorry, Clau, maar het is waar, hè? Henrie helpt je alleen maar een beetje.'

Onder de tafel druk ik mijn nagels diep in mijn arm en nog harder, feller, tot de pezen beginnen te branden. Naast ons laat iemand een harde boer en iedereen moet daarom lachen. Ik staar naar het flikkerende televisiescherm. De videoclip van Pat Benatar maakt plaats voor 'Karma Chameleon'. De zanger draagt make-up. Om hem heen dansen mensen met pruiken en hoedjes op in kleding uit voorbije eeuwen.

De stemmen om me heen verstommen.

Ik voel dat Henrie me een por geeft, maar ik reageer er niet op.

11

Jonathan en ik zaten naast elkaar aan de bar van het café. Tante Sein tapte een biertje voor ons. Er hing een theedoek over haar linkerschouder. Ik dacht nog bij mezelf dat dat bijzonder was, niet alleen omdat ik hier zo rustig met Jonathan zat te praten, maar ook omdat tante Sein al jaren geleden is overleden. Bovendien was het lichter in de zaak dan anders; er was iets veranderd aan het interieur en ook aan de locatie – we keken uit over de stad. We overzagen onze wijk alsof we vanaf een heuvel naar beneden keken. Sein poetste haar glazen op met de theedoek en knikte ons gemoedelijk toe. Levend en wel, zich ervan bewust dat haar aanwezigheid door mij merkwaardig werd gevonden.

Er waren meer mensen in het café. Hun namen en gezichten herinner ik me niet meer. Wel de sfeer: er heerste een vanzelfsprekende vorm van saamhorigheid, een mate van acceptatie die ik lang niet heb ervaren. Misschien wel nooit. Ik genoot van het moment, het gesprek met Jonathan, de intonatie van zijn stem en zijn gebaren, en zelfs van de ring om zijn vinger, die bewees dat hij het vertrouwen in vrouwen niet geheel was verloren.

'Je had niet weg moeten gaan,' zei hij, maar hij zei het op een lieve toon, en toen ik antwoordde dat het me nog altijd speet, maar dat ik niet anders had gekund, nam hij een slok van zijn bier en zei: 'Ik weet het.'

Twaalf

'Claudia Konings!' Mama roept naar me vanaf de bank. Haar voeten – gehuld in zachtroze pantoffels – rusten op de salontafel en de tv staat afgestemd op *De Fabriek*. 'Heb je enig idee hoe laat het is?'

'Mam, relax, het is zaterdagavond.' Ik maak aanstalten om naar boven te lopen, maar ze is nog niet klaar.

'Oom Kees zag je in de friettent met een van die jongens van Kreté. Wat moet je met die gast?'

Ik haal mijn schouders op. 'Niks. We waren daar met een hele groep, Ronald was er toevallig bij.'

'Clau... Kreté, da's laag volk. Als je vader het hoort, ben je nog niet jarig. D'r heeft van die hele familie nog nooit iemand een dag eerlijk gewerkt voor zijn brood, en die zoons zijn al geen haar beter.' Ze wijst naar me. 'En ze willen allemaal hetzelfde.'

'Nou, niet met mij,' flap ik eruit.

'Je weet toch van die vader?'

'Ja, dat weet ik.' De vader van Ronald, Robby en Rean zit in de gevangenis. Ronald noemt dat 'het HVB'. Toen ik hem dat voor het eerst hoorde zeggen dacht ik dat het bedrijf waar zijn vader werkte zo heette.

'Mag ik nou naar mijn kamer?'

Ze houdt het uiteinde van haar sigaret in een vlammetje en neemt een paar korte, nijdige trekjes. 'Als je voortaan maar uit de buurt blijft van dat gajes van Kreté... En doe zachtjes daarboven, want Antoine slaapt al.'

Antoine slaapt niet. Hij slaapt nooit voor middernacht. Meestal ligt hij onder de dekens te luisteren naar Radio Mexico. Als hij iemand de trap op hoort komen, zet hij de muziek uit.

Ik luister nooit meer naar piratenzenders, al die liedjes klinken hetzelfde. Tegenwoordig draai ik U2, Talk Talk en Frankie Goes to Hollywood. Zij maken nummers over oorlog en drugs en wat er werkelijk toe doet. Henrie zei vanavond dat hij ook veel naar U2 en zo luisterde, maar hij kletste uit zijn nek, want ik weet dat hij alle elpees van André Hazes heeft. Die zal hij wel verstoppen als zijn vriendin op zijn kamer komt, net zoals ik dingen verstop voor hem en Mandy en zelfs voor papa en mama.

Ik doe mijn deur dicht. Onder mijn bed haal ik een koffertje vandaan dat ik al had toen Antoine nog niet was geboren. We woonden toen nog bij opa en oma Storimans in de logeerkamer. De buitenkant is bekleed met beige geruite stof en er zitten leren banden omheen. Ik klik de koffer open. Tussen oude lappen en werkjes liggen een puntzak zachte drop en een zakje borrelnoten die ik bij de Aldi heb gekocht. Ik scheur de verpakkingen open en ga op bed zitten. De geur die uit de zakken opstijgt staat me tegen. Ik zit nog vol van alle friet en mayonaise, de frikadel en de cola. Toch is mijn buik niet bol, maar hol. Mijn ribben steken een beetje uit, en wat ook uitsteekt is wat Rean afgelopen zomer tijdens het zwemmen 'twee erwten op een plank' noemde. Gewoon waar iedereen bij was.

Mandy heeft borsten en billen.

Angelique heeft ze.

Miranda, al vanaf de lagere school.

Anita.

Toen ik twaalf was dacht ik dat het vanzelf goed zou komen, maar ik werd dertien en er gebeurde nog steeds niets. Ik werd veertien en bleef hopen. Ik at taaie broodkorsten omdat opa Konings zei dat je 'van korstjes borstjes' kreeg. Duizenden keren heb ik de 'erwten op een plank' gedoucht met ijskoude waterstralen omdat dat volgens oom Kees zou helpen.

Het hielp niet.

Niets hielp.

En nu ben ik vijftien en ik schaam me voor mijn lichaam. Ik durf het aan niemand te laten zien. Mijn tepels staan raar naar voren toe gericht en erachter zitten harde schijven die pijn doen als ik op mijn buik wil slapen. Mijn bh's hebben de kleinste maat die ik kon vinden en dan nog lubbert de stof van de cups.

Ik ben bang dat ik de rest van mijn leven zo blijf. Vel over been, met puntknieën. En een rare hobby.

Da's Claudia maar.

Mandy liet niet veel los over haar eerste keer met Ronald, maar ze heeft me wel tot in detail verteld hoe ze is ontmaagd door Rean. Wat hij deed en wat hij tegen haar zei en hoe hij rook en wat ze erbij voelde. Er was wel een beetje bloed, zei ze, toch deed het geen pijn. 'Het voelde heel... ja, vól daarbeneden.'

Ik wil dat ook. Ik wil weten waar iedereen het over heeft. Ik wil zo graag dat een jongen me diep in mijn ogen kijkt, zijn heupen tegen me aan drukt, een stijve van me krijgt. Mijn broek openritst, zijn vingers die me daar...

Verder dan een korte zoen is het niet gekomen, en dat was een jongen die een klas lager zat dan ik en twee baco's ophad.

Dat telt niet.

Ik vraag me af hoe het zou voelen als Henrie me zoende. Als hij dat al zou willen. Hij ziet me waarschijnlijk meer als een hulpbehoevend nichtje.

Ik neem een hand borrelnoten en vermaal ze tussen mijn kiezen. Er vallen druppels op de verpakking. Ik wrijf met mijn mouw langs mijn ogen en pak dropjes uit de puntzak. Ze zijn zacht en kauwen snel weg. Ik neem er nog een paar.

Als je veel eet word je dikker en het meeste vet zit nu eenmaal op billen en borsten.

Dat weet iedereen.

12

Ik had half en half verwacht dat ik Marnix op dezelfde plek zou aantreffen als waar ik hem vannacht heb achtergelaten, zijn blote voeten op de salontafel, zijn overhemd opengeknoopt en met bloeddoorlopen, kleine ogen die zo typerend voor hem zijn na een emotionele nacht. De fauteuil is leeg. Missonisokken met een beige-zwart zigzagpatroon liggen binnenstebuiten onder de tafel. Op het glazen blad restjes poeder, onbeduidend gruis voor degenen die niet beter weten. Marnix versterkt zijn emoties of probeert ze weg te drukken met dezelfde middelen. Ik heb nooit begrepen waarom hij zulke risico's neemt.

Ik hoor water stromen. De deur van de badkamer is open.

Marnix staat onder de regendouche, bewegingsloos, zijn gezicht opgeheven en zijn armen langs zijn lichaam. Zijn donkere haar plakt aan zijn slapen. Zijn mond staat open in een stille schreeuw. Douchewater stroomt via zijn mondhoeken naar buiten. Hoelang staat hij daar al? Ik maak mijn aanwezigheid niet kenbaar en blijf kijken naar dat lichaam dat ik zo goed heb leren kennen. Het is verouderd in de afgelopen decennia, net als het mijne, de huid minder strak. Toch oogt Marnix, afgezien van zijn bescheiden welvaartsbuikje, nog opvallend fit. Een wonder als je beseft wat hij zichzelf aandoet. Er zijn dagen dat hij nauwelijks eet.

Ik voel genegenheid voor deze man. Lang niet zoveel als hij zou willen, maar ruim voldoende om hem als mijn beste vriend te beschouwen.

Ik vertrouwde hem, rekende op zijn integriteit. Marnix zou nooit beslissingen nemen die tegen mijn wil en visie indruisen.

Nooit.

Dat wist ik zeker.

'Sorry. Echt. Ik heb geen oog dichtgedaan.' Hij heeft de kraan uitgedraaid en haalt zijn vingers door zijn vochtige haar. De stoom slaat van zijn schouders. Hij pakt een handdoek, maar doet geen moeite zich te bedekken. Marnix kent geen schaamte. We zouden samen het perfecte voorbeeld kunnen zijn van een duurzame vriendschap tussen man en vrouw, ware het niet dat het platonische van onze relatie eenzijdig door mij in stand wordt gehouden. Dat is niet altijd zo geweest.

Terwijl hij zich afdroogt zoekt hij mijn blik via de badkamerspiegel. 'Ik heb nagedacht. We zouden Valerio kunnen laten uitkopen. Ik heb connecties die –'

'Ik heb zelf ook connecties, Marnix.'

'Maar –'

'Ik wil dat je gaat.'

Hij staakt zijn bewegingen, zijn ogen worden groter.

'Ik meen het. Ga naar Amsterdam, naar het atelier.'

Ik loop terug naar de slaapkamer. Trek een eenvoudige pantalon aan met een ruimvallende top, een paar instappers eronder. Ik wikkel het snoer van mijn oplader op en prop het in een zijvak van mijn tas.

Marnix is me gevolgd. Hij staat in de deuropening en knoopt haastig zijn gekreukte overhemd dicht. 'Wat ben je van plan?'

Ik pak mijn telefoon en scrol door mijn contacten. 'Ik blijf nog even.'

'Waarom?'

‘Waaróm…?’ Mijn duim bevriest boven het scherm.

Om dingen recht te zetten, Marnix!

Om de schade te beperken.

Mijn bedrijf te redden.

‘Om de boel op te lossen,’ zeg ik zo rustig mogelijk.

Dertien

'En dat was de laatste.' Tante Andrea duwt tegen de afzonderlijke rollers om te controleren of ze goed vastzitten. Ze zijn zo strak ingedraaid dat het voelt alsof de haren uit mijn hoofd worden getrokken.

Ze haalt veel te grote plastic handschoenen uit de verpakking en leest fronsend de gebruiksaanwijzing. Giet dan de inhoud van een flesje over in een grotere fles. 'Stil blijven zitten, Clau,' mompelt ze. Prompt verspreidt koude vloeistof zich over mijn hoofdhuid. Het spul prikt en stinkt.

Kattenpis, maar dan honderd keer sterker.

Ik sluit mijn ogen. Je hoort weleens van mensen bij wie het is misgegaan. Die lopen nou rond met zo'n bebopkapsel met sliertjes in hun nek.

Mama kijkt met tante Andrea mee. 'Misschien daar nog wat?'

Ik voel het spul onder de watten door in mijn hals glijden. Mijn ogen beginnen te tranen.

'De volgende keer moet je voor Clau twee van die pakjes kopen,' hoor ik tante Andrea mompelen. 'Zulk dik haar, geen wonder dat ze d'r niks mee kan. Maar het wordt keimooi.' Ze knijpt in mijn schouder. 'Wat zul jij knap zijn op de kermis.'

Oma Storimans staat op om de koffiekan van het warmhoudplaatje te pakken en loopt ermee naar de woonkamer, waar opa in zijn rolstoel televisie zit te kijken. Ze schenkt zijn kopje vol en zet het weer naast hem op een verhoogd tafeltje. 'Als het niet gaat, geef je een gil, hè?'

Opa's magere hand tast naar het boerenbontkopje. Hij omvat het zorgvuldig en brengt het langzaam naar zijn mond.

Gelukkig, het lukt nog steeds.

Opa ligt veel op bed de laatste tijd. Hij klaagt niet over de pijn, maar soms verkrampt hij. Dan luistert hij niet meer naar wat je zegt. De pijn hoort bij zijn ziekte, geen enkele pijnstiller helpt. Naar het dierenparkje gaan we al een hele poos niet meer: opa heeft last van al dat gehobbel bij het op- en afgaan van de stoep.

'Jij de volgende keer, Mandy?' vraagt tante Andrea.

Mandy pakt een dikke haarlok vast, laat haar vingers erdoorheen gaan. 'Ik weet het nog niet.'

'Heb jij niet nodig,' zegt mama. 'Jouw haar valt goed van zichzelf. Je ziet trouwens mooi bruin.'

Tante Andrea valt haar bij. 'Dat viel mij ook al op. Bij mij is het bruin er alweer af.'

Mandy vertelt dat ze onder de zonnebank is geweest. De salon is kortgeleden geopend en haar moeder heeft meteen strippenkaarten gekocht – ze doen samen een kuur.

'Om de dag een kwartier in het zonnekanon,' zegt ze. 'Dat zet het meeste aan.'

Andrea pakt Mandy's arm vast en wrijft over haar huid alsof ze er zeker van wil zijn dat de kleur niet afgeeft. 'Ik ga dat ook doen. *Kei-hendig*.'

'Ik ook,' zegt mama. 'Dan hoef ik 's ochtends geen bruincrème meer te smeren.' Ze kijkt me aan. 'Wat denk je, Clau, zullen wij samen zo'n kaart nemen? Jij kunt ook wel een kleurtje gebruiken.'

Ik knik.

Mandy bladert door een *Popfoto* uit de leesmap. De zangeressen die erin staan hebben getoupeerd haar en ze zijn allemaal slank en lekker bruin.

'Best wel gek, eigenlijk,' zeg ik. 'Ooit was het juist mode om wit te zijn. Wit en dik.'

Mandy kijkt naar me alsof ik heb gezegd dat ik naar een nudistencamping wil.

Ik heb meteen al spijt.

'Da's nooit mode geweest,' zegt mama. 'Dik niet, en wit al helemaal niet.'

'Ik bedoel lang geleden.'

Oma schudt haar hoofd. 'In mijn tijd wilde je een gezond kleurtje, zeker net na de oorlog.' Ze wijst naar haar jukbeenderen. 'Een beetje rouge gebruikten we toen al als we gingen dansen. Niet op school, zoals jullie, want dan sloegen de nonnen je tegen je oren.'

'Ik bedoel nog langer geleden. Op oude schilderijen zie je alleen maar vrouwen met een lichte huid. Rubens heeft –'

'Clau!' Mandy rolt met haar ogen. 'Doe éffe normaal.'

Ik kijk langs haar heen de woonkamer in. Opa zit daar nog, pal voor de tv, zijn rug gebogen. Hij zet behoedzaam zijn boerenbontkopje terug op het schoteltje.

'Kom, we gaan uitspoelen,' zegt Andrea. 'Eens kijken of je krullen hebt.'

13

Met een zilveren mesje duwt Claire Straumann een stuk eendenlever op haar vork. Haar hand blijft in de lucht hangen, halverwege het damast en haar subtiel opgevulde lippen. 'Ik kom net terug uit Moskou. Er zijn daar sprόngen voorwaarts gemaakt. Wonderbaarlijk, hoe die stad van criminelennest tot moderne metropool getransformeerd is.' Ze trekt een perfect getatoeëerde wenkbrauw op – geen clownesk boogje in vervaagd blauw, maar subtiel aangebrachte lichtbruine haartjes. Net echt. Ik zou het niet hebben geweten als ze me niet zelf aan haar schoonheidsspecialist had voorgesteld, een jaar of drie geleden tijdens een diner bij haar thuis. 'Maar smaak hebben ze er nog steeds niet,' gaat ze verder. Haar hand komt weer in beweging en ze neemt een hap. '*Speaking of taste...*' Ze sluit een moment haar ogen. '*Vive la France.*'

Ik prik een stukje makreel aan mijn vork en haal de vis door een rijtje gifgroene druppels aan de rand van mijn bord. Mijn handen trillen licht.

'Je ziet er *by the way* fantastisch uit, Viviáne. Elke keer als ik je zie lijk je jonger en slanker dan in mijn herinnering.'

Ik mompel een bedankje.

'Hoe is het eigenlijk met Jonathan?'

Ik heb spijt dat ik haar ooit over hem vertelde. Het is geen geheim, maar ik blijf het moeilijk vinden om op onverwachte momenten over hem te praten. Pijnlijk vooral.

'Goed,' zeg ik, en ik neem een slok van de chablis.

Een ober snelt meteen toe om bij te schenken.

'Wat bracht jou eigenlijk naar Parijs?' vraagt ze.

Ik vertel haar over het gala. Claire Straumann vliegt de hele wereld over en volgt de modepers niet. Voor haar styling vertrouwt ze op een paar ontwerpers, die ze al jaren trouw is. Ze staat aan het hoofd van een beursgenoteerd farmaceutisch bedrijf dat in de jaren vijftig is gesticht door haar grootvader. Binnen haar branche wordt ze beschouwd als een belangrijke 'social influencer'. Op grotere media-evenementen draagt ze meestal Vivian D. Reken maar dat de afdeling verkoop het merkt wanneer 'la Straumann' een benefietdiner heeft georganiseerd.

'Vertel er eens wat meer over?' vraagt ze.

Ik veeg met mijn duim een vlekje op de voet van mijn wijnglas weg. 'Het gaat om een exclusieve collectie avondjurken. We maken maar vijftig stuks van elk model.'

Haar groene ogen glinsteren. 'Zit er iets voor mij bij?'

'O, zeker. Eentje met pailletten in taupe, de kleur zal je beeldig staan. Ik zal Marnix vragen je een stofsample en een foto –'

'Hoeft niet, ik vaar blind op jouw oordeel.'

Ik glimlach. 'Dank je. En met zulke beperkte aantallen is de kans heel klein dat je voor een onaangename verrassing komt te staan.'

'Lieverd, het is een avondjurk. Ik reken erop dat jij er voor mij een geniale, unieke draai aan geeft.' Het klinkt als een als compliment verpakte opdracht, en dat is het ook. Ze kijkt me koeltjes aan en toont me haar smalle pols, waar enkele dunne witgouden armbanden omheen hangen, bezet met smaragd en diamant. 'Iets wat hierbij past. Dat kun jij als geen ander.'

De plotselinge kilte doet me beseffen dat ik een fout heb gemaakt door met haar af te spreken. Een stembuiging, een knikje, meer heeft Claire niet nodig om mij te doen inzien hoe de verhoudingen werkelijk liggen binnen onze jarenlange relatie. Ze doet me denken aan een edelvrouw die haar kleermaakster een schouderklopje geeft omdat ze met bebloede vingertoppen tot diep in de nacht heeft doorgewerkt om De Jurk Voor Mevrouw op tijd af te hebben.

Claire duldt mij in haar aura. Meer niet. Op een of andere manier vindt ze me interessant, bekend of aardig genoeg om af en toe haar kostbare vrije tijd mee te verdoen, maar de kloof tussen ons is in werkelijkheid onoverbrugbaar.

Het maakt niet uit hoe gelauwerd ik als ontwerpster ben en hoe vaak ik met mijn hoofd in een tijdschrift sta; mensen als Claire zullen me nooit als hun gelijke zien. Ik ben iemand die zich langs de periferie van hun levens beweegt en alleen daar wordt getolereerd, in de rol van hofnar die best goed is met coupenaden.

Claire is zich waarschijnlijk niet bewust van haar feodale gedrag. Misschien omdat zij dit gevoel helemaal niet kent; afhankelijk te zijn van de gunsten van anderen. Al zou Claire Straumann verregend, in een afgedragen linnen blouse en op espadrilles met platgelopen hielen het George Cinq binnenlopen, dan nog zou zij een tafel krijgen, een van de beste.

Bon chic, bon genre.

'Excuseer me even.' Ik leg mijn servet naast mijn bord en sta op.

Veertien

Het is er weer.

Dat gevoel.

Ik ben klaarwakker, maar het is nog geen ochtend. Mijn kamer is donker. De cijfers op de wekkerradio lichten rood op.

2:50.

Ik knijp mijn ogen dicht, ik wil dit niet, maar de beelden blijven komen.

2:53.

Hij zweeft door de kamer: een soepele rok met verticale biezen. De stof wervelt om een stel onzichtbare benen en is subtiel verzwaard aan de onderkant, zodat hij mooier valt. Misschien is er looddraad in de zoom genaaid, zoals bij gordijnen, maar dan lichter en platter. Bestaat zoiets voor kleding? Er hoort een topje bij met ruches in dezelfde kleur als de biezen, daaroverheen een hesje van soepel satijn met lange, puntige flappen die je los kunt laten hangen of ter hoogte van je maag kunt strikken. In de taille een ceintuur met een platte veter van satijn, zoals bij een korset. Eronder laarzen met spekzolen en dezelfde veters. De kleuren: wit en bruin? Goud met bruin? Bruin met roze! Ik geloof niet dat ik die kleurencombinatie eerder heb gezien.

Ik voel me euforisch, maar dan bekruipt me de angst dat ik dit morgen vergeten ben, dat ik niet meer weet hoe het eruitzag. Dat het vervliegt. Ik móét het vastleggen.

Het heeft geen zin om te blijven liggen.

Ik laat me tussen de lakens uit glijden en trek het koffertje onder mijn bed vandaan.

14

'Deze week gaat me niet lukken, liefje, ik zit in New York.'

'O, Rachel, wat heerlijk!' Ik klem mijn hand om mijn telefoon en krijg het op een of andere manier voor elkaar om enthousiasme in mijn stem te leggen. In één moeite door stel ik luchtige vragen waarmee ik de indruk wek dat ik zelf ook regelmatig in New York ben. Dat ik de belangrijke modestad alleen ken van televisie en films beschouw ik als een hiaat in mijn ontwikkeling. Ik heb New York niet met opzet ontweken, het is er alleen nooit van gekomen – mijn basis ligt in Europa.

'Nou, we houden contact,' hoor ik Rachel zeggen. 'Doe je die knappe Marnix de hartelijke groeten van me?'

Ik verbreek de verbinding en smijt mijn telefoon met een krachtterm van me af, op het hotelbed. Wat zei ik vanochtend nog vol overtuiging tegen Marnix? 'Ik heb zelf ook connecties?' Wat een grap. Rachel was de laatste naam op mijn armetierige lijstje en niemand – behalve Claire, maar dat was stom toeval – wil met me lunchen. Zelfs Freda niet, terwijl ze ook in Parijs is. Ze had veel afspraken, zei ze, een volle agenda.

Het lijkt wel of ze het ruiken.

De wanhoop.

Tien of vijftien miljoen is voor vrouwen als Freda wisselgeld, maar hoe had ik ooit kunnen denken dat ik daar om zou kunnen vragen, alleen maar omdat ze graag kleding dragen die ik ontworpen heb? Ze zouden me met andere ogen gaan bekijken, scherper, kritischer, en daardoor de rafels opmerken aan het kostuum van hun favoriete hofnar. Zien dat de stof versleten is, de lach onecht.

Ze gaan me het geld niet lenen, en alleen al door erom te vragen zou ik mijn beste klanten verliezen.

Klanten. Geen vrienden.

Dat ik dat niet eerder heb ingezien, zegt veel over de staat van mijn sociale leven.

Vijftien

'Dat hier ook mensen wonen, hè.' Mandy kijkt demonstratief om zich heen. 'Echt kei-achteraf.'

Henrie werkt dit weekend op de draaimolen, die midden op het kerkplein van het dorpje staat. Er zijn ook botsauto's en langs de kant van het plein staan een Hollandse gebakkraam, een snoepkraam en een kop-van-jut. Het ruikt hier naar suikerspinnen, oliebollen en de shetlandpony's waar kinderen voor één gulden vijftig een ritje op mogen maken.

De draaimolen is van een neef van Henries moeder, Johannes, een aardige man met een dikke rode snor. Hij woont samen met zijn vrouw in een caravan, waarmee ze van kermis naar kermis trekken. In de winter stallen ze hun draaimolen in een hal op een industrieterrein en daar wonen ze dan tot het nieuwe kermisseizoen weer begint. Ik vraag me af hoeveel dorpjes als deze Johannes en zijn vrouw al wel niet kennen. Nergens blijven ze langer dan een week. Ik kan me er amper een voorstelling van maken hoe dat is; ik woon al mijn hele leven in dezelfde wijk. Toen ik klein was woonden we bij opa en oma, daar weet ik nog maar weinig van, en daarna zijn we in de Berkenstraat gaan wonen. Ik heb al dertien jaar dezelfde kamer met hetzelfde uitzicht: het huizenblok aan de overkant van de straat.

'Heb je die schoenen gezien, met die tennissokken? Dat kan écht niet meer.' Mandy knikt naar een stel jongens op een bankje.

Ronald staat zwijgend achter haar. Zijn kin rust op haar schouder terwijl hij ter hoogte van haar borsten een shagje draait.

'Hoogwater,' valt Annet haar bij. Ze breekt een stuk kersenstok af met haar kiezen. Ik hoor een doffe knak.

Vlak voor ons grijpt Henrie naar een touw en luidt routineus een koperen bel. De draaimolen zet zich in beweging. Henrie loopt behendig tussen de paarden, brandweerwagens en motoren door om de kaartjes op te halen. De meeste kinderen die meerijden zijn niet ouder dan zeven, maar langs de kant staat een groep meisjes met felgekleurde make-up en spijkerjacks, stuk voor stuk te oud voor de draaimolen.

'Ik stomp een van die wijven straks op d'r bek,' hoor ik Annet naast me zeggen. 'En hém erbij.'

'Henrie kan daar toch niets aan doen?'

Ze maakt een nijdige hoofdbeweging. 'Zie je niet dat hij staat te sjansen?'

Henrie zwaait vrolijk naar ons vanaf het niet-meebewegende midden van de draaimolen, zich van geen kwaad bewust. Uit de luidsprekers schalt orgelmuziek.

'Ik denk niet dat Johannes het goedvindt als hij met een chagrijnige kop zijn werk doet,' merk ik op.

Annet bekijkt me alsof ze nu pas in de gaten heeft dat ik er ook bij ben. 'Zeg, ben jij eigenlijk ziek of zo? Je ziet wit. Niet normaal.'

Mandy valt haar bij: 'Ja, verrek. En wallen.'

'Slecht geslapen,' zeg ik. Vooral kort – ik werd wakker rond twee uur en daarna heb ik geen oog meer dichtgedaan. De tekeningen zijn gelukkig mooi geworden.

'Geef mij d'r ook eentje.' Annet trekt een sigaret uit het pakje dat uit het borstzakje van mijn spijkerjack steekt. 'Krijg je morgen van me terug.'

Ronald geeft haar een vuurtje en houdt daarna zijn eigen shagje in de vlam.

Ik zit op een laag muurtje aan de rand van het plein en rook een sigaret. De draaimolen is donker, de muziek verstomd. Alleen de kop-van-jut en de gebakkraam zijn nog open. Henrie en Annet hebben zich al een poos geleden in het binnenste van de draaimolen opgesloten. Mandy en Ronald slopen het paadje naast de kerk in. Het is stikdonker daarachter.

Ik duw een spiraalvormige lok terug die de wind in mijn gezicht blaast. Mijn haar is een stuk korter geworden en knispert als ik erin knijp. Andrea schrok toen ze de rollers eruit haalde. Sommige kon ze zó van mijn hoofd pakken, met het haar er nog omheen. Die hadden te strak gezeten, ze zou er de volgende keer beter op letten. Gelukkig vallen de korte plukjes niet zo op in die volle krullenbos.

Ik kijk naar een groepje mannen in de leeftijd van mijn vader die zich hebben verzameld bij de kop-van-jut. Af en toe klinkt er luid gerinkel en wordt er geschreeuwd en gejoeld. Ik laat mijn peuk op de grond vallen en doof hem met mijn hak. Voel in mijn pakje Belinda. Nog maar drie sigaretten over. En mijn kaneelstok is al op.

Er ritselt iets in de hoge bomen achter me en ik kijk om, maar het is daar donker. Een rilling trekt over mijn rug. Dat ik vannacht heb zitten tekenen, wreekt zich nu.

Bij de kerk is nog geen beweging en de deur van de draaimolen blijft gesloten. Ik steek mijn handen diep in de zakken van mijn jas. Ik hoop dat ze snel terugkomen, want het begint nu toch wel koud te worden.

15

Ik rook al jaren niet meer, maar de valse troost van een sigaret zou nu welkom zijn. Iets om me aan vast te klampen. De suite lijkt reusachtig ten opzichte van gisteren, toen Marnix hier nog liep te telefoneren, er rekken kleding stonden en Joelle interviewvragen met me doornam. Gerinkel van telefoons, gezoem van laptops. Het gekwetter van Cécile, de styliste en de visagist. Nu is het ondraaglijk stil. Doods. Zelfs het licht in de kroonluchters sprankelt niet. Doelloos loop ik door de suite met mijn pluchen konijntje tegen me aan gedrukt. Zijn dunne oren zijn versleten door de jarenlange wrijving van mijn vingers, de beige draad schemert door op zijn witte buikje. Ik kan de keren niet meer tellen dat ik mijn neus ertegenaan duwde, de geur opsnoof. Zijn kraaloogjes glinsteren. Even lijkt het alsof hij me iets wil zeggen, maar hij zegt altijd hetzelfde.

Ik loop naar het raam dat uitzicht biedt op de kastanjebomen langs de Avenue Gabriel, de takken kaal en grauw in het zwakke novemberlicht. Het raam laat zich niet openschuiven. Ik druk mijn voorhoofd tegen het koele glas. Op de avenue daarbeneden jakkert verkeer. Auto's, busjes, motoren, een ambulance. Ik zie een stel van mijn leeftijd de straat oversteken, gevaarlijk laverend tussen het voortrazende blik. Vlak voor de wielen van een bestelwagen trekt hij haar een vluchtheuvel op. Zij slaat lachend haar armen om zijn nek.

Ik geloof niet dat ik ooit zo ben geweest, zo zorgeloos en vol vertrouwen. Al vroeg ging ik ervan uit dat niemand mij tijdig op een vluchtheuvel zou trekken. Ik weet niet of die overtuiging terecht was, maar ik heb er wel naar geleefd. Al mijn liefde, aandacht, creativiteit en kwetsbaarheid heb ik aan de mode gegeven. Aan Vivian D.

En kijk eens waar me dat heeft gebracht.

Zestien

'Mam, toen jij zo oud was als ik, wist jij toen al wat je later wilde worden?'

Mijn moeder loopt naast me met een hand in de zak van haar suède jack, in de andere draagt ze een zware tas. Antoine dribbelt voor ons uit. Hij trapt zijn voetbal steeds een stukje verder de straat in en rent er dan achteraan om hem tegen te houden voor hij de weg op rolt.

'Daar dacht ik niet zoveel over na,' zegt mama.

'Echt niet?'

Ze schudt haar hoofd. 'Ik wilde gewoon trouwen en kinderen krijgen. Nou, da's gelukt.' Ze geeft een duwtje tegen mijn schouder en even lijkt het alsof we vriendinnen zijn in plaats van moeder en dochter. Ze is ook best jong, drieëndertig pas.

'En jij?'

'Ik weet het nog niet,' zeg ik.

De meesten uit mijn klas gaan na het examen meteen werken, anderen willen naar de meao en een paar naar de havo. De tekenleraar zei afgelopen week dat hij me wel geschikt vond voor de kunstacademie. 'Daar wordt je creatieve expressie gefundeerd,' zei hij, maar hij vertelde erbij dat ik met een mavodiploma niet zou worden toegelaten. 'Je moet minstens havo hebben, dus nog twee jaar extra leren. Maar dat kun jij wel.'

Het lijkt me heerlijk om naar een school te gaan waar je eindeloos mag tekenen, alleen klinkt 'academie' als iets voor rijke mensen en van kunst weet ik weinig.

Mama wijst naar een leegstaand gebouw van beton en glas. 'Als je vroeger als meisje in deze buurt woonde, dan ging je bij de N.C.I. werken. Ze zaten daar hele dagen aan de lopende band bloesjes en rokken te naaien voor de C&A. Tante Riek heeft er nog gewerkt, en tante Sjaan en tante Mien ook trouwens. Er was daar zo'n chef die steeds aan je kont zat en als je ging trouwen werd je ontslagen.'

Ik kijk naar de vuile ruiten, de betonnen leegte erachter.

'Ze maken nu kleren in het buitenland. Da's goedkoper,' gaat mama door. Ze hevelt haar tas over in haar andere hand. 'Is kapster eigenlijk niks voor jou? Dan kun je gezellig samen met Mandy naar de kappersschool. Of verkoopster in een kledingzaak? Dat vind ik ook wel iets voor jou.'

Kapster zijn lijkt me alleen maar eng, maar ik heb wel een mening over wat mensen aantrekken. Tante Riek, onze buurvrouw, draagt bijvoorbeeld geen korsetten meer terwijl ze nog steeds jurken aantrekt van dunne, glanzende stof. Ze zitten zo strak dat je kunt zien hoe de band van haar bh in haar rugvet snijdt. En ze combineert dingen die niet bij elkaar passen en die eigenlijk te jong voor haar zijn; een legging met panterprint met een roze kakkervestje en witleren klompen bijvoorbeeld. Ik heb er weleens iets van gezegd, héél voorzichtig. Mama snoerde me de mond en zei dat Riek dat nog goed kon hebben. Misschien omdat ze aardig wilde zijn. Maar is het wel zo aardig? Tante Riek loopt voor schut, omdat niemand eerlijk tegen haar is. Als ik in een winkel werkte, dan zou ik haar een jurk laten proberen die wat ruimer zit, met een goede voering en een rustige print. Ik weet zeker dat dat haar beter zal staan. Maar van mavomeisjes van vijftien neemt niemand iets aan.

Van verkoopsters in kledingzaken natuurlijk wél.

'Wat ben je stil?' vraagt mama.

'Nou... Verkoopster lijkt me wel leuk.'

Ze lacht. 'Mooi. Dan kunnen we later met de hele familie met korting bij jou kopen.'

'Roem gaat altijd gepaard met eenzaamheid.
Succes is zo koud en eenzaam als de Noordpool.'

Vicki Baum

16

Minstens vier keer per jaar trek ik me terug om mijn collecties te ontwerpen. Tijdens dat proces verdraag ik geen gezelschap. Ik laat me meevoeren in de flow die urenlang kan aanhouden, maar ook weleens dagenlang. In zo'n periode vergeet ik te eten en te slapen. Ik voel geen pijntjes, verlies alle besef van tijd en heb geen idee van wat er speelt in de wereld – en dat kan me ook niet schelen. De flow is een vorm van bewustzijnsvernauwing die me in staat stelt te doen wat ik moet doen. Een collectie ontwerpen is als het schrijven van een verhaal – er is een rode draad, alles is met elkaar verbonden en het ene vloeit logischerwijze voort uit het andere – en aan dat verhaal heb ik voldoende gezelschap. Ik dompel me er volledig in onder; een zomer in Andalusië, een sterrennacht in Marrakesh of een dialoog tussen Hollandse meesters. Ik bekijk foto's en bezoek musea, ga op pad met mijn camera of koop spullen die me aanspreken. Meestal reis ik af naar een plek die me inspireert. Ander licht, exotische geuren en nieuwe geluiden brengen de creatieve stroom altijd op gang. Ik ben alleen in Marrakesh, in Granada, Berlijn en Londen geweest. Alleen, maar niet eenzaam. Geen moment.

Niet verloren zoals nu, in de eersteklascoupé van de Thalys naar Amsterdam.

Mijn telefoon rinkelt.

Ik diep hem op uit mijn tas.

'Weet jij waar Marnix is?' Joelle klinkt gejaagd.

'Is er iets?'

Ze weifelt net iets te lang.

'Je hebt hem toch wel gezien vandaag?'

'O, jawel, hij liep hier vanmiddag nog op het atelier rond. Maar ik heb hem nodig en hij neemt zijn telefoon niet op.'

'Waarom ben je eigenlijk nog aan het werk? Het is al over negenen.'

'Nou, het is...' Haar adem stokt. 'Ik wil je er niet mee belasten, Viv. Ik zoek gewoon Marnix.'

'Je belast me niet. Ik zit in de Thalys en ben over twintig minuten op het Centraal Station. Als je me daar ophaalt, hebben we het er verder over.'

'Ik stuur een taxi, goed? Ik kan Cécile en de naaisters nu onmogelijk alleen laten.'

'Waarom niet?'

Stilte.

Een mannenstem op de achtergrond.

'Wie is dat?' vraag ik.

Ik hoor een deur dichtslaan. Joelle begint te fluisteren: 'Er is hier een kerel die beweert dat hij is aangesteld als interim-manager.'

'Nonsens.'

'Nou, ik–'

'Joelle, luister: ik weet niets van een interim. Het is waarschijnlijk een gek. Zeg dat je de politie belt als hij niet meteen weggaat. Weet je wat, bel die maar meteen!'

'Hij komt niet over als een gek.'

'Joelle, het–'

'Hij zegt dat hij is gestuurd door zijn baas, ene Valerio, en dat dit is besproken met Marnix.'

Zeventien

Opa Storimans zou een paar weken in het verpleeghuis blijven, maar hij zit er nu al vier maanden. Elke keer als we op bezoek komen vraagt hij wanneer hij weer naar huis mag, en elke keer zegt oma dat het niet gaat.

Nóg niet.

Wanneer we weer naar huis rijden, begint oma erover. 'Het was toch geen doen meer zo, met papa thuis?' vraagt ze aan mama.

'Niemand houdt dat vol, mam, en in het Sint Jozef kunnen ze hem de verzorging geven die hij nodig heeft.'

Oma bet haar ooghoeken met een zakdoekje.

'Wil je niet even stoppen?' vraagt mama.

Oma schudt haar hoofd.

Mama vraagt het nog eens, maar oma blijft haar hoofd zachtjes schudden totdat ze de auto stilzet voor ons huis.

17

Vivian D is gevestigd in Dok 13, een voormalig fabriekspand aan de noordoever van het IJ. We delen het kolossale bakstenen gebouw met andere creatieve bedrijven; zij bezetten samen de begane grond, wij de hele eerste verdieping. Alleen daar brandt nog licht. Er staan fietsen tegen de muur bij de ingang en ik zie Céciles Twingo, Joelles Audi en een motor van een stagiair staan, maar ook een grote Volkswagen die ik niet ken.

Ik betaal de taxichauffeur en stap uit. De deuren van de entree zijn open. Gelig licht beschijnt de tegelwanden. Ik pak mijn telefoon uit mijn tas en probeer nog eens Marnix' nummer. Tevergeefs. 'Klojo,' mompel ik tegen de hoge muren van de hal.

Ik laat de goederenlift links liggen en neem de trap. Mijn voetstappen echoën door de ruimte. Even schiet het door me heen dat het onverstandig kan zijn om zomaar naar binnen te lopen. Ik zou Antoine kunnen bellen, maar voordat mijn broer in Amsterdam is zijn we anderhalf uur verder. Mijn vader wil ik hier al helemaal niet mee belasten. Hij is herstellende van een bypassoperatie, al zal dat hem er niet van weerhouden om met 'een end hout' in zijn auto te springen, samen met wat buikige ooms die net als hij de zestig gepasseerd zijn.

Boven aan de trap is een pui van gezandstraald glas en zwart metaal. Op een perspex vierkant ernaast staat eenvoudigweg VIVIAN D – STUDIO & ATELIER. Het doet vermoeden dat er nog meer afdelingen zijn, maar meer dan dit is er niet. Mijn ontwerpen worden hier in het atelier uitgewerkt en doorgepast en de samples voor de shows maken we ook hier, evenals de speciale bestellingen, zoals die voor Claire. De productie van de prêt-à-porterlijnen vindt in het buitenland plaats.

De entree heeft een witte gietvloer, tegenover de ingang is een balie die alleen bij speciale gelegenheden wordt bemand en rechts ervan staat een modulebank van Roche Bobois in primaire kleuren. Lichtbakken met catwalkfoto's hangen aan de wanden. Onze inrichting is jaren geleden door Marnix bedacht, maar oogt nog steeds fris.

'Vivian?'

Joelle verschijnt in de deuropening. Achter haar loopt een jongen van een jaar of twintig in een glanzend slim fit-overhemd. Hij kijkt rusteloos om zich heen. Ik heb er meteen spijt van dat ik mijn broer niet heb gebeld.

Joelle omhelst me. 'Fijn dat je er bent. Hij wacht binnen op je.'

Ik maak me los uit haar omhelzing en knik in de richting van de jongen, die geen contact maakt. 'Eh... en wie is dat dan?'

'Niemand.'

Ik volg haar het pand in. *Mijn* pand, al voelt dat nu niet zo.

'Je hebt Marnix zeker niet meer te pakken gekregen?' vraagt Joelle over haar schouder.

'Nee.'

We lopen langs het atelier, een hoge, witte ruimte die baadt in het kunstlicht. Cécile is aan een van de lange tafels aan het werk met Boris en Sophie, een stagiair van ArtEZ en twee van onze vaste coupeuses. Ze kijken tegelijkertijd op.

Op een of andere manier weet ik er een lachje uit te persen.

Achttien

Het verzorgingstehuis staat volgens oma Storimans 'midden in de natuur', maar als je vanuit de bezoekersruimte naar buiten kijkt zie je alleen maar naaldbomen. Dicht op elkaar staande stammen waar kale takjes uitsteken, met alleen wat groen bovenin.

We zitten hier elke woensdagmiddag: opa, oma Storimans, mama, Antoine en ik. Oma voert opa eten van thuis: snijboontjes met karbonade, snert, zuurkool met worst. Hapje voor hapje. Opa drinkt appelsap uit een tuimelbeker en heel af en toe vraagt hij nog weleens hoe het op school gaat. Dan zeg ik 'goed' en hij antwoordt 'mooi zo'.

Ik durf het niet tegen mama te zeggen, maar ik ben altijd blij als het bezoekuur erop zit en we weer naar huis gaan. Alle bewoners zijn ziek en triest. Bij sommigen draaien de ogen weg, anderen zitten gebogen voor zich uit te staren naar die muur van naaldbomen daarbuiten en bijna niemand kan normaal lopen. Het lijkt wel alsof de geur van moedeloosheid in de gordijnen is gaan zitten, net als de sigarenrook van meneer Robeerst op mijn lagere school.

18

'Egbert Joustra, accountant.' Een rijzige man, type marathonloper, komt omhoog uit Morris' bureaustoel. Hij geeft me een stevige handdruk en laat zich weer in het cognackleurige leer zakken.

Het irriteert me dat hij de vrijheid heeft genomen om in het kantoor van Morris op me te wachten. Het mijne heeft alleen een representatieve functie, maar onze financieel directeur hecht waarde aan zijn werkplek. Foto's van zijn kinderen en zijn teckel, een silhouetknipsel van zijn vrouw dat hij heeft gekocht in Montmartre, een mok met een detail uit *De Hooiwagen* van Jheronimus Bosch – in de loop van de jaren heeft Morris steeds meer persoonlijke spullen naar zijn werk gesleept.

En nu zit daar ineens Egbert Joustra.

'Interim-manager was het toch?' Ik doe geen moeite mijn aversie te maskeren. De temperatuur in de ruimte is zojuist tien graden gedaald.

'Dat is misschien wat boud gesteld.'

'Het waren uw eigen woorden.'

'Ik zei *financieel* interim-manager tegen uw mooie assistente. Ik ga ervan uit dat Morris...' Hij trekt een poststuk over het bureaublad naar zich toe en leest: 'Morris Bik... mij hier de komende weken wegwijs zal maken.'

'Ik wil dat u nu weggaat,' zeg ik zo kalm mogelijk.

'Tja.' Joustra tuit zijn lippen en laat een korte stilte vallen. 'Ik ben bang dat u voorlopig nog wel even aan me vastzit.'

'Dit is mijn bedrijf.'

'Zesentwintig procent was het toch?'

Ik kijk zo onbewogen mogelijk naar hem en draai me om naar Joelle. 'Ga maar vast naar huis. Ik regel het hier verder wel.'

'Ik blijf liever.'

'Het was geen vraag.'

Joelles ogen schieten van mij naar Joustra en zijn jonge sidekick, die onwillig voor haar opzijstapt. Ze sluit de deur achter zich met een zachte klik.

Ik weet dat ze meteen naar het atelier rent. De speculaties van Cécile en de anderen zullen niet van de lucht zijn, maar ik kan Joelle niet bij dit gesprek hebben.

Joustra slaat zijn armen over elkaar. 'De zaken staan er mogelijk anders voor dan u door uw manager is voorgespiegeld.'

'Dat kan ik moeilijk geloven. Marnix liegt niet tegen mij.'

'Een jarenlange vriendschap kan iemands beoordelingsvermogen vertroebelen. U weet dat uw vriend nog maar vijftien procent van zijn aandelen bezit?'

'Natuurlijk weet ik dat.'

Toen Marnix en ik begonnen met Vivian D was de verdeling overzichtelijk: ieder de helft. Een paar jaar later breidde de verkoop zich uit naar het buitenland en hadden we meer geld nodig voor de productie en de promotie. Veel meer geld. Marnix kwam op het idee om de helft van de aandelen aan investeerders te verkopen. Uiteindelijk gaven we 49 procent uit handen en hielden we samen 51 procent – ik een procentje meer dan Marnix. Zelfs als alle investeerders samen een verandering zouden willen doorvoeren, zou dat alleen kunnen met goedkeuring van minstens een van ons tweeën. Zo hielden we zeggenschap over Vivian D, en dat zou zo blijven.

Een waterdichte constructie.

Beklonken met een knuffel en een fles wijn.

'Uw werkgever heeft een meerderheidsaandeel in Vivian D verkregen door mijn manager voor te liegen,' zeg ik. 'En het zal hem niets opleveren.'

Joustra geeft geen krimp.

'Ik vrees dat Valerio Bruno eraan voorbijgaat dat Vivian D een bedrijf is waar de winstcijfers niet vooropstaan. En dat zal door zijn overname niet veranderen.'

'U zult van mij geen last hebben,' zegt hij.

'Dat heb ik nu al. Uw werkgever heeft een discutabel imago.'

Joustra's ogen vernauwen zich.

Ik herinner me Valerio Bruno's gebrek aan zelfreflectie en ik vervolg: 'Los van de vraag of dat terecht is, kan de negatieve beeldvorming die aan hem kleeft ons schaden.'

Joustra staat op en pakt zijn jas. 'Mijn werkgever is zich daarvan bewust en zal op de achtergrond blijven.'

'Door hier 's avonds twee mannen naartoe te sturen om de boel op z'n kop te zetten?' Ik wijs in de richting van de gang. 'Wat moet ik in hemelsnaam mijn personeel vertellen?'

Negentien

LAURENT – SINDS 1926 staat er in gouden letters op de gevel. Niemand die ik ken is hier ooit naar binnen geweest en ik durf ook niet goed. Alles ziet er zo luxe uit. De etalagepoppen hebben jasjes aan met glanzende voering, rokken met mooie stiksels en een van de poppen draagt zelfs een bontjas, een echte. Ik bekijk de kleding zo goed als het lukt door de etalageruit. Er hangt nergens een draadje los en er zit geen zoom scheef. Sinds ik met opoe Vonk achter de naaimachine heb gezeten weet ik hoe moeilijk het is om alles netjes af te werken. Er staan nergens prijzen bij.

Tussen de etalagepoppen door tuur ik de winkel in. Champagnekleurig tapijt, kledingrekken met goudkleurige stangen en achterin een brede open trap naar de eerste verdieping. Het personeel draagt lichtblauwe mantelpakjes met een naamplaatje op de revers. Twee verkoopsters staan bij de kassa over een formulier gebogen en een andere is aan het bellen. Bij de pashokjes houdt een jonge verkoopster alles in de gaten. Het valt me op dat niemand lacht.

Ik draai me weg van de etalage en steek een sigaret op. Van mama mag ik niet roken op straat, ze vindt het ordinair – 'zéker voor een meisje' –, maar iedereen doet het. Ik loop via de winkelpromenade terug naar mijn fiets. Af en toe stop ik om bij een kledingwinkel in de etalage te kijken. Overal staan de verkoopsters met hun armen over elkaar bij de kassa, of ze vouwen kleren op.

Ik begin eraan te twijfelen of kledingverkoopster wel iets voor mij is. Je moet de hele tijd doen alsof je ergens mee bezig bent. In sommige winkels is het zo rustig dat het niet anders kan of de verkoopsters husselen zelf kledingstukken door elkaar om ze vervolgens weer netjes op te vouwen.

Dan heeft Johannes het met zijn draaimolen beter voor elkaar. Ik zag hem op de kermis de hele tijd lachen. Zijn vrouw en hij hebben dan ook elke week een ander uitzicht door het raampje van hun caravan. Opoe Vonk heeft ook een ander soort leven gehad. Haar verhalen lijken regelrecht uit een avonturenboek te komen.

Als ik kledingverkoopster word komt er van avonturen niets terecht. Dan eindig ik in een blauw mantelpakje tussen vier muren. En dan valt er niets meer te lachen.

19

'Er zijn dingen aan het veranderen waarvan we nog niet helemaal kunnen overzien waar het heen gaat,' zeg ik.

Zes paar ogen staren me aan.

'Ik kan niet genoeg benadrukken hoe belangrijk het is dat jullie buiten deze muren met niemand praten over wat er hier gebeurt.' Achter mijn rug bal ik mijn vuist. 'Begrijpen jullie wat ik bedoel?'

Cécile knikt. Boris trekt zijn hoekige wenkbrauwen op. Hij denkt er duidelijk het zijne van.

'Dat geldt ook voor jou, Boris.' Ik kijk hem indringend aan. 'Ik reken op je.'

'Ik ga hier echt niet over lullen of zo. Maar waarom vertelt niemand ons wat er nou precies aan de hand is?'

'Het ligt allemaal niet zo eenvoudig,' zeg ik.

'Zijn we overgenomen?' vraagt Sophie.

'Dat is nog niet gezegd. We zijn druk bezig om een oplossing te vinden en die zal er komen ook, neem dat gerust van me aan.' Ik werp een blik op de klok. Het is bijna middernacht – als je hecht aan reguliere werktijden moet je niet in de mode gaan werken. 'Zodra er meer bekend is, laat ik dat jullie weten. De collectiebespreking van morgenvroeg gaat gewoon door.'

Thuis bel ik Marnix. Weer voicemail. Mijn berichtjes komen niet eens door. De lafaard heeft zijn telefoon uitgezet.

Het maakt niet uit.

Ik heb hem niet nodig.

Twintig

We zitten al de hele avond in de hoekbank van de snackbar. De uitbater heeft al een paar keer gezegd dat het hier geen café is, maar niemand trekt zich iets van hem aan.

'Dus je wilt metselaar worden.' Natasja is bij Henrie op schoot gekropen en streelt zijn bovenarm.

Na de lts is Henrie bij een bouwbedrijf gaan werken. Het gesjouw met zand en stenen in de buitenlucht heeft hem veranderd. Zijn huid is gebruind en je ziet de aderen over zijn opbollende spieren lopen.

'*No way*,' zegt hij. Ik blijf dat werk niet doen.'

'Je kunt er anders goed mee verdienen.' Mandy zoekt Natasja's blik. 'Jullie zijn van de zomer toch naar Torremolinos geweest met geld van die ouwe?'

'En we hebben er een videorecorder van gekocht. En deze.' Ze tilt demonstratief een been omhoog om een suède afzaklaars te tonen.

Natasja's vader werkt overdag in loondienst bij een aannemer. In zijn eigen tijd zet hij aanbouwtjes en legt hij tuinpaden. Het geld dat hij daarmee verdient kan hij niet op de bank zetten, dat moet worden opgemaakt.

'Vergeet het maar.' Henrie schuift zijn blikje bier heen en weer over het formicablad. 'Door die klotebouw zit mijn hele familie in de WAO met een verrotte rug.'

'Wat moet je anders?' vraagt Natasja.

Hij heft strijdvaardig zijn kin. 'Voetballen. Binnenkort vragen ze me voor de selectie en dan ga ik per week meer verdienen dan jouw vader in een maand.'

'Je had misschien beter de mts nog kunnen doen,' flap ik eruit.

'Want?'

'Dan had je opzichter kunnen worden of zo, net als mijn vader. Da's lichamelijk minder zwaar.'

Hij neemt een slok uit zijn blikje. Zegt niets.

'Tja, we zijn niet allemaal van die stuudjes zoals jij, hè, Clau.' Mandy kijkt me laatdunkend aan. 'Met je hávo.'

Ik richt me op een loshangend draadje aan mijn mouw en doe alsof ik luister naar de gesprekken over een nieuwe videotheek en het slepende probleem dat Henrie met zijn watergekoelde Zündapp heeft. Mijn blik dwaalt af naar Cyndi Lauper op tv. '*I see your true colors shining through*,' zingt ze. '*Don't be afraid to let them show*.'

In stilte vraag ik me af wat mijn true colors eigenlijk zijn. Is het dwangmatige tekenen een geestesziekte die ik beter kan blijven verzwijgen, of hoort het bij mijn karakter? En als het een ziekte is, waarom voel ik me dan alleen gelukkig als ik daarmee bezig ben? Want pas als de potloodlijnen bijna als vanzelf op het papier verschijnen en er een silhouet ontstaat zoals ik het in mijn hoofd heb, lijkt alles te kloppen. Dan vloeit alles samen. In mijn normale leven heb ik zo'n gevoel nooit. Zelfs bij mijn vrienden voel ik me eerder ongemakkelijk. Ik speel een rol. Hier, thuis, op school. Ik spéél Claudia Konings de dochter-van, de vriendin-van en stoere grote zus-van.

Mijn ware kleuren krijgt niemand te zien.

Ik steek een mentholsigaret op en leun tegen het skai van de bank. Mijn vrienden lijken oprecht zichzelf. Zouden zij ook worstelen met elementen van hun wezen die ze niet laten zien? Hebben zij geen eigenschappen die ze wegstoppen, uit angst om uitgelachen en afgewezen te worden? Of zijn zij gewoon bedrevener in normaal doen?

20

In de lichte vergaderruimte – gietvloer, ruwe fabrieksmuren, grote ramen met kozijnen van zwart metaal – staan paspoppen opgesteld. Sophie cirkelt er lichtvoetig omheen en verdedigt haar ontwerpen vol vuur. Ze is pas eenentwintig, onze jongste designer. Ze is heel fanatiek en daarin doet ze me aan mezelf denken, alleen al door de manier waarop ze met haar expressie en bewegingen haar woorden kracht bijzet. Regelmatig klinkt er een trilling in haar stem door. Ontwerpen is voor Sophie geen werk, het is een noodzaak, haar identiteit. Een negatief oordeel over haar creatie komt bij haar aan als een vuistslag.

'Ik heb noodgedwongen een uni gebruikt, want ik wilde in elk geval de snit laten zien,' zegt ze, met een hoge stem die haar nervositeit verraadt. 'Maar ik zou het heel, heel fijn vinden als jullie een lichtblauwe vichy-ruit in combinatie met een *red stewart* willen overwegen.' Haar vingertoppen glijden over de trenchcoat. 'Bijvoorbeeld de revers, de knopen, de ceintuur. Misschien ook de voering.'

'Ruiten kosten duiten,' merkt Hanny zurig op. Ze zit achter-overgeleund op haar stoel en tikt met een pen tegen haar onderlip. Als hoofd inkoop is Hanny verantwoordelijk voor de kwaliteit, levertijd en prijs van onze stoffen en fournituren; in feite voor alle eindproducten van onze collectie. Minstens drie maanden per jaar reist ze de wereld over om fabrikanten te bezoeken en deals te sluiten.

'Maar het wordt prachtig,' werpt Sophie tegen. 'Ruiten combineren met vrijwel al onze uni's, ook die uit voorgaande collecties.'

Hanny draait zich naar me om en trekt lichtelijk vermoeid een wenkbrauw op. 'Wat vind jij?'

Ik kijk naar de sample en zie door het saaie stofje heen wat Sophie ziet: een aantrekkelijke combinatie van klassiekers die alleen zal werken als de patronen perfect op elkaar aansluiten. De stof moet met precisie worden gesneden en met zorg aan elkaar worden genaaid. Dat kunnen we. Maar de verspilling wordt groot. Deze trenchcoat kan door de stofkeuze twee keer duurder uitvallen dan vergelijkbare jassen in onze collectie.

'Eerst maar eens doorrekenen wat we precies nodig hebben,' zeg ik tegen Hanny, en tegen Sophie voeg ik eraan toe: 'Misschien kun je nog iets bedenken voor het snijafval. Biezen, een clutch bekleed met stroken?'

Ze knikt dankbaar. Kijkt nog eens donker naar Hanny en gaat terug naar haar plaats.

'Robine en Renzo?' Hanny roept ons designerduo naar voren, een onafscheidelijke tweeling.

Ze staan vrijwel synchroon op. Renzo haalt een stapeltje uitgewerkte schetsen uit een tas en houdt die voor zijn borst, zodat wij de bovenste kunnen zien.

'We zijn aan de slag gegaan met jouw cinema-thema, Vivian,' begint Robine. 'We dachten aan zwart-grijs-wit, prints gebaseerd op grofkorrelige filmstills en quotes uit oude films en we wilden deze collectie "Icons" noemen.' Renzo laat ons steeds een nieuwe schets zien.

Ik vind het mooi: een mix van tekst – Amerikaanse en Franse filmcitaten – en beeld; foto's van Sinatra, Bogart, Marlène Dietrich. Toch ben ik niet enthousiast. Het geheel is te uitgesproken, de prints overheersen, ze zijn te hard en de silhouetten te hoekig. Met Vivian D wil ik kleding brengen die het vrouwenlichaam flatteert. De jurk moet de vrouw dragen, *dienen* zelfs, niet andersom. De ontwerpen van Robine en Renzo hebben bijna het tegenovergestelde effect. Ze hebben kwaliteit, absoluut, het zijn prachtige stukken, maar ze passen eerder bij een modehuis als Moschino, niet bij ons.

Er valt een stilte als Robine door haar tekst heen is.

Renzo houdt de stapel schetsen tegen zijn maag gedrukt.

'Dank je wel. Mooi werk. Ik wil aan het einde van de dag even met jullie praten,' zeg ik, omdat ik mijn gedachten niet hardop wil uitspreken waar de anderen bij zijn.

Ik houd ervan om uitgedaagd te worden en voeg graag iets toe aan de collectie wat het publiek niet van ons verwacht, maar hier is meer aan de hand. Het is niet de eerste keer dat dit tweetal de plank misslaat. Robine en Renzo zullen moeten gaan nadenken over de vraag wat ze willen: op zoek gaan naar een modehuis waar ze verder kunnen groeien in de richting die hun ligt, of bij Vivian D blijven en zich dus constant beperkt, gestuurd en ondergewaardeerd voelen. Iemand moet hun deze opties voorleggen, want ik betwijfel of ze zelf al tot dit inzicht zijn gekomen. Pas wanneer mensen de beperkingen van hun situatie werkelijk onder ogen zien, komt er ruimte voor verandering, voor groei.

Eenentwintig

Mama knoopt haastig een sjaaltje om haar hals. De voordeur staat open. Buiten klinkt het onregelmatige geronk van de Renault van oma Storimans. Het licht van de koplampen schijnt de hal in.

'Mam?'

Ze draait zich verschrikt om en kijkt langs de trap omhoog. 'Ik dacht dat je sliep.'

'Is dat oma?'

'Eh, ja. We gaan even naar opa toe. Hij voelt zich niet zo lekker. Pas jij op Antoine?'

'Is opa erg ziek?'

'Nee, hoor. Ga maar lekker slapen, morgen school.' Ze sluit de voordeur achter zich en ik hoor de auto wegrijden.

21

We zitten aan de kade naast het gebouw. Joelle eet een broodje. Ze wiebelt onophoudelijk met haar voeten, haar blik is gericht op haar telefoon. Ik wend mijn gezicht naar de zon en sluit mijn ogen. De collectiebespreking is voorbijgevlogen en 'financieel interim-manager' Egbert Joustra heeft zijn bleke gezicht niet meer laten zien. Het voelt als een overwinning, al kan ik me niet voorstellen dat Valerio Bruno zich door mij heeft laten afschrikken.

Het personeel reageerde vanochtend beheerst op het nieuws. Iedereen lijkt er blind van uit te gaan dat de vijandelijke overname van korte duur zal zijn en er binnen afzienbare tijd een oplossing zal komen, dus doen we collectief alsof er niets aan de hand is.

'Wil je nog oefenen?' vraagt Joelle. 'Ze vragen je waarschijnlijk naar je favoriete eten en zo, niets ingewikkelds.'

Ik schud mijn hoofd. Ik weet al wat ik wil gaan zeggen. Mijn kalmte is kunstmatig; gebruikte ik vóór Parijs incidenteel een downer; vandaag heb ik al twee tabletjes ingenomen.

We wachten hierbuiten op een journalist en de fotograaf van *Glam!*, een blad dat volgens Marnix een nieuwe, jongere doelgroep voor Vivian D kan aanboren. De lezers van *Glam!* zijn in de twintig en besteden veel tijd en geld aan beauty en mode. Als scholier kochten ze hun kleding bij de ketens en hun make-up bij Kruidvat, maar nu ze meer te besteden hebben verschuift hun interesse naar dure merken – en naar high fashion. Ik heb het magazine doorgebladerd en me geërgerd aan artikelen met hijgerige koppen als VERSLAAFD AAN LOUIS VUITTON!, DILEMMA: EEN NIEUWE AUTO OF EEN BIRKIN-BAG? en ZONDER DEZE 5 DESIGNER-ITEMS TEL JE NIET MEE! Toch stemde ik in. Mijn interview zal twee pagina's – een spread – beslaan, en heeft een advertentiewaarde van ruim dertigduizend euro.

Er komt een rode Bentley over het parkeerterrein naar het atelier gereden. Hij stopt pal voor de ingang.

'Ik denk niet dat dat die journaliste is,' hoor ik Joelle zachtjes zeggen.

Tweeëntwintig

Martin woont samen met zijn vader en vier bouviers in het dorp waar Henrie op de kermis werkte. Hun huis is niet groter dan het onze, maar heeft wel een eigen oprit van grindtegels en een diepe tuin. Vanuit zijn dakraam kijkt Martin uit over de Maas. In het dorp is verder niets te doen en het is ver fietsen naar de stad – dwars door de polder, langs sloten en maïsvelden. Het waait daar altijd. Die geur draagt Martin bij zich: van tegenwind en rivierwater, van weilanden en natte aarde. Van een onbekende wereld.

Vorige week heb ik hem aan mijn ouders voorgesteld. Mijn vader trok zijn wenkbrauwen op toen hij hoorde waar Martin vandaan kwam, maar daar liet hij het bij. Later hoorde ik hem tegen oom Kees zeggen dat ik mijn vriendje 'in de negorij' had opgevist.

'Ik moet gaan, Clau,' zegt Martin. 'Morgen keivroeg met pa en Dusty naar de tentoonstelling.' Hij steekt zijn hand op naar de rest en ik loop met hem mee de snackbar uit. Buiten slaat hij zijn armen om me heen en kust me. Dat heeft hij vaker gedaan en ik ben geen enkele keer weggerend, maar toch blijft hij even voorzichtig, onwennig bijna. Zijn tong draait korte, snelle cirkeltjes om de mijne. Niet vies of vervelend, maar ook niet echt fijn. Toch ben ik allang blij dat ik een jongen heb gevonden die er niet mee zit dat zijn vriendin zich achter een lantaarnpaal kan verschuilen.

Martin kijkt me aan met een blik die nog het meest lijkt op dankbaarheid. Zijn vader fokt bouviers, maar hij heeft zelf ook wel iets hondachtigs over zich, met die ronde ogen en dat krullende haar.

'Je bent echt heel knap.' Zijn handen liggen bewegingsloos op mijn rug. Ik zou willen dat hij daar eens iets meer mee deed dan me voorzichtig tegenhouden alsof ik er elk moment vandoor kan gaan.

Dat hij een beetje doortastender was.

Zékerder.

Tegelijkertijd wil ik dat ook weer niet.

'Als je zin hebt kun je mee naar de show. Dan kun je mijn vader ook beter leren kennen.' Martin haalt zijn fiets van het slot.

'Gaat niet. Morgen ga ik naar opa Storimans.'

'Hoe is het met hem?'

Ik klem mijn kiezen op elkaar. Hoe kan ik opa's toestand beschrijven aan iemand die hem en zijn gemene ziekte niet kent? Moet ik vertellen dat hij verkrampt in zijn bed ligt omdat zitten bijna niet meer gaat? Dat hij met de sprei over zijn hoofd slaapt, omdat hij zich schaamt voor zijn gevloek en de manier waarop hij zijn gezicht vertrekt tijdens een pijnaanval? Dat er een zakje aan het bed hangt dat zich in de loop van de dag vult met zijn urine, zichtbaar voor alle visite?

Ik heb ondervonden dat mensen vaak alleen maar uit beleefdheid naar opa informeren.

'Hij heeft best veel pijn,' zeg ik.

'Kunnen ze daar niets tegen doen?'

Ik schud mijn hoofd.

22

Samen met Valerio Bruno stappen twee vrouwen uit de auto, allebei een kop groter dan de investeerder zelf, benen tot onder de oksels en het gebruinde lijf behangen met peperdure, smakeloze kitsch. Er hangt een verstikkende parfumwalm om het gezelschap. De vrouwen geven me kirrend een hand.

Valerio trekt me stevig tegen zijn Armani-pak aan, waardoor ik mijn evenwicht verlies. Een zoen op mijn wang. 'Lieverd, deze prachtige dames hebben iets moois nodig voor een feestje.'

Ze kijken me opgetogen aan.

Ik blik langs hen heen naar het parkeerterrein en hoop vurig dat de *Glam!*-journaliste wordt opgehouden door het verkeer.

'We helpen graag, maar Vivian heeft een mediamiddag.' Joelle haalt haar telefoon tevoorschijn. 'Kunnen we misschien voor volgend–'

'Nee, dat kunnen we niet.' Bruno legt zijn handen op de onderrug van de vrouwen en troont ze mee naar binnen.

Ik werp gejaagd een blik over het parkeerterrein, pak Joelle bij de arm. 'Wacht jij haar op? Zeg maar dat ik ziek ben of zo.'

Ik haal het drietal halverwege de gang in.

Bruno stevent op het atelier af, waar mijn voltallige designerteam aan het werk is. Sommigen gaan zo op in hun werk dat ze niet doorhebben dat er bezoek is, anderen kijken verbaasd op.

De twee vrouwen storten zich op de verrijdbare kledingrekken die volhangen met samples en stukken uit de *limited edition*-collectie. Een deel is in plastic verpakt om het kwetsbare textiel te beschermen. Op sommige stukken zitten briefjes gespeld. De blondine haalt er een jurk tussenuit en houdt hem keurend voor zich.

Cécile legt haar werk neer. Haar leesbrilletje bungelt aan een koord voor haar borsten. '*C'est quoi ces conneries!* Wat moet dit voorstellen?'

Iedereen stopt met werken.

'Die hangen daar klaar voor onze klanten!' Cécile grist de jurk uit handen van de blondine en hangt hem terug in het rek. Haar gezicht is rood aangelopen.

'Dames!' Ik wacht tot ik ieders aandacht heb voor ik verderga. 'Jullie mogen gerust even kijken, maar wees heel, heel voorzichtig met deze stukken. En kan iemand koffie of thee voor ons bezoek inschenken? Dan overleggen meneer Bruno en ik even bij mij op kantoor.'

Drieëntwintig

'Geen sprake van.' Papa heeft zijn armen over elkaar geslagen, zijn kin naar de borst gedrukt. Zijn ogen schieten van het televisiescherm naar mij en weer terug. Voor hem op tafel staat een flesje bier en er ligt een shagje te smeulen in de asbak.

'Maar als ik dat nou wil? Het is toch mijn leven?'

Hij wijst naar zijn borst. 'Zolang je onder mijn dak woont, maak ík de dienst uit.'

'Maar de tekenleraar vindt –'

'Dat zal me worst wezen.'

Mama droogt haar handen aan een theedoek. 'Claudia wil alleen maar naar de open dag.'

'Wat leren ze die kinderen daar nou? Ach, flikker toch op.'

Antoine zit met opgetrokken knieën naast papa op de bank. 'Papa, wat is dat, kunst-academie?'

'Een plek waar mensen hun tijd verspillen.'

Ik blijf hem strak aankijken. 'Je weet niet eens hoe die school is. Je kent niet eens iemand die erop heeft gezeten.'

Mijn vader neemt nijdig een slok van zijn bier en richt zijn aandacht weer op de televisie. 'Dat was buitenspel, blinde kiep!'

Mama legt een hand op mijn arm. 'Claudia, misschien dat hij –'

Ik trek mijn arm weg. Blijf naar papa staren.

'Kunst... kunst...' bromt hij vanaf de bank. 'Leer maar een écht vak, iets waar de mensen wat aan hebben.' Hij keert me zijn eeltige handpalmen toe, zijn vingers gespreid. 'Hier, verdomme, zie die klauwen eens. Dat is van het werk. Écht werk.'

'Ze gaat alleen maar kijken, Jacques,' helpt mama hem herinneren.

Hij maakt een gebaar alsof ik een vlieg ben die hinderlijk om hem heen zoemt. 'Als je maar weet dat ik niet ga betalen voor die flauwekul.'

23

'Dus dit verstaan jullie onder "op de achtergrond blijven",' zeg ik.

'Achtergrond?' Bruno zit breeduit in de Eames aan de andere kant van mijn bureau.

'Dat vertelde Joustra gisteren. Je zou je bewust zijn van je imago en in de luwte blijven. Dat heb je ook tegen Marnix gezegd.'

Bruno trekt zijn enkel op zijn bovenbeen. De beweging onthult een witzilveren Versace-sok. 'Nou, meisje, ik heb je bedrijf niet opgekocht om er stille vennoot van te worden.' Grinnikend: 'Ik ben sowieso geen stil type.'

'Meneer Bruno –'

'Zeg maar Valerio.'

'*Whatever*. Als deze overname bekend wordt, garandeer ik je dat je je investering binnen een paar jaar kwijt bent.' Ik knik nijdig in de richting van de dames op de gang. 'Worden het toch nog dure jurkjes.'

Hij doet alsof hij me niet hoort en peutert aan de nagel van zijn duim.

Ik sluit mijn vingers om een presse-papier en begin het ding heen en weer te schuiven. 'Ik heb geen idee hoeveel je van mijn branche weet, maar voor het geval dat je het hebt gemist: high fashion draait niet alleen om originaliteit, vakmanschap en kwaliteit.'

'O, nee?' Bruno trekt een bruine wenkbrauw op. 'Nou, meisje, vertel me dan maar eens hoe het allemaal zit.' Hij zakt verder onderuit en grijnst naar me.

Mijn vingers krommen zich steviger om de presse-papier. Ik vecht tegen de aandrang het ding naar zijn hoofd te smijten. 'Ik heb niet het gevoel dat je me serieus neemt.'

'En ik heb niet het idee dat je beseft wie je tegenover je hebt.'

Er wordt op de deur geklopt. Voor ik iets kan zeggen zwaait hij open. Joelle. Ze kijkt met een donkere blik naar Bruno en dan naar mij. 'Viv, ik heb *Glam!* kunnen verzetten naar morgenvroeg.'

'Fijn.'

Joelle blijft staan. 'Kan ik nog iets voor je doen? Wil je nog koffie, thee?'

'Nee, dank je.'

'Bel me als je me nodig hebt, goed?' Ze kijkt Bruno nog eens nadrukkelijk aan en sluit de deur achter zich.

'Ze zijn zuinig op je,' merkt Bruno op.

Ik duw de presse-papier van me af, zet mijn ellebogen op het bureaublad en vouw mijn handen. 'Je wilde weten hoe het in mijn branche werkt.'

'Ik ben benieuwd naar jouw visie, inderdaad.'

'De succesvolle modehuizen creëren een illusie rond hun merk,' begin ik. 'Ze voegen iets toe wat je niet kunt meten of zien.'

'Merkbeleving.'

Hij weet dus wel iets. 'Alles wat er rondom dat merk gebeurt draagt bij aan die beeldvorming; van de reclamecampagnes en de presentatie in de winkels tot de manier waarop je aankoop wordt verpakt en het type *influencers*.'

Zijn ogen vernauwen zich. 'Ah, wacht... en Valerio Bruno is niet de gedroomde Vivian D-influencer.'

'Eh... nou... We maken sowieso geen kleding voor mannen, maar–'

'Bespaar me dit geleuter.' Hij priemt met zijn wijsvinger naar me. 'Is het weleens in je opgekomen dat die vlieger andersom net zo goed opgaat?'

'Andersom?'

Hij knikt, zwijgend.

'Wat bedoel je daarmee?'

Bruno staat op. 'Jij gaat er in je arrogantie van uit dat dit allemaal om jou draait, om jouw merk, jouw winkeltje.' Hij wijst naar zichzelf. 'Maar stel nou dat ík het merk ben waarvan de beeldvorming wel wat opgepoetst mag worden. En dat jij, Vivian D, in dezen fungeert als de hooggewaardeerde influencer.'

'Bespottelijk.'

'Vind je? Een chic, stabiel en sympathiek merk als Vivian D gaat natuurlijk niet met een onbehouwen proleet in zee. Als die twee zich aan elkaar verbinden, mankeert er iets aan het imago dat zij beiden tot op dat moment hadden. Vanaf daar kan het twee kanten op: ofwel het blijkt dat Vivian D al die jaren onterecht een keurig beeld van zichzelf heeft weten op te houden, ofwel Valerio Bruno is niet de ordinaire patser die de media in hem zagen.' Hij is naar het raam gelopen en staart met zijn handen in zijn zakken naar buiten. 'Geloof me als ik je zeg dat ik er hard aan ga werken om dat laatste te bewijzen.'

'Je denkt dat je een beter imago krijgt door deze overname?'

'Het kan zeker geen kwaad.'

'Zoveel geld en moeite, alleen maar om je aanzien op te poetsen?'

Bruno zoekt mijn blik. 'Ik kom net als jij uit een ruige buurt, wist je dat?'

Ik reageer niet.

Hij kijkt weer voor zich. 'Ik gebruikte alles en iedereen – mensen, mijn hersens, mijn ellebogen en zo nodig mijn vuisten – om hogerop te komen. Begrijp me goed, ik ben niet trots op de weg die ik heb afgelegd, maar wel op wat ik heb bereikt. Inmiddels heb ik in alle grote steden winkelpanden op A-locaties en we breiden nog steeds uit. Maar een paar akkefietjes uit het verleden staan me in de weg. Verkeerde beslissingen.' Hij wrijft over zijn neus. 'Sommige mensen willen daarom geen zaken met me doen.'

'En als het niet werkt?' vraag ik.

'Hoezo?'

'Als dit tot gevolg heeft dat het publiek niets meer te maken wil hebben met Vivian D?'

'Gaat niet gebeuren.'

Ik schud mijn hoofd. 'Dat kun je niet zo stellig zeggen.'

'Toch wel. Ik heb vergaande plannen met Vivian D, vele malen groter dan jij je kunt voorstellen. Die wil ik je graag in een later stadium voorleggen.'

'Dat kan nu prima.'

Hij staat al bij de deur, zijn hand op de klink. 'Ik bel je volgende week.'

Vierentwintig

'Wat hoorde ik nou van je moeder?' Papa staat op van de bank en komt naar de eettafel gelopen. 'Ik dacht dat je die onzin uit je hoofd had gezet.'

Mama zet een pan aardappelen op tafel. De damp slaat ervan af.

'Het is nog helemaal niet zeker dat het doorgaat,' zeg ik. 'Er zijn veel meer aanvragen dan studieplaatsen.'

Papa blijft staan, een lichte frons op zijn voorhoofd. Hij legt zijn hand op de leuning van een stoel, alsof hij houvast zoekt. Door zijn aarzeling realiseer ik me dat ik niet eerder tegen hem ben ingegaan.

Ik zet me schrap voor een tirade, maar hij schudt alleen maar zijn hoofd en schuift aan voor het eten. Mama deelt de gehaktballen uit – wij ieder één, papa twee – en verdeelt bij iedereen de jus over de aardappelen.

'Het is een dure opleiding,' hoor ik mijn vader ineens zeggen. 'Te duur voor ons.'

'Ik betaal het zelf.'

Hij kijkt op. 'Waarvan?'

'Ik ga een baantje erbij zoeken.'

Op zaterdag werk ik bij de Jamin in het winkelcentrum. Vegen, spiegelen, bonbons afwegen. 'Morgen ga ik langs restaurants om te vragen of ze een afwashulp nodig hebben voor 's avonds. Martin zegt dat dat goed verdient.'

Mama schept een extra aardappel op mijn bord. 'Horeca. Dan werk je tot diep in de nacht. Je hebt nu al moeite om je bed uit te komen.'

Papa prikt een stuk gehakt aan zijn vork. 'Eindexamen, een vriendje, twee bijbaantjes... dat wordt wel wat veel.'

Ik haal mijn schouders op.

Natuurlijk zal ik Martin minder gaan zien, maar heel erg vind ik dat niet.

Het is al over tienen als mijn vader mijn kamer in komt lopen. Hij gaat op de rand van mijn bed zitten. 'Wordt er geloot?'

'Nee, ze nemen alleen de besten aan.' Ik leg uit dat gegadigden hun portfolio moeten insturen en dat alleen de meest getalenteerden worden uitgenodigd voor een motivatiegesprek met de toelatingscommissie.

'Wanneer moet dat?'

'Volgende week. Ik heb m'n portfolio al af.'

Het is niets voor papa, zo stil als hij nu is.

Ik besef dat ik mijn ouders al heel lang geen deelgenoot meer heb gemaakt van mijn 'werkjes'. De laatste jaren zijn dat vooral schetsen en tekeningen, maar ik werk ook nog steeds met lapjes stof waar ik dingen mee uitprobeer: structuren, patronen, kleurcombinaties. Daarvoor gebruik ik het liefste lijm. De naaimachine raak ik niet aan; af en toe naai ik iets met de hand. Op een etui van oude gordijnen heb ik bijvoorbeeld letters genaaid die ik uit kapotte jeans had geknipt en ik heb pauwenveren verwerkt achter doorzichtig plastic. Een paar klasgenoten vroegen of ik ook zo'n etui voor hen wilde maken. Iemand wilde er zelfs voor betalen, maar ik vind het alleen maar leuk om zulke dingen te bedenken. Het knippen, naaien en plakken blijft moeilijk; het etui zit niet in mijn portfolio, want de stiknaden zijn niet recht genoeg.

'Wil je het zien?' vraag ik.

Mijn vader knikt.

Ik laat me op mijn knieën zakken en trek mijn koffer onder het bed vandaan. Boven op de lappen en zakjes met garen, touw en veertjes ligt een groen gevlamde kartonnen map. Ik klap hem open en laat papa de schetsen zien. De bruine rok met roze biezen, in kleur uitgewerkt. Portrettekeningen, waarvan eentje van opa Storimans in zijn rolstoel. Antoine, voetballend in de achtertuin. Details van pauwen en parkieten. Henrie: alleen zijn schouder en arm, geschetst met houtskool. Een draaimolen waarop ik stukjes textiel heb geplakt. Het is een bonte verzameling van allerlei verschillende technieken, en de twijfel slaat toe nu ik er met andere ogen naar kijk. Dat gebeurt steeds. Zodra iets klaar is voel ik me tevreden, euforisch soms. Naderhand zie ik alleen de fouten. Dingen die beter moeten.

'Ik wist niet dat je zo goed kunt tekenen,' zegt papa.

Ik laat zijn compliment op me inwerken.

'Maar het is een hobby,' gaat hij door, 'geen werk. Waarom ga je geen secretaresseopleiding volgen? Daar is altijd werk in te vinden.'

'Er zijn mensen die met tekenen hun geld verdienen.'

'Ik zou ook wel willen dat ik jullie kon onderhouden met biljarten of met voetbalwedstrijden fluiten. Maar dat is nou eenmaal voor weinig mensen weggelegd.' Hij schudt langzaam zijn hoofd. 'Het zijn de uitzonderingen, vrouwke, *snapte*? Kijk me eens aan.'

Ik kijk hem aan.

'Snap je wat ik bedoel?'

24

Kort na Bruno's vertrek hoor ik commotie op de gang. Iedereen praat door elkaar heen. Tussen alle stemmen signaleer ik die van Marnix. Het zou volstrekt normaal zijn om op te springen en naar hem toe te lopen, toch blijf ik achter mijn bureau zitten. Ben ik niet opgelucht zijn stem te horen? Zeker wel. Maar ik ben nog veel kwader.

'Judas!' Ik grijp de presse-papier van mijn werkblad en werp hem met kracht van me af. Het ding laat een deuk achter in de stuclaag op de muur en belandt met een bonk op de vloer. Ongeschonden. Ik gooi er een pen achteraan, schuif mijn leren onderlegger van mijn bureau en uiteindelijk mijn cactus, die het geweld niet overleeft.

De commotie op de gang gaat onverstoorbaar door. Ik hoor iemand lachen, ik hoor een deur slaan. En dan wordt het rustiger.

Stil zelfs.

Ik sla mijn armen over elkaar en staar naar de deur. Er gebeurt niets. Geen geluid. Is Marnix nou echt meteen aan het werk gegaan? Heeft hij niet eens het fatsoen om naar me toe te komen en uitleg te geven over zijn afwezigheid? Om minstens zijn excuses aan te bieden voor het feit dat hij dagenlang van de radar is geweest?

Mijn telefoon gaat.

Ik diep hem op uit mijn tas, ervan overtuigd dat het Marnix is, maar er staat 'Antoine' op het schermpje.

'Broertje,' zeg ik bij wijze van begroeting.

'Ik denk, ik bel maar even. Je bent het vast vergeten.'

'Wat?'

'De verjaardag van papa.'

'O, die – tuurlijk ben ik die niet vergeten.' Het staat vast in mijn agenda; Joelle houdt dit soort dingen nauwgezet bij. 'Ik heb alleen nog niet de kans gehad om hem te bellen. Viert hij het vanavond?'

'Ja, we worden vanaf halfzeven verwacht. Mama heeft erwtensoep gemaakt, dus je hoeft van tevoren niets te eten.'

'Lekker. Ik zal er zijn.'

Pas nadat ik de verbinding heb verbroken, besef ik dat ik Jonathan vanavond weer zal zien.

Vijfentwintig

Ik wil hier weg, naar buiten, weg van de geur van boenwas en kaarsvet en de stroperige geur van lelies, maar ik moet blijven zitten op dit harde bankje, tussen mama en Antoine in.

Ik staar naar de kleurrijke repen daglicht die door de hoge glas-in-loodramen naar binnen vallen. Naar de talrijke bloemstukken, de linten die eraan vastzitten en de teksten die erop zijn gedrukt. Ik kijk naar oma Storimans die een zakdoekje tussen haar vingers verfrommelt. Luister naar het gesnif in de banken achter ons. Een kuch die door het gewelf echoot. Ik knijp in het gestencilde boekje dat ik opgerold in mijn handen houd. Kijk weer naar voren. Naar de kist.

Het orgel zwelt aan. Mannen in zwarte pakken komen door het gangpad naar voren. Hun schoenen kraken. Ze tillen de kist op en lopen dezelfde weg terug. Langzaam, met rechte rug. 'Ave Maria' zingen ijle vrouwenstemmen vanaf het balkon.

Iedereen staat op. Gestommel, gekuch. We schuifelen zijwaarts uit de banken. Oma gaat voorop, ondersteund door mama en oom Johan. Achter ons vormt zich een lange rij. Ik verbaas me over de drukte. Opa en oma Konings zijn er, en mensen uit opa's verzorgingstehuis. Opoe Vonk, tante Riek. In de stoet ontwaar ik het gezicht van Henries moeder en daarna Henrie zelf. Onze blikken kruisen elkaar. Het ontroert me dat hij er ook is.

Ik leg een arm om Antoines schouder. Zijn gezicht is rood. Af en toe haalt hij zijn neus op.

De frisse lucht buiten is welkom. Ik haal diep adem en nog eens. Voel regendruppels op mijn gezicht.

25

Het zou me niet meer zo moeten raken, de aanblik van de identieke huisjes van bruine baksteen die pal aan de trottoirs grenzen, opeengepakt in smalle straten die zijn aangelegd in een tijd dat auto's nog als een luxe werden beschouwd. Maar het raakt me wel, nog steeds.

Dat er een feest aan de gang is hoor ik al als ik een paar straten verderop een parkeerplek heb gevonden. Geroezemoes, muziek. Ik loop via de brandgang de poort in. Er staat een witte partytent die bijna even groot is als de tuin zelf. 'Bloed, zweet en tranen' wordt luidkeels meegezongen door een groepje mannen dat met geheven glas rond een thuistap staat. De verlichting komt van een paar snoeren met gekleurde kerstlampjes.

'Daar hebben we het beste paardje van de stal!' Met een brede grijns tilt mijn vader me op en zwiert me rond. Heel gecoördineerd gaat dat niet.

'Pap, zet me neer! Denk aan je hart.'

Hij knuffelt me, lacht en trekt me nog eens dicht tegen zich aan. Zijn armen en schouders voelen knokig. 'Geen zorgen, Clau. Ze kunnen een hoop tegenwoordig. Ik heb nergens last meer van.'

'Gelukkig maar.' Ik overhandig hem een literfles Black Label – zijn favoriete whisky. 'Doe je rustig aan hiermee?'

'Ja, zuster.'

'Kijk eens wie we daar hebben, lest best!' Mijn moeder komt de keuken uit gelopen met een schaal bitterballen. Ze draagt een grote kunstbloem in haar geblondeerde haar, dat met kammetjes en klemmen is opgestoken. Ze zet de schaal neer en omhelst me. Haar stem klinkt schor. 'Maar goed dat er af en toe eens iemand jarig is, hè, anders zagen we je nooit.'

Ik open mijn mond om haar tegen te spreken – ik heb mijn vader twee keer bezocht na zijn operatie – maar besef dat ze gewoon gelijk heeft.

'Mijn dochter uit Amsterdam is er!' Haar tengere hand omvat mijn pols en houdt die omhoog alsof ik een bokswedstrijd heb gewonnen.

De mannen aan de tap proosten naar me.

'Fijn je te zien, lieve kind,' hoor ik tante Riek naast me zeggen. Ze knijpt kameraadschappelijk in m'n zij.

Mijn moeder houdt me de schaal voor. 'Bal? En binnen staat nog erwtensoep. Ik heb speciaal wat voor je achtergehouden.'

'Straks misschien.'

'Je moet wel goed eten, hè?' zegt ze, met een blik op mijn figuur, en dan, opgewekt: 'Biertje?'

Ik zou baat hebben bij een flink glas, of liever nog meer dan één, maar ik moet nog rijden en er morgen vroeg uit voor een herkansing met *Glam!*. 'Ik pak zelf wel wat, mam. Laat de bitterballen niet koud worden.'

Achter ons zingen de mannen met gevoel voor drama: 'Ik blijf echt alleen, jáá, écht alleen, geen gezeur meer áán m'n kop.'

Pas als ik een glas water voor mezelf heb ingeschonken, zie ik hem staan. Jeans, zwart shirt. Weerbarstig haar dat hij met gel in bedwang houdt. Een mooie lach, maar in tegenstelling tot die van zijn vader staan zijn tanden keurig recht, zoals bij al zijn leeftijdgenoten.

Hij ziet me. Een lach die de hele keuken verlicht en me tegelijkertijd in elkaar doet krimpen.

'Claudia.' Hij geeft me een knuffel. 'Gefeliciteerd, hè.'

Zijn kracht overvalt me steeds weer. Een harde borstkas, grote handen. Ik vang zijn geur op, slechts ten dele uit een flesje, en sluit mijn ogen in een poging die te absorberen.

Jonathan maakt zich van me los en plooit zijn mond in een glimlach, zijn hoofd een beetje schuin. De jongensachtige charme van zijn vader. 'Jee, da's écht lang geleden.'

'Te lang,' piep ik.

God, wat heb ik je gemist.

'Je ziet er goed uit.'

Ik ben nooit bedreven geraakt in het in ontvangst nemen van complimenten en ik knik onbeholpen. Neem nog een slok en verslik me erin. Een sterke hand beklopt mijn rug. Door mijn tranen heen zie ik Mandy op ons afkomen.

Jonathan draait zich naar haar om. 'Mam? Claudia is er.'

'Dat zie ik, gezellig.' Ze fronst, buigt zich naar me toe. 'Gaat het wel?'

'Ja, ja, prima,' zeg ik snel, en ik hoest nog een keer. Om mezelf een houding te geven vraag ik waar Henrie is.

Jonathan kijkt op zijn horloge. 'Pa komt later, hij moet overwerken.'

'Hij is op karwei,' legt Mandy uit.

Ze heeft een nieuw kapsel. Haar dikke haar is boven de schouders afgeknipt en kastanjebruin geverfd, met blonde strengen erdoor. Het staat haar goed, zoals alles Mandy staat, inclusief de extra jaren en kilo's. Zelfs de stretchjurk met pantervlekken.

'Jammer dat Daniëlle er niet bij kon zijn,' zegt Mandy.

'Dat komt nog wel een keer, mam,' zegt Jonathan. Hij klopt haar op de schouder. 'Ik ga een biertje halen.'

Ik kijk hem na tot hij via de achterdeur uit het zicht verdwijnt. 'Daniëlle?' vraag ik zacht.

'Z'n nieuwe vriendin.'

Waarom vertelt niemand mij iets?

'Ze valt goed bij iedereen. Lieve meid. En het lijkt serieus deze keer.' Ze rolt met haar ogen. 'Werd eens tijd, hè?'

Ik stamel iets.

'Hé, hé, Vivian D, ik zag je laatst nog op tv!' roept een vrouw die zich glunderend tussen mij en Mandy in wringt. 'Dat rijmt.'

Ik herken haar niet.

'Knap dat je hier bent, hoor, dat je je niet te hoog bent gaan voelen voor ons soort mensen.'

'Nou, ik–'

'Ze heet hier gewoon Claudia,' merkt Mandy geïrriteerd op.

'Laat mij nou, zo vaak kom ik niet iemand van tv tegen.' De vrouw ritst haar tas open en start een zoektocht. 'Ik móét een selfie met jou maken, waar heb ik mijn *phone* nou?'

'Jezus, Thea, laat dat kind met rust.' Tante Riek pakt de vrouw bij de schouders en buigt zich naar me toe. 'Ik was er de hele avond al bang voor. We houden haar wel bij je uit de buurt, hoor, lieverd.'

Antoine leunt tegen de muur van papa's werkschuurtje, een sigaret in zijn ene hand, een glas bier in zijn andere. Hij is jaren geleden gestopt met roken, maar op feestjes kan hij het niet laten. 'Heeft-ie verteld van zijn vriendin?'

'Jonathan? Ja.'

Mijn broer neemt een haal van zijn sigaret en legt zijn hoofd in zijn nek. Kijkt de rook na.

'Wat vind je van haar?' vraag ik.

'Leuke meid. Kan zomaar eens een blijvertje zijn.'

'Hoelang kennen ze elkaar?'

'Maandje of vijf, zes.'

Een halfjaar.

En ik wist van niets.

Antoine wijst naar mijn glas. 'Ben jij nou aan het water?'

Mensen die geen alcohol drinken op een feest worden in onze familie raar gevonden. Alleen als je ziek bent kom je ermee weg. 'Morgenvroeg interview en fotoshoot. Ik moet er uitgeslapen uitzien.'

'Lekkere planning weer.'

Ik kijk strak voor me uit. 'Het liep nou eenmaal zo. Ik had best een biertje gelust.'

'Nou, dan zeg je dat interview toch lekker af en blijf je hier slapen?'

'Maar ik heb –'

'Jezus, Clau, waar doe je het anders allemaal voor? Als je niet af en toe een beetje lol kunt maken... Daar gaat het toch uiteindelijk om?' Hij knikt naar de feestvierders die gearmd een rommelige cancan doen, gierend van de lach. 'Je moet werken om te leven, niet andersom.'

'Dat ligt bij mij anders.'

'Je maakt gewoon andere keuzes,' zegt hij kalm. 'Heb je altijd al gedaan.'

Mijn maag trekt samen. 'Het... het voelde nooit alsof ik een keuze had.'

'Nu wel dan?' Hij kijkt me indringend aan.

Ik zeg niets.

'Je praat in de verleden tijd,' zegt hij.

'Dat realiseer ik me.'

Iemand zet de muziek harder.

'Dreetje!' hoor ik Riek roepen.

Het cancangroepje grijpt elkaars handen vast en gooit ze in de lucht. Mijn vader en moeder zwaaien met hun armen heen en weer. Steeds meer mensen doen mee. Ze zingen uit volle borst: 'Lééf, alsof het je laatste dag is. Lééf, alsof de morgen niet bestáát!' Henrie springt er met een oerkreet tussen. Hij slaat zijn ene arm om Mandy's middel en de andere stevig om Jonathans schouder. Als je die twee zo naast elkaar ziet, worden de overeenkomsten tussen vader en zoon nog duidelijker.

Leef!
En ga, ah, ah, ah...
Ah, ah, ah, ah.
Ah, ah, ah, ah.
Pak alles wat je kan.

Antoine stoot me aan. 'Zootje ongeregeld, die familie van ons.'

Ik probeer met mijn vinger mijn ooghoeken droog te deppen.

Zesentwintig

We zitten met z'n zessen op de gang te wachten. De klapstoeltjes kraken bij elke beweging. Diep in het gebouw klinken stemmen. Voetstappen resoneren tussen de oude muren. Het meisje tegenover me maakt oogcontact. Ze glimlacht verlegen. De jongen naast haar luistert naar zijn walkman.

De toelatingscommissie vond mijn portfolio goed genoeg om me uit te nodigen. Zo meteen willen ze van me weten waarom ik naar de kunstacademie wil – wat ik hier denk te kunnen leren, wat ik wil laten zien aan de wereld. In stilte herhaal ik de zinnetjes die ik thuis heb bedacht. Het is een angstaanjagend idee dat mijn toekomst afhangt van wat er in het komende halfuur gebeurt. Zouden ze vragen naar het werk van mijn ouders en willen weten of ik al iemand ken op deze school? Het helpt vast mee in de beoordeling als je vader kunstschilder is, dan hoor je al een beetje thuis in deze wereld. En zouden ze het niet raar vinden dat ik hier helemaal niemand ken, terwijl het gebouw zo dicht bij ons huis staat dat ik er lopend naartoe kan?

'Claudia Konings?'

Een vrouw van een jaar of vijftig roept me. Kordaat type, gestreept shirt. Ze staat in de deuropening. Achter haar zie ik het lokaal: een rijtje tafels met daarachter drie mannen en één vrouw.

'Eh, dat ben ik.'

'Ik ben Els. Welkom.' Ze geeft me een hand die knoestig voelt, als van een man. 'Kom verder, Claudia.'

26

'In hoeverre heb jij je carrière te danken aan je uiterlijk?' De *Glam!*-journaliste – een twintiger met felrood gestifte lippen – glimlacht ontwapenend.

Ze blijven me verbazen, de vragen die me tijdens interviews worden gesteld. Vroeger probeerde ik koortsachtig zelf in te vullen wat iemand met een vraag zou kunnen bedoelen en reageerde ik feitelijk niet op de vraag zelf, maar op mijn interpretatie daarvan.

Inmiddels heb ik geleerd dat dat juist verwarring schept.

'Mijn uiterlijk? Hoe bedoel je dat?'

'Nou ja, eh, je bent natuurlijk een mooie vrouw. Lang en slank. En dat buit je uit.'

Ik schiet in de lach.

Ze strijkt een plukje roodgeverfd haar achter haar oor. 'Ik moest deze vraag van de hoofdredacteur stellen, hoor, ik vind hem zelf ook wat oppervlakkig.'

'Schrijf dan maar op dat ik niet geloof dat mijn klanten Vivian D dragen vanwege mijn uiterlijk.'

'Maar je kunt niet ontkennen dat het heeft bijgedragen aan je bekendheid, en dus je succes?'

'Nou...'

Haar stem schiet een octaaf de hoogte in. 'Álles draait tegenwoordig toch om de buitenkant?'

Ik kijk haar peilend aan. Mijn interviewster heeft een hoog voorhoofd en een korte, kaarsrechte pony waardoor haar gezicht langer lijkt. Ik vermoed dat ze dat koestert; het geeft haar een authentiek, herkenbaar uiterlijk in een wereld waarin jonge vrouwen steeds meer op elkaar beginnen te lijken. En ik weet vrijwel zeker dat de vraag helemaal niet afkomstig is van de hoofdredacteur.

'Natuurlijk draait het in ons vak om de manier waarop iemand zich presenteert,' antwoord ik. 'Maar daarin zijn we niet uniek. De meest primitieve volkeren tooien zich met veren, oorbellen, dierenhuiden en tatoeages en zelfs mensen die wars zijn van mode zenden met hun kledingstijl en haardracht een signaal uit.'

'Iedereen wil mooi zijn,' zegt ze.

'Zeker, maar "mooi" heeft juist in mijn vakgebied een andere lading. Wat algemeen als mooi wordt beschouwd, wordt binnen de high fashion doorgaans oninteressant gevonden. Saai, karakterloos. High fashion is een kunstvorm. Het mag schuren, je kunt er een statement mee uitdragen of er vragen mee oproepen.' Ik vertel haar dat de topstukken die op de catwalk worden geshowd vaak ver afstaan van de dagelijkse realiteit in de mode. Ze vormen een spectaculair, gelaagd visitekaartje van het modehuis, maar de kleding die uiteindelijk in productie wordt genomen is betaalbaarder, minder uitgesproken en absoluut draagbaarder.

'Commerciëler,' concludeert ze.

'Dat zeker.'

'Beschouw je Vivian D als kunst?'

'Ik ben daar niet mee bezig, ik wil gewoon ontwerpen, dingen bedenken die ik mooi vind.'

'Saaie, oninteressante dingen dus, volgens jouw eigen uitleg.' Haar glimlach is vals.

Ik kan nu wel een borrel gebruiken.

'Je droeg op het Gala van de Mode in Parijs een avondjurk uit je *limited*-collectie,' gaat ze door. 'De foto's ben ik overal tegengekomen. Je assistente vertelde me dat de jurk inmiddels uitverkocht is. Kun je dan nog volhouden dat je je uiterlijk niet uitbuit?'

'Uitbuiten? Ik heb gewoon het geluk dat de media mij vanaf het begin wilden volgen. Door die aandacht is Vivian D sneller en vooral ook breder bekend geworden dan wanneer we, bijvoorbeeld, volledig afhankelijk waren geweest van betaalde advertenties. Maar eh...' Ik kijk demonstratief op mijn mobiel. 'Heb je genoeg materiaal? Ik moet helaas verder.'

'Druk, druk, druk.' Ze staat op, stopt haar opschrijfboekje weg en zet haar opnameapparaat uit.

'Krijg ik de tekst nog te lezen voor hij wordt gepubliceerd?'

'O, eh, ja. Komt goed.'

De interviewster van *Glam!* is al drie uur weg en ik voel me nog steeds een beetje naar. Interviews zouden onderhand routine moeten zijn, maar ik blijf het een van de moeilijkste kanten van mijn vak vinden. De *Glam!*-fotograaf heeft zojuist honderden foto's van me gemaakt: aan de kade, achter mijn bureau en met mijn armen over elkaar bij een rek kleding. Ik heb recht in de lens moeten kijken, moeten lachen, naar de vloer en de lucht gestaard en heb zelfs op verzoek even mijn ogen dichtgedaan. De fotograaf leek tevreden, maar welke keuze de artdirector van het blad zal maken ligt buiten mijn invloedssfeer. En uit het anderhalf uur durende gesprek, uit die duizenden woorden en zinnen die over mijn bureau heen en weer zijn gevlogen en die stuk voor stuk onderhevig zijn aan nuancering en perceptie, kan de interviewster iets destilleren waarin ik mezelf nauwelijks herken. Ik verbaas me nog regelmatig over de vervormingen die zo kunnen ontstaan, over hoe weinig we daadwerkelijk van elkaar begrijpen.

Marnix denkt er heel simpel over. 'Als ze je naam maar goed spellen.' En: 'Beter slechte pers dan geen pers.'

Maar hij is niet degene die steeds met de billen bloot moet.

Ik liep hem vanochtend na het interview tegen het lijf. Hij bleek ondergedoken te hebben gezeten bij zijn tante in Zeeland. De oude dame woont in het centrum van Zierikzee met twee katten. 'Ik had die retraite nodig,' zei hij. 'Mijn hoofd sloeg op hol.' Hij had zijn telefoon uitgezet en urenlang met de oude vrouw gesproken, lange wandelingen gemaakt langs het water en door de eeuwenoude steegjes. Geslapen op de bank, geflankeerd door de katten.

Naar de stand van zaken in *mijn* hoofd wordt niet gevraagd.

Het geluid van mijn telefoon haalt me uit mijn overpeinzingen. Ik herken het nummer niet, toch neem ik op.

'Dag meisje, met Valerio. Heb je morgenavond tijd?'

Hij geeft me niet de kans om te antwoorden.

'Ik laat je om zeven uur bij je thuis ophalen.'

'Dat lijkt me –'

'Ik leg je mijn plannen uit tijdens het diner.'

Zevenentwintig

'Lief dat je meehelpt,' zegt oma Storimans. Ze legt een stapel kleding op opa's verhoogde bed.

Ik haal de overhemden en colbertjes van de hangertjes en vouw alles zo netjes mogelijk op. Mama stopt de kledingstukken in een doos. Er staan er al zes in de gang opgestapeld – morgen worden ze opgehaald door Stichting Tweede Kans.

Opa's kasten leegmaken voelt als roven. Ik herken de sjaal die hij graag droeg en ook zijn sloffen met schapenbont aan de binnenkant. Zijn kleren ruiken naar hem. Ze horen bij hem.

'Kijk nou eens.' Oma gaat met een doos op schoot op bed zitten en haalt er een stapeltje foto's uit. Er zitten ook krantenknipsels tussen.

'Verrek,' zegt mama. 'Zijn dat foto's van het toneel?'

'Ik dacht dat hij dit allemaal had weggegooid toen hij ziek werd.' Oma vouwt een knipsel uit. 'Zie je wat een pak haar hij toen nog had?'

'Dat snorretje!' Mama gaat bij haar zitten.

'Dat was toen, hè. Iedereen wilde op Clark Gable lijken, maar je vader leek er echt wel een beetje op, vind je niet?'

Over mama's schouder werp ik een blik op de foto's. Een groep mensen op een toneel; de mannen in gestreepte kostuums met hoge hoeden en de vrouwen halfbloot met veren op hun hoofd.

'Speelde opa in musicals?'

'Hij zat bij de revue,' zegt mama.

Oma haalt er een foto tussenuit. 'Kijk, hier was je opa nog een jonge god.'

Ik kan opa slechts met moeite herkennen in de rijzige man op dat gekreukte papier: een hand in de zij, borst vooruit, een diepglanzende haardos met de scheiding in het midden. Opa kijkt ook heel anders uit zijn ogen. Vurig, zelfbewust.

De krantenknipsels berichten over de toneelstukken waarin hij speelde. LANDELIJKE LOF VOOR BRABANTSE REVUEARTIESTEN staat er boven een van de artikelen.

'Waarom is hij ermee gestopt?'

Oma aait met haar vingertoppen over een van de foto's. 'Ik raakte in verwachting en de revue was een te ongeregeld leven voor het hoofd van een gezin.'

'Het gaf te weinig financiële zekerheid,' voegt mama eraan toe. 'Tenminste, dat heeft hij me een keer verteld.'

'Dat was ook zo. Maar er werd ook veel gekletst over mensen die bij de revue zaten.'

'Hoezo?'

'Als je opa buiten de regio moest optreden was hij dagenlang van huis. Daar kreeg je praat van. In sommige provincies kwam toen maar één keer per dag een trein. Zo'n boemeltje nog, met van die houten banken. Er zaten dames in dat toneelgezelschap die het niet zo nauw namen... Niet dat hij daar ooit naar heeft gekeken hoor, maar gekletst werd er wel.'

Ik ga naast mama zitten. 'Ik dacht altijd dat opa bij het spoor had gewerkt.'

Oma neemt de foto van me over en legt hem terug in de doos. 'Nadat hij was gestopt bij de revue heeft je overgrootvader een baantje voor hem geregeld.' Ze zucht. 'Werken bij het Rijk, meer zekerheid krijg je niet.'

'Maar zijn hart lag bij dansen en zingen?'

Oma glimlacht vreugdeloos. 'Het was zijn lust en zijn leven.

Hij wilde het dansen weer gaan oppakken, zei hij altijd, als de jongste zestien was. Dan zat zijn taak als kostwinner erop. Dan was hij nog jong genoeg, vond hij.' Ze dept met haar middelvinger een traan uit haar ooghoek. 'Dat het juist bij hem misging met zijn benen, dat doet je twijfelen of de goeie God wel bestaat.'

27

Ik had kunnen weigeren. Ik had ervoor kunnen kiezen om de taxi te negeren die met ronkende motor stilhield voor de deur van mijn appartement. En ik had natuurlijk kunnen doen alsof ik de deurbel niet hoorde. Maar dat heb ik allemaal niet gedaan. Ik hing braaf mijn jas over mijn arm, griste mijn clutch mee en liet me naar het restaurant brengen.

Als ik Valerio Bruno tref in de lobby van het Conservatorium Hotel ben ik kwader op mezelf dan op hem. Ik moet er niet aan denken samen met deze man gespot te worden – laat staan te worden gefotografeerd.

Valerio Bruno lijkt daar juist op uit te zijn: met veel gevoel voor theater komt hij op me aflopen. *'Ciao bella!'* roept hij, en ten overstaan van iedereen trekt hij me naar zich toe en geeft me een kus op mijn wang. Het gaat te snel om weg te duiken, maar als hij een arm om me heen slaat, verstijf ik. 'Ik ben je date niet, Bruno,' snauw ik, en ik heb er meteen al spijt van.

Op gepaste afstand loop ik naast hem de trappen op naar het restaurant: een langwerpige ruimte van beton en oude baksteen, met exotische planten en fluwelen banken. Ik laat me ongewild inspireren. Je zou hier een spectaculaire show kunnen houden. Het idee slaat meteen dood door de connectie met Bruno. Dit restaurant is zijn vaste hang-out, als ik afga op de manier waarop we worden ontvangen en naar onze tafel worden geleid.

We nemen tegenover elkaar plaats in een intieme, schemerige nis die eerder bedoeld zal zijn voor verliefde stellen dan voor een zakelijke bespreking.

'Je ziet er goed uit,' zegt hij, terwijl hij mijn kleding keurt – een hooggesloten Max Mara-jurk met een A-lijn en een stel plompe mary janes eronder. Sekslozer kan niet, maar Bruno laat zich er niet door ontmoedigen. Zijn ogen glinsteren al even hard als zijn dasspeld.

'Onderdeel van mijn vak,' zeg ik mat.

Terwijl hij aan zijn manchetten rommelt, zegt hij: 'We hadden dit gesprek ook op mijn kantoor kunnen voeren, maar dat is natuurlijk stukken minder gezellig. Dit pand is trouwens van een vriendje van me. Niet slecht, hè?'

'*Impressive.*' Het klinkt sarcastisch en zo bedoel ik het ook.

Bruno bestelt bij de toegesnelde gerant voor ons allebei een zesgangenmenu – 'Liflafjes, maak je geen zorgen' – met een wijnarrangement. Hij staat erop te beginnen met een glas champagne, dat door de sommelier aan tafel wordt ingeschonken.

Bruno zwiert het aan het voetje in de lucht. 'Op een geslaagde samenwerking.'

Ik hef werktuiglijk mijn glas en neem een kleine slok.

'Zal ik je Vivian noemen of Claudia?'

Wat dacht je van mevrouw Konings. 'Vivian is prima.'

Hij wijkt naar achteren om de serveerster ruimte te geven de amuses neer te zetten. 'Dank je, Nora. Hou je het praatje beperkt en geef je dat ook even door aan de rest?'

Ze knikt, kijkt mij kort aan met een blik die ik niet goed kan interpreteren – is het medeleven? – en verdwijnt.

'Goed.' Bruno trekt een schoteltje naar zich toe en vist er een gefrituurde garnaal uit. Hij houdt het ding vast tussen duim en wijsvinger en wijst ermee naar me. 'Dit is het plan: we gaan Vivian D heel groot maken.'

'Hoe?'

'Met heel veel geld, de juiste locaties én de juiste connecties. Details komen later allemaal wel. Maar ik geef je dit vast mee: we doen dit met z'n drieën, Massimo Bianchi, Oscar Lens en ik. Lens heeft een waanzinnige onroerendgoedportefeuille. De natte droom van elk modehuis: Fifth Avenue New York, Rodeo Drive Los Angeles, Bond Street Londen en Orchard Road in Singapore, om er maar een paar te noemen. En Bianchi heeft mateloos nuttige connecties in de fashionwereld met wie we waanzinnig interessante gesprekken hebben gevoerd, én...' Hij houdt zijn mes omhoog, grijnst. '... ze zijn allemaal binnenboord. Kort gezegd, Vivian, we hebben een heleboel designeroutlets in handen, A-locaties in belangrijke steden en een sloot geld om Vivian D flink hoog in de markt te zetten. En daar gaan we de komende vijf jaar voor uittrekken.'

Bond Street, Fifth Avenue, designeroutlets.

'Ik zie het nog niet voor me,' zeg ik.

'Nee?' Zijn glimlach wordt minder breed. 'Dat had ik wel verwacht. Je hebt een modehuis op poten gezet dat een immens potentieel heeft, maar je hebt er nooit het maximale uitgehaald.'

'Omdat ik dat niet wil. Ik wil geen CEO zijn van een beursgenoteerd bedrijf en bezig zijn met cijfertjes en spreadsheets.'

'Wat wil je dan wel?'

'Gewoon, ontwerpen. Nieuwe collecties creëren waar ik achter sta, en als ik daar voldoende mee verdien om mijn personeel en leveranciers te betalen, is het goed. Meer wil ik niet.'

'Maar wij wel. De internationale kledingmarkt loopt in de biljoenen. Louis Vuitton zet acht miljard per jaar om, Gucci vier miljard, Michael Kors bijna vijf.'

'Ik ken de cijfers, maar wat zij doen is niet te vergelijken met Vivian D.'

'Kwestie van tijd.' Hij buigt naar voren. 'Je zegt dat je het liefste wilt ontwerpen. Nou, meer hoef je ook niet te doen. Het zal voor jou overzichtelijk blijven. De sores eromheen; cijfertjes, distributie, marketing…' hij maakt een wegwerpgebaar, 'laten we over aan anderen. Snap je? Mensen die daar goed in zijn verdienen zichzelf terug.' Zijn ogen lichten op. 'Stel je voor. Je hebt nu niet eens eigen winkels, en straks rollen we Vivian D uit over de hele wereld. Amsterdam, Parijs, Milaan, New York, Singapore. En wat we niet kwijt kunnen in de winkels, gaat naar de outlets.' Hij stopt een garnaal in zijn mond en schuift het schaaltje over de tafel naar me toe. 'Neem er ook een. De amuses zijn hier beter dan de rest.'

Mijn handen liggen bewegingsloos naast mijn bord. Ik zie het schaaltje en registreer de ongeduldige manier waarmee Bruno het naar me toe schuift, maar het lijkt een attribuut uit een andere wereld.

Bedienend personeel zet geruisloos plateautjes met vis en schelpdieren op tafel. Ze verdwijnen met een hoofdknikje om plaats te maken voor de sommelier, die ons een glas witte wijn inschenkt. 'Een Puligny-Montrachet van François Carillon, uitstekende *marriage* met dit gerecht, geniet ervan,' zegt hij kortaf, voor ook hij verdwijnt.

'Ik haat dat eeuwige geklets aan tafel over een groentetje hier en een sausje daar. Goed eten spreekt voor zichzelf,' zegt Bruno samenzweerderig. 'Zoals ook goede kleding voor zichzelf spreekt.' Hij prikt naar me met zijn vork. 'Ik volg je al een poos, je maakt echt mooie dingen. Jij bent puur, dat is waar je voor staat. Jij voelt niet de behoefte om de artistiekeling uit te hangen en die arme modellen met blote tieten of in aan elkaar genaaide postzakken de catwalk op te sturen om serieus genomen te worden. Kijk, Vivian, zoals ik het zie… en je zult het vast een vies woord vinden, maar wat je maakt is mooi en tegelijkertijd bloedcommercieel. En niet te vergeten universeel, niet gebonden aan de Europese smaak.'

Ik klem mijn kaken op elkaar. Zit die man hier nu werkelijk in één adem mijn werk te recenseren en de modewereld te duiden? Hij draagt nota bene de meest opzichtige Italiaanse merken als schreeuwerig bewijs van zijn succes. Valerio Bruno is een *fashion victim* uit het boekje en hij heeft het niet eens door.

De wereld gaat ten onder aan zelfreflectiearme narcisten zoals hij.

'We gaan een mooie tijd tegemoet samen,' zegt hij, en hij kauwt tevreden een hap vis weg.

Ik probeer me te ontspannen, maar mijn handen blijven verkrampt naast mijn bord liggen. 'Jullie moeten dit zonder mij gaan doen,' hoor ik mezelf zeggen. 'Ik doe niet mee.'

Achtentwintig

'Een gemiddeld mens meet acht keer de lengte van zijn hoofd.' De docente tekent met krijt een ovaal op het bord en trekt net erboven en net eronder een horizontale streep. Daarna legt ze de liniaal er verticaal overheen. 'Vijftien centimeter. Dat is ons uitgangspunt.' Ze trekt zeven horizontale strepen onder het hoofd, elk met een afstand van vijftien centimeter tot de volgende. 'En hiertussen...' Ze zwaait haar arm van boven naar beneden. '... vul je het lichaam in.'

Ik kijk gefascineerd toe hoe ze krijtstrepen wegwrijft met haar vuist, driehoeken en cirkels tekent, en hoe uit die abstracte vormen steeds duidelijker de contouren van een menselijk lichaam tevoorschijn komen.

'In plaats van acht kun je ook acht-en-half aanhouden,' gaat ze door, haar stem helder en luid. 'Die halve lengte gebruik je voor de voeten, daarmee verleng je de benen.'

Thuis teken ik op ruitjespapier vanwege de symmetrie, voor de rest schets ik op gevoel. Ik had er geen idee van dat bepaalde verhoudingen wetmatig zijn.

'Om het nu iets ingewikkelder te maken...' Ze gaat verder op een leeg gedeelte van het schoolbord. '... gaan modeontwerpers vaak uit van een afwijkende verhouding. Namelijk negen of zelfs tien. Modellen zijn langer en slanker dan de gemiddelde vrouw.' Het silhouet dat op het schoolbord ontstaat is opvallend dun en lang.

In de klas is het stil. Iedereen zit aantekeningen te maken. Mijn klasgenoten zijn anders dan op de havo. Serieuzer, kritischer. Ze stellen vragen en nemen niets als vanzelfsprekend aan. In de pauzes discussiëren we over de Berlijnse Muur, de verschillen tussen Oost en West, Zuid-Afrika, RaRa en Tsjernobyl. We hebben het veel over films en muziek en de verschillen tussen commercieel en geëngageerd. De gesprekken inspireren me.

Als je trouwens zou afgaan op het uiterlijk van de studenten in onze klas, dan zou je nooit raden dat we worden opgeleid voor een creatief beroep. De meesten zien er alledaags uit met hun sneakers, jeans en gebreide truien. Marnix is een uitzondering. Met zijn geverfde haar, rood met blauw geruite broeken en oversized sweaters met boothals lijkt hij meer een ouderejaars dan iemand die pas twee maanden op de academie zit. Af en toe trekt hij een donker lijntje langs zijn onderste ooglid. Het staat hem zo goed dat ik niet begrijp waarom niet meer jongens dat doen. Met Marnix en Naomi trek ik het meeste op, maar we komen niet bij elkaar over de vloer. Mijn familie zou steil achteroverslaan als ik Marnix met make-up en al mee naar huis zou nemen, en ik vermoed dat hij zich net zo goed ongemakkelijk zou voelen. Zijn ouders zijn stinkend rijk. Hij schijnt op een soort landgoed te wonen. Naomi komt ook uit een bijzonder gezin: haar vader is concertpianist en haar moeder lerares Engels. Naomi heeft haar halve jeugd in Londen gewoond. Dat kun je nog steeds horen aan haar accent.

'Couture wordt grotendeels op dit lichaamstype gebaseerd,' zegt de docente. Ze wijst op het lange silhouet op het bord. 'De reden daarvan is dat kleding beter tot haar recht komt op vlak canvas. De vrouwelijke rondingen mogen geen afleidende factor zijn. Voor de toekomstige ontwerpers onder jullie: onthoud dat het de *kleding* is die je wilt verkopen, niet de vrouw die het draagt, want dat is een héél andere tak van sport.'

Er wordt gegniffeld.

28

Valerio Bruno fronst zijn wenkbrauwen. 'Natuurlijk doe je wel mee.'

'Jullie plannen staan heel ver af van mijn manier van werken en mijn visie.'

Hij stoot een geluid uit dat het midden houdt tussen een proest en een lach.

'Ik ben nog altijd directeur,' zeg ik kalm.

'Een formaliteit. We weten allebei hoe de zaken er in werkelijkheid voor staan.'

Ik leg mijn mes en vork neer. 'Goed, maak het dan formeel. Ontsla me.'

Een sluw lachje speelt om zijn lippen.

Ik wijs naar mijn borst. 'Ik bén Vivian D. Zonder mij geen kleding, geen klanten, geen bedrijf. Zo simpel is het.'

'Aha. Gaan we het zo spelen.' Bruno pakt zijn wijnglas en houdt het schuin, kijkt er peinzend naar. 'Wanneer is Valentino Garavani ook alweer opgestapt bij Valentino? Even denken, was het in 2007, begin 2008?'

'Die vergelijking gaat niet op,' werp ik tegen, maar ik begrijp uitstekend waar hij heen wil.

'Toegegeven, er waren aanvankelijk wat *hiccups*, maar die hadden vooral te maken met de kortetermijnvisie van de investeerder en zeker niet met de bereidheid van de consument “een Valentino” te kopen die niet meer door de oude meester zelf was ontworpen.’

‘Ik ken het verhaal,’ zeg ik.

Bruno heeft zich goed ingelezen. Na het vertrek van Valentino daalden de omzetcijfers dramatisch, maar nadat het modehuis voor 700 miljoen werd opgekocht door een sjeik uit Qatar kwam het bedrijf weer in de lift.

‘Als ik me niet vergis zitten ze op een jaaromzet van bijna een miljard,’ gaat Bruno door. ‘Met een winst van ongeveer 200 miljoen. Ongekend. Ik betwijfel of ze in de dagen van de oude Valentino zulke cijfers onder ogen hebben gehad.’

‘Vivian D is niet bepaald Valentino en jij, met alle respect, bent geen oliesjeik.’

Bruno neemt een slok water en zet het glas terug naast zijn bord. ‘Het merk op zich is overeind gebleven, dat is wat ik wil zeggen. Er zijn genoeg prima ontwerpers die staan te trappelen om voor zo’n solide, sympathieke naam als Vivian D aan de slag te mogen.’

‘Waarom zitten we hier dan?’

‘Heeft het gesmaakt?’ De ober die mijn bord wil wegnemen trekt zijn hand schutterig terug – ik heb mijn eten nog niet aangeraakt. ‘Excuses, mevrouw.’

‘We zijn in gesprek,’ zeg ik. Het komt er onaardiger uit dan ik het bedoelde.

Bruno’s glas wordt bijgeschonken en de ober verdwijnt met een hoofdknikje.

We zeggen geen van beiden iets. Bruno kijkt me peilend aan, hij knippert amper met zijn ogen.

Om me een houding te geven grijp ik mijn wijnglas en neem een paar slokken. Als ik het glas terugzet, merk ik dat mijn hand trilt. Een lichte paniek welt in me op: ik ben vergeten een downer te nemen.

‘Ik begrijp dat dit voor jou even slikken is,’ zegt Bruno. ‘Je hebt keihard geknokt om op dit punt te komen en het voelt alsof alles je wordt afgenomen. Dat is niet zo, integendeel, maar tegen dat gevoel kan ik weinig inbrengen.' Met wijs- en middelvinger draait hij zijn wijnglas aan de voet rond. 'Je moet weten dat ik enorm veel respect voor je heb. Je bent een van de weinige Nederlandse modeontwerpsters die internationaal naam hebben gemaakt.'

'En jij gaat dat nu verkloten.'

'Integendeel. Het wordt nog veel mooier. Je naam wordt straks in één adem genoemd met de écht grote spelers. En het enige wat je daarvoor hoeft te doen is dat wat je toch al graag doet. Wij gaan je daarbij ondersteunen.'

'Ik zei al dat ik niet meedoe.'

Hij knikt, knikt nog eens en slaakt dan een zucht. 'Kijk, Vivian... Laat ik eerlijk zijn. We hebben jou inderdaad niet nodig. Als je eruit stapt, even goede vrienden. Maar het zou me heel wat waard zijn als je zou besluiten om je nog een poos aan Vivian D te verbinden.'

'Waarom?'

'Beeldvorming, goodwill. Je hebt de sympathie van het publiek. Je levensverhaal inspireert omdat je je vanuit een achterstandsituatie naar de top hebt geknokt. Daar houden de mensen van. En in tegenstelling tot bijvoorbeeld ene Valerio Bruno...' hij glimlacht vergoelijkend, '... ben jij altijd bescheiden gebleven, nuchter.' Hij zet zijn woorden kracht bij met zijn handen. 'Je bent écht. Een lieve, mooie vrouw met een enorme passie en gedrevenheid. Daar heeft de wereld behoefte aan, aan authenticiteit.'

Ik begin te begrijpen hoe deze man zo ver is gekomen. Hoe hij in weerwil van zijn botheid, zijn wankele imago en wansmaak mensen voor zich inneemt.

'Vivian, jij kunt als geen ander deze koersverandering uitleggen. Het publiek en de media geloven je, ze houden van je.

Als je meedoet...' Hij slaat met zijn platte hand op tafel. 'Dan is *the sky the limit*.'

De tweede gang wordt gebracht. Een ober schenkt de glazen nog eens bij. Of het door Bruno's vleierij komt of door de alcohol weet ik niet, maar ik voel me iets minder gejaagd. Ik ben weer in staat om enigszins samenhangend te denken.

'Je bent niet de eerste die zoiets probeert,' zeg ik zodra de ober buiten gehoorsafstand is. 'Verreweg de meesten gaan, plat gezegd, finaal op hun bek.'

Hij glimlacht flauwtjes, alsof hij deze opmerking al had verwacht. 'Met een stevig budget en een goed team kan iedereen een aantrekkelijke collectie neerzetten,' zegt hij geduldig. 'Vraag kun je creëren door marketing en door de juiste influencers aan je te binden, maar uiteindelijk moet de klant in contact komen met je product.' Hij tikt met zijn wijsvinger op het tafelblad. 'En daar gaan wij dus het verschil maken. De concurrent is kapitalen kwijt aan huur. Wij bezitten winkelpanden op alle toplocaties in alle grote steden, plus een nog steeds groeiend aantal drukbezochte outlets.'

'Dat zei je al. Maar wat moet ik me daarbij voorstellen? Over hoeveel winkels heb je het?'

'We willen beginnen met een stuk of vijftien en doorgroeien naar zo'n tweehonderd eigen winkels –'

'Maar onze fabrikanten –'

'... inclusief de outlets, en daarbovenop denken we aan verkooppunten in *high end* warenhuizen als Saks Fifth Avenue, Barney's, Lane Crawford, GUM, KaDeWe en Selfridges.'

'Onze fabrikanten kunnen zo'n productie helemaal niet aan. Bovendien... wil je nou in tweehonderd winkels alleen maar Vivian D gaan verkopen? We hebben niet eens genoeg verschillende items om één winkel te vullen.'

'Dat komt allemaal goed.'

'Hoe dan?'

Hij maakt een wegwerpgebaar. 'Details. Als je meedoet, kom je daar snel genoeg achter.'

Ik weet niet meer wat ik moet denken. Bruno's plan heeft inderdaad kans van slagen als hij eigen panden heeft. Marnix en ik zijn nooit aan eigen winkels begonnen omdat de huren schokkend hoog zijn op locaties waar we zouden willen zitten. Ik heb daarover gedagdroomd, gespard met Marnix: Vivian D-winkels tussen die van Prada, Louis Vuitton en Givenchy, ingericht in onze eigen stijl, met eigen personeel dat de klanten perfect kan adviseren.

Maar *tweehonderd* winkels?

Waanzin.

'Wat zijn de consequenties als ik besluit eruit te stappen?'

Hij lijkt verbaasd, maar herstelt zich snel. 'Dan bied ik je graag honderdvijftig procent van de huidige waarde van je aandelenpakket. Maar ik zou het je niet aanbevelen.' Hij prikt met zijn vork in de lucht. 'Ik zweer je dat die aandelen over een paar jaar het tienvoudige waard zijn.'

Negenentwintig

Op de salontafel – een wagenwiel op zijn kant met een glasplaat erop – staan volle asbakken tussen lege flesjes bier. De kamer ziet blauw van de sigarettenrook en de televisie staat hard. Mandy's ouders zijn een weekend weg. Ze hebben vijftig gulden achtergelaten voor boodschappen. Er is geen snee brood in huis, geen melk, kaas of ham; we hebben vanochtend ontbeten met paprikachips en cola.

De jongens joelen naar de tv – op het scherm stapt een vrouw in hoog uitgesneden badpak een boksring in om het op te nemen tegen een samoerai. Een videoclip van Duran Duran, 'Girls on film'.

Ik giet een laag Pisang Ambon in mijn glas en loop naar de keuken om jus d'orange te halen.

'Clau?' Ronald houdt zijn lege bierflesje omhoog en zwaait het aan de hals heen en weer.

'Doe mij ook maar,' roept Dennis – 'Dennis de kennis' voor intimi, een collega van Henrie.

Henrie springt op en loopt met me mee. Hij trekt de koelkast open en haalt er twee biertjes uit. 'De laatste twee, mensen!' roept hij naar de woonkamer.

Ik zie er nog zeker vijf in de groentela liggen en open mijn mond om er iets van te zeggen, maar Henrie legt twee vingers tegen mijn lippen. 'Shhh...'

Ik blijf als bevroren staan.

Met zijn duim wrijft hij over mijn lippen, duwt zachtjes mijn onderlip naar beneden. Zijn vingers voelen warm en droog en een beetje ruw.

Henrie heeft me nog nooit zo aangeraakt, zo aangekeken.

'Hoe serieus is dat met jou en die hondenboer?' fluistert hij. Zijn vingers glijden van mijn lippen over mijn wangen, betasten mijn jukbeenderen.

'Hij heeft een naam. Martin.' Mijn stem klinkt schor.

'*Whatever*. Waar is-ie eigenlijk?'

'Met zijn vader in Brussel voor een hondententoonstelling.'

'En waarom ben jij daar niet bij?'

'Waarom ben jij vanavond niet op de verjaardag van Natasja's zus?'

Er valt een ongemakkelijke stilte.

Henrie schraapt zijn keel. 'Je bent veranderd sinds je op die nieuwe school zit.'

'Vind je?'

'Vroeger zei je nooit zoveel. Je was er gewoon.'

'Ik praat nog steeds niet veel.'

'Nee, maar het is... Ik weet het niet, je hebt iets...' Hij kijkt even van me weg en zoekt weer mijn blik. 'Volgens mij is die jongen gekker op jou dan andersom.'

'Waarom hebben wij het daarover?'

'Misschien omdat het me boeit.'

'En Natasja dan?'

Hij brengt zijn gezicht dichterbij. Zijn sproeten lijken groter in het licht van de afzuigkap. Ze zitten ook op zijn lippen.

Voor ik besef wat er gebeurt trekt hij me tegen zich aan en drukt zijn mond op de mijne. Zijn tong volgt meteen, zacht als fluweel, onderzoekend. Tintelingen trekken door mijn onderlichaam, door mijn hele lijf, en ik zoek houvast bij zijn harde schouders. Terwijl zijn kruis tegen het mijne schuurt lijkt het alsof ik daarbeneden vloeibaar word. Dan laat hij me los.

Hij draait zich om en loopt terug de kamer in, de flesjes bier bungelend tussen de vingers van één hand. 'Laatste rondje!'

Ik blijf staan, starend naar de keukenkastjes van donker eikenhout. Snel ademend, trillend. Ik voel aan mijn lippen, tast naar de plaats in mijn nek waar hij me zojuist vasthield. Zo kan zoenen dus zijn. Dit is waar iedereen het over heeft.

29

Ik woon in een zeventiende-eeuws grachtenpand, op de vierde en vijfde etage – die laatste is een zolderkamer met een compact dakterras aan de achterkant. Toen ik het kocht lagen er overal vilttegels en zat er zelfs tapijt tegen de muren in de gang geplakt, maar de potentie was duidelijk en na een grondige restyling kwam er een lichte, ruime woning tevoorschijn. De nieuwe inrichting past bij de leeftijd en stijl van het pand: oosterse tapijten in zachte tinten, vlak gestuukte, witte muren en linnen behang van Designers Guild. Als tegenhanger is mijn kunst abstract en contrastrijk. Een cynicus zou aan de hand van mijn interieur kunnen beweren dat hier iemand woont die niet durft te kiezen en die haar uitspattingen beperkt tot enkele inwisselbare kunstwerken.

Met een ervan – een 3D-sculptuur van Eric van Straaten – sta ik hijgend in mijn handen, op het punt om het kapot te smijten op het visgraatparket, als ik tot het besef kom dat ik niets of niemand ermee help als ik zo tekeer blijf gaan. Niet mijn personeel, niet mijn bedrijf en al zeker niet mezelf. Ik zet het beeldje zorgvuldig terug op de sokkel en staar naar de scherven van een vaas die ik zojuist in stukken heb laten vallen. Haal mijn vingers door mijn haar, knijp erin. Valerio Bruno en zijn compagnons hebben me alles afgenomen waarvoor ik zo hard heb gewerkt. Ze kunnen doen wat ze maar willen met Vivian D, met of zonder mij.

En er is niets wat ik eraan kan veranderen.

'Wat moet ik hiermee?' vraag ik hardop aan de donkere grachtenpanden aan de overkant van het water. De wolken boven de stad worden beschenen door een halvemaan. Ik kijk ernaar met mijn armen over elkaar geslagen. Achter me is mijn woonkamer donker, ik heb niet de moeite genomen de lichten aan te doen. In de afgelopen eenzame uren heb ik het gesprek met Valerio Bruno talloze keren herkauwd. Een vorm van gelatenheid heeft bezit van me genomen.

Wat ik niet goed begrijp is dat Bruno mij ziet als boegbeeld voor zijn megalomane plannen. Ik kom blijkbaar beter over in de media dan ik zelf besef. Marnix zegt dat ook, net als Joelle, maar hoe vaak me ook wordt verzekerd dat ik de moeite waard ben, ik *voel* het niet zo. Ik zie en voel heel andere dingen. Er zijn dagen dat ik het amper kan verdragen om mezelf op bewegend beeld terug te zien.

Het is Claudia maar.

Misschien verlies ik me daarom zo graag in het ontwerpen. In een creatief proces verdwijn ik te zijn. Het maakt me blij als mijn creaties worden gedragen, maar daarvoor hoef ik niet zo nodig zélf op een voetstuk te worden gezet. Het zou moeten gaan om wat ik maak, niet om wie ik ben. Een van de meest stressvolle momenten is wanneer ik vlak na een show de catwalk op moet lopen om die muur van flitsende camera's tegemoet te treden. Om daar te moeten staan, in het volle licht, met al die blikken, al die meningen.

Marnix verzekerde me dat het zou wennen, maar het went niet.

Het went nooit.

Ik stort me liever op een nieuwe collectie. Dat doe ik al mijn hele volwassen leven. Ik struikel van de ene naar de andere, dompel me onder in thema's die me fascineren en probeer die te vertalen in kleur, structuur en vorm, en daartussen is er niets, ben ik onzichtbaar als altijd.

Ik schrik van het gezoem van mijn telefoon. Het is kwart voor twaalf. 'Marnix' staat er in het scherm. Ik neem meteen op.

'Het gaat niet goed,' zegt hij zodra hij mijn stem hoort.

'Waar ben je?'

Hij klinkt zacht, breekbaar. 'Ik had je niet moeten bellen.'

Huilt hij nou?

'Marnix, zeg me waar je bent en ik kom naar je toe.'

'Ik schaam me kapot.'

'Waarvoor?'

'Voor mezelf. Ik heb alles verwoest. En weet je, weet je wat ik nu besef?' Hij vloekt omdat hij ergens over struikelt of tegenaan loopt. 'Dat is nog het ergste van alles, dat het uiteindelijk niets met jou te maken had, ik deed het voor mezelf. Ik ben een kloterige egoïst... Mijn god, wat pathetisch. Hoor je hoe vaak ik "ik" zeg? Ik haat mezelf. Ik haat die opgeblazen sukkel, die *poser*.'

'We haten onszelf allemaal weleens.'

Ik ken deze Marnix. Hij heeft vaker met zichzelf in de knoop gezeten, maar dit klinkt ernstiger.

'Waar ben je?' vraag ik.

Ik hoor zijn ademhaling, gezucht. Geen antwoord.

Het beangstigt me.

'Marnix? Geen rare dingen doen, hè! Ik heb je nodig.'

'Mij?'

'Ja, jou.'

Ik hoor een auto claxonnerend voorbijrijden, zowel door mijn telefoon als buiten. Hetzelfde geluid. Marnix is vlakbij.

Ik haast me naar het raam en trek het gordijn opzij. Als mijn ogen gewend zijn aan het donker zie ik hem staan. Zijn contouren tekenen zich af tegen het glinsterende water van de gracht.

Dertig

In de pauze komt Marnix bij me zitten. Hij duwt me een bekertje koffie toe. 'Er zit al suiker in.'

Ik zet het naast me op tafel. De geur staat me tegen.

'Weet je wat me opviel toen ik je net de kantine in zag lopen?'

Ik kijk hem afwachtend aan.

'Jij bent een type-negen.' Hij haalt zijn vingers door zijn dikke, opzichtig geverfde haar en schudt zijn hoofd als een hond die uit het water komt. Glimlacht naar me vanonder een stekelig gordijn van blonde en gitzwart geverfde pieken. 'Negen-en-half misschien.'

'Vind je?'

'Ik heb oog voor verhoudingen.' Hij neemt een slok van zijn koffie. Zijn armbanden – gemaakt van stukken leer en fietsketting – tikken tegen elkaar. Hij lacht nog steeds, zijn mond bijna even breed als zijn gezicht. 'Als ik een eigen modelabel heb, wil ik jou als model. Lijkt me gaaf. Die grote ogen, dat big hair van je.'

'Voor jouw punklabel?' Ik voel aan mijn haar, dat knispert door het herhaaldelijk permanenten en kleuren. 'Ik weet niet of ik dat als een compliment moet beschouwen.'

'Wat mij betreft wel.' Hij houdt zijn hoofd scheef. 'Ga je weleens uit?'

'N-niet echt.' Waarom stotter ik nou?

'Dacht ik al. Ik kom je nooit tegen in het weekend.'

'Waar ga jij heen dan?'

Hij noemt namen van kroegen waar ik nooit binnen ben geweest: lokalen in de buurt van het station waarvan de vuile ramen zijn dichtgeplakt met stencils, en waar volgens de verhalen muziek van onbekende Engelse bandjes wordt gedraaid, waar wordt geblowd en raar gedanst.

'Kom ik nooit.' Ik haal verontschuldigend mijn schouders op.

'Wat doe je dan in het weekend?'

'Ik werk als afwashulp bij De Lachende Vis. Maar op zaterdagavond gaan mijn vriend en ik weleens naar een feestje bij iemand thuis.'

Ik voel de noodzaak om te benadrukken dat ik een vriend heb, hoewel Marnix dat al weet en het voor hem geen verschil maakt.

'Feestjes bij iemand thuis. Best *burgo*,' zegt hij.

'Nou...' Mijn gedachten gaan onwillekeurig terug naar het laatste grote feest waar Henrie en ik zijn geweest, bijna een maand geleden. Ik voel mijn wangen warm worden.

Marnix merkt het op. 'Oké, niet saai dus, blijkbaar?'

Ik onttrek me aan zijn onderzoekende blik. Op het buurtfeest dat bij Ronalds oom werd gehouden hadden Henrie en ik voor de tweede keer seks. Het was fijner dan die eerste keer bij Mandy thuis, toen het stiekem en heel zachtjes moest en ik zo hard beefde dat het gênant was – en we allebei nog met een ander verkering hadden. Het was druk op het buurtfeest en de meesten waren stomdronken. Henrie en ik hadden ons afgezonderd op de zolder van de garage. Het rook er naar motorolie en roest en je hoorde de stemmen en de muziek door de vloerplanken heen. Het ging sneller en gerichter nu, we kenden de weg.

'Wacht, we zijn laatst nog naar de Galaxy geweest.'

'De dísco, jij?' Marnix trekt een vies gezicht. 'Dat past toch niet bij jou?'

'Ach, ik...'

De zoemer gaat.

Marnix staat op, knijpt zijn bekertje kapot en gooit het met een boog in de afvalbak.

'Kom een keer langs als je zin hebt, dan stel ik je voor aan mijn prettig gestoorde vriendenclub. Neem die vriend van je gerust mee, we eten hem niet op.' Hij maakt lachend een V-teken met zijn vingers.

30

De ochtendzon schijnt door de grote ramen de vergaderruimte in. Iedereen die richting geeft aan Vivian D is er. Onze financieel directeur Morris en hoofd distributie Maurice – samen bekend als de M&M's, hoofd inkoop Hanny en Karlijn van personeelszaken. Ik heb ook Cesar ontboden, die als hoofd design de collectie mede bepaalt. Joelle zou normaal gesproken niet aanschuiven bij een overleg als dit, maar ik wil mijn assistent er graag bij hebben. Ze moet weten wat er speelt. Marnix zit stilletjes naast me droedels te tekenen op zijn notitieblok en gaapt af en toe achter zijn vuist. Vannacht sliep hij in mijn bed.

'Designeroutlets?' vraagt Morris. 'Ik wist niet dat die gast daar ook al in zat.'

'Ze zijn van een compagnon van hem. Ze willen er Vivian D-winkels in gaan openen.'

Morris fluit tussen zijn tanden.

'In Nederland?' Maurice tikt met de achterkant van zijn pen tegen zijn schouder.

'Internationaal. Hij betrok er sowieso Amerika bij en zei dat ze bezig zijn met de bouw van vier nieuwe *outlet villages* in Europa.'

'Die outlets worden steeds belangrijker,' zegt Morris.

Vergis ik me, of klinkt hij enthousiast?

'Denk je?' vraagt Hanny.

'Absoluut. De consument rijdt graag een stuk verder als hij een paar Prada's op de kop kan tikken voor de helft van de prijs en een Gucci-tas met zestig procent korting.'

'Ook al zijn die van oudere collecties?'

'Ja,' zegt Morris. 'Het gaat om een andere, nieuwe doelgroep. Mensen die nu al winkelen in de P.C. Hooftstraat bezoeken niet snel een outlet; die gaan voor de luxe-ervaring en zijn niet prijsgevoelig. De outlets boren een nieuw segment aan van consumenten die in diezelfde P.C. Hooft niet gauw ergens naar binnen durven stappen.'

'Boss haalde er vorig jaar twintig procent van hun omzet vandaan,' zegt Maurice.

'Uit die outlets?'

Morris knikt. 'Denk alleen maar aan de kleding die ze niet meer hoeven terugnemen aan het einde van het seizoen.'

Cesar mengt zich in het gesprek. 'Met wat wij terugnemen kunnen we amper één winkel vullen, laat staan tientallen.'

'Valerio Bruno wil de productie gaan opvoeren,' zeg ik.

'Hoe dan?'

Ik haal mijn schouders op.

'Veel merken produceren speciale lijnen voor de outlets,' merkt Morris op. 'Is daar sprake van?'

'Zo diep zijn we er nog niet op ingegaan.'

'Maar... gaat het daar dan over?' vraagt Cesar. 'Alleen over outlets?'

Ik schud mijn hoofd. 'Bruno zei dat hij in alle grote steden in Nederland en België winkelpanden bezit en zijn Amerikaanse compagnon heeft een' – ik rol met mijn ogen – ' "waanzinnige onroerendgoedportefeuille".'

'In Amerika?' vraagt Morris.

Ik knik. 'Hij noemde Rodeo Drive en Fifth Avenue, maar had het ook over Hongkong en Parijs. En via een connectie denkt hij Vivian D binnen te kunnen krijgen bij GUM in Moskou, Selfridges in Londen en KaDeWe in Berlijn.'

'Wauw,' fluistert Morris. 'Dit gaat écht ergens over, hè.'

'Toegegeven, die gast heeft ballen,' zegt Maurice.

Cesars ogen glanzen. 'Vivian D op Fifth Avenue.'

'Heeft Bruno ook namen genoemd?' vraagt Morris.

Ik knik. 'Zijn compagnons zijn Massimo Bianchi en Oscar Lens. Ik heb ze gegoogeld. Lens staat op de Forbes-lijst.'

Morris sist tussen zijn tanden.

'Over Bianchi zelf kan ik niet veel vinden, maar ik begreep dat hij eigenaar is van flink wat ateliers en fabrieken in Italië.'

Hanny schiet naar voren. 'Ik zit dit nu al even aan te horen, jongens, maar wat zij willen gaat helemaal niet. Deze hoeveelheden kunnen onze leveranciers niet aan.'

'Vond hij details,' zeg ik.

Even zegt niemand iets.

Morris verbreekt de stilte. 'Het wordt een heel ander bedrijf.'

'We redden dat niet met het huidige team,' zegt Karlijn.

Maurice wrijft in zijn nek. 'En ook niet met de huidige distributiekanalen. Alles moet op de schop, ook de software waar we mee werken.'

Iedereen begint door elkaar heen te praten.

Ik vouw mijn handen in elkaar en observeer mijn mensen, die samen al jarenlang Vivian D vormen. Ik zie hun gezichtsuitdrukkingen veranderen, voel hun spanning, luister naar hun woorden. Een enkeling lijkt bang te zijn voor zijn baan, en die angst is misschien terecht, maar bij de meesten bespeur ik tegenovergestelde emoties. Hun ogen lichten op bij de gedachte aan deze immense schaalvergroting.

Mogelijkheden om te groeien.

'We hebben samen altijd het DNA gevormd van Vivian D,' zeg ik. 'Maar er zal inderdaad veel veranderen. Ik moet er zelf nog goed over nadenken, over de gevolgen, hoe mijn nieuwe rol eruit zou kunnen zien, en ik wil dat jullie dat ieder voor zich ook gaan doen. Laat me in de loop van de week weten hoe je hierin staat.'

Eenendertig

Henries moeder staat in het keukentje, dat in het verlengde van de gang ligt. De mouwen van haar gebreide vest zijn opgestroopt. Haar handen maken knedende bewegingen in een plastic kom. Ze blaast een pluk haar uit haar gezicht. 'Jij komt zeker voor Henrie?' Zonder het antwoord af te wachten richt ze haar gezicht naar het plafond en schreeuwt: 'Hénrie? Claudia is er!'

Haar hondje snuffelt aan mijn voeten.

Ik buk en haal hem aan. 'Hallo, Benji.'

Benji laat toe dat ik hem achter zijn oren kriebel, maar hij is niet zo toeschietelijk als anders.

Dieren voelen dingen.

'Henrie staat te douchen,' legt zijn moeder uit. 'Net thuis van z'n werk. Koffie?' Ze knikt naar een glazen kan op een warmhoudplaat. 'Is van een halfuurtje geleden.'

'Eh, nee, dank u.'

Nu wijst ze met haar kin naar de pannen op het vuur. Er komt meer stoom van af dan door het afzuigkapje kan worden afgevoerd. De ruiten van het keukentje zijn beslagen. 'Wil je een kom soep? Er is genoeg.'

'Nee, merci. Ik moet straks thuis nog eten.'

'Ik hoorde dat je tegenwoordig op de kunstacademie zit. Heb je het daar naar je zin?'

'Eh, ja hoor.'

'Ik wist niet dat jij zo creatief was.' Ze grijpt een pluk gehakt uit de kom, maakt er een bal van en rolt die door het paneermeel.

'Eh, ja. Ik vind het leuk om te tekenen en zo.' Ik tast in mijn jaszak naar het staafje. Het ritselt. Thuis heb ik er een boterhamzakje omheen gedraaid.

'Wel apart, zeg. Dus ze leren je daar schilderen en tekenen?'

'Ja.'

'Kun je daar later nog iets mee?'

'Best veel, eigenlijk.'

Ik wil de trap op rennen, Henrie bij zijn schouders pakken en hem in zijn gezicht schreeuwen: *Wat moet ik doen!?*

Niemand weet het nog.

Mama niet, papa ook niet.

Zelfs Mandy niet.

Ik heb tegen niemand iets gezegd.

31

Joelle en ik hebben ons teruggetrokken in de kantine. Er lopen af en toe mensen naar binnen om iets uit de koelkast te pakken of koffie te halen.

Joelle gaat op het puntje van de bank zitten, ze bladert door een stapeltje papier. 'Ik heb hier een aanvraag van een productiebedrijf dat bezig is met een nieuw seizoen voor *Project Catwalk*. Ze vragen of je geïnteresseerd bent om een aflevering in de jury plaats te nemen – dat hebben ze het liefst – of op een andere manier wilt meewerken, bijvoorbeeld door de kandidaten een masterclass te geven. Zal ik een lunch met hen inplannen of het boeltje afblazen?'

'Laten we het voor nu maar even afhouden,' zeg ik.

Ik heb geen idee waar ik over een halfjaar ben. Of ik me tegen die tijd überhaupt nog wel Vivian D mag noemen.

Joelle pakt twee A4'tjes met getypte tekst. In de kantlijn staan een paar geschreven aantekeningen. 'Kreeg ik vanochtend op de mail, het uitgewerkte interview voor *Glam!*'

'En?'

'Het is echt op die doelgroep geschreven, pittig wel, maar er staan geen schadelijke dingen in. Wil je het zelf nog lezen?'

Ik kijk naar de stapel waar we nog doorheen moeten. 'Ik vertrouw op je oordeel. Ga je nog achter de foto aan?'

'Goed dat je het zegt.' Ze maakt een aantekening.

'Wat is de kop eigenlijk?'

'Die gaat de eindredactie nog invullen, daar hebben we geen invloed op.' Ze pakt er een volgend A4'tje bij – een uitgeprinte e-mail – en lacht breed. 'Ja, dit is een leuke. Een aanvraag van *Expeditie Robinson*. Echt iets voor jou.'

Ik schiet in de lach. 'Dat zou ik nog geen twee dagen overleven.'

'Je hebt er ook helemaal geen tijd voor. Maar toch leuk dat ze je vragen,' zegt ze, terwijl ze haar stapeltje ordent.

'Hoe denk jij er eigenlijk over?' vraag ik.

'Waarover?'

'De overname. De plannen van Valerio Bruno.'

Ze zegt niets.

'Jouw mening is belangrijk voor me,' dring ik aan.

'Nou... zolang ik je ken hou je groei tegen. Dat snap ik heel goed, echt, want het is hartstikke fijn werken op deze manier, met deze club, en als je groter wordt, zal het niet automatisch nóg leuker worden, maar als ik dan hoor wat die mensen van plan zijn...' Ze kijkt me recht aan. 'Het lijkt mij persoonlijk echt geweldig om eigen winkels te hebben. Moet je je voorstellen, Vivian D op Fifth Avenue in New York!' Haar ogen glanzen. 'Ik ben zó trots op ons, op wat we bereikt hebben, trots op jou... Maar dat is toch echt wel *the next level*.'

'Denkt de rest er ook zo over?'

Ze zegt niets. Even slaat ze haar blik neer. 'Ik geloof de meesten wel, ja.'

Tweeëndertig

'Jezus, Clau, doe even rustig, wil je.'

'Rustig? Rústig?' Ik duw hard tegen Henries borst. 'Hoor je eigenlijk wel wat ik zeg?'

'Ssh, relax.' Henrie pakt mijn polsen vast. Met zijn voet sluit hij zijn slaapkamerdeur achter zich en trekt me tegen zich aan. Zijn haar is nog vochtig van de douche. Hij ruikt naar shampoo en naar het waspoeder dat zijn moeder gebruikt en dat je door het hele huis ruikt als ze niet staat te koken.

'Weet je het zeker?' fluistert hij.

'Ik heb vanochtend een test gedaan.' Ik haal het staafje uit mijn zak. Twee streepjes. Ze staan er nog steeds. Mijn hart roffelt achter mijn ribben en even voel ik mijn benen langer worden, langer en langer, terwijl het kamertje krimpt, het plafond zakt, de muren naar me toe hellen.

Henrie neemt het staafje van me over. Het klinische, gladde plastic komt uit een heel ander universum dan zijn vingers, die vol zitten met krasjes, schaafwondjes. 'Ja, twee,' concludeert hij, zijn ogen lichtjes samengeknepen. Was dat een lachje rond zijn lippen? 'Is zo'n test betrouwbaar?'

Ik gris de gebruiksaanwijzing uit mijn zak, vouw die open op Henries bed. Mijn bewegingen zijn ongecontroleerd en het dunne papier scheurt onder het oog van Gullit, Van Basten, PSV en het voltallig Nederlands elftal dat met sellotape op de wand is geplakt. Ik strijk het papier glad alsof het een landkaart is en ik de generaal ben die de troepen moet aansturen.

Maar deze oorlog is al verloren.

Alle uitvalswegen zijn geblokkeerd.

'Hier... hier staat het.' Mijn stem klinkt gespannen. Ik prik bijna een gat in het dunne papier met mijn wijsvinger. 'De test kan wél vals negatief zijn, maar niet vals positief. Twee streepjes is dus altijd...'

'Wauw...' Hij laat zich achterover op het eenpersoonsbed vallen en gaat tegen de muur zitten. Zijn blote voeten steken uit zijn rode Adidas-trainingsbroek. 'Voel je je anders?'

'Ik ben de hele tijd misselijk, vooral 's ochtends. Ik ga over mijn nek van koffie en vlees. Maar verder...' Mijn ogen prikken. Ik sluit ze. Adem diep in en uit. Als ik mijn ogen weer opendoe zie ik dat hij peinzend het staafje bestudeert. 'Maar verder merk ik geen verschil.'

Waarom blijft hij zo kalm? Dringt het wel tot hem door?

'Henrie, ik heb geen –'

'Hoe ver ben je?' vraagt hij, zonder me aan te kijken.

'Weet ik niet. Maar ik denk dat het toen, die ene avond...'

'Op dat buurtfeest, bij die oom van Ronald?' Weer dat lachje. 'Dat was stom.'

'Ja, stom,' herhaal ik.

Henrie was al in me toen ik besefte dat hij geen condoom omhad. 'Ik trek op tijd terug,' fluisterde hij. 'Relax.'

Hij legt het staafje naast zich en pakt mijn hand.

Ik ga op mijn knieën bij hem zitten.

'Je bent zwanger,' is zijn conclusie.

'Ja. Maar dat kán helemaal niet, snap je? Het is volgens mij te laat voor de morning-afterpil. Er zit zo'n Rutgershuis in de stad, ik geloof dat ze daar abortussen doen, maar ik durf er niet in m'n eentje heen. Ik durf er eigenlijk helemaal niet heen.' Mijn zicht wordt troebel. 'En ik weet niet of ik dat wel wil, ik bedoel, het is nog hartstikke klein, maar het is al een kindje en –'

'Sst.' Hij legt twee vingers op mijn lippen, duwt met zijn duim mijn onderlip heen en weer, een gebaar dat hem, zo weet ik inmiddels, opwindt. Zijn ogen worden donkerder. Hij pakt mijn achterhoofd beet en kust me. Legt een hand op mijn borst.

Ik ruk me los. 'Even serieus nou!'

'Ik bén serieus.' Op zijn gezicht breekt een lach door die de hele kamer verlicht. 'Jezus. Ik word vader.' Zijn stem slaat over. 'We krijgen een baby, Clau. Gewéldig.'

'Ben je wel goed wijs? Ik zit nog op school. We wonen allebei thuis. Hoe kunnen wij nou voor een baby zorgen? Dat gaat helemaal niet!'

'Tuurlijk wel.'

'Hoe dan?'

Hij lijkt niet eens naar me te luisteren, of de ernst van het nieuws dringt niet tot hem door.

Ik schud mijn hoofd. 'Wat moet ik doen?' fluister ik voor me uit.

Henrie pakt mijn kin vast en dwingt me hem aan te kijken. 'Verzin maar een mooie naam. Als het een jongen is, kies ik, en als het een meisje is, kies jij. Deal?'

32

Ik pak mijn glas rioja van de vensterbank en neem een slok. De elektrische haard ruist zachtjes. Ik voel de warmte van de vlammetjes op mijn rug.

Mijn oog valt op Marnix' vest dat naast de bank op de grond ligt. Door mijn hele huis liggen spullen van mijn beste vriend. Mijn compagnon. Mijn aanjager. Mijn judas.

Hij stoorde zich al langer aan mijn behoudende koers, en blijkbaar was hij niet de enige. Groei is wat mijn personeel ook wil. Zelfs Hanny hoorde vanochtend met glimmende ogen mijn verslag van Bruno's plannen aan. Het komt door dat woord, denk ik: groei. Van jongs af aan wordt ons ingeprent dat groei noodzakelijk is. Een baby moet groeien, gewassen moeten groeien, de economie moet groeien. Krimp is desastreus, stilstand achteruitgang, alleen groei is positief. Onze hele maatschappij is erop gefixeerd – alles moet groter, beter, meer en sneller.

Ik ga in de vensterbank zitten en leg mijn hoofd tegen het kozijn. Vier etages lager weerspiegelt het water in de gracht de eeuwenoude huizen. Zachtjes neurie ik een melodietje dat al de hele dag in mijn hoofd zit.

Als ik meega in de plannen van Valerio Bruno wordt Vivian D zo groot dat we ons eigen karakter gaan verliezen. De communicatielijnen worden langer en ingewikkelder, er moet zoveel meer en breder worden geproduceerd dat ik ontwerptaken en de kwaliteitscontrole uit handen zal moeten geven. 'Vivian D *goes international*' wordt één grote les in loslaten. Maar in hoeverre houd ik mijn zeggenschap? Wat let Bruno om met 'verzoeken' te komen, accessoires die weinig van je creativiteit vergen en niets zinnigs aan je collectie toevoegen, maar wel lekker verkopen? Ik heb het bij zoveel mooie merken al zien gebeuren.

Maar het is vooral het enthousiasme van het personeel dat me verwart. Heb ik hen beperkt in hun ambitie? Heb ik die loyale, getalenteerde mensen klein gehouden met mijn volstrekt irrationele angst om mijn kop te ver boven het maaiveld uit te steken?

Ik stop met neuriën nu ik besef welk deuntje het is dat ik al de hele dag in mijn hoofd heb – een liedje dat mijn moeder vroeger zong.

Vlieg nooit te hoog mijn kleine vriend,
omdat de zon daarboven brandt.
Wie te hoog vliegt, naar de top,
komt in gevaar.

Wanneer vlieg je eigenlijk te hoog, vraag ik me af. Als je de drang hebt om voorbij de horizon te vliegen die je kent? Wanneer je een eigen label nastreeft, een winkel, twee winkels, een hele keten? En wat is eigenlijk de top? Prijzen winnen, honderden verkooppunten, ontwerpen voor Chanel?

Vlieg niet te hoog.

Wat een onzinnige, beperkende, kleingeestige raad.

En ik heb er onbewust nog naar geleefd ook.

Drieëndertig

Papa staat op een wankel trapje en neemt een baan ingepapt behangpapier aan van Henries vader. Geel met witte strepen en rijen roze hartjes. Elly, Henries moeder, weet zeker dat het een meisje wordt. Dat kan ze aan me zien.

Alles wat ik ooit wilde bereiken met vet eten en snoepen overkomt me nu. Ik ben kilo's aangekomen. Jammer genoeg hebben die zich niet allemaal op de gewenste lichaamsdelen genesteld. Mijn borsten zijn wel voller dan ooit, maar dat geldt ook voor mijn wangen en ik kan mijn strakke laarsjes niet meer aan. De vrouw die 's ochtends in de spiegel naar me terugstaart bevalt me nog minder dan het meisje van acht maanden geleden. Het voelt alsof ik in een vacuüm leef. Om me heen woedt het, beweegt alles en iedereen, en er is kleur daarbuiten, maar waar ik ben is alles grauw. Een fluittoon vult al wekenlang mijn oren, dreinend als een transistorradio die verkeerd is afgestemd.

De baby-in-de-buik groeit gestaag. Ze neemt haar ruimte in, eist haar plek in de wereld op. Af en toe stelt ze de rekbaarheid van haar broedkamer op de proef. Dan zie ik een bobbeltje uit mijn buik stulpen waar ik snel mijn hand op leg. Ik praat dan tegen haar, probeer contact te maken, want ik heb gehoord dat baby's in de buik al wennen aan je stem en dat dat goed is voor de band. Meestal floept ze van links naar rechts, duikt weg en lijkt mijn aanraking eerder te ontwijken. Ze is een individu, toevallig in mij ontstaan.

'Naar je zin zo, Claudia?' vraagt papa. Hij doet een pas naar achteren om zijn karwei te bekijken.

'Mooi, pap.'

Henries vader rekt zich uit met zijn handen op zijn onderrug. Als je niet beter zou weten zou je denken dat die twee al jaren vrienden zijn, terwijl ze elkaar tot voor kort nauwelijks kenden.

'Dat kindje kan komen, zo te zien.' Elly hijgt lichtjes van de klim, ze klampt zich vast aan de balustrade. 'Prachtig! Daar knapt de hele zolder van op.'

Ik kijk met haar mee naar papa en Henries vader, die ik Bert mag noemen omdat ik met 'pa' nog wat moeite heb. Nog twee banen van het strepenbehang en er is niets meer te zien van de groene en bruine cirkels waar Henries broer zijn hele leven tegenaan heeft gekeken. Lowie slaapt nu in Henries kamer en de zolderverdieping is voor ons. Vijfentwintig vierkante meter voor Henrie, mijzelf en de baby.

'Als jullie zo klaar zijn kun je naar beneden komen,' zegt Elly. 'Ik heb soep opstaan.'

'Ik heb niet zo'n honger,' zeg ik.

Ze werpt me een afkeurende blik toe. 'Dan eet je maar voor de honger die komt.'

33

TOPONTWERPSTER VIVIAN D:
'IK MAAK KUNST!'

Couturediva Vivian D staat bekend als iemand die ondanks haar succes heel gewoon is gebleven. Een oer-Hollandse aanbeveling. Maar klopt het wel? Want toen het *Glam!*-team bij haar hippe atelier aan het IJ aanklopte, besloot Vivian op het laatste moment dat ze geen zin had in een interview. Haar personal assistant hield ons op de parkeerplaats tegen. Een dag later kregen we de diva alsnog te spreken.

Twee kanten?

Kort voor ons gesprek showde de blondine in Parijs met verve een topstuk uit haar nieuwe collectie. Met haar slanke, lange gestalte vormde zij het stralende middelpunt voor de toegestroomde internationale pers. De nauwsluitende taupekleurige avondrobe met lovertjes die zij droeg wordt in een *limited edition* van vijftig stuks gemaakt. Degene die nu nog een exemplaar wil bemachtigen moeten we trouwens teleurstellen. De jurk, die achtduizend euro moet kosten, was namelijk al binnen een week uitverkocht. Dat hij door de beeldschone ontwerpster zelf werd geshowd zal daar zeker aan hebben bijgedragen.

Op mijn vraag aan Vivian of zij haar carrière te danken heeft aan haar uiterlijk, reageert ze echter kribbig. 'Alles draait toch om uiterlijk vertoon? En dan bedoel ik niet de schoonheid van de dagelijkse mode, want die vind ik als high fashion-designer saai en karakterloos.'

Toch produceert de ontwerpster prêt-à-porterlijnen die online en in enkele tientallen Europese winkels worden aangeboden. Kleding die vooral gemaakt is om de kassa te doen rinkelen. 'De kunst die ik bedrijf, waarmee ik mijn statements in de modewereld maak, staat los van wat er in de winkels wordt verkocht. Ik prijs me gelukkig met mijn uiterlijk, dat heeft absoluut bijgedragen aan mijn succes.'

'Dit heb ik zo helemaal niet gezegd!' roep ik.

Joelle steekt haar hoofd om de hoek van mijn kantoor. 'Wat is er?'

Ik wapper met het magazine. 'Ze haalt alles door elkaar. En ik word verkeerd geciteerd.'

'Het kunnen niet allemaal topinterviews zijn. Het is in elk geval goede reclame. En die foto is prachtig.'

'Goede reclame?' Ik sla het blad open en strijk de pagina glad. 'Hier: "Alles draait toch om uiterlijk vertoon." Mag ik een teiltje?'

Joelle blijft kalm. 'Niemand leest zo'n stuk zo kritisch als jijzelf, dat weet je nou toch onderhand wel?'

Ik werp een boze blik op het tijdschrift. 'De nuance is zoek.'

'De mensen willen geen nuance. Je moet je uitspreken en dat doe je ook, daar is niets mis mee. Maar, even iets anders... Ga je het doen? Ik kan nergens anders meer aan denken. Iedereen in de studio en in het atelier heeft het erover.'

'Dat vertel ik jullie vanavond.'

Ze rolt met haar ogen en trekt de deur achter zich dicht.

Vierendertig

'Ik wil een plek voor onszelf,' fluister ik.

Maanlicht schijnt door het dakraam op het bed.

Henrie ligt naast me, met zijn handen onder zijn hoofd. 'We zijn niet de enigen die een huis zoeken. Het gaat nog wel een jaar of twee duren voor we aan de beurt zijn.' Hij draait zijn gezicht naar me toe. 'Maar we hebben het toch goed?'

Ik zou hem willen zeggen dat de sfeer in huis me naar de keel vliegt, dat ik het niet veel langer volhoud in die opstijgende soepdampen, en dat hij de bemoeizucht van zijn moeder onderschat.

'Het is jouw familie,' zeg ik zacht. 'Niet de mijne.'

'Ze zijn dol op je.'

'Ja, maar –'

'We hebben geen keus.'

'Tuurlijk wel. We kunnen particulier gaan huren.'

'*Sure*... En zevenhonderd gulden per maand kale huur gaan betalen. Ik verdien maar elfhonderd. Maar waarschijnlijk hoeven we niet eens zo lang te wachten.' Hij legt een hand op mijn been en wrijft erover. 'Als ze me selecteren voor het eerste, kunnen we overal gaan wonen waar we willen.'

'En als dat niet gebeurt?'

Hij reageert niet.

'Hen, we fluisteren omdat we anders geen gesprek kunnen voeren. Als ik met iemand bel kan je moeder me woordelijk verstaan. En ze loopt zonder kloppen de zolder op.'

'Goed, wat dan? Bij jou thuis gaan wonen, op jouw oude kamertje... straks met z'n drieën?' Zijn stem slaat over. 'Lekker knus.'

Daarin heeft hij gelijk. Onze spullen passen met geen mogelijkheid in mijn oude kamer. We zijn niet voor niets uitgeweken naar Bert en Elly.

Ik ben hier zo min mogelijk. Zodra Henrie naar zijn werk gaat wandel ik naar mijn ouderlijk huis. Meestal is mijn moeder dan nog maar net op. Ik help haar met het huishouden en boodschappen doen, maar steeds vaker trek ik me terug op mijn oude kamer om te tekenen. Mijn bed staat daar nog, net als mijn bureautje. Het is raar om als vanouds op mijn vertrouwde plek te zitten alsof er niets is veranderd, terwijl ik steeds beweging in mijn buik voel. De baby wordt sterker, ik voel haar steeds duidelijker.

Naar de academie ga ik allang niet meer. Voordat mijn zwangerschap zichtbaar werd heb ik iedereen wijsgemaakt dat deze studie het toch niet voor me was. Marnix heeft me nog een paar keer thuis gebeld. Een maandlang heb ik de telefoon niet opgenomen en als hij mama trof, poeierde ze hem af. Op een gegeven moment liet hij me met rust.

Iedereen zegt dat ik mijn studie later altijd nog kan oppakken, als het kindje groot is. Maar dacht opa Storimans dat ook niet, toen oma zwanger van hem raakte?

Voor hem kwam er geen later.

En voor mij?

Het slaat steeds een generatie over.

Ik draai me op mijn zij, mijn rug naar Henrie gekeerd. Zijn ademhaling klinkt rustig. Ik denk dat hij slaapt.

Hij wel.

34

In de afgelopen weken heeft Bruno zijn plannen verder ontvouwen. Ze zijn ambitieus, maar hebben zeker kans van slagen.

In het atelier verandert niets, verzekerde Bruno me. Het bestaande personeel blijft hier werken aan onze exclusieve prêt-à-porter en *limited edition*-lijnen, terwijl de twee nieuw samen te stellen teams 'Europa' en 'USA' zich zullen bezighouden met goedkopere collecties. In New York is een creatief team samengesteld dat straks door mij zal worden aangestuurd. Op dit moment zijn ze daar de voorgaande Vivian D-collecties al aan het bestuderen, interviews aan het ontleden en filmpjes aan het bekijken. 'Ze gaan zich je DNA eigen maken,' zegt Bruno erover. 'Hou er rekening mee dat je de komende jaren veel zult pendelen tussen New York en Amsterdam.'

Als 'Vivian D *goes international*' een succes wordt, dan brengen mijn aandelen over enkele jaren het tienvoudige op van wat ze nu waard zijn. Mocht de hele gang van zaken me niet bevallen, dan belet niets me om er tegen die tijd alsnog uit te stappen. Voor imagoschade ben ik minder huiverig geworden: Bruno werkt samen met bekende bureaus en agenten met een indrukwekkende staat van dienst. En zolang ik de collectie kan bepalen en ik het gezicht van het merk ben, houd ik zelf ook wel aardig wat controle, lijkt me.

Om een beter beeld te krijgen van waar ik voor kom te staan ben ik naar designeroutlets geweest, heb ik rondgedwaald in de Bijenkorf en in de P.C. Hooftstraat en ben ik met Joelle een weekend naar Parijs en Londen geweest. Ik heb de Rue du Faubourg-Saint Honoré en Bond Street met andere ogen bekeken. Nachten heb ik er niet van kunnen slapen. De creatieve energie bleef maar stromen. Naast mijn bed liggen schetsboeken vol nieuwe ideeën. Avondtasjes, sjaals, zelfs armbanden; het geeft veel voldoening om na te denken over de mogelijkheid van veel bredere, betaalbare collecties. Tot nu toe ben ik nooit iemand op straat tegengekomen die Vivian D droeg, maar daar komt nu verandering in.

'Weet je,' zei Bruno laatst tijdens een werkdiner. 'Voor mensen met een gezin is zo'n grootse carrière erg moeilijk vol te houden. Er wordt aan alle kanten aan ze getrokken, op een gegeven moment breekt dat op. Maar wij hebben kind noch kraai, wij kunnen ons helemaal op het werk storten.'

Ik knikte alleen maar.

Vijfendertig

Dezelfde setting kan zowel vertrouwd als onwezenlijk zijn. Het decor is bekend: tante Sein achter de bar, een podium in de hoek, muziek van André Hazes en Benny Neyman waarvan iedereen de refreinen meezingt, en de geur van filterkoffie, sigaretten en bier. Papa en mama zijn er, Antoine, opa Konings en alle drie mijn oma's, tante Riek en tante Andrea. Mandy is er ook bij, gearmd met Ronald – niemand praat tegen hem, hij wordt gedoogd. Henries ouders en zijn broer zijn niet eerder in ons café geweest en dat geldt ook voor Henries trainer, die zojuist op het stadhuis zijn getuige was en, net als Henrie zelf, een geleend colbert draagt. De receptie is een cadeau van onze ouders. Het feest zal moeten wachten tot er genoeg geld is – dat gaat nog wel even duren.

Claudia de Leeuw heet ik nu. Dat is het onwezenlijke.

'Het was voorbestemd,' zeggen ze.

'Ik zie jullie nog zó samen op de stoep lopen, naar de lagere school, met jullie knikkerzakjes.'

'Jullie passen keigoed bij mekaar.'

Henrie lacht naar me. Hij slaat een arm om me heen en geeft een kus op mijn voorhoofd. Zijn snorretje prikt een beetje.

Ik hoor Henries vader kuchen in de slaapkamer onder ons, gedempt door de houten vloer en het zwart-wit geblokte zeil.

Henrie draait zich murmelend om.

'Ik kan geen leuke meisjesnaam bedenken,' fluister ik.

Hij rekt zich uit. 'Hoe laat is het?'

'Bijna vijf uur.'

'Dan moet ik eruit. Doet die verdomde wekker het nou weer niet?'

'Meisjesnaam,' herinner ik hem.

Henrie stapt uit bed, wrijft over zijn gezicht. 'Vernoem haar gewoon naar jouw en mijn moeder.'

'Elly-Hanka? Hankel?'

'Hanky. Of Kelly,' antwoordt hij rustig. Hij draait zich naar me om. 'Maar het wordt geen meisje.'

'Je moeder zegt van wel.'

'Lekker laten kletsen. Het wordt een jongen.' Hij grinnikt. 'Dat behang moet straks helemaal over.'

Ik volg zijn blik naar de 'babykamer'; een hoek van de zolderruimte, afgescheiden met een kamerscherm. Daarachter staan een wiegje en een commode met een aankleedkussen. Een emmer, een badje op standaard, een thermometer, alles. We hebben alleen luiers hoeven kopen. Toen het nieuws begon rond te zingen dat Henrie en ik een kindje verwachten kregen we van alle kanten spullen aangeboden.

'Kelly de Leeuw,' zeg ik. 'Klinkt als een stripfiguurtje.' Mijn opmerking wordt begeleid door gehoest van beneden.

Zouden Henries ouders ons net zo duidelijk horen?

'En als het een jongen is?' ga ik fluisterend door. 'Jacques-Bert, Jert... Klinkt ook niet echt.'

'Ik wil hem vernoemen naar m'n opa,' zegt Henrie plechtig.

Er rommelt iets in mijn buik.

'Ze beweegt weer.'

'Hij... Hij beweegt weer.' Henrie komt bij me zitten en slaat de dekens terug.

Mijn buik is enorm, een bleke, grauwe, puntige heuvel, de huid strakgespannen. Wekelijks komen er nieuwe donkerrode scheurtjes bij.

Henrie buigt zich voorover. 'Laat die vrouwen maar kletsen,' zegt hij tegen mijn buik. 'Wij weten wel beter, hè, jongen.'

35

'Ha, daar zit je!' Valerio Bruno komt het atelier binnengestormd.

Annika, het model dat hier vandaag voor de fitting is, draagt alleen een slipje met daaroverheen de sample van Sophies trenchcoat. Er ontbreken stukken textiel omdat we bezig zijn te bepalen wat voor soort ruit, welke kleurencombinatie en plaatsing het beste werken. In het begin staarde Bruno naar zo'n meisje, zoals de meeste mannen van buiten het vak doen wanneer ze onverwacht geconfronteerd worden met een halfnaakt model. Nu kijkt hij gelukkig langs haar heen.

'Ik heb groot nieuws,' zegt hij. 'Kom even mee.'

Ik volg hem naar mijn kantoor.

Zodra we de deur achter ons gesloten hebben, pakt hij me bij de schouders. 'Het is rond!'

'Wat?'

'De *world launch* van Vivian D. Op Manhattan, met alle media, top influencers, *the whole works*.' Hij stompt met zijn vuist in zijn hand. 'Het wordt fantastisch.'

Zoals hij daar staat, glunderend als een kind in zijn Italiaanse pak met iets te korte pijpen, is hij bijna aandoenlijk.

'Waarom New York?'

'*If I can make it there, I'll make it anywhere,*' zingt hij, en hij pakt me weer bij mijn schouders. 'Ik heb het dus over de New

York Fashion Week, hè! G-Star is daar groot geworden, Tommy Hilfiger en straks Vivian D!'

Bruno ratelt maar door. Er wordt woonruimte voor me geregeld, zegt hij. Ik moet er mensen gaan ontmoeten. De grootse launch zal volgend jaar september plaatsvinden.

Anderhalf jaar lijkt heel lang, maar is dat niet bepaald.

'Ben je er echt nog nooit geweest?' gaat hij verder, bijna zonder adem te halen. 'Je zult het te gek vinden, zeker weten.'

Dan wordt hij weggeroepen en blijf ik alleen achter in mijn kantoor.

New York.

We gaan showen tijdens de New York Fashion Week.

Had je me dit een jaar geleden verteld, dan was ik gillend weggerend. Nu voel ik een vreemd soort opwinding.

Ik ga iets nieuws doen.

En ik heb er zin in.

Zesendertig

'Een jongen! Ik wíst het!' Henries stem slaat over. 'Kijk, Clau, verdomd, een piemel.'

De vroedvrouw houdt de baby omhoog, een glanzende blauwpaarse navelstreng stulpt uit zijn buikje en zijn huid is besmeurd met zalvig wit smeersel. Het ijle gehuil klinkt als dat van een piepjong geitje.

Mama en Elly komen in beweging. Doeken, klemmen, water.

Washandje.

Een schaar.

De kraamhulp en de vroedvrouw – iedereen is bezig en weet wat er moet gebeuren. Hun stemmen klinken opgetogen. Handen die doelbewust grijpen, duwen, vouwen, wrijven.

Af en toe wordt me iets gevraagd. Ik knik. Ik schud mijn hoofd. Ik trek een mondhoek omhoog.

Het mooiste...

Flinke jongen.

De pijn is weg. Die gruwelijke, verscheurende pijngolven die me in de afgelopen tien lange uren tot waanzin dreven.

Druipend washandje op mijn voorhoofd. Druppels rollen langs mijn slapen, een vochtig kussen in mijn nek.

Alles erop en eraan.

Neus van z'n pa.

Er wordt een doek om het lijfje gedraaid, ik voel het gewicht van de bundel op mijn ribbenkast. Warm en vochtig, zwaarder dan ik had verwacht. Een baby zou klein, stil en kwetsbaar moeten zijn, maar deze voelt krachtig, beweeglijk, soepel. Hij wurmt en maakt snokkende geluidjes.

Henries ogen zijn vochtig, hij praat, praat, praat. Hij pakt mijn gezicht vast en kust me op mijn voorhoofd.

Echt het allermooiste wat er is.

36

Ik sla mijn armen over elkaar en bekijk van een afstandje de bedrijvigheid rondom Annika. Het blijft een bijzonder traject. Sophie heeft de jas ontworpen, Cécile heeft haar tekeningen uitgewerkt, we hebben gezamenlijk de uitvoering bepaald en straks wordt het Vivian D-label erin genaaid.

De trenchcoat heeft zoveel kwaliteit dat ik de neiging heb om ermee aan de haal te gaan. Zelfde snit, maar met andere details, in twee lengtes, verschillende kleuren en verschillende stoffen. Deze benadering past perfect bij de mondiale plannen. Ik zie de bijpassende tassen en portemonnees al voor me. Pumps met een ruitje. Misschien zelfs regenlaarzen met een geruite omslag. En paraplu's.

'Veel veranderingen,' zegt Cécile tegen me. Ze pakt een speld van het speldenkussen dat om haar pols vastzit en steekt hem in de stof.

'Dat kun je wel stellen. Heb je er zin in?'

Ze reageert niet.

'Voor jullie verandert er niet zoveel,' vervolg ik.

Ze haalt haar onderarm langs haar voorhoofd en werkt door.

Coupeuses zoals Cécile zijn de heldinnen van elke high fashion-successtory, in elk geval van de mijne. Het is pure magie wat er in dit atelier plaatsvindt: Cécile overtreft steeds weer mijn verwachtingen. Bovendien is ze een van de meest loyale, hardwerkende krachten die we hebben. Ze maakt regelmatig dagen van dertien, veertien uur.

'Ik weet niet of ik daarmee kan omgaan,' hoor ik haar zeggen.

Ze kijkt me nog steeds niet aan.

'Hoezo?'

'Het wordt allemaal wel erg commercieel.' Ze zet haar leesbril lager op haar neus, werkt ogenschijnlijk geduldig door. 'Het gaat ten koste van wat we hebben opgebouwd.'

'Wat we hier doen, staat los van de nieuwe plannen. Hier op het atelier blijft alles zoals het is.'

'We worden het chique uithangbord van een ordinair productiebedrijf. Ik weet niet of ik me daarvoor wil lenen.' Ze zoekt mijn blik. 'Ik heb mijn baan bij Lanvin opgezegd omdat ik geloofde in Vivian D. Ik hou van dit kleinschalige, van je betrokkenheid.'

'Daar verandert niets aan.'

'Denk je dat?' Ze bijt op haar onderlip en kijkt nadenkend naar de kraag, die er nu een stuk beter uitziet, drijft er nog een speld in. 'Je mag gerust weten dat ik sinds de overname weinig geslapen heb. Bij Lanvin willen ze me graag terug.'

'Maar wat wil jij?'

'Ik maak deze collectie nog af, als je dat tenminste oké vindt. En dan ga ik terug naar Parijs. Sorry.'

Zevenendertig

Ik ben een goudvis in een kom. Zwem rondjes, rond en rond, hap naar adem.

Daarbuiten is de wereld. Er is daar licht, lucht en kleur, maar ik maak er geen deel van uit. Er is geen uitweg.

'Waar ben jij mee bezig?'

'Tekenen.'

Henrie krabt op zijn achterhoofd. 'Midden in de nacht? Ben je niet goed wijs? Slaapt die kleine een keer door, ga jij door *de kiet* lopen spoken.'

Ik staar naar het papier. Mijn stem klinkt mechanisch. 'Laat me. Alsjeblieft.'

Henrie komt achter me staan en legt zijn handen op mijn schouders. Ze kneden me, net iets te hard, zakken naar beneden. 'Hmm, je hebt geen bh aan.'

'Ik ben bezig.'

'Ik ook.' Terwijl hij mijn borsten omvat kijkt hij over mijn schouders naar het schetsboek. 'Wat is dat?'

'Een goudvis in een kom.'

'Een goudvis is oranje.'

Ik slik een snauw in. Sluit even mijn ogen als zijn handen onder mijn shirt glijden. Verstar.

'Kom op, Clau. Het is een week geleden.'

'Morgen.'

Hij trekt zijn handen terug.

Ik hoor hem de trap af gaan.

Ik zou moeten opspringen, achter hem aan moeten lopen, maar de tekening trekt harder aan me: glazen kommen, grafisch teruggebracht tot onaffe cirkels, met in elke cirkel een visje in een andere kleur – groen, blauw, paars. Van een afstand zie je alleen het dessin; het ritme, de herhaling van kleur en vorm. Pas wanneer je de details bestudeert zie je de visjes in hun afzonderlijke glazen cellen. Als je dit in een stof zou kunnen weven, zou dat niet prachtig zijn?

37

'Ik hoorde dat je naar New York gaat.' Marnix schept een lepel curry op zijn rijst. Hij ziet er slecht uit. Zijn gezicht is mager, een beetje grauw ook.

Ik doe alsof ik niets merk, ik weiger dat zelfmedelijden van hem te voeden. 'Klopt. Overmorgen.'

'Dan al?'

'*Yes.*'

'Dan zie ik je na vanavond niet meer. Ik moet morgen naar Maastricht.'

Ik haal mijn loempiaatje door de chilisaus en bijt er een stuk af. Tijdens drukke periodes eten we in het atelier weinig anders dan poh pia tod en kaeng massaman. Het halve pand ruikt ernaar. Ik zal de afhaalmaaltijden van Mai Thai gaan missen in New York.

'Ga je alleen?'

Ik knik. 'Joelle komt later. Ze zijn nog bezig om woonruimte voor haar te zoeken.'

'Ik hoorde dat de leiding in New York komt te zitten. Een nieuw, internationaal team.'

'Dat zou goed kunnen.'

Hij trekt een ongelukkig gezicht. 'Waarom hoor ik dat niet van jouzelf, Clau? We praten niet meer.'

'Ik heb me bij de nieuwe situatie neergelegd,' zeg ik, zonder hem aan te kijken. 'Maar ik ben niet vergeten wie me hiertoe heeft gedwongen.'

'Dat is flauw.'

'Ik wil geen ruzie.'

'Clau, je –'

Ik steek mijn hand op. 'Zeg maar even niets.'

Minutenlang eten we in stilte en dan sta ik op om wijn uit de koelkast te pakken. Ik neem een geopende fles sauvignon mee naar de eettafel en vul er mijn limonadeglas mee. Gewoontegetrouw vul ik ook dat van Marnix.

'Het wordt helemaal anders,' zegt hij.

'Hier op het atelier niet.'

'Nou... er komt een nieuw computersysteem, en een groot distributiecentrum.'

'Niet hier,' zeg ik. 'Ze zoeken een studio in de buurt, van waaruit ze de goedkopere productielijnen in Europa gaan verkopen en distribueren, maar het atelier blijft zoals het is.'

'Toch niet.' Hij kijkt van me weg. 'Er wordt iemand boven mij geplaatst. Een of andere Italiaan. Hij krijgt de dagelijkse leiding hier en gaat samenwerken met de CEO in New York. Die twee gaan heel Vivian D bestieren.'

Die informatie is nieuw voor me.

'Het zijn ingrijpende veranderingen,' zegt hij, ineens strijdbaar. 'Ik vind het onacceptabel dat het allemaal over onze hoofden heen wordt beslist.'

'Tja, dat is nu eenmaal inherent aan jouw besluit om ons bedrijf te verkwanselen.'

Ik zie dat ik hem kwets, maar ik neem geen woord terug.

Hij geeft zijn bord een nijdig duwtje in mijn richting. 'Ik vraag me af wat straks mijn functie nog is. Adjunct-adjunct, hulpsinterklaas? Jij en ik werken binnenkort dus niet meer samen, hè? Ik moet verantwoording afleggen aan die Italiaan. En jij zit in New York.'

'We kunnen het tijdens de volgende aandeelhoudersvergadering ter tafel brengen,' zeg ik rustig. 'Maar eh, Marnix, ik begrijp hun beslissingen zakelijk gezien heel goed. En ik denk dat jij ook wel snapt dat we er niets aan kunnen veranderen.'

'Vind jij het niet erg dan?'

Ik haal mijn schouders op. 'Het is een fait accompli. Ik kijk nu liever vooruit.'

Achtendertig

'Zijn die scouts nou nog niet op de club geweest?' vraag ik.

Henrie loopt naast me, zijn handen in de zakken van zijn trainingsjack.

'Ze zouden deze maand toch komen kijken?' ga ik door, terwijl ik de wandelwagen voortduw. 'Of was het vorige maand al?'

Een merel schiet luid kwetterend voor onze voeten weg en verdwijnt in een haag.

'Henrie?'

Bij de oversteekplaats duwt hij ongeduldig met zijn duim op de voetgangersknop.

'Ik vraag je iets.'

Het licht blijft op rood staan.

Henrie kijkt naar links en naar rechts en loopt de weg op. Een auto remt voor hem af.

Aan de overkant haal ik hem in. 'Hen?'

'Mens, zit niet zo aan mijn kop te zeiken!' Hij propt zijn handen weer in zijn zakken.

Confuus wandel ik naast hem verder. Henrie doet de laatste tijd wel vaker kortaf. Ik wijt het aan de stress en het slaapgebrek. De baby wordt 's nachts veel wakker en Henrie draait lange dagen op de bouw. En dan zijn er ook nog die voetbaltrainingen.

'Het gaat niet door,' mompelt hij.

'Wat gaat niet door?'

'Dat contráct.' Hij spuugt het woord eruit. 'Dat hele kloterige kutcontract gaat niet door.'

'Hè? Hoe kan dat nou?'

'Klootzakken. Ik heb er godverdomme nachten niet van geslapen. Maar Henrie de Leeuw wordt dus geen profvoetballer.'

Ik grijp hem bij zijn arm. 'En dat vertel je me nu pas?'

Hij staart glazig langs me heen.

'Volgend jaar?' vraag ik.

Hij schudt zijn hoofd. '*Forget it*. Gelukkig was niemand van ons goed genoeg in hun ogen, anders was ik gaan flippen.'

'Wat nu?'

'Gewoon blijven ademhalen. En een staatslot kopen.'

38

Marnix en ik hebben de hele avond doorgewerkt. We hebben geen woord meer gewisseld. Pas op het parkeerterrein, als de koele wind om ons heen cirkelt, trekt Marnix me in zijn armen.

'Ik wil niet dat je weggaat,' fluistert hij tegen mijn slaap.

'Wat moet ik daar nou op zeggen?'

'Je verwijt het me.'

Ik maak me los uit zijn omhelzing. 'Je had kunnen weten dat zo'n actie verregaande consequenties zou hebben.'

'Bruno heeft me genaaid. Geloof me nou eens als ik dat zeg. Je moet die vent niet vertrouwen.'

'Ik zal wel moeten,' zeg ik. 'Het is niet meer aan ons.'

'We kunnen er samen uitstappen. Onze aandelen verkopen en opnieuw beginnen.'

Mijn geduld begint op te raken. 'Kom nou niet bij me janken, niet nu. Ik probeer me te focussen op wat ik moet gaan doen.'

'Maar ik–'

'Marnix, zoek het uit. Dat heb ik ook moeten doen.' Ik draai me om en loop naar mijn auto. Vis mijn sleutels uit mijn tas.

'Ik vind het niets zonder jou,' hoor ik hem achter me zeggen.

'Wen er maar aan.'

'Do you know where you're going to?
Do you like the things that life is showing you?
Where are you going to?
Do you know?
Do you get what you're hoping for?
When you look behind you there's no open door.
What are you hoping for?
Do you know?'

Diana Ross, 'Theme from *Mahogany*
(Do You Know Where You're Going To)'

39

New York. De stad die constant in verandering is. De energie, de mensen, het licht. Gebouwen verschijnen en verdwijnen zo snel dat je gaat twijfelen aan je eigen zintuigen. New York gonst en beweegt als een levend wezen. Er is niet te ontkomen aan die nerveuze energie die alles en iedereen voortstuwt. Alles is hier, hier is alles, en er is van alles veel. Heel veel. De hele wereld komt samen op deze plek; alle religies, alle levensstijlen, alle kleuren en alle talen. Chinese omaatjes en Afro-Amerikaanse vrouwen met glanzende nepnagels; bleke veertigers in krijtstreeppak en *supersized* leeftijdgenoten in bermuda; luid Spaans kwebbelende tienermeisjes en stug voor zich kijkende mannen met tot peies uitgegroeide bakkebaarden. Ze zijn allemaal hier en ze hebben allemaal haast.

En stilte bestaat niet.

Nergens.

Daar moest ik nog het meeste aan wennen toen ik hier kwam wonen. Het aanhoudende stadsgeraas. De geluidwerende ramen van mijn appartement sluiten de herrie buiten. Binnen rest nog het zoemen van de airco, het tikken van de buizen, het kraken van de oude planken.

Toen ik pas in New York was zei iemand me dat je in deze stad nooit alleen kunt zijn, maar je wel makkelijk alleen kunt voelen. Ik voel die eenzaamheid niet, nog niet tenminste.

Mijn appartement ligt op de tweede verdieping van een vooroorlogs bakstenen huis in Chelsea, een betrekkelijk rustige wijk. De gevel van nummer 488 is donkerrood geschilderd, het houtwerk is wit. Naar het bordes bij de voordeur ligt een stenen trap. Er zijn in deze buurt meer geschakelde huizen van dit type: oud, groot en voornaam, met erkers en ramen in vakverdeling. Langs de trottoirs staan volgroeide bomen en glanzende auto's van Europese merken.

Ik kreeg het appartement gemeubileerd en wel aangeboden en ik hoefde niet lang na te denken. Het huis fascineerde me meteen. Het is geheimzinnig en krakerig en verkeert nog grotendeels in de originele staat – een zeldzaamheid op Manhattan, waar alle bestaande gebouwen lijken te zijn opgedeeld in miniatuurstudiootjes met kale maandhuren die starten bij drieduizend dollar. 'Mijn' nummer 488a is een fortuin waard. 'Denk aan vier, vijf miljoen,' liet Bruno zich laatst ontvallen, zonder met zijn ogen te knipperen.

De eigenaar van het huis is Oscar Lens, Bruno's Amerikaanse vastgoedcompagnon. De oude baas – hij is de tachtig ruim gepasseerd – bewoont zo'n drie maanden per jaar de onderste twee lagen van het huis, dat in 1907 werd gebouwd in opdracht van zijn overgrootvader, de eerste Oscar Lens. In de herfst is Lens hier graag. 's Zomers woont hij in zijn houten strandhuis op Rhode Island, in de lente vliegt hij naar Parijs en in de vroege winter betrekt hij zijn *town house* in West End, Londen. Bruno heeft me voorgerekend dat alleen al aan de huizen die Lens zelf bewoont een prijskaartje hangt van vijftig miljoen euro. De rest van Lens' onroerend goed is het twintigvoudige waard.

Oscar Lens praat over zijn huizen alsof ze bijzaak zijn. Het bezitten van onroerend goed in wereldsteden is voor hem vanzelfsprekend. Hij is geboren in een rijke familie, heeft op vooraanstaande privéscholen gezeten en zijn kleding wordt voor hem op maat gemaakt: dit is zijn werkelijkheid, zijn wereld. Geld is alleen het vermelden waard voor mensen die er onvoldoende van hebben, en voor hen die ooit met niets zijn begonnen.

Negenendertig

Zijn haartjes staan recht op zijn bolle hoofdje, dun en zacht als suikerspin. Hij lacht als hij me ziet. Mijn kind, uit mij geboren. Ik word overspoeld door liefde als ik naar hem kijk.

Direct daarachter zit een gat.

Een inktzwarte diepte.

Ik hoopte dat het zou overgaan, maar het gaat niet over.

Het wordt juist erger.

Elly staat boven aan de trap. Ze heeft hem op haar arm; zijn gezichtje is rood, zijn neusje en wangetjes glinsteren. 'Hoor jij je kind niet huilen?'

Ik leg mijn schetsboek naast me neer. Steek mijn armen uit. 'Geef hem maar.'

Ze loopt langs me heen naar de commode. 'Zo te ruiken huilt hij niet voor niets.'

Ik drentel achter haar aan.

Na de middagvoeding heb ik hem in de woonkamer in zijn box gelegd en ben ik naar boven gegaan om een schoon shirt aan te trekken. Daar viel mijn oog op mijn schetsboek en raakte ik afgeleid.

Ik mag 's nachts niet meer tekenen. Henrie heeft er last van –

zijn collega's halen hem elke ochtend om kwart voor zes op.

'Hallo, kleine man,' zeg ik, en ik buig me over hem heen terwijl Elly zijn boxpakje uittrekt.

Hij graait naar de touwtjes van mijn vest. Zijn ogen staan verder uit elkaar dan bij andere kinderen – de oogopslag van zijn vader. Dit moet voor Elly een déjà vu zijn. Ze heeft negentien jaar geleden over dezelfde commode gebogen gestaan.

'Was jij mama kwijt?' fluister ik.

Mijn zoontje is enorm gegroeid. Gisteren probeerde hij al te kruipen en hij is pas zes maanden. Hij heeft haast.

'Ik snap niet dat jij hierbinnen zit te lummelen terwijl het prachtig weer is,' hoor ik Elly mopperen.

Ik kijk door het dakraam naar buiten. De lucht is strakblauw. Bij de middagvoeding regende het nog.

'Ik neem hem mee naar het park. Dat kind heeft frisse lucht nodig.' Ze kijkt me aan over de rand van haar bril. 'Vanaf morgen ga jij dat elke dag doen. Goed voor dat kind en ook goed voor jou.'

40

'Geweldig om je weer te zien!' Joelle houdt mijn handen vast en knijpt erin. Ze wipt op en neer op haar tenen, de energie spat van haar af. 'Wat een stad is het toch, hè?'

'Nog last van de jetlag?'

'Beetje.'

Joelle is een paar dagen geleden opgehaald van Newark Airport en naar haar appartement in de buurt van Pennsylvania Station gebracht – het complex ligt op een kwartier lopen van mijn huis.

'Is het naar je zin?' vraag ik.

'Mijn pied-à-terre?' Ze spreekt het met opzet geaffecteerd uit. 'O, ja, hoor. Krap wel: elf vierkante meter en een gedeelde badkamer.'

'Gedééld?'

Ze kijkt nadrukkelijk om zich heen en neemt mijn woonkamer in zich op. 'Viv, jij wordt als een vorstin behandeld, heb je dat wel door? Als ze voor dat hok van mij al vierduizend dollar per maand vragen, wat kost dit dan wel niet?' Joelle laat haar vingers over het dressoir gaan. 'Maar goed, Bruno & Co nemen mijn woonkosten op zich, dus ik klaag niet.' Ze draait zich om, glimlacht. 'Waar gaan we heen?'

'Tao Downtown.'

'Ken ik niet.' Ze wijst naar haar zwartsatijnen jurkje – een westerse knipoog naar de kimono. 'Is dit in orde zo?'

'Het is perfect. Ik denk zelfs dat ze je daar zullen willen houden.'

Tao is een voormalig theater dat is getransformeerd tot een restaurant annex nachtclub met een Aziatische sfeer. Alles in de schaars verlichte ruimte ademt mysterie en luxe: James Bond meets Bruce Lee, met een flinke scheut *Eyes Wide Shut*. Rondom de centrale zaal zijn podia, bars, loungehoeken, overhangende balkons, doorkijkjes en brede trappen. De interieurarchitect is losgegaan met panelen van Balinees houtsnijwerk, bladgoud en moderne Aziatische kunst, maar al die details ontwaar je pas als je ogen gewend zijn aan de schemer. Voor die tijd gaat je aandacht uit naar de honderden kaarsjes die op de tafels branden en het megalomaan grote Shivabeeld op het voormalige podium, waarop een lichtshow wordt geprojecteerd. Psychedelische kronkels in neongeel, rode en paarse cirkels.

'Ik heb eigenlijk een hekel aan dit soort bedachte *experiences*,' zegt Joelle, terwijl ze de menukaart bijlicht met haar telefoon. 'Dat jij het hier zo geweldig vindt, daar snap ik niets van.'

Deep house dreunt uit de speakers, ik moet moeite doen om Joelle te verstaan. Ik wijs met mijn eetstokjes naar de veelarmige Shiva. 'Wauwfactor?'

'Eén keertje, ja, en de tweede keer ben je misschien ook nog onder de indruk, maar daarna prik je toch door dit hele circus heen? Het is een ordinair verdienmodel. Met matig personeel bovendien. Je nekharen schieten toch overeind bij dat quasi-interessante gedoe aan de deur?'

Ik grinnik. Joelle heeft gelijk. Op internet wemelt het van de boze reviews van mensen wie de toegang bruusk is ontzegd. De portier heeft blijkbaar geen boodschap aan bevestigde tafelreserveringen en het boeit hem niet of je helemaal uit Finland bent komen vliegen om hier je jubileum te vieren. Hij laat alleen gasten toe die zijn baas vindt passen in deze Aziatische clublounge droomwereld. Ik wacht nog op het moment dat de antieke Chinese poort voor mij gesloten blijft, maar ook vandaag ben ik weer trendy genoeg bevonden.

Het ergert me dat ik me daarover verheug.

'Bevalt je nieuwe team eigenlijk?' vraagt Joelle. 'Ik heb je er nog niet over gehoord.'

'Ik ben nog niet aan hen voorgesteld.'

Joelle trekt een wenkbrauw op. 'Je bent hier al bijna een maand.'

'Ik vind het voorlopig wel even best, eigenlijk.' Ik vertel haar dat Bruno en Lens erop staan dat ik tijd investeer in mezelf, zodat ik straks uitgerust aan de slag kan. 'Maar ik ben al volop aan het schetsen, hoor.'

Er verschijnt een serveerster aan onze tafel. Dat allebei de menukaarten openliggen en Joelle zelfs nog peinzend over de hare heen gebogen zit, hindert haar niet.

Ik wijs in het wilde weg een paar gerechtjes aan – gefrituurde uienringen, edamame, sashimi. De serveerster noteert ze met weinig enthousiasme en richt zich op Joelle.

'I'll have the same,' zegt ze, en ze strijkt zuchtend een lok sluik haar achter haar oor.

Ik hef mijn glas. 'Cheers.'

Joelle volgt mijn voorbeeld en neemt een slok. 'Sorry, het ligt aan mij, ik ben een beetje opgefokt.' Ze zet het glas terug op het tafelblad. 'Er is zoveel aan de hand. In Amsterdam staat alles op z'n kop.'

Amsterdam.

Het klinkt zo ver weg.

'Maar goed,' zegt ze. 'Dat filtert zichzelf wel uit in de komende jaren. De meesten zijn hartstikke enthousiast over de nieuwe koers.'

Maar Marnix niet, vermoed ik. Sinds ik in New York zit heb ik nauwelijks contact met hem. Ik stuur hem af en toe een berichtje of een foto, maar hij reageert er niet op, of alleen heel kort – *'Ok'* of *'thumbs up'*.

Hij wil me straffen. Dat maakt niet uit, ik gun hem zijn bedenkelijke overwinninkjes. We leggen het binnenkort wel weer bij. Dat hebben we altijd gedaan.

'Hoe houdt Marnix zich?' vraag ik.

Joelle tuit haar lippen. 'Tja. Niet goed, natuurlijk. Ze hebben hem gepiepeld met die Italiaanse CEO die de boel nu runt. Lens en Bruno hebben het spelletje heel slim gespeeld, over Marnix' rug heen.'

'En de mijne.'

'Jij bent de Grote Ontwerper. Jij wordt het gezicht van de campagne. Ze hebben jou nodig.'

'Marnix is nog steeds aandeelhouder. Hij heeft een stem.'

'Maar jullie hebben geen meerderheidsbelang meer. Iedereen ziet wat er gebeurt. Marnix is nu die Italiaan aan het inwerken; je ziet van mijlenver aankomen dat ze hem over een jaar of wat niet meer nodig hebben.'

Er worden borden op tafel gezet. Ik pak met mijn stokjes een tonijnsashimi en haal hem door de sojasaus. 'Marnix is niet gek.'

'Nee, maar misschien wel te goed van vertrouwen.'

Veertig

Ik wil doen alsof ik hem niet opmerk, maar hij verspert me de weg met zijn lange lijf. De fietskettingarmbanden om zijn pols klikken tegen elkaar als hij zijn hand opsteekt.

Ik stop, maar zet de kinderwagen niet op de voetrem – klaar om door te lopen.

Marnix laat zijn blik vluchtig over de wagen gaan en richt zich dan tot mij. 'We missen je op de academie.'

Ik probeer zorgeloos te glimlachen en iets te zeggen wat alles verklaart en tegelijkertijd nonchalant klinkt. Het lukt niet.

Marnix kijkt me onderzoekend aan.

Ik verstevig mijn grip op de stang van de wandelwagen. 'Nou, eh, dan ga –'

'Van Duyn had het laatst nog over je. Hij vond je beslissing onbegrijpelijk. Je was een van zijn beste eerstejaars.'

'Ik zag het gewoon niet meer zitten.'

Zijn blik dwaalt af en blijft nu op de wagen rusten. Op mijn zoon, van wie alleen het kruintje zichtbaar is.

Er verandert iets aan Marnix' gezichtsuitdrukking. 'Van jou?'

Ik onderdruk de neiging het te ontkennen. 'Eh, ja.'

'Een kínd...' Zijn stem klinkt zachter. Hij neemt me verwonderd op. 'Dus daarom. Je was in verwachting.'

'Nou, je weet het. Gefeliciteerd ermee.' Ik duw de wandelwagen een stukje naar voren. Een van de wielen botst tegen Marnix' voet. Hij trekt hem niet weg, blijft staan.

'Clau...'

Ik vloek binnensmonds, trek de wagen een stukje naar achteren, krampachtig zoekend naar een uitweg.

'Je ziet er belabberd uit. Kom, we gaan wat drinken. Ik betaal.'

De illustere uitgaansgelegenheden waar Marnix graag komt zijn op dit vroege tijdstip nog niet open; de koffiehoek van de Hema gelukkig wel.

Marnix haalt een wijsvinger langs zijn oog om een veeg mascara weg te halen. Door zijn make-up en zijn getoupeerde, geverfde haar doet hij me denken aan Robert Smith van The Cure. 'Ik klink nou vast als een of andere leraar, maar ik vind het zonde,' zegt hij, met volle mond. 'Je hebt zoveel talent.'

'Ja. En een kind.' Ik haal het dakje van mijn tompouce en bijt er een stuk af. Het mierzoete glazuur wakkert mijn eetlust aan.

'Wil je niet terug naar de academie?'

'Tuurlijk wel.' Ik knik in de richting van de kinderwagen. 'Als hij naar school gaat of zo, ik zie wel.'

'Waarom niet nu? Er kan toch wel iemand voor hem zorgen? Je moeder of een tante?'

'Bij ons vinden ze dat een kind zijn moeder nodig heeft, in elk geval tot het op de lagere school zit.'

Hij trekt een enkel op zijn knie, waardoor de kettingen aan zijn broek rinkelen. 'En wat vind jij?'

Ik haal mijn schouders op. 'Wat maakt het uit?'

'Het is jouw kind, jouw toekomst.'

Ik ram mijn plastic vorkje zo hard in het bladerdeeg dat het breekt. 'Ik kan die klote-academie niet eens betalen, oké?'

Ik vertel hem dat we op zolder wonen bij mijn schoonouders en dat ik gek word van Elly's bemoeizucht – al weet ik heus wel dat ze het goed bedoelt – en dat ik in de nabije toekomst sowieso op mijn moeder en schoonmoeder zal moeten leunen omdat we simpelweg niet kunnen rondkomen van Henries salaris alleen. 'De komende jaren komen we niet in aanmerking voor een sociale huurwoning. En huren in de vrije sector is hartstikke duur.'

Marnix luistert naar me, stelt goede vragen. Hij gaat nog een kop koffie voor me halen.

Ik vind het fijn om mijn verhaal kwijt te kunnen. Even geen dampende soeppannen, geen waslijn in de keuken. Niet het gevoel dat ik raar ben, dat ik als moeder én als vrouw niet voldoe. Dat ik zeur, lastig ben, te veel uit het leven wil halen.

Meer dan er voor mij in zit.

Hoeveel vrouwen verlangen niet naar een kind? Ik heb er zomaar eentje in mijn schoot geworpen gekregen en het is nog gezond en lief ook.

Ik heb het recht niet om te klagen.

Ik ben een monster als ik dat wel doe.

Maar Marnix oordeelt niet. Bovendien omhelst hij mijn gekte, die hij mijn talent noemt.

Het contrast is groot.

'Ik moet naar huis,' zeg ik.

'Nu al?'

Ik knik naar de wandelwagen. Er stijgt gesputter uit op, de bak wiebelt. 'Hij moet de fles en een schone luier.'

Marnix staat op en kust me op de wang. 'Ik wou dat ik kon helpen.'

'Dat heb je al gedaan.'

41

Vanuit mijn slaapkamerraam kijk ik op de kroon van een oude eik. Hij is de grootste boom van alle binnentuinen en domineert met zijn breed uitwaaierende takken het hele blok. Ik kan urenlang staren naar het wiegen van de bladeren, naar die kleurenzee die constant in beweging blijft.

Tijdens een van onze dinertjes vertelde Oscar Lens me dat hij de eik samen met zijn opa heeft geplant. Oscar was toen een jochie van een jaar of zeven. Hij bracht de herinnering zo beeldend dat ik de vochtige, omgewoelde aarde rook en de taaie bast van het boompje in mijn handpalmen voelde. Het eikje was manshoog, met kalige wortels en aan de top buigzame scheuten. Ik zag hoe de oude man op een mistige novemberochtend zijn kleinzoon een schop in handen drukte, hem toeknikte, het boompje rechtop in het gat vasthield en samen met hem de aarde aanstampte.

De generaties na grootvader Lens hebben in de schaduw van het gebladerte gespeeld, een hut in de takken gebouwd en harten in de stam gekerfd. Ze hebben aan de voet van de boom wijn gedronken en er gegeten – gebeurtenissen waar Lens senior zelf geen getuige meer van kon zijn.

Al tijdens het planten heeft de oude Lens dat geweten. En er moet op dat moment zoveel meer door die man zijn hoofd zijn gegaan. Het was 1942, de wereld stond in brand. Terwijl de jongste Lens op aanwijzingen van senior eenvoudigweg een gat groef, was de oude man op de hoogte van wat er aan de andere kant van de Atlantische Oceaan gebeurde. De toekomst van zijn familie en dierbaren was onvoorspelbaar. Zaken die hij niet besprak in het bijzijn van zijn kleinkinderen.

Hij voedde hen liever met hoop.

Daarover heb ik veel nagedacht, en ik denk er af en toe nog steeds over na. Mijn grootouders hebben geen bomen geplant met hun kleinkinderen. In de achtertuintjes van hun sociale huurwoningen was om te beginnen helemaal geen plaats voor een eik die tot monumentale proporties zou kunnen uitgroeien. Maar al was die ruimte er wel geweest, dan nog betwijfel ik of ze zo'n symbolische daad zouden hebben overwogen. Ik vermoed dat mijn grootouders niet vaak aan de verre toekomst dachten. Het leven van alledag hield iedereen al genoeg bezig; er moest gewerkt worden, het huis gepoetst, de kinderen grootgebracht en rekeningen betaald. Er werd uitgekeken naar het jaarlijkse carnaval, de volgende bruiloft of vogelshow, de geboorte van een baby.

'Na mij de zondvloed,' zei opa Konings altijd. 'Volgend jaar *kenne* we al dood en begraven zijn.'

Eenenveertig

'Wie wil er nog een worstenbroodje?'

Henrie steekt zijn hand op. 'Kom maar door. Ze zijn keilekker.'

'Gewoon van de Aldi, hoor.' Oma Storimans draait er grinnikend een in een keukenpapiertje.

'Dat zijn de beste.'

Het is druk in oma's keukentje. De ramen zijn beslagen.

Henrie praat honderduit. Als je niet beter wist zou je denken dat hij altijd al bij de familie heeft gehoord. Hij is op achterstand begonnen, maar dat hij 'een De Leeuw' is, maakte veel goed. Wanneer ik zwanger zou zijn geraakt van 'eentje van Kreté' zou papa me vast hoogstpersoonlijk naar een abortuskliniek hebben gesleept.

'Naar welke film gaan jullie?' vraagt mama.

'*Robocop.*'

'Heb je zijn flesjes en pampers en –'

'Alles zit in de luiertas.'

'Goed dat jullie ook samen dingen ondernemen, niet alleen maar papa en mama zijn.'

Onder de tafel legt Henrie zijn hand op mijn been en knijpt erin.

Ik neem snel een slok koffie.

Henrie denkt dat mijn afstandelijkheid komt door mijn hormonen en wijt mijn chagrijnige buien aan de zorg voor de baby. Ik laat hem in die waan, hij begrijpt er toch niets van – ik begrijp mezelf niet eens.

Er is een diepe, onbegrijpelijke kloof ontstaan tussen wat ik werkelijk voel en wat ik zou moeten voelen.

Op een van mijn cassettebandjes staat een nummer van Black, 'Wonderful Life'. Daar luister ik veel naar als ik de strijk doe.

Look at me standing,
here on my own again,
up straight in the sunshine.
No need to laugh and cry.
It's a wonderful, wonderful life.

42

In een hoek van de zonnige galerie doet een jazzensemble zijn best om gasten op het geïmproviseerde dansvloertje te krijgen. Dat lukt, ondanks het vroege tijdstip; twee jonge vrouwen in cocktailjurkjes dansen de charleston.

Het is mijn eerste kennismaking met de kunstscene in New York; de vernissage van een project van een Deense fotograaf, zelf ook een wandelend kunstwerk. Er zijn hier meer mensen die een statement willen maken met hun uiterlijk dan op een gemiddeld mode-event in Europa. Ik voel me underdressed in mijn eenvoudige blauwe jurkje.

Bruno's *sleezy* jarenzeventigstijl valt niet eens uit de toon, toch lijkt hij niet op zijn gemak. Hij kijkt steeds op zijn telefoon, loopt naar buiten en weer naar binnen en heeft de prachtige modefoto's nauwelijks een blik waardig gekeurd. Dat valt ook Victoria Corel op – '*CEO of Vivian Déé USA, pleased to meet you*'. Toen ze zich met deze woorden aan me voorstelde, met haar brede glimlach en vette Amerikaanse tongval, drong het pas goed tot me door dat het allemaal staat te gebeuren. En tegelijkertijd vind ik het nog steeds onwerkelijk.

'*Chill out, Val,*' zegt Victoria tegen Bruno.

Naar mij glimlacht ze verontschuldigend. '*He's in love, you know.*'

Als het object van Valerio's verliefdheid – een model met

smalle heupen en een berekenende oogopslag – uiteindelijk verschijnt, vertrekt hij met een hand op haar rug naar een andere ruimte.

'Ach, mannen.' Victoria knikt in de richting waarin het stel is verdwenen. 'Ik begrijp alleen zo'n meisje niet.'

'Geld?'

'Van zijn elegante verschijning moet hij het niet hebben, hè? Het ergert me weleens, maar nu klink ik als zo'n knorrig oud wijf.'

Ik geloof dat ik haar wel mag. Victoria is een roodharige vrouw van mijn leeftijd die me doet denken aan Julianne Moore. Ze heeft een mooie carrière opgebouwd bij onder meer Liu Jo en Diesel; bij de laatste had ze vier jaar lang een leidinggevende functie. Ze komt gedegen op me over en kent de modewereld goed. Beter dan ik. Dat is op zich geen prestatie. Mensen als Victoria lopen alle seminars, beurzen, vernissages en netwerkborrels af. Ze weten wat er speelt: wie er ruzie of een verhouding hebben, een dreigende burn-out of een verslavingsprobleem, welke ontwerpers en ontwerpbureaus er samenwerken aan een project en wie voor datzelfde project bedankt hebben – en ook waarom.

Eigenlijk is het best opmerkelijk dat juist wij, de ontwerpers, in de media worden gezien als de spil waar de mode-industrie om draait. De helft van de tijd leven we teruggetrokken in onze ateliers, waar we de nerveuze energie alleen of met een klein team proberen om te zetten in iets tastbaars. De wereld sluiten we buiten. Na zo'n intensieve periode wordt van ons verwacht dat we zelfbewust de spotlights opzoeken en volledig op de hoogte zijn van wat er tijdens onze retraite heeft gespeeld. Een schizofreen bestaan dat al menig ontwerper zijn baan, relatie of zijn geestelijke gezondheid heeft gekost.

Of alle drie.

'Ken je Valerio al lang?' vraag ik aan Victoria.

'Niet echt, maar hij is een neef van Massimo Bianchi en die ken ik al jaren.'

Bianchi, de derde compagnon. 'Wat is hij voor iemand?'

'Heb je hem nog niet ontmoet?'

Ik schud mijn hoofd. 'Het voorstelrondje is vandaag met jou begonnen.'

'Bianchi is zelden in New York, dus je zult hem misschien een keer in Italië ontmoeten. Hij heeft er fabrieken en ateliers, de meeste in Vicenza.'

Vicenza is een bekende regio in de modewereld. Veel kleding met het geliefde 'Made in Italy'-label komt uit die provincie.

Victoria nipt van haar gin-tonic. 'We gaan veel met hem te maken krijgen. Bianchi doet een flink deel van de productie voor ons.'

Mijn adempauze hier in New York voelt plotseling als verloren tijd. Ik had beter een week of wat vrij kunnen maken om een paar van die fabrieken in Italië te bezoeken. Dan had ik geweten wat ze er maken en kunnen. Een andere belangrijke inspiratiebron voor de nieuwe, betaalbare collectie heb ik sowieso al gemist: afgelopen februari bezocht ik met Cécile, Hanny en het ontwerpteam de Première Vision in Parijs. We hebben er alleen maar gekeken naar stoffen voor onze prêt-à-porter. Criteria als de leverbaarheid van vele rollen voor een betaalbare prijs waren toen nog helemaal niet aan de orde. Als ik had geweten wat ik nu weet... De Fashion Week is al over dertien maanden; normaal reken je anderhalf jaar vanaf de eerste schetsen tot het moment dat de kleding in de winkels hangt.

Ik deel mijn zorgen met Victoria.

'Die ateliers van Bianchi draaien dag en nacht,' zegt ze, terwijl ze met een rietje door haar gin-tonic roert. 'Alles kan heel snel en de distributie is dik in orde.'

'Ik hoor niets over kwaliteit?'

Ze haalt haar schouders op. 'Die is prima.'

'Maar wie bepaalt dat? De grote textielbeurzen zijn al achter de rug. In hoeverre kan ik zelf nog mijn stoffen kiezen en–'

'Dat deel moet je loslaten, *honey*. Daarvoor wordt dit te groot. Je kunt niet elk jasje of tasje persoonlijk nalopen voor het naar de klant gaat. Je bent nu creative director, je geeft richting. Meer wordt er niet van je verwacht.' Ze buigt zich vertrouwelijk naar me toe. 'Meer moet je ook niet verlangen van jezelf. Je hebt straks je handen al meer dan vol aan de promotie.'

Ik kijk haar zwijgend aan.

'Je denkt er het jouwe van, hè?' vraagt ze.

'Ik weet niet wat ik precies moet denken.'

'Misschien moet je mensen gewoon hun werk laten doen. Lens, Bruno en Bianchi laten niets aan het toeval over. Ze hebben een smak geld geïnvesteerd, het is voor hen ook belangrijk dat alles klopt.'

Uren later lig ik in bad. Een ouderwetse kuip met leeuwenklauwen die rusten op donker, door vocht aangetast parket. Mijn badkamer is aandoenlijk authentiek, of misschien wil ik me gewoon graag voorstellen dat Oscar Lens hier als dreumes werd gebaad door een liefdevol kindermeisje. Wie weet hebben meneer Lens senior en zijn vrouw in vervlogen jaren naar dezelfde houten lambrisering liggen kijken als waar ik nu naar kijk, hebben zij hun kleding op hetzelfde Perzische kleed gelegd, dat toen natuurlijk nog niet verschoten en bijna tot de draad versleten was.

Ik heb het raam op een kier gezet. Het heeft zojuist geregend en er stijgt een geur van natte bladeren, gras en aarde vanuit de binnentuin op. Af en toe doet een briesje de vitrage opbollen. Samen met de buitenlucht stromen ook geluiden van helikopters en vliegtuigen de badkamer in. Geblaf, stemmen. Stampende motoren van schepen op de Hudson. Sirenes, muziek. Het zijn geluiden waaraan ik gewend ben geraakt.

Ik ben geen toerist meer in deze stad, geen passant die zich verwondert. Ik ben nu onderdeel van deze energie. En zo huiverig als ik in Nederland nog was voor groei, zo hongerig ben ik hier geworden, vastbesloten om door te stoten naar een hoger speelveld.

Loslaten hoort daarbij, dus natuurlijk heeft Victoria Corel gelijk als ze zegt dat ik mensen hun werk moet laten doen. Ik moet er maar gewoon op vertrouwen dat de fabrieken en ateliers van Bianchi zo goed zijn als zij me verzekert, en dat de eindcontroleurs in Italië net zulke perfectionisten zijn als ik. Dat ze gruwelen van haaltjes in de stof, loshangende draadjes en zichtbare lijmsporen. Dat ze een kledingstuk durven afkeuren, ook al komt daarmee een grote levering in gevaar.

Toch zit me iets niet lekker: als er iets is waar alle designers van grote merken mee te maken krijgen, dan is het stress. Van grote merken worden jaarlijks twee tot vier collecties verwacht, aangevuld met cruisecollecties, *limited editions* en losse samenwerkingen met grootwinkelbedrijven, auto- of sportmerken. Het hart van de mode-industrie klopt in een meedogenloos tempo waarin alleen workaholics gedijen. Collecties die elkaar zo snel opvolgen en die in zo'n moordend tempo tot stand komen kun je niet allemaal met evenveel liefde en originaliteit benaderen. Onmogelijk. Je authenticiteit komt in het gedrang. Juist daarom heb ik me altijd tegen groei verzet. Nu zal ik zelf de druk gaan ervaren waarover ik zoveel heb gehoord en gelezen. Daarom begrijp ik die ontspannenheid van Bruno en Lens niet goed. Waarom zitten die twee me niet op de hielen? Victoria maakt zich evengoed geen zorgen, en zij heeft toch behoorlijk wat ervaring.

Waarom is iedereen zo relaxed?

Tweeënveertig

'Claudia! Da's lang geleden.' Sylvia baant zich een weg tussen de bioscoopbezoekers door. Het is pauze in drie zalen tegelijk en iedereen probeert een ijsje, chips of wat te drinken te scoren voordat de film weer verdergaat. Henrie en ik kopen niets; we hebben pakjes drinken en een zak dropveters van mijn moeder meegekregen.

'Goh, wat ben jij veranderd,' zegt ze als ze bij ons staat. Een lange jongen in haar kielzog heft bij wijze van groet zijn bierglas.

Sylvia houdt haar hoofd schuin. 'Kijk nou, je haar!'

Mijn vingers grijpen automatisch in mijn sluike, korte coupe. 'Tja, dat moest wel, het was helemaal dood. Iets te veel gepermanent.'

'Jij ging toen naar de havo,' herinnert ze zich.

'En jij naar de meao.'

Ik ruik Sylvia's kauwgum. 'Ik hoorde dat je een baby hebt.'

'Een zoontje. Hij is zes maanden.'

'Wauw... gaaf. En bevalt het, als moeder, zeg maar?'

'Ja, hartstikke goed.' Ik wijs naar Henrie. 'We zijn voor het eerst weer een avondje uit.'

'En dan meteen naar zo'n heftige film.' Ze zuigt met een rietje sinas uit een flesje.

Haar vriend slaat een arm om haar heen. 'Syl heeft de halve film zitten janken.'

'Waar wonen jullie eigenlijk?'

Henrie legt zijn hoofd in zijn nek en blaast rook uit. 'Bij mijn ouwelui op zolder.'

'Echt?'

Ik tuit mijn lippen. Zeg niets.

'Ons moeder kookt, ze doet de was, ideaal,' zegt Henrie. 'Maar we staan op de wachtlijst van de woningbouwvereniging.'

'Wat betekent dat we over een jaar of drie aan de beurt zijn,' kan ik niet laten eraan toe te voegen.

Sylvia's ogen worden groter. 'Dat kán toch niet, jullie hebben een kind! Er is toch genoeg te huur?'

'Niks betaalbaars.'

Sylvia kijkt haar vriend aan. 'Zal ik het hier eens met Saskia over hebben?'

'Saskia?' vraag ik.

'Mijn zus, ze trekt bij haar vriend in. Ze woont nou nog in een van die flats bij de snelweg, weet je wel. Die zijn van de woningbouw, maar best groot. En niet duur.'

Ik voel mijn maag kriebelen.

Henrie haalt een stukje shag tussen zijn lippen vandaan. 'We kunnen toch niet zomaar daar intrekken?'

'De woningbouw hoeft het toch niet te weten?' Sylvia lacht hardop. 'Als je de huur overmaakt met cheques bij het postkantoor komen ze er niet achter. Zo doet mijn zus het al jaren, zij huurt ook onder. Daar vragen ze toch om met zulke belachelijke wachttijden?'

43

Ik duw mijn neus in het zachte buikje. Het lijkt met het jaar kaler te worden. De oorspronkelijke geur die me telkens tot tranen bracht is allang verdwenen, toch denk ik er soms nog een flard van te ruiken.

Ik druk het konijntje tegen me aan en wiebel met de pootjes, zodat het lijkt alsof hij naar me zwaait. Ooit was hij blauw, nu grijs, en zijn sneeuwwitte buikje heeft een verschoten beige tint. Verkleurd door de tranen die erop zijn gevallen, het zout dat zich in het tere textiel heeft gevreten.

Hoe vaak heb ik niet zo gezeten, rechtop in bed, machteloos terugstarend naar die kraaloogjes, voelend wat ik nu voel. In het begin elke nacht. Later een paar keer per week. Maar nooit minder dan dat.

En het maakte nooit verschil.

Ook nu niet.

De pijn blijft.

De leegte.

'Jij kunt er niks aan doen,' fluister ik. 'Het ligt niet aan jou. Je mag het me verwijten, want het is verwijtbaar, ook al kon ik niet anders.'

Drieënveertig

'We kunnen het gewoon niet betalen, Clau.' Henrie krabbelt met een timmermanspotlood cijfers op een blocnote.

Ik zit naast hem, mijn knieën opgetrokken.

'Kijk: gas, licht en water komen er ook nog bij,' zegt hij. 'En verzekeringen en zo.'

Ik ben geen kei in cijfers, maar zie wel dat bij een van de hogere bedragen op de lijst 'auto' staat. Ik wijs het bedrag aan. 'Als je de Golf wegdoet, redden we het toch wel?'

Hij draait zijn hoofd naar me toe. 'M'n auto? *No way*.'

'We hebben hem toch helemaal niet nodig? Je wordt altijd opgehaald met de werkbus en er zit daar een winkelcentrum om de hoek.'

Hij schudt zijn hoofd. 'Die flat is overal ver vandaan.'

'Drie kilometer van de familie en de binnenstad, dat kun je lopen.'

Hij kijkt van me weg en tikt ongedurig met zijn potlood op de blocnote.

'Dus je vindt je auto belangrijker dan een eigen plek,' ga ik door.

'Ik spaar liever een poosje door, die kans hebben we nu. Mijn moeder wast en –'

'Ik wil een eigen stek, Hen.'

Hij peutert aan de langere plukken haar in zijn nek. 'Ja, maar ik ga daar dus niet zonder auto zitten.'

'Ik kan gaan werken.'

Hij trekt een wenkbrauw op. 'Hoezo?'

'Ik denk dat ze me bij de Jamin wel terug willen. Ze vonden het jammer dat ik ontslag moest nemen.'

'En die kleine dan?'

'Misschien willen jouw moeder en de mijne ieder een dagje op hem passen. En ik kan bijvoorbeeld ook op zaterdag werken, en op koopavond, als jij thuis bent. Da's drie dagen plus een avond, bijna dertig uur. Dat tikt aan.'

Henrie tuit zijn lippen. Hij kijkt me nog steeds nauwelijks aan. Als hij nu weer gaat zeggen dat een kind elke dag zijn moeder nodig heeft en dat de zaterdagen voor hem heilig zijn vanwege zijn voetbaltrainingen, sta ik niet voor mezelf in.

Henrie komt in beweging. Het potlood krast over het papier. 'Dertig uur zeg je... Als dat je lukt, dan denk ik dat we het wel redden.'

44

De ontwerpstudio zit in het Meat Packing District aan de westkant van Manhattan, vlak bij de Hudson. Honderd jaar geleden trof je hier slachthuizen aan, vleesdistributeurs en vleesmarkten, nu is het een trendy stadsdeel. De chauffeur die me thuis heeft opgehaald wees me onderweg op een victoriaans gebouw van rode baksteen waar met enorme letters DVF op staat: de woon- en werkplek van Diane von Fürstenberg, de koningin van de wikkeljurk. Ook de bekende Milk Studio's zitten in deze buurt.

The Fashion Lab is gevestigd in een voormalige vleesopslag van drie verdiepingen. Het gebouw doet me denken aan ons atelier in Amsterdam, maar dan groter en vooral ruiger. Stalen trappen en balken, onafgewerkte cementvloeren. Er worden hier schoenen, kleding en accessoires ontworpen voor vijf bekende kledingmerken, sommige teams houden zich uitsluitend bezig met private labels.

Victoria leidt me rond. Valerio Bruno volgt ons op de voet. Hij is steeds afgeleid en kijkt regelmatig op zijn mobieltje. Eerder zei hij al dat New York niet zijn stad is. Te lawaaiig, te intens. Hij houdt meer van historische, ruim opgezette steden vol terrassen zoals Rome en Parijs. 'Terrasjes, heb je er ééntje op straat gezien?' vroeg hij me.

De derde verdieping bereiken we met een trage goederenlift die ruikt naar elektronica.

Een Aziatische man komt met een brede grijns op ons afgelopen. Hij is geheel in het zwart gekleed, met felblauwe schoenen en een dito brilmontuur. 'Thomas Li, projectleider. Kom verder.' Hij neemt ons mee een langgerekte ruimte in.

Aan een achttal tegen elkaar aan geschoven bureaus zitten drie mensen te werken. Ze begroeten ons met een vriendelijk hoofdknikje en richten zich weer op hun scherm. Op de werkbladen tussen de computers liggen patronen, textiel- en leermonsters en stapels tekeningen. Tegen de lange achterwand staat een enorme kast. De open vakken puilen uit van de mappen, boeken en textielstalen.

Het voelt meteen vertrouwd.

'Het is nu rustig, veel mensen zijn op pad,' zegt Thomas Li. Hij wijst op een vrouw met roze haar en een man in bomberjack. 'Jake en Alison staan in contact met de fabrieken van Bianchi in Italië. We stemmen de collecties in The Fashion Lab af op hun mogelijkheden.'

De vrouw met het roze pagekapsel kijkt op van het scherm. 'De *knit wear* komt goed,' zegt ze tegen Li. 'Dus die grove breisels kunnen we laten doorgaan.'

Op haar monitor staat een spreadsheet met codes die me niets zeggen.

Geen ontwerpen.

Ik frons mijn wenkbrauwen. 'Zijn jullie al begonnen?'

'Uiteraard,' zegt Victoria Corel. 'Dit is een megaklus, zoals je weet. De voorbereidingen zijn al in volle gang, toegespitst op jouw DNA. Alles moet perfect op elkaar worden afgestemd. Ik overleg vrijwel dagelijks met *my Amsterdam partner*.'

Ze doelt op de CEO die boven Marnix is geplaatst, Ericsson, die ik nog niet heb ontmoet.

'Wat betekent dat voor mij?'

Bruno stopt zijn mobieltje weg. 'Dat jij lekker door moet blijven gaan met wat je doet. Je was al begonnen met schetsen, dacht ik?'

'Ja, klopt.'

'Rustig mee doorgaan. In de tussentijd wordt hier een geoliede machine gebouwd die haar weerga niet kent. Je zult versteld staan.'

'Zal ik haar alvast wat laten zien?' vraagt Thomas Li.

Bruno stapt naar voren en steekt zijn hand op om hem het zwijgen op te leggen, richt zich dan tot mij. 'Weet je wat? We prikken binnenkort een datum en dan zorgen we ervoor dat iedereen er is en geven we een fatsoenlijke presentatie.'

'Kunnen we nu meteen even wat data prikken voor de promotiefilmpjes?' vraagt Victoria.

'Filmpjes?'

Ze knikt enthousiast. 'We werken samen met KCW, zij hebben een *huge campaign* bedacht waarin jij als ontwerpster de hoofdrol speelt.'

KCW.

Het beste, meest invloedrijke pr-bureau in de modewereld. Chanel, Dior, Chloé, Balmain, Jimmy Choo, Hermès, Marc Jacobs… er komt geen einde aan de lijst van topmerken die voor hun mondiale mediastrategie vertrouwen op dit bureau.

Gaan zij werken voor Vivian D? Ik kan het nauwelijks bevatten.

'Het is nog niet tot in de finesses uitgewerkt,' vervolgt Corel. 'Maar het komt erop neer dat jij wordt gefilmd terwijl je door Manhattan loopt en vertelt wat jou hier heeft geïnspireerd. We geven de consument een inkijkje in jouw creatieve brein, daar houden de mensen van. Van authenticiteit.'

Ik moet meteen denken aan de advertorials waarin Michael Kors zijn collecties aanprijst met een schwung alsof hij de president van Amerika is. Aan Karl Lagerfeld, die ook al nooit om een oneliner verlegen zit. Aan de chique Diane von Fürstenberg, die vanuit haar penthouse hier vlakbij met een kamerbreed portret van zichzelf op de achtergrond vertelt dat zijzelf haar merk is, en haar merk zijzelf...

'Ik ben niet zo dol op exposure,' zeg ik zacht.

'Iedereen wil toch een ster zijn?'

'Nou, ik... ik ben er geloof ik niet zo goed in.'

'Je bent een Raf Simons! Geweldig!' Ze kijkt me verheugd aan. 'Daar kunnen ze wel wat mee, *honey*. *They'll love it.*'

Victoria refereert aan een eigenschap van de topontwerper waarmee ik liever geen match had. Ik zag onlangs nog een indringende documentaire waarin hij op de voet werd gevolgd terwijl hij zijn eerste collectie voor Dior presenteerde. Dat gebeurde in een villa waarvan hij alle binnenmuren van plint tot plafond had laten bekleden met bloemen. De man is een visionair, een instituut, maar voor elk interview dat hij moest geven stierf hij duizend doden. Het was pijnlijk om te zien. Misschien greep het me wel extra aan omdat ik mezelf erin herkende.

Dankzij Marnix en zijn apotheek houd ik me staande in de media, maar een zelfbewuste spraakwaterval zal ik nooit worden.

'KCW heeft een geweldig team kunnen strikken.' Victoria noemt de naam van een bekende regisseur en een *award winning* cameraman die samen spraakmakende korte films en muziekvideo's maken en mij – fashion – als een interessante nieuwe uitdaging zien.

Li wordt lyrisch en klapt in zijn handen.

Terwijl ik van de een naar de ander kijk ebt mijn ongerustheid weg. De kans om met deze regisseur te werken is al even bijzonder als uniek. Is dit niet de essentie van groei: jezelf uitdagen, je horizon verbreden? Ik ben te lang blijven hangen in patronen die al sinds mijn jeugd bestaan.

Vierenveertig

De flat is inderdaad groot. Drie slaapkamers, een woonkamer en een keuken waar met gemak een ronde tafel in kan staan. Groter dan alle keukens die ik ken. Overal ligt grijs ribbeltapijt, de muren zijn vlak en wit en voor de ramen hangen witte kunststof lamellen.

'We kunnen d'r zo in,' mompelt Henrie, terwijl hij de klep van het vierpits gasstel optilt. 'Hoort dit er ook bij?'

'Als je wilt kun je die overnemen,' zegt Saskia. Haar kat cirkelt rond haar benen. 'Net als de wasmachine en de koelkast.' Ze noemt een bedrag.

Henrie gaat akkoord.

Ik loop de woonkamer in. Het raam is bijna zo breed als de kamer en geeft zicht op de snelweg, met daarachter een vlak polderlandschap met elektriciteitsmasten.

'Ik zit hier graag, er is altijd wat te zien,' hoor ik Saskia achter me zeggen. 'En je hoeft nooit te stoken, want dat doen de buren wel voor je.' Ze wijst naar de zijmuren, naar het plafond en de vloer. 'We hebben de verwarming nooit aan, zelfs niet als het vriest.'

'Wel zo praktisch,' zeg ik.

'De bank en het dressoir kun je ook overnemen,' zegt Saskia. 'En het bed en de kledingkast. Die wilde ik toch al verkopen.'

Henrie zoekt mijn blik. 'Wat vind jij?'

Ik kijk naar de bank van grijze skai. Een kalende bonte ficus ernaast. Het dressoir met togen en ronde knoppen is van hetzelfde blank eiken als de salontafel.

Mijn smaak is het niet, maar het hout kan worden geschilderd en dat geldt ook voor de muren. Ik zit overal liever dan bij Elly en haar controledwang, haar gestrijk en haar groentesoep.

'Laten we het doen,' zeg ik.

45

'Je hebt de hele dag binnen gezeten,' zegt Oscar Lens, terwijl hij onze glazen bijschenkt. 'Was je weer aan het ontwerpen?'

Het is een zwoele oktoberavond – *Indian summer* noemen ze dat hier zo mooi – en we dineren in de tuin, aan de voet van de eik die af en toe een blad laat vallen. De ronde metalen tafel is een beetje wiebelig en de klapstoeltjes waar we op zitten hebben hun beste tijd gehad, maar het lichte ongemak draagt bij aan de nostalgische sfeer. Lens en ik eten vaker in de tuin. We negeren het geraas van de stad dat ver boven onze hoofden klinkt en genieten van het getjirp van de vogels en het ritselen van de bladeren van de monumentale eik. En van het gesprek. Ik merk dat ik meer en meer op de oude man gesteld raak.

Ze zeggen dat eenzaamheid zwaarder valt wanneer je door mensen wordt omringd, dat je beter alleen kunt zijn, maar dat is niet altijd zo, is mijn ervaring. Na het ontwerpen zoek ik graag de reuring op, beweging, gebabbel. De stilte daarbinnen moet worden overschreeuwd. Ik vermoed dat Oscar Lens en ik dat sentiment delen zonder het tegenover elkaar uit te spreken. Hij krijgt opvallend veel visite en trekt er veel op uit, maar ik weet dat hij in wezen alleen is. Lens gaat alleen naar bed en hij staat alleen op.

Ik grinnik. 'U houdt het allemaal goed in de gaten.'

Hij zet de fles met vaste hand terug op het damast en kijkt me indringend aan. Bleekgroene ogen onder witte, borstelige wenkbrauwen, helder, oplettend. 'Vergeef me mijn bemoeienis, maar ik vind dat hele creatieve proces mateloos fascinerend. Dat scheppende vermogen moet geweldig voelen.'

Ik schokschouder. 'Als alles samenvalt, ja, zeker. Dan is het hemels. Maar vaker lukt het niet, of onvoldoende, en dan kan het taai en frustrerend zijn. Ontwerpen is helaas geen vaardigheid die je jezelf kunt aanleren, zoals metselen of autorijden. Voor mij niet althans.'

'Het zou je na zoveel jaren toch steeds makkelijker moeten afgaan,' zegt hij. 'Door ervaring leer je.'

'Klopt, maar ik wil mezelf niet te veel herhalen. Niet steeds dezelfde oplossing aandragen voor hetzelfde probleem.'

'Je maakt het jezelf liever moeilijk?'

'Ik wil mezelf blijven uitdagen.'

'Hoe doe je dat?'

'Nou, ik werk binnen bepaalde kaders die inmiddels mijn signatuur zijn geworden. Ik vind bijvoorbeeld dat kleding draagbaar moet zijn. Je moet je erin kunnen bewegen, dus dansen, zitten en dineren.'

Hij trekt een wenkbrauw op.

'Dat is in de modewereld niet vanzelfsprekend,' reageer ik op zijn onuitgesproken scepsis. 'Ik vind dat een kledingstuk zich naar jou hoort te voegen en niet andersom, dus de stof moet soepel vallen. En de snit moet flatteren, je een goed silhouet geven. Het is belangrijk dat vrouwen zich aantrekkelijk voelen in mijn kleding, vol zelfvertrouwen. Maar binnen die beperkingen wil ik wel steeds iets nieuws brengen, of iets wat misschien hetzelfde lijkt voor een niet-ingewijde, maar technisch op een andere manier tot stand is gekomen. Met textiel kun je eindeloos experimenteren.'

Ik prik een aardappelkniesj aan mijn vork – Lens' favoriete gerecht, samen met de augurken, zuurkool en boterzachte pastrami die hij wekelijks haalt bij Katz's Deli, zijn hofleverancier. Ik eet al jaren geen vlees meer. Ik heb het afgezworen nadat ik heb ontdekt dat de wereldwijde vleesconsumptie verantwoordelijk is voor vijfenzeventig procent van de houtkap in het Amazonegebied, maar tijdens de dinertjes met Lens zondig ik, en dan geniet ik er ook van. 'En als het even kan wil ik ook iets overbrengen met mijn werk,' ga ik verder. 'Een bepaald gevoel, een idee.'

'Een boodschap,' concludeert hij.

'Ja, soms.'

'Wat is het thema van deze nieuwe collectie?'

Ik sla mijn ogen neer. 'Het is nog te kwetsbaar, te vroeg om erover te praten. Ik hoop niet dat u dat vervelend vindt.'

Lens lacht breed. 'Integendeel. Daar heb ik alle begrip voor. Ik loop al een poosje rond op deze wereld, zoals je kunt zien, en ik heb veel kunstenaars en artiesten onder mijn kennissen.' Zonder zijn blik van me af te wenden pakt hij zijn glas. 'Edith Piaf heeft in de jaren dertig bij ons gelogeerd. Ze sliep toen in dezelfde kamer als jij nu. Na de oorlog heeft ze hier verderop in de wijk gewoond.'

'Edith Piaf? *Really?*'

Lens nipt van de wijn. 'Verbaast je dat? Ah, vanwege dat verhaal dat ze antisemitisch zou zijn, banden zou hebben met de nazi's. Vergeet het, dat is flauwekul.' Zijn groene ogen lichten op, alsof hij zich ineens iets herinnert: 'Madonna. Zij was mijn buurvrouw. Deze wijk heeft al zolang ik me kan heugen kunstenaars en muzikanten aangetrokken. En schrijvers. William S. Burroughs, die ken je vast wel.'

Ik knik braafjes. De naam komt me bekend voor, maar daar houdt het mee op.

'Er was ook zo'n Nederlandse schrijver,' gaat hij door. 'Cremer. Die heeft in de jaren zestig in Hotel Chelsea gewoond. Andy Warhol en Jimi Hendrix verbleven daar toen ook veel.'

Tot mijn ergernis ben ik onder de indruk van zijn namedropping.

Hij wijst naar me. 'Het waren mensen zoals jij, Vivian. Mensen met een visie en een groot talent.'

Ik wuif zijn compliment weg.

Oscar schept nog wat aardappelkniesjes op mijn bord. De oude man vadert graag over me, al werpt hij af en toe een blik in mijn decolleté en heeft hij bovendien de weinig galante gewoonte om mij op de trap voor te laten gaan. Niet mentorwaardig, toegegeven, maar ik gun hem die verzetjes; hij is vierentachtig en een kop kleiner dan ik.

'Je zou eens een keer bij Hotel Chelsea naar binnen kunnen lopen. Wie weet inspireert het je.'

'Ik ben al geïnspireerd geraakt.' Ik laat mijn blik langs de stam van de eik naar boven gaan.

Lens kijkt me verrast aan. 'Ja?'

Ach, wat kan het me ook schelen. Ik vertel het hem gewoon. 'De nieuwe collectie gaat *Indian Summer* heten – nazomer, geïnspireerd op de herfstkleuren van deze eik.'

'Mooi.'

'De aanleiding was het verhaal uit uw jeugd.'

'Wat bijzonder.' De oude man buigt zich naar de boom toe en raakt met zijn vingertoppen liefkozend de bast aan. 'In onze familie is het planten van bomen traditie. Er staan over de hele wereld bomen die door een Lens zijn geplant. De meeste in Israël, maar ook in Amerika en in Europa. Sommige zijn al honderden jaren oud.' Zijn stem kraakt een beetje. Hij gaat weer rechtop zitten en neemt een slok, laat de wijn door zijn mond gaan.

'Ik vind het een prachtig gebruik,' zeg ik. 'Het verhaal dat u me vertelde over uw grootvader heeft me geraakt. Het geeft aan dat hij nadacht over een toekomst waar hijzelf geen deel meer van uit zou maken. Dat hij iets positiefs wilde nalaten, vrijwel letterlijk zuurstof schonk aan latere generaties. Tegelijkertijd is een boom zoals deze een verbindende factor voor de verschillende generaties, die elkaar niet eens persoonlijk gekend hoeven te hebben.'

Hij knikt, maar ik zie dat zijn gezicht betrekt.

'Mag ik vragen of u kinderen heeft?'

Hij zucht, pakt zijn glas en staart naar het walsende vocht. 'Dat mag je vragen en het antwoord is: nee. Helaas niet.' Zijn blik verplaatst zich naar een punt achter me. 'Het is een... pijnlijk onderwerp.'

Ik heb meteen al spijt van mijn vraag. 'U hoeft er niets over te zeggen. Het gaat me helemaal niet aan.'

'Zeker wel. Het is een relevante vraag.' Hij ademt diep in. 'Ik heb nooit kinderen kunnen krijgen. Deze tak van de familie Lens houdt na mij op te bestaan.'

Vijfenveertig

Marnix loopt naast me terwijl ik de kinderwagen door het park duw. Af en toe komt er een pruttelend geluid vanonder het dekentje vandaan, de wagen wiebelt. Mijn zoontje is onrustig de afgelopen dagen – net als ikzelf. Hij is alleen tevreden zolang de wagen in beweging blijft, dus komt er vandaag van koffiedrinken niets terecht.

'Wat is er mis met de Jamin?' vraag ik.

Marnix duwt zijn vuisten diep in de zakken van zijn Kangaroojeans. 'Niets.'

'Je stroomt niet bepaald over van enthousiasme.'

Hij vertraagt zijn pas. 'Ik blijf erbij dat jij kleding zou moeten ontwerpen in plaats van bonbons afwegen.'

'Voorlopig zit dat er niet in, hè,' snauw ik. 'Ik ben allang blij dat ze me weer wilden aannemen.'

'Dus nou blijft Henrie 's zaterdags thuis om op de baby te passen.'

'Je klinkt cynisch.'

'Hij voetbalt toch op zaterdagochtend? Geeft hij dat zomaar op?'

'Niet zomaar.'

Ik klem mijn handen om de duwstang van de wagen en vertel Marnix dat Henrie en ik gisteren knallende ruzie hebben gehad. Ik ben erachter gekomen dat hij de baby gewoon meeneemt naar de voetbalvereniging en hem achterlaat bij het meisje dat dan kantinedienst draait.

'Ik was vooral kwaad,' zeg ik, 'omdat ik dat hele meisje niet eens ken. En hij kent haar ook amper.'

Het is raar om met Marnix over Henrie te praten. Andersom gebeurt dat niet. Henrie weet niets van deze wekelijkse ontmoetingen. Niemand van mijn familie of vrienden weet ervan, omdat ik bang ben dat Henrie de verkeerde conclusies trekt als hij ervan hoort. Marnix en ik zijn alleen maar goede vrienden. Hij is niet eens mijn type, met zijn make-up en dat zwart met platina geverfde haar.

'Een vriend van mijn vader is eigenaar van Foox,' zegt hij.

Ik draai mijn hoofd naar hem toe. 'Foox? En dat vertel je me nu pas? Die hebben hartstikke veel winkels.' Foox is een van de populairste kledingzaken in de stad. Ik knip plaatjes uit hun folders om moodboards mee te maken.

'Ik kan hem vragen of ze iemand kunnen gebruiken.'

'Vast niet. Ik heb helemaal geen verkoopervaring.'

'Ik heb het niet over verkopen.'

Ik houd mijn pas in.

'Misschien willen ze je wel hebben voor de ontwerpafdeling.'

'Ze zien me al aankomen met m'n drie maanden kunstacademie.'

'We kunnen het toch proberen? Die gast komt vanavond bij ons thuis. Kom ook. En neem je portfolio mee.'

46

Tao is mijn vaste stek geworden, maar de portier, die hier met recht uitsmijter mag heten, herkent me nog steeds niet. De serveersters evenmin. Ik vermoed dat heel wat gasten zich eraan zouden storen. Ik vind het juist wel prettig.

'Ik heb je vluchten geregeld.' Joelle overhandigt me een envelop met tickets en een paar A4'tjes. 'Als ik iets voor je kan doen, dan moet je me gewoon even bellen of mailen, hè?'

Ik vouw de envelop dubbel en stop hem in mijn tas. 'Ik ben terug voor je het weet.'

'Waarom zo kort?'

'Ik wil alleen maar een beetje voeling houden met wat er in Amsterdam gebeurt.'

'Daar heb ik rekening mee gehouden.' Ze wijst naar de envelop. 'Ik heb een werkdiner met de CEO in Amsterdam geregeld. Gelijk op de eerste dag, dan heb je die vast gehad. Bizarre naam trouwens, voor een Italiaan. Ericsson. Gelukkig heet hij van voren gewoon Enzo.' Ze grinnikt. 'Nou, ja. Jullie hebben in elk geval veel te bespreken.'

Ik pak een edamame tussen mijn duim en wijsvinger en strip de boontjes met mijn voortanden uit de peul. Dikke zoutkorrels prikken op mijn lippen.

'En wat je nog moet weten...'

Ik kijk op.

'Ze overwegen een retrolijn. Of eigenlijk gaat het verder dan overwegen, begreep ik van Hanny.'

'Wat?' Ik leg mijn eetstokjes neer.

Ze krabt op haar achterhoofd. 'Ik had al een vermoeden dat je het niets zou vinden.'

'Retrolijn...' herhaal ik. 'Uit wiens koker komt dat idee?'

'Enzo Ericsson. Maar, Viv, iedereen is enthousiast. Alleen Marnix is tegen.'

Good ol' Marnix. Hij heeft zo vaak voorgesteld om een aantal van onze bestsellers opnieuw in productie te nemen en daar een ander label aan te hangen. 'Het hoeft elkaar niet te bijten, Viv,' zei hij steeds. De frustratie, telkens wanneer hij bot bij me ving.

En nu is uitgerekend hij tegen.

'Vivian D Amsterdam zou blijven zoals het is. Waarom hoor ik dit nu pas?'

'Don't shoot the messenger. Je zat de afgelopen weken in je ontwerpbubbel, dan ga ik je niet met dit soort dingen lastigvallen.'

'Ik vind het vrij essentiële informatie.'

'Oké. Sorry, dan. Ik zal er de volgende keer rekening mee houden.' Ze neemt een slokje van haar wijn. 'Maar Vivian, als ik vragen mag... Wat is er zo erg aan? Je maakt er heel veel mensen blij mee.'

'De investeerders, ja.'

Ze rolt met haar ogen. 'Je klánten.'

'Joelle, ik wil vooruit. Het is creatieve armoede om stukken uit vorige collecties opnieuw in productie te nemen.'

'Denk nou eens wat breder, Viv. We krijgen wekelijks mail van klanten die ons smeken na te gaan of er ergens nog een top of een zijden sjaaltje uit de Marrakesh-collectie rondslingert. En dat jasje dat je hebt ontworpen toen je –'

Ik luister al niet meer. 'Klassiekers' klinkt stijlvol, maar is een eufemisme voor een veel minder chic begrip: cashcows – kledingstukken die simpelweg geld in het laatje brengen. Dat is het enige doel ervan.

'Ik begreep dat er al een naam is bedacht,' zegt ze. '*Vivian D Retrospective*. Bij Net-a-Porter kunnen ze niet wachten om ermee aan de slag te gaan.'

Joelle doelt op een van onze beste klanten. 'Ik wil het niet,' zeg ik, en ik pak mijn stokjes weer op.

'Tja,' hoor ik haar zachtjes zeggen.

Ik begrijp wat ze bedoelt. Het bedrijf is niet meer van mij. Beslissingen zoals het al dan niet opnieuw in productie nemen van stukken uit vorige collecties worden nu genomen door anderen.

'Ik baal hiervan,' zeg ik.

'Kun je er niet met Bruno of Lens over praten? Je zou hun kunnen laten weten dat het tegen je principes ingaat. Ze hadden je beloofd om van de eerste lijn Vivian D af te blijven.'

'In wezen doen ze dat ook.'

Ze trekt een wenkbrauw op.

'Vivian D Retrospective,' help ik haar herinneren. 'Die lijn krijgt een andere naam, een ander label. De prêt-à-porter blijft ongemoeid.'

In stilte eten we verder. De lege bordjes worden opgehaald door een brunette. Ze heeft een jurkje aan dat te kort is en te strak om haar ranke heupen spant, maar in dit zwakke licht komt ze ermee weg.

'Mis je Nederland?' Joelle kijkt me over de rand van haar glas aan.

'Daar is het denk ik nog te vroeg voor. Jij?'

'Ja, gek genoeg wel.'

'Waarom vlieg je niet mee?'

'Je gaat maar drie dagen. Ik ben te jetlaggevoelig voor bliksembezoeken.' Ze pakt haar telefoon en bekijkt mijn agenda.

'Wordt het voor jou ook niet te veel? Meteen na terugkomst moet je aan de slag met die promotiefilmpjes.'

'Het zal wel moeten. Het thema is "nazomer in New York". Over een paar weken is de sfeer weer anders.'

Joelle heeft halverwege mijn antwoord haar interesse verloren. 'Verrek, moet je daar kijken: Leonardo!'

Ik volg haar blik. Drie tafeltjes verderop zit Leonardo DiCaprio. Hij is in gesprek met een blonde vrouw, type model. Twee anderen aan zijn tafel – een donkere man in pak en een in een basic wit T-shirt dat hij ruimschoots compenseert met zijn afgetrainde torso – gaan op in hun mobieltjes, hun gezichten spookachtig blauw verlicht.

Joelle buigt zich naar me toe, haar ogen schitteren. 'Viv, stel je voor dat jullie samen naar buiten lopen. Dat zou een geweldige foto opleveren voor de buzz.'

'Ik dacht dat je niet hield van bedachte experiences,' zeg ik kalm.

'Ik niet, maar je klandizie en de media wel. Weet je wat, ik ga het gewoon aan hem vragen.' Ze maakt aanstalten om op te staan.

'Als je dat maar laat.'

Ik zie dat ze haar vuisten balt. Joelle is een doener, een regelaar, iemand die actie nodig heeft om zich lekker te voelen. Haar roes vindt ze op het sociale vlak. Ze stapt zonder na te denken op iedereen af en vertrouwt op haar snelle geest, aantrekkelijke lach en babbel. Joelle is iemand die op het moment suprême het juiste zegt en zich pas achteraf realiseert wat er is gebeurd.

Maar ik wil niet bedelen om een fotomoment met iemand die ik niet eens persoonlijk ken. Het vergt een schaamteloosheid die ik ontbeer.

Terwijl ik wacht tot Joelle zich heeft herpakt, diep ik mijn telefoon op uit mijn tas. Geen berichten. Niet één. Niemand wil me iets vertellen, me wat vragen of laten zien. Het is begonnen met de ontwerpperiodes, waarin ik soms weken achter elkaar onbereikbaar was en dus op niets of niemand reageerde, en het is versterkt na het aantreden van Joelle, die me zelfs een deel van het contact met mijn familie en vrienden uit handen heeft genomen. Ze laat uit mijn naam bloemen bezorgen bij een jarige tante, stuurt kaartjes en plant lunchafspraken. In de loop van de jaren zijn mensen het normaal gaan vinden om mij te bereiken via Joelle of Marnix. Hier in New York ben ik door de afstand en het tijdverschil met Nederland nog verder van iedereen vervreemd.

Ik scrol door mijn berichten en zoek het laatste bericht op dat Marnix me heeft gestuurd. Het was toen nog volop zomer. Mijn laatste drie berichten heeft hij ontvangen, maar hij heeft er niet op gereageerd. Toch zet hij zich daar in Amsterdam in voor mijn idealen, in weerwil van zichzelf. Had ik het anders kunnen aanpakken met hem, anders móéten aanpakken?

Ik kijk op van mijn telefoon en zie dat de stoel tegenover me leeg is.

Joelle staat drie tafeltjes verderop te kletsen met Leonardo en zijn gasten. Ze sprankelt, ze zwaait naar me.

Zesenveertig

De smeedijzeren poort staat open. Erachter slingert een oprit van wit grind tussen rododendrons. In de verte zie ik een stukje van een villa – een dakrand, een schoorsteen. Vogels ritselen in het groen. Verder is het stil. In een van de zuilen aan weerszijden van de ingang zit een intercom en er zijn camera's op me gericht. Marnix heeft gezegd dat ik me niet hoefde te melden. Ik moest voor het huis langs naar achteren fietsen.

Ik wil niet onder de indruk zijn, maar ben het toch. De villa is groot, vierkant en hoog, met een bordes, erkers, en glas-in-loodramen. De oprit maakt een lus voor de voordeur. Er staan twee auto's. De ene glanzend donkergroen, de andere rood.

Ik fiets om het huis heen. Het is zo groot als onze hele straat en het is moeilijk te bevatten dat hier maar één gezin woont: Marnix, zijn ouders en zijn oudere broer Felix.

Achter het huis is een uitbouw van glas en groen en wit geverfd hout. Marnix' sportwagen – een donkerblauwe Mazda – staat ervoor geparkeerd. Sinds hij op de academie zit heeft hij een eigen appartement.

Ik zet mijn fiets op de standaard en kijk naar mijn laarzen, waarvan de punten geschaafd zijn. Het zijn de netste laarzen die ik heb. Alles wat ik vanavond draag is het netste wat ik heb. Zelfs mijn jas, die op de zakken wat versleten is. Zou dat die man opvallen? Een toekomstig ontwerpster moet er zelf natuurlijk ook modieus uitzien.

Vond ik thuis nog dat ik er goed mee door kon, tegen deze omgeving steekt alles aftands af. Ik vang mijn spiegelbeeld in het serreglas; een spichtige gestalte in een verschrikte houding, en ik besef dat ik op deze manier nooit serieus genomen zal worden. Ik haal diep adem, en nog een keer. Het komt er nu op aan. Ik draag misschien geen parelketting of mocassins en mijn vader werkt gewoon op de bouw, maar ik heb ontwerptalent. Dat hebben ze me op de academie verzekerd – en daar zijn ze niet bepaald scheutig met complimenten.

Ik haal mijn tas met portfolio onder de snelbinders vandaan en klop op de deur.

47

Een indringend gebrom haalt me uit mijn slaap. Op de tast knip ik mijn bedlampje aan. Het eerste wat ik zie is mijn opengeslagen koffer op het kleed midden in de slaapkamer. Automatisch zoek ik onder mijn kussen naar de zachte contouren van mijn pluchen konijntje, ik voel me rustiger worden als ik het vind. Terwijl ik het tegen me aan druk grijp ik naar mijn telefoon. Allerlei oproepen gemist. Een tiental berichtjes. Ik open het eerste.

GOEDE VANGST! X CLAIRE

Mijn moeder stuurt:

WE ZIJN TROTS OP JE XX MAMMA EN PAPPA

De derde komt van mijn broer.

DAT HAD JE WELEENS MOGEN VERTELLEN. JIJ EN LEONARDO, COOL!

Ik wrijf met de muis van mijn hand in mijn oog. Het is kwart over drie in de nacht, maar in Europa is het al ochtend.

Ik open een paar van mijn socialmedia-accounts. Overal duikt dezelfde foto op van Leonardo DiCaprio die breed glimlachend in de lens kijkt, zijn arm losjes om mijn schouders geslagen. Mijn ogen zijn een beetje toegeknepen vanwege het flitslicht en mijn glimlach is geforceerd. MAKING NEW FRIENDS IN NYC! staat er onder de foto, en daaronder een sliert reacties. Onze volgers geloven blijkbaar echt dat ik bevriend ben geraakt met Leonardo DiCaprio, en de Nederlanders onder hen, nog steeds de grootste groep, reageren met een enthousiasme alsof ik ons land aan een wereldtitel heb geholpen.

Ik duw een kussen in mijn rug en probeer me de inlogcodes te herinneren. Het is even geleden dat ik zelf iets heb gepost. Mijn socialmediakanalen worden vooral beheerd door Marnix en Joelle. Ze plaatsen foto's van shows, nieuwe items en bekende mensen die Vivian D dragen, maar ook snapshots die een inkijkje geven in de dagelijkse gang van zaken op het atelier in Amsterdam. Af en toe komt mijn eigen hoofd voorbij, zoals nu.

Ik weet niet wat ik uiteindelijk wonderlijker vind: dat Joelle het voor elkaar heeft gekregen om een wereldberoemde acteur hiervoor te strikken, of dat ze mij heeft kunnen overhalen.

De foto is overgenomen door andere media. Op allerlei sites wordt gespeculeerd over een verhouding, uitgebreid ingegaan op de exclusiviteit van het restaurant – 'een VIP-nachtclub' – en de reden waarom ik in New York ben: 'Vivian D slaat haar vleugels uit' lees ik ergens, en: 'Internationaal avontuur voor Nederlandse modeontwerpster'. Daar is het Joelle om te doen geweest. Doordat de media mij verbinden aan Leonardo, leren zijn fans nu ook mijn naam kennen, en zijn immense fanbase strekt zich over de hele wereld uit.

Mijn moeder en mijn broer stuur ik een kort berichtje terug: NIET ALLES GELOVEN WAT JE LEEST en ik zet mijn telefoon op stil. Ik knip het licht uit en trek het dekbed over me heen.

Zevenenveertig

Met mijn portfolio als schild tegen mijn borst loop ik door Marnix' onderkomen. Zijn woonkamer beslaat de hele breedte van de serre en biedt zicht op met witte hekken omheinde weilanden en een donkere bosrand. Links liggen de stallen. Ik kan vanaf hier de paarden in een rijbak zien.

'Echt niet normaal,' zeg ik.

Marnix propt zijn vuisten in zijn broekzakken. 'Dus je vindt het niet saai?'

'Sáái?'

Hij haalt zijn schouders op. 'Hallo, ik woon hier mijn hele leven al. Het lijkt gaaf, maar je zit overal ver vandaan.'

'Je hebt een auto.'

'Daar heb ik achttien jaar lang reikhalzend naar uitgekeken.'

Ik begrijp soms helemaal niets van Marnix. 'Als ik in zo'n huis woonde, zou ik me een koningin voelen.'

Hij lacht vreugdeloos. 'Dat komt omdat je mijn ouders nog niet kent.' Hij blijft staan voor een schildersezel die op een versleten Perzisch kleed is opgesteld. Het doek is duidelijk van Marnix' hand – twee abstracte gezichten in zwart-wit met hanenkammen in heftige, agressief uitgesmeerde streken, de ogen zwarte gaten.

'Zijn ze zo erg, je ouders?'

Marnix streelt afwezig langs de rand van zijn werk. 'Hun mening is de waarheid.'

Als ik het me goed herinner heeft zijn vader een vleesverwerkingsbedrijf, doet zijn moeder 'geen moer' en studeert zijn broer aan Nyenrode. Daar wordt hij volgens Marnix gehersenspoeld om op een dag het stokje van zijn vader over te nemen.

'Kom.' Marnix loopt naar een deur achter in de kamer. De sleutel knarst in het slot.

'Moet ik nog ergens rekening mee houden?' vraag ik, terwijl ik hem een donkere gang in volg.

'Wees gewoon jezelf.'

'Die eigenaar van Foox, wat is dat voor man?'

'Een omhooggevallen seksistische klootzak. Soort zoekt soort.' Hij kijkt even over zijn schouder. 'Geen zorgen, hij valt op brunettes.'

Er komt geen einde aan het doolhof van gangen, tussenhallen en trappetjes waar Marnix me doorheen leidt. Het huis ruikt naar koperpoets, vocht en oud textiel. Onder de lopers kraakt de houten vloer bij elke pas. We komen uit bij een marmeren hal.

Ik hoor stemmen. De hoge lach van een vrouw.

'Is er eigenlijk wel een vacature bij Foox?' fluister ik.

'We proberen het gewoon.' Marnix zwaait een deur open. Erachter is een grote, schemerige salon, overdadig ingericht met brokaten gordijnen, olieverfschilderijen, bronzen beelden en bloemstukken op piëdestallen. Er is zoveel te zien dat ik niet weet waar ik moet kijken. Vanaf een dressoir worden we beloerd door een opgezette vos.

'Pap, mam, mag ik jullie voorstellen aan mijn goede vriendin?'

Twee mannen en een vrouw kijken op. De slankere van de twee mannen – zijscheiding en een onregelmatig gebit – haalt zijn voeten van de salontafel. 'Zo, zo. Hoog bezoek?'

'Mijn vader,' zegt Marnix.

Ik probeer niet te laten merken dat zijn handdruk te stevig is. 'Aangenaam, meneer.'

'En dit is mijn moeder.'

Ik moet over een hond heen stappen om haar de hand te kunnen schudden. Marnix' moeder heeft dezelfde volle mond en vlezige wangen als Marnix. 'Zeg maar Mieke, kind.'

Een man met een dikke buik die niet past bij de rest van zijn lichaamsbouw en een dun, blond snorretje komt uit de chesterfield omhoog om me een hand te geven. 'Ben Enders.' Zijn sigaret smeult in een asbak op tafel.

'Aangenaam,' zeg ik, en ik hoop dat ik niet al te erg kleur.

'Claudia wil haar portfolio graag laten zien,' zegt Marnix. 'Ze heeft veel talent.'

'Zo, zo.' Ben richt zich tot mij. De manier waarop hij me opneemt doet me oprecht twijfelen aan zijn vermeende voorkeur voor brunettes, maar zo let hij tenminste niet op mijn armoedige laarzen.

Marnix stoot me aan. 'Laat zien, Clau.'

Ik haal het elastiek van mijn map.

'Sorry, jongen, maar daar is het nu het moment niet voor,' zegt Marnix' vader. 'Als de jongedame talent heeft, kan ze net als ieder ander een sollicitatiebrief schrijven.'

Mijn vingers bevriezen om de map.

'Kom, kijk in elk geval even naar haar ontwerpen,' dringt Marnix aan. 'Ze is hier nu toch.'

Enders blikt kort in de richting van Marnix' ouders. 'Nou, even dan.'

Marnix heeft de map al uit mijn handen gerukt en geeft hem opengeslagen aan Enders.

Die kijkt mijn tekeningen vluchtig door en begint tegen Marnix' ouders te praten alsof wij er niet bij zijn. 'Studenten van de kunstacademie denken allemaal dat ze de nieuwe Yves Saint Laurent zijn. Te hoogdravend voor wat wij willen brengen, te weinig doordacht. Toch is dit zeker niet slecht.' Hij kijkt me recht aan. 'Hoe heet je?'

'Claudia Konings.'

Hij knikt, slaat de map dicht en legt hem op tafel. Pakt daarna zijn sigaret van de rand van de asbak en neemt een trek. 'Goed. Bel maandag naar personeelszaken. Misschien heb ik wat voor je.'

'Echt?'

'Heel erg bedankt,' hoor ik Marnix zeggen. Ik krijg amper mee dat hij de map van tafel plukt en die in mijn handen terugduwt. 'Ik pak even wat te drinken uit de ijskast, achter is niets meer.'

Marnix gaat me voor naar de aan de woonkamer grenzende keuken. Die is al even overdadig als de salon, met donker hout, een roodkoperen afzuigkap en zelfs koperen kranen.

Ik blijf in de deuropening staan.

Achter me hoor ik de vader van Marnix een diepe zucht slaken. 'Weet je wat het is, Ben, je hoort kinderen weleens klagen dat ze hun ouders niet zelf mochten uitkiezen, maar je hebt het als ouders ook niet altijd voor het zeggen.'

Er klinkt gelach.

Ik kijk naar Marnix, die voorovergebogen bij de koelkast staat, en hoop dat hij het niet heeft gehoord.

‘Fashion is not a mass market product.
It’s about creating a brand, creating a dream,
creating a perception.’

Stefano Sassi

48

Na maanden New York voel ik me lichtjes vervreemd van mijn eigen land. Ik heb een volle dag nodig om weer enigszins mijn draai te vinden. Mijn afwezigheid en de machtswisseling lijken ook invloed te hebben gehad op de sfeer in het atelier, maar misschien beeld ik me dat alleen maar in. Perceptie is projectie.

Marnix' slechte gesteldheid beeld ik me in elk geval niet in. Ik kom hem tegen als ik met Enzo Ericsson onderweg ben naar de lift. De taxi staat al voor om ons naar het restaurant te brengen.

Marnix kust me op de wang, glimlacht mechanisch en wekt de indruk dat hij me liever had ontlopen. Zijn gezicht is pafferig en hij heeft een waterige oogopslag; de fysieke uitstraling van iemand die weinig slaapt en leeft op junkfood.

Dat ontkent hij.

Het gaat hem allemaal voor de wind.

Ericsson – een kop kleiner dan Marnix, onberispelijk gekleed en topfit – neemt een telefoontje aan en haast zich, luid Italiaans rebbelend, de trap af.

Marnix kijkt hem met holle ogen na. 'Je kent me. Ik laat me door zulke gasten niet afserveren. Ik weet wat ik waard ben.'

'Wat is je plan?'

Hij kijkt van me weg en wekt de indruk dat ik hem mateloos

verveel met mijn gevraag. 'Ik ben volop aan het solliciteren.'

Ik moet me inhouden om er dieper op in te gaan. Marnix' positie binnen Vivian D, manager en pr-man ineen, was uitzonderlijk, om niet te zeggen uniek. Die positie is in de loop van de jaren zo gegroeid, maar is verre van standaard in de modebranche. Ik ken sowieso weinig modebedrijven die hun eigen pr doen.

'Mijn tijd hier zit erop,' voegt hij eraan toe.

Ik kijk hem zwijgend aan. Het is me duidelijk dat ik een paar harde lagen moet afpellen voor ik toegang krijg tot mijn oude vriend. In mijn hoofd loop ik haastig mijn agenda door – morgenavond is de laatste en enige mogelijkheid om met Marnix te praten voor ik terugvlieg naar New York, maar dan moet ik het bezoek aan mijn ouders afzeggen en dat betekent dat ik Jonathan niet zie.

Onder aan de trap is Ericsson klaar met bellen.

Ik leg mijn hand op Marnix' arm. 'Sterkte,' zeg ik ten afscheid.

Achtenveertig

Er steken borstels, opgerolde handdoeken en een föhn uit de tassen die Mandy met zich meezeult. Ze zet haar vrachtje haastig in de keuken neer. 'Fijn dat ik m'n spullen alvast kon brengen. Ronald heeft morgen de auto.'

'Waar is hij?'

Ze knikt in de richting van de galerij. 'Hij wacht beneden.'

'Komen er veel klanten?' vraag ik, met een blik op de kappersspullen.

'Valt mee. Eén coupe soleil, een permanent en twee watergolf. Ik moet nog tijd overhouden voor die kleine, hè!' Ze tilt keurend een lok van mijn haar op. 'Ik kan jou ook wel doen als je niet te laat thuis bent. Coupe soleil zou je geweldig staan.'

'Je doet al genoeg voor ons.'

Ze grinnikt. 'Allemaal eigenbelang.'

Henrie heeft de perfecte oplossing gevonden om op zaterdag toch te kunnen blijven voetballen. Mandy is een thuissalon begonnen in onze keuken. Ze is nog bezig met haar opleiding, maar kan nu al knippen en kleuren als een professional en is bovendien een stuk goedkoper. De ammoniakdampen die me tegemoetkomen als ik thuiskom van het werk neem ik voor lief. Ik maak me ook niet druk over de minuscule paarse spatjes op de muur en de vuilnisbak die volgepropt is met reepjes aluminiumfolie. Ik heb het er graag voor over. Mandy is een geweldige oppas, lief en zorgzaam. Ze is dol op kinderen. Het mag een wonder heten dat ze zelf nog geen moeder is geworden. Zij en Ronald zijn nogal slordig op het gebied van anticonceptie.

'Ik hoor het morgen wel, hè, of je het doet?' Ze werpt me een handkus toe en haast zich naar buiten.

Ik loop achter haar aan en leg mijn armen op de reling van de galerij. Beneden staat een Fiat met ronkende motor te wachten. Ronalds arm hangt uit het raam, een brandende sigaret tussen zijn vingers. Heel geliefd is Ronald nog steeds niet bij mijn familie en als ik eerlijk ben, vind ik ook dat Mandy beter verdient. Zelf ziet ze dat anders. Ronald is een van de weinige mannen die haar de baas kan, zegt ze steeds.

Ik zie Mandy de parkeerplaats op lopen. Ze kijkt omhoog en zwaait. Ronald laat zijn brandende sigaret op de straatstenen vallen en geeft ongeduldig gas. Terwijl de Fiat van het parkeerterrein rijdt, vraag ik me af of je dat eigenlijk wel moet willen, een relatie met iemand die je 'de baas kan'. Alsof een relatie bij voorbaat al een strijd is – een strijd die je hoort te verliezen.

Henrie en ik hebben de laatste tijd nog maar zelden ruzie. Wanneer ik 's nachts niet kan slapen glip ik uit bed om te gaan tekenen in de woonkamer, waar niemand last van me heeft. Sinds we allebei werken is er ook geen gedoe meer over geld. Ons huis is nog wel een beetje kaal – 'Een blind paard kan er geen schade doen,' zei mijn vader laatst – maar verder hebben Henrie en ik het best goed voor elkaar.

Ik loop neuriënd naar de babykamer.

Nog één dagje werken bij de Jamin. Eén dagje onder de flikkerende tl-lampen bonbons afwegen, vegen en prijsjes plakken op zakjes snoep. Maandag mag ik aan de slag bij Foox.

49

‘Wat zijn jullie van plan met Marnix?’

Enzo Ericsson kijkt me over de rand van zijn kristallen waterglas aan. ‘Dat zijn we nog aan het onderzoeken.’

‘Klinkt vaag.’

‘Het is niet altijd makkelijk,’ zegt hij in gebroken Engels, en hij richt zich weer op zijn beef wellington – de ‘signature dish’ van dit pas geopende restaurant, gevestigd in een oud bankgebouw. De koks, hard aan het werk achter glas, zien eruit alsof ze zijn gecast voor een boyband: met en zonder baard en zichtbare tatoeages, en stuk voor stuk jong en fit. De serveersters komen regelrecht uit een Guess-commercial; hun glitterjurkjes bedekken hun billen maar net. Als ik niet beter wist zou ik zweren dat ik weer in New York was.

‘Marnix’ positie binnen Vivian D is een uitzonderlijke,’ zeg ik. ‘Dus ik hoop dat jullie zijn waarde niet onderschatten. Voor de eerste lijn is hij heel belangrijk.’

De Italiaan frunnikt aan een manchetknoop. Zijn blik dwaalt af naar de koks – die lijkt hij interessanter te vinden dan ons gesprek.

‘Ik ben niet de enige die aan hem gehecht is.’ Ik tik met mijn vinger op het tafelblad. ‘Veel klanten zijn dat ook. Marnix en ik zijn jarenlang samen het gezicht van Vivian D geweest, en aangezien jullie de prêt-à-porter als visitekaartje willen blijven gebruiken voor de tweede en derde lijn, zou ik willen adviseren om –'

'We zullen een zorgvuldige afweging maken.'

'Pardon?'

Ericsson snijdt een stuk van zijn in bladerdeeg gewikkelde biefstuk en eet het met smaak op. Hij blijft de bewegingen van de koks nauwlettend volgen. 'Hij lijkt wat problemen te hebben.'

'Dat is toch niet zo vreemd als je ziet wat er allemaal gebeurd is? Bruno heeft hem verkeerd voorgelicht, om het maar heel voorzichtig uit te drukken.'

'Een scherpe manager zou dit niet zijn overkomen. Die zou hebben doorzien wat er speelde. Jouw Marnix is gewoon een maatje te klein voor de manier waarop de modebusiness vandaag de dag werkt. En naar mijn persoonlijke mening was en is hij dat ook voor het uitdragen van jouw geliefde prêt-à-portercollectie.'

'Mag ik je eraan herinneren dat Marnix zo'n beetje het hele bedrijf heeft opgebouwd?'

Hij zucht. 'Andere tijden. Ik maak hem nu al een poos mee en weet je wat me opvalt? Hij praat alleen maar over mensen. Over klanten, andere ontwerpers, over jou. Zijn belevingswereld beperkt zich tot mensen.'

'Wat is daar mis mee?'

'Kleine mensen praten over andere mensen, gemiddelde mensen praten over dingen, grote mensen praten over ideeën.' Hij scheurt een stukje brood af en haalt het door de olijfolie. 'Wij denken groter dan dat, begrijp je?'

Er knapt iets in me. 'Dus daar gaat het dan nog over, ideeën. Degenen die ze uitvoeren zijn inwisselbaar. Die kun je gebruiken, als klosjes garen, tot ze op zijn.'

Ericsson trekt met veel gevoel voor theater de manchet van zijn overhemd onder zijn colbert vandaan. Zegt niets.

Ik sta op van tafel en smijt het servet naast mijn bord. 'Voorlopig ben ik in ieder geval nog de enige die het label Vivian D op haar voorhoofd geplakt heeft zitten, en als jij zo doorgaat kun je voor mij ook een vervanger zoeken. Prettige avond nog.'

Negenenveertig

'Claudia, ga jij even naar achteren om de levering te controleren? Ik neem deze klant wel van je over.' Lex draait me zijn rug toe en stort zich op een klant die ik zojuist na lang beraad een stonewashed jeans en een geruit overhemd van flanel heb laten aantrekken. Het viel niet mee om binnen het assortiment van Foox iets te vinden wat hem goed staat, maar het is me gelukt. Ik heb de bijpassende riem nog in mijn hand. 'Ehm... dit...'

Lex draait zich geërgerd om, merkt de riem op en grist hem tussen mijn vingers vandaan. 'Mijn god, je bent toch geen cowboy?' zegt hij tegen de klant, terwijl hij de riem met een snelle beweging terughangt en een glanzende ceintuur tevoorschijn haalt.

Buiten Lex' zicht werpt de jongen me een wanhopige blik toe. Het is de eerste keer dat hij zelf kleding koopt, vertelde hij me net. Hiervoor deed zijn moeder dat altijd voor hem. Hij zette vandaag zijn eerste zelfstandige stap in de mode en het zal voorlopig zijn laatste zijn als ik Lex zijn gang laat gaan.

Ik tik hem op de schouder. 'Er is telefoon voor je.'

Terwijl Lex zich naar het kantoortje achter in het filiaal haast, pak ik snel de 'cowboyriem' van de stelling en haal hem door de lussen van de jeans.

De klant bekijkt zichzelf in de spiegel. 'Ik heb er geen verstand van, maar het ziet er gaaf uit. Kurt Cobain-achtig.'

'Absoluut. Ik zou niet meer twijfelen, dit past perfect bij je. En loop zo even langs Van Haren voor een paar cowboylaarzen in dezelfde tint bruin als je riem. Dan is je look helemaal af.'

Hij kijkt nog steeds in de spiegel. Zijn ogen sprankelen en hij recht zijn rug terwijl hij zijn duimen in de zakken van zijn jeans steekt. Er staat hier een andere persoon dan de jongen die twintig minuten geleden wat schuchter de winkel in liep.

Dit is wat kleding met iemand kan doen. En dit is wat íк uiteindelijk met kleding zou willen doen: mensen een beter gevoel geven over zichzelf. Het is alleen jammer dat ik voorlopig afhankelijk ben van het beperkte assortiment van Foox en dat ik een filiaalchef heb die me tegenwerkt.

Lex heeft een hekel aan me om het simpele feit dat hij me niet zelf heeft aangenomen. Het hoofdkantoor heeft mij hem 'door de strot geduwd', zoals hij het letterlijk verwoordde, en dus kan ik in zijn ogen niets goed doen. Hij schuift me steeds de rotklussen toe en neemt nooit iets van me aan. Alleen als de rayonmanager op bezoek is wekt hij de indruk dat we een hecht team zijn. Dan ben ik ineens 'ons Claudiaatje'.

In het begin was ik nog van hem onder de indruk, maar Lex zit er zo vaak naast dat ik hem op modegebied niet meer serieus neem. Ik merk het ook aan de klanten die hij helpt. Aan hun afwachtende blik, gepaard met een lichaamshouding alsof de kleding die ze dragen hun zomaar is overkomen. Als ze al iets kopen, is het vaak omdat ze zich geïntimideerd voelen; meestal zie je ze niet meer.

Mijn klanten komen wel terug. Met sommigen heb ik een band opgebouwd, ze vertrouwen op mijn oordeel. Het is frustrerend dat ik niet iedereen kan kleden zoals ik zou willen. Foox richt zich op de mode van het moment en die staat nu eenmaal niet iedereen. Veel stukken bevatten details die afbreuk doen aan het basisontwerp: hysterische prints, een zakje op een onlogische plek, lelijke stiksels. Veel jasjes zijn ongevoerd en kreuken al op de hanger. Het is allemaal op te lossen met iets meer aandacht en zorg, en met betere stoffen.

Ik kan niet wachten tot ik mijn invloed op de collectie kan laten gelden.

Toen ik op aanraden van Ben Enders op het hoofdkantoor van Foox mijn portfolio liet zien, vertelde de personeelsmanager me dat er voorlopig geen plaats voor me was. Hij vond me talentvol, maar daar stond tegenover dat ik geen enkele ervaring had in het vak en ook geen gerichte opleiding had afgerond. Wel was er een vacature voor verkoopster. Hij opperde de mogelijkheid om in deze functie te beginnen. Zo kon ik het bedrijf en de klanten leren kennen en voeling krijgen met de collectie. Zodra ik voldoende had geleerd, zou hij me introduceren op de ontwerpafdeling.

Dat is nu meer dan een halfjaar geleden.

50

Bruno hangt al aan de telefoon voor ik bij mijn auto ben. 'Ericsson moet nog wennen aan de nieuwe situatie. Jullie bedrijfscultuur is niet te vergelijken met waar hij vandaan komt. Geef hem wat krediet. Die man is echt goed in zijn vak.'

'Hij wekte niet de indruk dat hij in mij of in mijn mensen geïnteresseerd is. Dus zo goed is hij niet.'

'Nou, hij heeft bij Diesel –'

'Ik heb met Diesel niets te maken, Bruno. Ik hou me bezig met mijn personeel en mijn merk en ik kan je vertellen dat die Ericsson met zijn poeha geen beste match is voor een bedrijf als Vivian D.'

'Dat beslis je op basis van één gesprek?'

'Ik was na een halfuur al klaar met hem,' zeg ik. 'Ik ben in mijn loopbaan iets te vaak opgehouden door types als Ericsson. Ze denken dat ze onfeilbaar zijn, luisteren niet en maken gaandeweg alles stuk.'

Ik hoor Bruno zuchten aan de andere kant van de lijn. 'Zijn stijl is wat direct.'

'Eufemisme van de week.'

'Je hebt gelijk. Ik zit erbovenop, want dit kan natuurlijk niet.'

Vijftig

Mandy föhnt het haar van een vrouw die ik vaag van gezicht ken, een nicht van Mandy's vader. In de asbak op tafel smeult een sigaret, met lipstick op de filter in dezelfde kleur als haar lippen. Henrie staat tegen het aanrecht geleund met een blikje bier. Hij komt naar voren en kust mijn wang. 'Hoe was het werk?'

'Lex had het weer op zijn heupen,' zeg ik, terwijl ik ons zoontje uit de box til. Hij trappelt blij. Wat is hij sterk aan het worden. Een paar maanden geleden trok hij zich voor het eerst op aan de bank en nu dribbelt hij al het hele huis door – volgens mijn moeder en Elly loopt hij heel goed voor een kindje van zijn leeftijd.

Ik kus hem op zijn wang en druk hem tegen me aan. 'Daar is mama weer!'

'Je snapt toch niet dat ze zo'n eikel als chef aanstellen?' roept Mandy boven het lawaai van de föhn uit.

'Hij weet zichzelf goed te verkopen aan de directie. En de verkoopcijfers zitten in de plus.'

'Sinds jij daar werkt, ja,' bromt Henrie.

Ik til het deksel van een pan. Hutspot met worst. 'Wat lief, Mandy.'

'Hutspot zoals mijn oma die altijd maakte,' zegt ze. 'Er hoort eigenlijk ook spek bij.'

'Doe mij zo meteen ook maar een bordje dan,' grapt de klant.

Ik begraaf mijn neus in mijn zoons kruintje. Zijn haartjes ruiken naar een mix van Zwitsal en sigarettenrook. Tijdens mijn zwangerschap ben ik gestopt met roken. Mandy was solidair met me en steekt nu alleen op feestjes een sigaretje op, maar Henrie jaagt er nog steeds twee pakjes shag per week doorheen.

Hij knijpt zijn blikje plat en gooit het in de afvalemmer. 'Heb je nog niets gehoord over die baan?'

Ik schud mijn hoofd.

'Ze houden je daar aan het lijntje.'

'Denk je?'

'Da's toch wel duidelijk? Je verkoopt keigoed en je richt in je vrije tijd gratis hun etalage in en alles. Je bent een lekker goedkope kracht voor ze.'

'Zo heel goedkoop ben ik nou ook weer niet.'

Mandy zet haar föhn uit en rolt het snoer er strak omheen. 'Je verdiende daar toch minder dan bij de Jamin?'

'Ja, maar ik zit bij Foox in elk geval dichter bij het vuur dan wanneer ik de hele dag bonbons sta af te wegen.'

Henrie wijst naar me. 'En daar profiteren ze dus van. Dat jij hoop houdt.'

51

Ik vind het bijna jammer dat ik morgen weer terug naar New York moet. Natuurlijk, er is een machtsovername geweest, Marnix ontwijkt me, er is in het hele gebouw niemand te vinden die Ericsson sympathiek vindt, Cécile is weg en het atelier staat op z'n kop, maar wat ons dwars door alles heen verbindt leeft nog volop: het uitwisselen van creatieve ideeën over mode, en die ideeën omzetten in tastbare kleding. Ik voel me gevoed door de energie die van mijn team afstraalt.

Tijdens mijn afwezigheid heeft Cesar het ontwerpteam op koers gehouden. Hij is voortvarend aan de slag gegaan met ideeën die er al lagen, en andere die ik hem in de afgelopen maanden vanuit New York heb gemaild. De samples zijn veelbelovend. Ik kan niet wachten om onze prêt-à-portercollectie in september aan de wereld te tonen: tijdens de New York Fashion Week zullen we deze samen met de nieuwe collecties gaan showen.

Cesar, Boris en Sophie hebben niets te maken met de tweedelijnscollecties uit New York, toch willen ze weten waar ik al die tijd mee bezig ben geweest. Ze staan met hun armen over elkaar naar de presentatie op mijn laptop te kijken. Ik laat hun mijn moodboards en uitgewerkte tekeningen zien, geïnspireerd op de eik van mijn huisbaas.

'Cool,' zegt Boris.

'Die kleuren zijn prachtig,' zegt Sophie.

Cesar plukt aan zijn grijze sikje. 'Toch jammer dat dit in de tweede lijn terechtkomt, mag ik dat zeggen? Je komt er niet onderuit om concessies te doen op kwaliteit.'

'Het zal niet de uitstraling krijgen die we gewend zijn, maar het gaat er waarschijnlijk beter uitzien dan je denkt.'

Hij trekt een wenkbrauw op.

'We hebben het niet meer over tientallen of honderden stuks,' zeg ik. 'De inkoop kan een grotere vuist maken.'

'Maar dan nog.'

'Bekijk het eens van een andere kant. Je werkt al zeven jaar bij ons. Hoe vaak ben je in het wild iemand tegengekomen die onze kleding draagt?'

'Eén keer, op een première.'

Ik wijs naar het scherm. 'De tweede lijn van Vivian D gaat zichtbaar worden in het straatbeeld. Daar is geen twijfel over mogelijk.'

'Lijkt me echt kicken,' valt Sophie me bij.

Ik heb haar eerder vanochtend verteld dat een afgeleide van haar trenchcoat deel gaat uitmaken van de tweedelijnscollectie. De originele bontgeruite versie wordt een van de paradepaardjes van de prêt-à-porter, en voor de Indian Summer-collectie wordt Sophies basisontwerp vereenvoudigd en gecombineerd met effen stoffen in herfstkleuren en contrasterende voeringen en stiksels in neonroze en feloranje – de kleur van de ondergaande zon.

Ze vond het een eer.

En dat terwijl ze nog niet eens weet dat ik de jas naar haar ga vernoemen.

Ik hoor een deur achter me opengaan en voel lichte teleurstelling als ik niet Marnix naar binnen zie lopen, maar Hanny.

Ze duwt een rek samples de vergaderruimte in. 'Voor je

weggaat wil ik je deze nog even laten zien. Ik hoorde van Joelle dat je geen fan was van het idee.'

Ik herken meteen een paar stukken.

'Vivian D Retrospective,' zeg ik.

'Kan ook nog Vivian D Classic gaan heten, mijn eerste keus, maar goed, aan mij worden dat soort dingen niet gevraagd. Ericsson wil de uitkomsten van een marktonderzoek afwachten.'

Het is halfzes als ik aansluit in de file op de A2 naar het zuiden. Er zit een zoemtoon in mijn oren en mijn ogen prikken. Af en toe slaat mijn hart een slag over. Vanaf mijn aankomst gisteren op Schiphol ben ik constant in de weer geweest en vannacht heb ik nauwelijks geslapen – de jetlag laat zich gelden.

En mijn lege maag ook, misschien.

De lunch is er vanmiddag bij ingeschoten omdat een fotograaf en de journalist van *de Volkskrant* zich te vroeg meldden. Aansluitend had ik nog twee interviews, waarvan eentje telefonisch met *Fashion United*. In alle drie de interviews werd me naar Leonardo gevraagd. Ik had onze korte ontmoeting enorm kunnen opblazen, maar dat heb ik niet gedaan. Joelle schiet me vast af als ze deze artikelen onder ogen krijgt. Alleen al van het idee moet ik glimlachen.

Ondanks mijn vermoeidheid heb ik geen spijt van mijn bliksembezoek aan Nederland. Ik heb in korte tijd veel kunnen doen. De gesprekken op het atelier waren inspirerend en nu ik de samples voor de retrolijn heb gezien, begin ik ieders enthousiasme te begrijpen. We hebben mooie dingen gemaakt in het verleden, ze hebben niets aan kracht ingeboet en de aanpassingen die het team heeft bedacht, voegen echt iets toe.

Ik vind het alleen pijnlijk dat ik Marnix niet uitgebreider heb kunnen spreken. Terwijl ik zijn telefoonnummer opzoek word ik zelf gebeld.

JONATHAN staat er op de display.

'Mam? Ben je al onderweg?'

Mam.

Het is jaren geleden dat hij mij zo noemde.

Een kind was hij toen nog.

Mijn vermoeidheid is op slag verdwenen. 'Is alles goed?'

'Ja, hoor. Hoezo?'

Nou... je noemt me nooit mam.

Nooit.

'Je... je belt me anders nooit.' Mijn stem klinkt geknepen.

Mijn vingers omvatten het stuur. Ik had niet verwacht dat het me zo diep zou raken. Eén woord.

Mam.

'Nou, nóóit? Af en toe toch weleens, hè?' zegt hij. 'Je bent altijd bezig.'

'Dat is ook zo.'

'Waar ben je?' vraagt hij.

'Onderweg naar je opa en oma voor het eten. Hoezo?'

'*Change of plans.* Het is vanavond bij mij thuis. Opa en oma komen straks ook hierheen.'

'Heeft dat een speciale reden?'

'Eh... ja. Maar dat vertel ik je straks wel.'

Eenenvijftig

Jonathan huilt.

Ik draai me naar de wekkerradio.

3:30.

Henrie wrijft over mijn bil. Zijn eeltige hand schuurt mijn huid. 'Ga jij even kijken wat er is?'

'Dat kun jij toch ook wel een keer doen?'

Hij geeuwt. 'Ik moet er over twee uurtjes weer uit.'

De eeuwige dooddoener. Henries werkdag start drie uur vroeger, *dus* hoeft hij er 's nachts nooit uit. En zijn werk is fysiek zwaarder, *dus* hoeft hij in het huishouden vrijwel niets te doen. Ik geloof niet dat hij ooit een doekje over een tafel of kast heeft gehaald of zelf een was in de machine heeft gestopt.

Het is de mores in alle gezinnen die ik ken van wie de vader in de bouw werkt, en Henrie voegt zich maar al te graag naar die traditie.

In het begin had ik er geen moeite mee; op een of andere manier vond ik het zelfs wel een beetje stoer. De laatste tijd ga ik me er steeds meer aan ergeren.

Ik sla het dekbed expres te ver open als ik uit bed stap en doe of ik zijn gevloek niet hoor.

'Jij kunt er niets aan doen,' fluister ik.

Jonathans lijfje huivert nog na van de huilbui, hij ademt horterig in.

Ik wieg hem in het zwakke schijnsel dat door een spleet in de gordijnen naar binnen valt – de lantaarns langs de snelweg, strooilicht dat uit de stad opstijgt. De contouren van de babykamer tekenen zich antraciet af. Op de plank boven het ledikantje zit een trio identieke pluchen konijntjes naar me te staren. Ze zijn blauw met witte buikjes en hun kraaloogjes glanzen. Jonathan heeft nummer vier klemvast in zijn knuist en sabbelt op een hangoor – we wisselen zijn konijnenknuffels steeds af, zodat hij niet al te gehecht raakt aan een ervan. Bovendien slijten ze zo langzamer dan wanneer hij er maar eentje zou hebben. Tip van Elly.

'Het ligt aan mij, lieverd,' fluister ik.

De vingertjes van Jonathans vrije hand omklemmen mijn wijsvinger zo stevig dat het bijna zeer doet. Hij staart me aan met een wijsheid die niet bij zijn jonge leeftijd hoort.

No need to run and hide.

It's a wonderful, wonderful life.

Van de hele periode na zijn geboorte kan ik me amper iets herinneren, niet veel meer dan een diep, zwart gat waarin het rook naar warme melk vermengd met maagzuur, poepluiers en groentesoep. Sinds kort besef ik dat ik een postnatale depressie moet hebben gehad, en dat het veel erger had kunnen aflopen.

Niemand heeft het in de gaten gehad, maar Jonathan moet het hebben gevoeld. Juist hij, die me het hardste nodig heeft.

'Ik ben er niet zo goed in,' fluister ik. 'In een goede moeder zijn. Maar jij, lieve Jonathan, jij bent heel, héél erg goed in een geweldig kindje zijn.'

Zijn ademhaling vertraagt, zijn handjes ontspannen.

Ik blaas zachtjes door zijn haardos en snuif zijn geur op.

Het zou vanzelfsprekend moeten zijn.

Er worden constant kinderen geboren en grootgebracht.

Heeft mijn moeder zich ooit zo gevoeld met mij? Opgesloten, ongelukkig, gevangen?

... *je hebt het als ouders ook niet altijd voor het zeggen.*

Ik druk Jonathan tegen me aan en loop naar het raam. Staar door de spleet tussen de gordijnen naar de snelweg verderop, een oranje oplichtende slang. Ik blijf ernaar staan kijken tot mijn armen beginnen te tintelen onder het gewicht van Jonathan, dan leg ik hem voorzichtig terug in zijn bedje.

52

Jonathan woont in een appartement in de oude binnenstad, dicht bij zijn werk. Het zijn twee kleine etages in een vooroorlogs pand, verbonden met een smalle, steile trap. In de keuken staat een enorm fornuis en de woonkamer heeft een erker met glas in lood. Ik kriebel de kat achter haar oortjes – Kedi heet ze, en ze is van Daniëlle.

'Toen ik voor het eerst met Jonathan mee naar huis ging dacht ik dat hij hier met zijn ouders woonde,' zegt ze. 'De meeste singles van zijn leeftijd wonen alsof ze nog studeren.'

Jonathan neemt het compliment van zijn vriendin met een grijns in ontvangst.

Ze zitten naast elkaar op de bank tegenover de erker. Een mooi stel; hij met warrig donkerblond haar en een ruimvallend V-halsshirt dat een deel van zijn tatoeage toont, zij eerder fijntjes en klassiek, met ballerina's en een witte blouse. Haar haar hangt in een lange kastanjekleurige vlecht over haar schouder.

'Heeft hij toch iets van zijn moeder,' zegt Daniëlle.

'Van mij?'

'Ja. Gevoel voor kleur en styling en zo,' verduidelijkt ze.

'Dat zeker.' Ik kijk om me heen naar de warme inrichting, de brandende kaarsen en de planten in de vensterbank. Mijn zoon heeft het talent om van een huis een thuis te maken. Geen wonder dat het altijd druk is in het grand café waar hij de boel bestiert.

'Ik heb het in elk geval niet van m'n vader,' grapt Jonathan. 'Die vindt dat afschuwelijke eiken bankstel van hem nog steeds geweldig. Ik heb al honderd keer gezegd dat hij dat gedrocht naar de stort moet brengen.'

'Het interesseert hem gewoon niet,' zegt Daniëlle.

'Juist wel: hij is eraan gehecht, er zit een kuil op zijn plek.'

Ik vermoed dat mijn glimlach wat ongemakkelijk oogt. Mijn zoon lijkt fysiek op zijn vader, maar met het verstrijken van de jaren zie ik steeds meer karaktertrekken van mezelf in hem terug. Hij wil vooruit in het leven, is ondernemend. Ik vrees dat Jonathan mijn werkverslaving heeft geërfd.

'Hoe hebben jullie elkaar eigenlijk leren kennen?' vraag ik.

Daniëlle schuift naar het puntje van de bank en trekt de kat op schoot. 'Bij The Duchess.'

'Ze solliciteerde als serveerster.' Jonathan grinnikt. 'Ik heb haar meteen aangenomen en de rest van de sollicitanten naar huis gestuurd. Húp, gelijk aan de slag.'

'Dat was behoorlijk bot ten opzichte van de rest,' zegt Daniëlle.

'Life is a bitch.' Jonathan trekt zijn schouders op – nu herken ik zijn vader weer. Hij staat op. 'Dames, ik moet even naar mijn eten gaan kijken. Opa en oma kunnen er elk moment zijn.' Hij verdwijnt naar de keuken.

'Dus nu woon je hier?' vraag ik aan Daniëlle.

Ze knikt. 'Sinds twee maanden.'

Ik vraag haar naar haar opleiding – Middelbare Hotelschool – en of ze van plan is om serveerster te blijven.

Ze schudt haar hoofd. 'Onze droom is een eigen café. Zo eentje waar de gasten 's ochtends komen voor koffie met gebak, na het werk komen borrelen of een hapje komen eten en 's avonds laat een cocktail aan de bar nemen.'

Haar ogen stralen terwijl ze tot in detail beschrijft hoe ze haar toekomst met Jonathan voor zich ziet. Ze willen boven de zaak gaan wonen, thema-avonden organiseren, en ze denken nu al na over dagmenu's en speciale cocktails. Zelfs over het interieur en de huisstijl zijn ze er samen al uit. Daniëlle bruist van de ideeën. Ze heeft een heilig geloof in zichzelf, haar relatie met Jonathan en de haalbaarheid van hun doelen.

Haar horizon is vele malen breder dan de mijne was op die leeftijd.

Tweeënvijftig

In het magazijn hangt de weeïge lucht van vers uitgepakte spijkerbroeken, plastic en filterkoffie. Het is hier vijf, zes graden kouder dan in de winkel en de verlichting bestaat uit een paar peertjes. Tussen de rekken en houten stellingen met kledingvoorraden staat een flinke stapel dozen. Erbovenop liggen bestel- en pakbonnen.

Ik maak de dozen een voor een open, tel de kledingstukken, vink de formulieren af en hang speciale bestellingen op een apart rekje. Daarna haal ik de spullen uit hun plastic verpakkingen, controleer ze op productiefouten en plak met een prijstang de verkoopprijzen op de kartonnen labels. De verpakkingsmaterialen maak ik zo klein mogelijk en sjouw ik naar de vuilcontainer in de steeg achter de winkel. Het is gaan schemeren.

De lucht is helder, knisperend. Ik haal diep adem en kijk naar de hemel. Er drijven slierten wolken in vlammend oranje en neonroze. Adembenemend. Alsof de boel daarboven in brand staat. De steeds veranderende kleuren werken hypnotiserend. Lex zei laatst dat neonkleuren onnatuurlijk zijn. Hij associeert de natuur met groen, grijs, beige en bruin, maar werkelijk alle felle modekleuren komen ook in de natuur voor, als je er maar oog voor hebt.

'Daar ben je!'

Ik leg mijn hand op mijn borst. 'Man, je laat me schrikken!'

'Slecht geweten?' Marnix laat grinnikend zijn fiets tegen de vuilcontainer vallen. Hij legt zijn hoofd in zijn nek. 'Maarreh... mooie lucht, Clau.'

'Kwam je toevallig langs?'

Marnix' blik blijft op de hemel gericht. 'Niet helemaal.'

'O?'

'Helemaal niet, eigenlijk.' Hij lacht nerveus. 'Ik heb een voorstel.'

53

'Wat wilde je me nou vertellen?' vraag ik aan Jonathan.

We zitten rond de eettafel in zijn woonkamer – mijn vader en moeder, Jonathan, Daniëlle en ik. Jonathan heeft heerlijk gekookt en tegen mijn voornemen in heb ik te veel sancerre gedronken om nog naar huis te kunnen rijden. Er is me een plek op de bank aangeboden, ik denk dat ik daar maar gebruik van maak. Mijn vliegtuig vertrekt pas morgen vroeg in de middag; ik kan in het staartje van de ochtendfile naar Amsterdam rijden en heb dan nog tijd om thuis mijn spullen te pakken en een taxi naar Schiphol te nemen.

'Iets leuks toch wel?' dring ik aan.

'Absoluut.' Hij glimlacht.

'Weten opa en oma het al?'

Jonathan knikt. 'En papa en mama ook.'

Ik ben eraan gewend dat hij Mandy 'mama' noemt en mij meestal bij mijn voornaam, maar het raakt me nu onverwacht toch.

Mijn telefoon zoemt.

Ik negeer hem.

'Nou, zullen we het dan maar zeggen?' Jonathan pakt Daniëlles hand vast. Er verschijnen lachrimpeltjes bij zijn ogen. 'Daniëlle en ik gaan trouwen.'

'Eh... je vindt het misschien te snel, maar...' Daniëlle draait haar hoofd naar Jonathan en knipoogt, 'we zijn honderd procent zeker van elkaar.'

Jonathan knikt bijna onzichtbaar. 'Absoluut.'

Ik open mijn mond om iets te zeggen, maar er komt geen geluid uit.

Mijn moeder stopt me een papieren zakdoekje toe.

'Mooi,' piep ik. 'Ik ben heel blij voor jullie.' Ik sta op van tafel en knuffel het grote lijf van mijn zoon, sla mijn arm om Daniëlle heen. 'Welkom in de familie,' hoor ik mezelf zeggen.

Een stem in mijn hoofd lacht me uit.

Welke familie, Claudia?

In mijn tas trilt mijn telefoon weer, als een insect dat hardnekkig een uitweg zoekt.

'Het wordt geen groot feest, hoor,' zegt Jonathan. 'We houden het gewoon in The Duchess.'

'Hebben jullie al een datum?'

'30 maart,' zegt Daniëlle.

De manier waarop ze de datum uitspreekt doet me vermoeden dat die niet zomaar is gekozen. Ik vraag haar ernaar.

'30 maart is mijn moeders verjaardag. Ze is overleden toen ik negen was, maar ik kan me haar gelukkig nog heel goed herinneren.' Ze kijkt zijdelings naar Jonathan. 'Op deze manier hebben we het idee dat ze er toch een beetje bij is.'

'Wat mooi.' Ik bet mijn ooghoeken met het zakdoekje. 'En wat erg dat je zonder je moeder moest opgroeien. Ik... ik weet gewoon niet wat ik moet zeggen.'

'We zouden het geweldig vinden als je op de bruiloft kunt komen,' zegt Jonathan. 'Maar ik snap het helemaal als dat niet lukt omdat je in New York zit.'

'Ik zal mijn uiterste best doen om erbij te zijn.'

Als ik mijn ogen opendoe zie ik licht van een straatlantaarn door het glas in lood van de erker de woonkamer in schijnen. Even denk ik dat ik op de bank in mijn woonkamer in New York in slaap ben gevallen, de erkers lijken op het eerste gezicht op elkaar, maar het is stil daarbuiten. Kedi ligt opgekruld bij mijn voeten.

Ik rek me uit en trek de grand foulard dichter om me heen. Achter mijn oogkassen bonkt mijn hoofd. Ik trek mijn tas naar me toe, haal er een paracetamol uit en kauw die zonder water weg. Het lichtje van mijn telefoon knippert in het binnenste van mijn tas. Ik herinner me dat ik vanavond een paar keer ben gebeld en ontgrendel het toestel. Marnix' eerste telefoontje was iets over tienen, het derde en laatste om halfelf. Als hij me echt nodig had, zou hij het zeker vaker geprobeerd hebben.

Ik stuur hem een berichtje:

BEN BIJ JONATHAN. KUN JE BINNENKORT NAAR NY KOMEN? X

Ik stop mijn telefoon terug in mijn tas en probeer de slaap weer te vatten.

Drieënvijftig

Boven de gebouwen van de stad kleurt de lucht nog steeds felroze. Marnix fietst naast me op de winkelpromenade. Onze voeten duwen traag de trappers rond. Haast om thuis te komen heb ik niet. Rond deze tijd is Mandy meestal nog met een klant bezig, dus dan hang ik er toch maar een beetje bij.

Ik praat liever met Marnix. Hij houdt me op de hoogte van wat er op de academie gebeurt, vertelt over nieuwe technieken die hij heeft geleerd en laat me af en toe zijn werk zien. Ik vermoed dat ik allang was doorgedraaid als ik niet met hem had kunnen praten over mode en kunst.

Vorige maand is hij aan zijn derde jaar op de academie begonnen.

'Ben je er al uit waar je stage gaat lopen?' vraag ik.

'Foox.' Hij draait zijn hoofd met een rukje van me weg, alsof hij zich schaamt. 'Ik ga stage lopen op hun ontwerpafdeling.'

Ik probeer niet te laten merken dat het me steekt.

'Ze zitten lekker in de buurt,' zegt hij.

'Dat zeker.' Het hoofdkantoor van Foox zit in een nieuw pand langs de snelweg, halverwege Marnix' huis en de binnenstad.

Marnix vertelt dat hij al kennis heeft gemaakt op de ontwerpafdeling, die wordt geleid door ene Onno. 'Toffe gast,' zegt Marnix. 'John Lennon-brilletje, paardenstaart. Beetje excentriek wel.'

'Hoor wie het zegt.'

Marnix' platinablond-met-zwarte kapsel heeft afgelopen maand plaatsgemaakt voor een niet helemaal gelukte dieprode Vanilla Ice-kuif die totaal niet staat bij zijn winterbleke gezicht.

'Onno wordt mijn stagebegeleider. Hij wil dat ik artwork voor Foox ga doen.'

'Artwork?'

'Prints voor op T-shirts. Teksten en plaatjes, zeg maar. Als ze mijn ideeën gebruiken, krijg ik er nog voor betaald ook.' Hij knijpt zijn trommelremmen in en zet een voet aan de grond.

Ik rem ook. Een donkerrode stadsbus rijdt rakelings voor mijn fiets langs.

'Om eerlijk te zijn ben ik er al mee bezig geweest,' gaat Marnix door. 'Maar het voelt niet echt oké.'

'Hoezo niet?'

'Omdat ik vind dat jij dit werk zou moeten doen. Niet ik.'

Ik haal mijn schouders op. 'Het is jouw stage. Ik zou trouwens niet eens weten hoe ik zulke dingen zou moeten aanleveren.'

'Dat kan ik je leren.' Hij kijkt me ernstig aan. 'Maar zou je het willen?'

'Natuurlijk wil ik dat. Alleen –'

'Ze hoeven niet te weten dat het jouw artwork is. En ik betaal jou wat ze mij betalen.'

Het licht springt op groen. We steken over en nemen een omweg door het park. Het niervormige meer glinstert aan onze rechterzijde, het pad voor ons wordt verlicht door talloze lantaarns. Marnix komt zwijgend naast me fietsen.

'Je moet dit niet voor mij doen,' zeg ik. 'Het is jouw opleiding, jouw stageplek. Het is de bedoeling dat je ervan leert.'

'Ik doe het niet alleen voor jou.'

Ik kijk hem zijdelings aan.

'Jij bent er veel beter in, Clau,' zegt hij zacht.

'Nou, nee hoor, dat –'

Hij remt en grijpt mijn arm vast. Het gebaar overrompelt me.

'Als jij dat artwork maakt, weet ik zeker dat ik die punten ga binnenhalen. Ik wil dat diploma. Ik moet slagen.'

54

Volgens het script dat op mijn schoot ligt, word ik geacht het stralende middelpunt van de productie te zijn. 'Vivian D is een succesvol Europees stijlicoon,' lees ik in het draaiboek. 'Een elegant rolmodel voor vrouwen van alle generaties.'

Ik onderdruk een nerveuze giechel. Ik voel me allesbehalve een rolmodel. Mijn hele lijf staat strak van de spanning. Het was een slecht idee om meteen na mijn bliksembezoek aan Nederland aan de slag te gaan met de pr-filmpjes. Ik ben overmoedig geweest, heb mijn energie en veerkracht overschat. Toen ik vanochtend in de spiegel keek, werd ik geconfronteerd met een opgeblazen gezicht en rood dooraderde ogen – een dodelijk vermoeide vrouw van middelbare leeftijd. Ik schrobde mijn gezicht met een rulle handdoek en ijskoud water, dronk een halve liter slappe groene thee zonder suiker, at een appel en hoopte dat de zichtbare tekenen van vermoeidheid en verval grotendeels zouden zijn weggetrokken voor ik door de visagie onder handen zou worden genomen.

IJdele hoop.

Joelle zei er niets van, maar in de voormalige fabriekshal waar de taxi ons naartoe bracht werden stilzwijgend blikken gewisseld door de crew. Ik voelde afkeuring, teleurstelling. Een visagist die zich voorstelde als Tommy stopte me een tabletje toe en gaf me een literfles water. '*Please take this and keep on drinking, the schedule is tight today.'* Misschien beeldde ik me zijn verwijtende blik alleen maar in.

Ik neem het script grotendeels door op het toilet, met een ongezond snelle hartslag en een gortdroge mond die op een vreemde manier tintelt. Door het agressief vochtafdrijvende middel verlies ik liters vocht. Al een uur nadat ik het tabletje van Tommy heb ingenomen vormt het gezicht in de toiletspiegel een geloofwaardiger basis voor een succesvol, elegant stijlicoon.

Het door het pr-bureau ingehuurde beautyteam gaat meteen van start. Een knappe Afro-Amerikaanse haarstylist in een grasgroen colbert begint mijn haar te kammen en bespuit het met naar kokos geurende spray die het moet beschermen tegen de hitte van de tang. Zijn collega Tommy werkt oneffenheden op mijn huid weg met de concentratie van een restaurateur die een schilderij moet herstellen. Veel plezier haalt hij niet uit zijn klus. Hij zucht nog net niet bij elk adertje of vlekje dat hij bespeurt. Waarschijnlijk wenst hij zichzelf uitsluitend *Vogue*-covers toe en modellen met een huid van gepoederd porselein. Hij doet in elk geval weinig moeite om zijn dedain voor dit restauratieproject te maskeren.

Ik begrijp dit soort mensen niet; types die zichzelf té serieus nemen en die met hun koele, hautaine houding professionaliteit willen uitstralen, maar juist neerbuigend en leeg overkomen. Ik zou me er niet door van de wijs moeten laten brengen, maar het gebeurt toch.

Ik ben Vivian D. Ik heb klanten in heel Europa en binnenkort over de hele wereld. Ik word geïnterviewd, gefilmd en gefotografeerd en er worden artikelen over me geschreven. Er is een documentaire in de maak waarin ik een grote rol speel. Ik treed Valerio Bruno zonder angst tegemoet en heb een doorgewinterde CEO als Ericsson geschoffeerd door tijdens een zakendiner weg te lopen, maar bij visagisten voel ik me klein.

Zou dat zijn omdat ze niet alleen je oneffenheden opmerken, maar ook elk zenuwtrekje? Je lichaamsgeur ruiken? De trillingen voelen die door je lijf trekken? Mensen die zo dicht op je huid zitten, het went nooit. En de wetenschap dat ik zo meteen stralend, vol zelfvertrouwen mijn verhaal moet afsteken voor een cameralens die al mijn onvolkomenheden vastlegt, dat ik warmte moet veinzen tegenover kille techniek, maakt het niet beter.

Vanuit mijn ooghoeken zie ik de rest van de crew staan. Een groepje technici in jeans en zwarte hoody's eet een broodje en drinkt koffie uit kartonnen bekers van Starbucks. Iemand zet op de vloer een route uit met tape. Twee mannen houden zich bezig met de belichting. Er klinkt blikkerige muziek uit een aanpalende ruimte. De sfeer in de hal lijkt op die van de ochtend voor een modeshow.

'Open your eyes. Hold still.'

Ik staar naar het plafond terwijl Tommy Visine in mijn ogen druppelt. Binnen een paar minuten zal mijn oogwit weer stralend helder zijn, de zichtbare sporen van vermoeidheid vakkundig gewist.

'Je hebt mail van het Rijks,' zegt Joelle. 'Of je bij de opening van die modetentoonstelling aanwezig wilt zijn.' Ze zit verderop op een barkruk, een grof gebreid vest om haar tengere lijf geslagen en Uggs aan haar voeten. 'Veel pers, top exposure, veel high society. Ik geloof dat zelfs Willem-Alexander en Máxima komen.' Ze tikt bedachtzaam met een pennetje tegen haar lip. 'Je bent dan in Nederland.'

'Doe maar dan.'

Als ik vanuit een hoek in de hal de regisseur op me af zie komen met in zijn kielzog een geluidsman, besef ik dat ik iets nodig heb om me door de komende drie draaidagen te slepen. Iets waardoor ik in deze hele poespas ga geloven – en vooral wat meer in mezelf.

Snel neem ik twee tabletjes in. Het zijn de laatste uit een doosje dat Marnix me in Parijs heeft toegestopt. Hopelijk gaan ze geen explosieve wisselwerking aan met het middel dat mijn vochthuishouding zojuist overhoop heeft gegooid en me knallende hoofdpijn heeft bezorgd. Ik grijp naar het water en neem een flinke slok voor ik beide mannen glimlachend de hand schud.

Vierenvijftig

'Dat ze daarvoor betalen,' mompelt Henrie. Hij kijkt over mijn schouder mee.

De eettafel ligt bezaaid met knipsels afkomstig uit afgeschreven leesmappen. Beduimelde *Story's*, *Libelles* en *Tina's*, maar ook reisgidsen en modebijlagen uit dagbladen en *Veronica Magazine*. Mijn moeder, Andrea en oma Storimans verzamelen ze voor me. Ik krijg elke zaterdag een doos mee. Zelf koop ik af en toe de *Avenue*. Inspirerende foto's die ik daarin vind kopieer ik bij de supermarkt omdat ik het blad niet wil beschadigen – of ik teken ze na.

'Kunnen ze die tekstjes en plaatjes bij zo'n groot bedrijf niet gewoon zelf verzinnen?' hoor ik Henrie achter me zeggen. 'Dan kost het ze niets.'

'Dan kost het juist meer,' mompel ik, terwijl ik met mijn wijsvinger een uitgeknipt woord over het aangeleverde ontwerp beweeg.

Onder aan het voorpand. Of toch op borsthoogte?

'Die mensen werken daar toch?'

'Niet iedereen die bij een modebedrijf werkt kan teksten en afbeeldingen voor T-shirts ontwerpen.'

Wat ik hier aan de keukentafel met Prittstift en een schaar in elkaar zit te flansen lijkt makkelijker dan het is. Alles begint met het thema; nu is dat 'navy', dus wat ik bedenk moet daarmee te maken hebben. De door mij gekozen kleuren mogen niet vloeken met die van de shirts waarop ze geprint gaan worden, dat spreekt voor zich, en minstens één ervan moet uit de kleurenkaart van de rest van de collectie komen. Het is namelijk de bedoeling dat de kledingstukken gecombineerd gaan worden. Als ik teksten gebruik, dan moeten die zo veel mogelijk klanten aanspreken, én positief zijn. Foox wil het liefst Engelse of Italiaanse teksten. Japanse tekens zijn ook goed, maar Nederlands, Frans en Duits keuren ze af. Daarnaast moet je bij het ontwerpen rekening houden met de vorm van het lichaam. Sommige details kunnen prachtig ogen op een vlak canvas, maar leggen een ongewenste nadruk op een lichaamsdeel. Het eerste artwork dat ik via Marnix aan Foox leverde werd om die reden niet in productie genomen. Marnix kreeg uitgelegd waarom – fietswielen ter hoogte van de borst – en ik leerde ervan. Op de ontwerpafdeling van Foox jatte Marnix een dure Pantone-kleurenwaaier voor me. Die waaiers worden wereldwijd gebruikt in de mode-industrie. Ook de textielfabrikanten en ateliers in Italië, Engeland en Turkije hebben er eentje. Zo kunnen er geen vergissingen ontstaan en zou het rood van een leren riempje van precies dezelfde tint moeten zijn als de rode opdruk op een jeansjack.

Via Marnix gaat er een wereld voor me open. Het maakt me niet uit dat ze bij Foox niet weten dat ik hun artwork maak. Het belangrijkste is dat ik kan doen wat ik graag doe en er ook nog eens voor betaald krijg. Niet de volle vijfentwintig gulden per gebruikt ontwerp die Marnix ervoor krijgt, want dat vind ik niet fair. Met de helft ben ik meer dan tevreden. En als ik eerlijk ben: ik zou het net zo lief gratis doen.

55

'I love this city.'

'Yes you do!' Michael Duko stompt een vuist in de lucht – dat doet hij steeds als hij tevreden is over een opname. *'I believe you, Vivian!'*

Ik geloof mezelf ook. Central Park is betoverend in de nazomer. De boomkruinen lijken in brand te staan. Ze steken prachtig af tegen de wolkenkrabbers die om het immense park oprijzen en tegen de azuurblauwe hemel boven ons. Het zonlicht schittert niet meer zo hard als een paar maanden geleden, de schaduwen zijn langgerekt met zachte randen en er hangt een lome sfeer. Ik voel me een stuk beter dan vanochtend, al weet ik dat ik hier zonder medicatie en een glas chardonnay niet zo kalm had gestaan.

Er moet op deze locatie nog één scène worden opgenomen. Daarvoor verplaatst het gezelschap zich naar een deel van het park waar veel rotsen zijn. Om ons heen cirkelen een geluidsman met een microfoonhengel en een cameraman; naast de reguliere opnames wordt er vandaag ook een *'Making of'* geschoten.

Het is druk in het park, maar niemand slaat acht op ons circus van technici, stylisten en assistenten. Zou er in mijn geboortestad een film worden opgenomen, dan zou het binnen de kortste keren wemelen van de toeschouwers. Iedereen zou vragen wat we aan het doen waren, willen weten wie ik ben. Er zouden foto's worden gemaakt, berichtjes verstuurd, en er zou later thuis over worden gesproken. De New Yorkers zijn niet nieuwsgierig, Amsterdammers ook niet echt. Die eigenschap lijkt te zijn verdwenen op plaatsen waar het aanbod van gebeurtenissen groot is. Hoewel het me vandaag prima uitkomt, beschouw ik het als een groot verlies. Het betekent dat we ons vermogen tot verwondering verloren zijn.

Op de plaats van bestemming gaat het technisch team met de regisseur aan de slag. Mijn make-up wordt bijgewerkt door Tommy en de stylist met het groene colbert plukt aan mijn haar. Iemand geeft me een slokje koude koffie met karamel. Ik zie uit mijn ooghoeken dat Joelle nog steeds aan het werk is, vastgekleefd aan haar telefoon.

Joelle is de enige constante in dit avontuur, besef ik. De enige die vanuit Nederland met me is meegereisd en zowel de oude als de nieuwe situatie kent. Tegelijkertijd kent ze mij als persoon niet zo goed als je van een personal assistant zou mogen verwachten. Dat ligt een beetje aan de manier waarop ze haar taken invulling geeft, maar vooral aan mijzelf: ik heb haar nooit dichtbij laten komen. Ze heeft er geen idee van hoe moeilijk ik dit soort dagen vind.

Iemand geeft me mijn tekst: drie zinnen die ik zo accentloos mogelijk en vol overtuiging moet uitspreken terwijl ik recht in de camera kijk. Net voor ik me op mijn tekst wil richten, wordt mijn blik opnieuw naar Joelle getrokken.

Ze lijkt van streek.

Ik probeer haar aandacht te trekken door naar haar te zwaaien, maar ik geloof niet dat ze me opmerkt. Ze staat met haar telefoon tegen haar oor gedrukt te praten, haar schouders een beetje gebogen, een fronsrimpel tussen de wenkbrauwen. Nadat de verbinding is verbroken blijft ze stilletjes staan.

Ik geef mijn script terug aan de assistent en loop naar haar toe. 'Wat is er?'

'Vertel ik zo. Maak eerst maar even de opname af.'

'Daar beslis ik graag zelf over.' Het klinkt onaardiger dan ik het bedoelde.

Ze ontwijkt mijn blik.

'Vivian D, iets met de pers, mijn familie?' Ik diep mijn telefoon op uit mijn zak, maar ik heb geen oproepen gemist. Geen familie, dus.

Ze legt haar slanke handen op mijn schouders. 'Luister. Geef ze die ene take, zodat ze hun materiaal hebben. Dat halfuur maakt nu niets meer uit, dat zweer ik je.'

Vijfenvijftig

Oma Konings schenkt filterkoffie in onze kopjes. 'Nou, ik moet er nog een beetje van zien te genieten zolang als 't duurt.'

'Wanneer wil je eruit?' vraagt papa.

'Zodra ik iets gevonden heb. Liefst voor het einde van het jaar.'

Ik sta op van tafel om achter Jonathan aan te gaan. Hij verdween zojuist op zijn korte beentjes de gang in en is al halverwege de trap als ik hem te pakken krijg. 'Hebbes!'

Hij schatert het uit.

'Jullie maken dat kind helemaal gek,' hoor ik oom Anton zeggen.

Jonathan wringt zich onder mijn armen vandaan. Henrie plukt hem van de grond, zwaait hem door de lucht en neemt hem op schoot.

'Waarom wil je eigenlijk verhuizen, oma?' vraag ik.

'Ik heb hier niets meer te zoeken. Al die kamers en die hele tuin voor één mens.'

'Vind je het niet erg?'

'*Ach meske*, natuurlijk wel. Ik woon hier al vanaf het begin, toen er nog zand in de straten lag.' Ze zet de glazen koffiekan terug op de warmhoudplaat. 'Het was leuk met je opa. Hij kon zo genieten van zijn vogels. Maar ik heb net zo lief een balkon, dat scheelt een hoop gepoets.'

Ik kijk over mijn schouder het tuintje in. De volières staan er leeg en doods bij. Papa zei laatst dat oma de uitvaart heeft betaald van de verkoop van de vogels.

'Dit huis is een en al Konings,' zegt oma. 'Zoveel herinneringen.'

'Mijn broers, zus en ik zijn alle vijf hier geboren,' legt papa aan Henrie uit.

Anton wijst omhoog. 'Hier precies boven de keuken.'

'Het leven gaat door, mensen,' zegt oma.

Nog geen halfjaar geleden zocht ik met Jonathan opa Konings op in het ziekenhuis. Zijn ademhaling ging gepaard met een griezelig gerochel. Opa kreeg extra zuurstof toegediend door een slangetje onder zijn neus, maar het was niet genoeg. Hij bleef naar adem happen. 'Geweldig dat ik dit nog heb mogen meemaken,' wist hij uit te brengen, terwijl zijn met levervlekken bezaaide hand het mollige armpje van Jonathan bijna fijnkneep. 'Dat ik overgrootvader ben geworden, van zo'n mooi manneke nog wel.'

Een week later is opa overleden.

'Zo'n aanleunwoning zou ook wel iets zijn,' gaat oma door. 'Zoals die huisjes bij De Johannestuin, waar Rika Vonk heeft gewoond.' Oma knikt naar me. 'Jouw overgrootmoeder. Daar kwam je toch weleens?'

'Best vaak.'

Opoe Vonk is er ook al niet meer. Ze stierf kort na opa Konings aan een hartstilstand.

'Doden komen altijd in drieën,' zei papa toen gelaten. En hij kreeg gelijk, want kort erna werd bij tante Sein longkanker geconstateerd. Ze heeft na de diagnose nog een maand geleefd. Oom Johan runt het café nu samen met mijn moeder.

Ik voel me schuldig. Zo vaak heb ik opa niet bezocht toen hij ziek was en ik ben sinds de geboorte van Jonathan hooguit drie keer bij opoe Vonk op de koffie geweest. Familieleden zijn elke dag naar de Mariakapel gegaan om een kaarsje voor opa aan te steken, terwijl ik met mijn neus in Marnix' studieboeken zat, de codes van populaire Pantone-kleuren uit mijn hoofd leerde en tijdschriften over mode las. Laatst mocht ik met Foox mee naar een modebeurs in Amsterdam. Ik heb de dag in me opgenomen met een intensiteit alsof ik hem nadien van minuut tot minuut moest kunnen navertellen.

Dat deed ik dus allemaal wel.

Daar nam ik wél de tijd voor.

En nu nog steeds: Marnix is begonnen aan zijn afstudeerproject. Hij moet een collectie van zeven complete outfits presenteren. Ze willen dat hij zijn persoonlijke visie op mode laat zien, waarbij hij alle kennis die hij heeft opgedaan creatief toepast.

Marnix' project houdt me dag en nacht bezig.

'Klap eens in je handjes, blij, blij, blij,' zingt Jonathan. Hij zingt zo hard dat er aan tafel geen gesprek meer gevoerd kan worden.

Oma stopt Jonathan nog een Bastogne-koek toe.

56

'Het is Marnix,' zegt Joelle. 'Hij is nu stabiel.'

'Stabiel?'

Ze knikt. 'Zijn buurman vond hem op tijd.'

Zesenvijftig

De blauwe Mazda stopt langs het trottoir. Ik stap in, trek Jonathan bij me op schoot en maak de gordel over ons beiden heen vast.

'Hoi, kleine man.' Marnix legt ter begroeting zijn hand op Jonathans been en kijkt met geknepen oogleden naar buiten. De regen slaat tegen de ruiten en trommelt op het canvas dak. 'Je moeder wilde nog wel naar me toe komen fietsen.'

'Wij zijn niet van suiker.'

Marnix manoeuvreert zijn auto grijnzend door het verkeer. Ik hoor het water opspatten tegen de wielkasten.

'Heb je nog aan die Schotse ruit kunnen komen?' vraag ik.

'Ik heb een fabriekje in Selkirk gevonden. Ze weven hun *tartan* daar nog zelf.'

'Wat kost dat wel niet?'

'Niks.'

Ik kijk hem verrast aan.

'Ik heb ze het ontwerp gefaxt,' gaat hij door. 'De dochter van de eigenaar belde me dezelfde dag nog. Ze wilde graag helpen en stuurt de stof op.'

'Vier meter handgeweven authentieke Schotse ruit grátis?'

'*Yes dear*. Ik moest haar wel beloven dat ik de jurk na de show naar Selkirk stuur. Ze hebben een museumpje bij hun weverij waarin ze hem tentoon gaan stellen.'

'Een textielfabriek in Schotland wil óns werk tentoonstellen?'

'Jazeker.'

Typisch Marnix. Hij koopt niet ergens een doorsnee Schotse ruit, nee, hij regelt *the real thing* bij een Schotse weverij en weet er zelfs een tentoonstelling uit te slepen. Ongelooflijk.

'Maarreh... het kwam door jouw ontwerp.' Hij remt af voor een stoplicht en kijkt me ernstig aan. 'Je bent belachelijk goed, Claudia. Dat roep ik al jaren. Het is zonde van je capaciteiten dat –'

'Het komt wel een keer.' Ik begraaf mijn neus in Jonathans zachte haar, dat geurt naar de babyshampoo waar ik hem nog steeds mee was, ook al is hij al drie.

Hij onthoudt steeds meer woorden en dat baart me zorgen. Laatst begon hij over 'Mannik' toen we bij mijn schoonouders op visite waren. Gelukkig werd er geen acht op geslagen.

Henrie weet dat ik via Marnix artworkopdrachten toegespeeld krijg, maar niet dat ik af en toe een dagje bij hem thuis doorbreng. Ik hoef er niet over te liegen, want Henrie vraagt me nooit waar ik ben geweest. Hij gaat ervan uit dat ik op mijn vrije dag met Jonathan naar mijn moeder ga, naar het café van oom Johan of naar de stad. Maar mocht hij het me een keer vragen, dan denk ik niet dat ik eerlijk zal antwoorden. In Henries wereld bestaan geen vriendschappen tussen mannen en vrouwen die geen familie van elkaar zijn. Die zijn volgens hem schijn, omdat minstens één van de twee hoopt op meer. Onzin, maar Henrie wijkt nooit af van zijn standpunten. Hij zal Marnix ondanks zijn hysterische coupe zien als een rivaal; al helemaal als hij hoort hoe absurd rijk Marnix' ouders zijn.

Dus laat ik het maar zo, ook al betekent het dat ik Marnix stiekem moet blijven zien.

57

Victoria Corel stapt gehaast mijn appartement binnen en geeft me een luchtzoen. 'Sorry, *honey*, dat ik plompverloren bij je binnenval.' Ze kijkt om zich heen. 'Wat woon je mooi, *looove your carpet*!' Terwijl ze haar sjaal losknoopt, zegt ze: 'Maar ik hoorde wat je van plan bent, en dat kan écht niet.'

Ik blijf op de drempel tussen de hal en de woonkamer staan. 'Mijn beste vriend ligt in het ziekenhuis.'

'Dat hoorde ik. Wat erg voor je. Hoe is het met hem?'

'Moeilijk te zeggen. Ik wil naar hem toe.'

Achter me gaat de deur van de badkamer open en dicht. Joelle komt bij me staan.

'Maar, lieverd...' Corel propt haar sjaal in haar crèmekleurige Chanel-shopper. 'We hebben nog twee draaidagen voor de boeg.'

'Ik pak het wel weer op als ik terug ben uit Nederland.'

Ze reageert geschokt. 'Dat gaat niet! Heb je enig idee wat deze opnames ons kosten? En hoeveel moeite we hebben moeten doen om Michael Duko als regisseur te strikken?'

'O, dat verandert natuurlijk alles,' hoor ik mezelf zeggen.

Terwijl ik naar het uitgestreken smoelwerk van Corel kijk kan ik me moeilijk voorstellen dat ik haar sympathiek heb gevonden. Ze is waarschijnlijk alleen maar beminnelijk als alles volgens haar plannen verloopt.

'Ik ben je werknemer niet, Victoria. Mijn beste vriend heeft me nodig, dus ga ik naar hem toe. En als dat jullie niet aanstaat, is dat heel jammer.'

Ze kijkt me verbouwereerd aan en gooit dan plotseling haar handen in de lucht. 'Oké, sorry, je hebt gelijk. Mijn excuses. Natuurlijk werk je niet voor ons. Het idee alleen al. We zijn dol op je, Vivian. Sorry als ik de indruk heb gewekt dat we je niet heel, heel hoog hebben zitten.' Ze ratelt maar door.

'Ik ben volgende week terug.'

Ze schrikt zichtbaar. 'Volgende week? Nee, gaat niet. Michael heeft als eis dat hij zijn eigen team kan samenstellen, stuk voor stuk gewilde specialisten met een volle agenda. Het was een ongelooflijk gedoe om ze voor deze drie dagen allemaal tegelijk te kunnen boeken.'

'Dat zal toch –'

'Als we het moeten verzetten zijn we op zijn vroegst over een maand of drie weer aan de beurt. Dan ligt hier met een beetje pech sneeuw. Dat kan niet. De filmpjes moeten in dezelfde sfeer worden opgenomen: *Indian summer* – nazomer. Ik voel met je mee, maar het moet gewoon nu gebeuren.'

Er valt een stilte.

'Begrijp je?' vraagt Corel voorzichtig.

Het is me echt wel duidelijk waarom ze zo van slag is. De filmpjes vormen een belangrijk deel van de campagne waarmee Vivian D wereldwijd wordt gelanceerd.

Joelle komt naast me staan en legt een hand op mijn arm. 'Marnix is buiten levensgevaar,' zegt ze zacht. 'En je zult waarschijnlijk toch niet met hem kunnen praten.'

Ik druk mijn nagels in mijn handpalmen tot het zeer doet.

Dat Marnix niet kan praten betekent niet dat hij me niet kan horen.

'Morgen sta ik nog tot jullie beschikking. Eén dag,' zeg ik tegen Corel, en tegen Joelle voeg ik eraan toe: 'Boek een vlucht voor morgenavond.'

Zevenenvijftig

'Meen je dit?'

Marnix kijkt op van de paspop die midden in zijn rommelige serre staat. 'Wat meen ik?'

Ik houd de map omhoog waarin hij alles bijhoudt wat met zijn afstudeerproject te maken heeft. '*Opening show: Maaike Romero*. Is dit je wensenlijst?'

'Nee. Ze heeft toegezegd.'

'Geintje, zeker?'

Marnix richt zich weer op de paspop en zet een uitgeknipt patroon tegen de rug vast met spelden. Hij lijkt gepikeerd.

'Waarom zou ze dat doen?' vraag ik.

'Omdat ik een goed verhaal heb.'

'Je vader betaalt haar.'

Hij kijkt me geringschattend aan over de schouder van de pop. 'Geen gulden.'

In de hoek van de serre zit Jonathan braaf te spelen met een ouderwetse blokkendoos. Als ik hem meeneem naar Marnix laat ik hem hierbuiten eerst flink uitrazen – hij rent steevast het bordes aan de voorkant van het huis een paar keer op en af, waarna we naar de paarden gaan, waar hij vol ontzag hun zachte snuiten aait; daarna trekken we een sprintje naar de serre. Hij houdt van het wedstrijdje, daagt ons uit en wij laten hem zogenaamd winnen. Het is duidelijk waarom Henrie een toekomstige voetballer in hem ziet, maar meestal valt Jonathan na een halfuurtje spelen met Marnix' oude speelgoed op de bank in slaap.

Vandaag blijft hij wakker.

Ik blader verder door de map. Marnix heeft voor zijn collectie zelf weinig creatieve invallen gehad, maar mijn ideeën werkt hij verschrikkelijk knap uit. En voor wat betreft de organisatie eromheen val ik van de ene verbazing in de andere. Maaike Romero heeft het afgelopen jaar shows gelopen samen met Karen Mulder en Linda – '*We don't wake up for less than ten thousand dollar a day*' – Evangelista. Zijn verhaal moet wel héél goed geweest zijn als iemand zoals zij een student wil helpen indruk te maken op een examencommissie. Marnix heeft ook al de muziek geregeld. Geen cassettebandje; hij heeft twee toetsenisten met een synthesizer gestrikt en een doedelzakspeler. Gratis. Terwijl ik Marnix hoor vloeken – hij heeft zijn vinger geprikt aan een van de spelden – vraag ik me af waarom hij eigenlijk naar de kunstacademie is gegaan. Ik heb bijna alle outfits bedacht waarmee hij nu gaat afstuderen. Zijn kracht ligt op andere gebieden. Marnix krijgt veel voor elkaar, hij heeft een hoge gunfactor en doet dingen die ik niet durf, te hoog gegrepen vind of niet eens mogelijk acht. Waar ik beperkingen zie, ziet Marnix kansen. Ik bewonder zijn bravoure, zijn zelfvertrouwen en zijn ondernemingsgeest. En natuurlijk ben ik jaloers op zijn auto en zijn prachtige serre met het sprookjesachtige uitzicht – maar dan denk ik aan de manier waarop hij en zijn ouders met elkaar omgaan en ebt de jaloezie al snel weg.

Jonathan komt naast me op de bank gekropen, zijn duim in zijn mond.

Ik leg een deken over hem heen en pak een zacht kussen van een stoel. 'Eventjes slapen?'

Hij schudt heftig zijn hoofd.

'Oké, doe dan alleen maar even je oogjes dicht. Denk maar aan de paardjes.'

Dat spreekt hem meer aan. Hij legt zijn wijsvinger tegen zijn neus en laat zich instoppen. Zijn ogen draaien al weg.

Marnix staat op een afstandje toe te kijken. 'Ik blijf het apart vinden dat je moeder bent.'

'Ik ben het toch al even.'

'Zoals je met hem omgaat vind ik je...' Hij weifelt.

'Ja?'

'... een compleet ander mens. Een andere Claudia dan de Claudia die ik ken.' Hij zet de muziek wat zachter – Men at Work. Marnix draait niets anders meer de laatste tijd.

'Is dat een compliment of een belediging?'

'Een constatering. Ik vraag me soms af wie nou de echte Claudia Konings is.'

Ik trek een wenkbrauw op.

'Ik heb het gevoel dat we op dezelfde lijn zitten, zielsverwanten zijn zelfs, maar tegelijkertijd ben je moeder en getrouwd met iemand die niets met mode en creativiteit heeft. Je deelt belangrijke dingen met hem en met mij, maar hij en ik kennen elkaar niet. Ik heb je ouders niet eens ontmoet. Je houdt je werelden gescheiden.' Hij schudt zijn hoofd. 'Waarom?'

'Is dat zo moeilijk te begrijpen?'

'Leg het me maar uit dan.'

'Omdat jullie elkaar niets te vertellen hebben.'

'Wat zegt dat over jou?' vraagt hij.

'Wat bedoel je?'

'Waarom wil je in twee totaal verschillende werelden leven?'

'Wie zegt dat ik dat wil?'

'Goed. Dus waar wil je niet zijn: bij je man en je kind, of hier?'

Ik onderdruk de neiging om zijn tekentafel omver te duwen. 'Soms gaan dingen nu eenmaal zoals ze gaan.' zeg ik.

'En jijzelf speelt daarin geen enkele rol? Het overkomt je allemaal.'

'Ik...' Ik haal mijn vingers door mijn haar en kijk naar buiten. 'Ik doe wat ik denk dat goed is.'

'Wie hou je daarmee voor de gek?'

'Ik begrijp werkelijk niet waar je heen wilt. Ik bén nu eenmaal getrouwd, ik bén nu eenmaal moeder en ik bén graag bezig met ontwerpen. Maar het gaat...'

'Niet samen,' vult hij aan.

Ik knik, sla mijn armen over elkaar.

'Sorry, ik wil je niet overstuur maken.'

'Dat doe je niet. Ik ben er gewoon nog niet achter of dit...' Ik gebaar in de richting van de paspop. 'Of dit... zeg maar, écht is, een haalbaar doel, of een droombeeld. Iets wat ik graag wíl zien, snap je, maar wat er niet is. Niet voor mij.'

Niet in dit leven.

Ik draai mijn hoofd om. Nijdig haal ik mijn neus op.

'Het is allemaal echt,' zegt hij kalm.

'Voor jou. Voor jou is dit echt. Het enige wat voor mij tastbaar is, is Jonathan. Het gegeven dat ik zijn moeder ben.'

'En een goede ook.'

'Dat betwijfel ik.'

'Mijn moeder is nooit zo lief en zorgzaam voor mij geweest.' Hij doet een stap naar voren. 'Weet je wat zo jammer is, Clau? Je bekent geen kleur. Je zou jezelf onderhand eens moeten gaan afvragen wie je bent en wie je wilt zijn. Waar je staat in de wereld en waar je naartoe wilt. Ik zie je met alle winden meewaaien.'

Even zeggen we allebei niets. Op de achtergrond zingt Colin Hay: '*I think about the implications of diving in too deep. And possibly the complications.*'

Jonathan slaapt nog steeds.

'Wanneer ga je daar iets aan veranderen?' vraagt hij zacht.

'Niet nu.'

'Wanneer dan?'

'Later.'

Marnix heeft gelijk als hij zegt dat ik mijn werelden gescheiden houd. Het is een automatisme geworden; ik heb me lang een freak gevoeld. En soms nog steeds.

Op de academie heb ik geleerd dat creatieve beroepen net zo normaal zijn als andere banen, maar zelfs Marnix wil na zijn eindexamen iets heel anders gaan doen. 'Kunstmanagement of zo,' zei hij laatst nog tussen neus en lippen door. 'Ik wil geen kunstenaar zijn, dat gepriegel is niks voor mij.' Hoe arrogant kun je zijn? Maar hij weet tenminste wat hij wil.

Ik vraag me af wat iemands ware ik vormt: zijn gedachten of zijn daden? Het verschil tussen wat ik denk en wat ik doe is soms onoverbrugbaar groot. Is het één echter dan het ander, telt het zwaarder mee? Wanneer ben ik meer mezelf: in mijn rol als echtgenote en moeder, als ik 's nachts zit te ontwerpen of als ik met Marnix praat over kunst? Het zijn allemaal facetten van mijn karakter, componenten van wie ik ben. Maar het zijn onverenigbare componenten, bouwstenen die niet in elkaar passen.

58

'Pure zelfdestructie. Iets anders kan ik er niet van maken.' Felix' stem klinkt rauw van emotie.

We kijken door het glas naar het lichaam van zijn broer, dat door allerlei apparaten in leven wordt gehouden.

'Waarom zeg je dat?' vraag ik.

'Omdat het de waarheid is.'

Het is jaren geleden dat ik Marnix' oudere broer voor het laatst sprak. Afgezien van een tot halverwege zijn gebruinde schedel teruggetrokken haargrens heeft de tijd weinig vat op hem gehad. Felix maakt een fitte indruk, alsof hij elke dag in de sportschool te vinden is.

Het contrast met Marnix is pijnlijk. Zijn huid lijkt de kleur van de lakens te hebben aangenomen. Maar hij ademt inmiddels weer zelfstandig – volgens de arts die ons zojuist te woord stond is dat 'positief' en 'hoopgevend'.

Het zijn geen woorden die thuishoren in deze setting, ze hebben niets te maken met de troosteloze aanblik van mijn vriend in dat bed, of wat er van hem over is, met al die apparaten eromheen. Bliepjes, zoemtoontjes, monitoren met lijnen en grafieken.

Felix zoekt mijn blik. 'Gebruikte hij vaker?'

'Soms.'

'Was hij verslaafd?'

'Nee, nee, zeker niet,' zeg ik snel. De waarheid is dat ik het niet weet. Voor de overname kon je Marnix met een beetje goede wil nog een recreatieve gebruiker noemen. Hij snoof ook weleens een lijntje bij grote evenementen, als er veel van hem verwacht werd, maar zijn gebruik bleef binnen acceptabele grenzen. Is het ontspoord door Bruno? Het staat me glashelder voor de geest hoe ik Marnix in de Parijse suite aantrof op de avond na mijn eerste ontmoeting met Valerio Bruno. Hij was er slecht aan toe, toen. Dronken, down. Kwetsbaar. Hij drong zich aan me op, maar het ging hem niet om de seks. Hij zocht warmte. Acceptatie.

En ik stuurde hem weg.

'Ik heb hem nog niet zo lang geleden sterkedrank met coke zien combineren, dat was niet zo verstandig,' zeg ik zacht.

'Is er een verstandige manier om die troep te gebruiken dan? Voor wat het waard is: er lagen twee Glenfiddich-flessen naast de bank. De ene leeg, de andere zo goed als. Geen glas te bekennen. Als je het mij vraagt, is hij op de bank gaan zitten en heeft hij die flessen rechtstreeks aan zijn mond gezet.'

Ik knijp mijn ogen dicht, wil het beeld dat Felix oproept van me afschudden.

'Ik kan zoiets maar op één manier uitleggen: mijn broer wilde zichzelf kapotmaken.'

We maken plaats voor een schoonmaker die een karretje voortduwt.

Als de man door de klapdeuren uit beeld is verdwenen, kijkt Felix me recht aan. 'Heb jij iets aan hem gemerkt? Heeft hij niets tegen jou gezegd?'

Zijn blik snijdt dwars door mijn ziel.

'Het zijn zware tijden, voor ons allemaal. Vivian D is overgenomen, zoals je misschien hebt gehoord.'

'Maar dat was toch juist goed? Marnix vertelde dat jullie door die overname mondiale spelers zouden worden, dat hij...' Hij stopt halverwege zijn zin. 'Ook al niet waar zeker? Waren er zakelijke problemen? Heeft hij verkeerde beslissingen genomen?'

'Nee, helemaal niet. We zijn volop bezig met de voorbereidingen van een grootse wereldwijde lancering. Alles staat op scherp, de druk is immens groot.'

Meer wil ik er niet over kwijt. Zakelijk succes ligt uiterst gevoelig tussen de broers, of is toch in elk geval een heikel punt voor Marnix.

'Merkte jij echt helemaal niets aan hem?'

'Om je de waarheid te zeggen: ik heb de afgelopen tijd in New York gezeten. Ik heb hem amper gesproken.' Mijn ogen dwalen af naar Marnix, die daar nog steeds roerloos ligt. 'Ik was eerder deze week een paar dagen in Nederland. We zouden wat gaan drinken om bij te praten, maar het is er niet van gekomen.'

'Ik dacht dat jullie heel close waren.'

'Dat waren we ook.'

Gealarmeerd kijkt hij van mij naar Marnix en terug. 'Wáren? Hebben jullie ruzie?'

'Nee.' *Leugenaar.*

Felix werpt een blik op zijn horloge. 'Ik moet ervandoor. Ben jij hier morgen ook, of moet je terug naar de States?'

'Ik blijf in Nederland tot ik met hem heb kunnen praten.'

'Tja...'

'Felix, denk je dat hij ons heeft gehoord, toen we net bij hem zaten? Dat hij weet wat er aan de hand is?'

'Geen flauw idee.' Felix' blik dwaalt over het ziekenhuisbed. 'Het is een godswonder dat hij überhaupt nog leeft.'

Ik voel tranen opkomen en druk ze weg met mijn vingertoppen.

'Zal ik je thuisbrengen?' vraagt Felix.

Ik schud mijn hoofd. 'Dank je. Ik blijf liever nog even.'

Achtenvijftig

De sporthal zindert. Het lijkt wel of de hele academie is uitgelopen en iedereen zijn vriendenclub en voltallige familie heeft uitgenodigd. De tribunes zitten afgeladen vol. De eerste rij wordt bezet door journalisten, ondernemers en BN'ers uit de regio. Ik herken een couturier en een zangeres die pas nog op televisie was. De eigenaar van Foox zit er ook, samen met een vrouw en met Onno, het hoofd van de ontwerpafdeling – grijze paardenstaart, rond brilletje en roze pennyloafers.

Aan het einde van de catwalk staat een groepje mannen met statieven, foto- en filmcamera's, die het hele evenement vastleggen. Er zijn fotografen van de academie zelf, maar ook van regionale kranten en zelfs een landelijk dagblad.

Marnix duwt het gordijn vanuit de provisorische coulissen opzij en geniet zichtbaar van de reuring. Hij is al geslaagd, de show is niet meer dan een formaliteit, een waardige afsluiting van de opleiding, want alle ontwerpen die straks getoond worden zijn al beoordeeld. Het publiek applaudisseert voor de collectie van een jaargenoot van Marnix. Al haar modellen zijn in het wit gekleed – van witte tule en nepbont tot leer en kant. Ik vind onze collectie mooier.

'Hier doe je het voor, Clau. Kijk die mensen. Ik kan niet wachten om ze eens wat te laten zien.'

'Ben je niet nerveus?'

'Beetje maar.' Hij knipoogt en haalt buiten het zicht van de anderen een flesje uit zijn binnenzak.

'Dránk?'

'Kom, Clau, niet zo serieus.' Hij stoot me grinnikend aan. 'Ik doe het verdomme in mijn broek, heb je niet gezien wie daar allemaal zitten?'

'Gaaf toch?'

'Zeker, maar...'

Ik kijk hem afwachtend aan.

Zijn stem daalt een octaaf. 'Jij hebt het allemaal bedacht, niet ik.'

'Als ze daar ooit achter komen, kun je dat diploma wel vergeten.'

'Ben je gek.'

'Het is fraude, Marnix. We hebben fraude gepleegd.'

Even zeggen we beiden niets en dan roept iemand zijn naam en haast hij zich naar de belendende ruimte, waar de modellen worden opgemaakt.

Er klinkt doedelzakmuziek. De zaal is donker. Een spotlight volgt Maaike, die over de met zwarte stof beklede catwalk schrijdt. Ze houdt een brandende sigaret vast in een zwarte houder, gracieus op schouderhoogte tussen haar wijs- en middelvinger – opoe Vonks *roaring twenties*-pijpje. Ik houd mijn adem in terwijl ik vanuit de coulissen toekijk.

Marnix knijpt mijn schouders bijna fijn. Voor het eerst vandaag is hij stil.

Maaike draagt het topstuk van de collectie: een dramatische avondjurk met een grote, golvende kraag. Voor de sleep zijn allerlei stoffen gebruikt met een historische lading – de Schotse ruiten springen het meest in het oog, naast de repen legergroen katoen en witte kant. Op het lijfje zijn met neonroze verf vredestekens geschilderd en er zitten militaire onderscheidingen op gespeld. In de kraag heb ik foto's en krantenartikelen verwerkt.

De jurk beeldt uit hoe Marnix en ik tegen mode aankijken; het is een logische uitvloeiing van alle gesprekken die we hierover hebben gevoerd. Historische gebeurtenissen hebben altijd een weerslag gehad op de mode. Wat we mooi of gepast vinden zegt veel over de staat van de wereld waarin we leven, de grondstoffen waarover we beschikken, onze mogelijkheden en onmogelijkheden. Oorlog, religie, politieke stromingen, sociale verhoudingen, welvaart of armoede; in mode wordt de tijdgeest weerspiegeld en binnen dat kader dragen we als individu onze overtuigingen uit. Marnix heeft hier een prachtig essay over geschreven, dat hij vorige maand aan de commissie heeft voorgelezen. Hij vertelde me dat er na afloop een levendige discussie ontstond, maar dat hij het gevoel had dat de commissieleden zijn visie uiteindelijk wel deelden.

Maaike is aan het einde van de catwalk aangekomen. Ze neemt een pose aan voor de fotografen, zoals afgesproken. *Zes, vijf, vier, drie, twee, een...* Dan draait ze zich om en loopt terug, terwijl de doedelzakspeler bijval krijgt van twee toetsenisten die aan weerszijden van het publiek achter hun synthesizers en manshoge versterkers staan. Een kakofonie vult nu de hal, de muziek zwelt verder aan.

'Gáán,' hoor ik Marnix achter me brullen, en zijn zes modellen marcheren de coulissen uit, in rijen van twee het plankier op.

Applaus stijgt op uit het publiek. Gefluit.

'Nou jij,' roep ik boven het tumult uit.

Hij aarzelt.

'Ga nou!'

Met tegenzin voegt hij zich bij zijn modellen. Als een doorgewinterde toneelspeler maakt hij een buiging naar zowel de toeschouwers aan de linker- als die aan de rechterkant van de catwalk. Breed grijnzend laat hij zich fotograferen, alleen, met Maaike, met de hele groep.

In het halfuur dat volgt staat hij journalisten te woord, poseert hij zeker nog vijf keer, schudden tientallen aanwezigen hem de hand en wordt hij ten slotte omhelsd door zijn moeder en zijn broer – zijn vader is voor zaken in Engeland.

Ik maak me nuttig door de modellen uit hun kleding te helpen en die netjes weg te hangen en in te pakken. In de consternatie moet ik op zoek naar opoe Vonks sigarettenpijpje, dat ik terugvind op een van de make-uptafels, tussen de mascara's. Als ik me omdraai, staat Marnix daar.

Hij trekt me tegen zich aan en kust me op de wang. Ik voel de energie en opwinding van hem afspatten.

'Lekker gevoel?' vraag ik.

'Niet normaal.' Zijn stem klinkt schor. 'Echt. Maar weet je wat ik steeds dacht?'

Ik schud mijn hoofd.

'Jij had daar moeten staan.'

'Ik hoef niet in de spotlights.'

'Maar daar hoor je thuis. Er zou de hele dag een lichtje op je moeten schijnen.'

59

Ik las ooit dat je niet alleen om een overleden geliefde kunt rouwen, maar ook om het verlies van de mens die je geliefde ooit was. Rouw – dat is wat ik voel als ik naar Marnix kijk. Ik wil geen afscheid van hem nemen, op geen enkele manier. Marnix is daar nog, ergens daarbinnen, in dat roerloze omhulsel. Straks opent hij zijn ogen, vormt zijn mond een glimlach en zegt hij: 'Hé, Clau. Zullen we gaan?'

Bij elk teken van leven veer ik op van mijn klapstoel. Maar Marnix beweegt niet en het enige geluid in deze schaars verlichte kamer is afkomstig van de apparaten, die zachte bliepjes uitstoten.

'Ik mis je,' fluister ik tegen zijn gesloten ogen. Ik leg mijn hand op zijn pols, aai de donkere haartjes.

Als hij maar wakker wordt.

Als hij maar wakker wordt en blijft leven.

Als hij maar wakker wordt, blijft leven en nog steeds Marnix is.

Ik ben meer met hem verweven dan ik de afgelopen maanden aan mezelf heb willen toegeven. Onze levens zijn sinds onze jeugd met elkaar verbonden. We hebben elkaar gevormd tot wie we nu zijn. Waar andere partners in hetzelfde huis gaan wonen en samen kinderen krijgen, creëerden wij Vivian D.

Ik had me minder hard moeten opstellen. Marnix heeft altijd gedaan wat hij dacht dat goed was voor mij en voor ons bedrijf. Door de jaren heen heeft hij tientallen, honderden, misschien wel duizenden beslissingen genomen, waarvan sommige heel ingrijpend en ze pakten allemaal prima uit, op deze ene, laatste beslissing na.

Eén enkele fout.

En ik liet hem vallen.

'Sorry,' zeg ik zacht. 'Sorry voor alles.'

Negenenvijftig

'Waar gaan we heen?'

'Dat zie je zo.'

Marnix rijdt een bedrijventerrein op dat ingeklemd ligt tussen de rondweg en de oude binnenstad.

'Is het wat ik denk?'

'Misschien.' Hij schakelt terug en neemt een bocht. Voor ons doemt een moderne hal op, ernaast ligt een wit gebouw van twee verdiepingen. Op de parkeerplaats wapperen vlaggen met het bekende rood-blauwe logo hoog in de masten. Bij de hal staan een paar vrachtwagentjes met hetzelfde logo op de flanken.

'Ja dus,' concludeer ik.

Marnix glimlacht raadselachtig.

Terwijl hij de Mazda parkeert neem ik het gebouw in me op. Hagelwitte breuksteen, felblauwe kozijnen en weerspiegelende ramen zodat je niet kunt zien wat er binnen gebeurt. Het hoofdkantoor van Foox is voor Marnix vertrouwd terrein, in dit gebouw heeft hij stage gelopen, maar voor mij is het pas de tweede keer dat ik hier ben. De grootse uitstraling van het gebouw intimideert me.

'Waarom neem je me hier mee naartoe?'

'Kom, we zijn al laat.' Marnix stapt uit.

Ik blijf zitten en duw een prikkend prijskaartje weg uit mijn nek. Marnix had me opgedragen om me vandaag representatief te kleden: *dress to impress*. Zakelijke kleding heb ik niet, dus leende ik een donkerblauw jasje en een beige pantalon uit de winkel. Lex weet van niets. Als er vlekken op komen, heb ik een probleem.

'Kom je nog?' Marnix heeft zijn arm op het dak gelegd en kijkt me geamuseerd aan. 'Loop nou maar gewoon mee, angsthaasje.'

60

Ik zag het vanochtend licht worden, heb Marnix een zoen op zijn wang gegeven en ben naar huis gegaan. Een verpleegkundige heeft beloofd me te bellen zodra er iets aan zijn toestand verandert. Mijn hoofd en hart zijn bij hem, maar zolang hij nergens op reageert heeft het weinig zin om aan zijn bed te blijven zitten.

Eenmaal thuis kon ik de slaap niet vatten en ben ik naar het atelier gereden, waar ik me met mijn laptop in de kantine heb verschanst, mijn telefoon binnen handbereik. Terwijl er af en toe iemand binnenloopt om wat te eten of te drinken te pakken werk ik mijn schetsen uit en beantwoord ik mails van Joelle. Er is genoeg te doen. Toch dwalen mijn gedachten constant af. Het komt door de sfeer.

Voor mijn vertrek naar New York had Bruno me verzekerd dat hier op het atelier niets zou veranderen. De Amsterdamse prêt-à-porter ziet hij als de kern van Vivian D en een hoogstaand visitekaartje voor de commerciële tweedelijnscollecties waarmee hij de wereld wil veroveren. Met Cesar aan het hoofd van de prêt-à-porter en mij als creative director op afstand zou alles gewoon doorgaan. De productie zou amper opgeschroefd hoeven worden; we konden onze stoffen en fournituren bij onze vertrouwde leveranciers blijven betrekken.

Tot zover de theorie, want nu Enzo Ericsson de dagelijkse

leiding heeft voelt het bedrijf totaal anders. In het atelier wordt Céciles moederlijke charme gemist – de door Ericsson aangestelde hoofdcoupeuse die rechtstreeks uit Italië is ingevlogen spreekt slecht Engels en is geen verbinder.

'Het is wennen,' zegt Morris. Hij is op de bank bij me komen zitten met een mok koffie. Zijn werk wordt nu gecontroleerd door Egbert Joustra en Ericsson. Hij moet alles overleggen. 'In het begin voelde het als een vijandelijke overname,' gaat Morris door. 'Dat zal jij ook wel zo hebben ervaren.'

Ik knik.

'Voor wat het waard is: het zijn kundige mensen, geen cowboys. De veranderingen die ze doorvoeren zijn echt wel verbeteringen. Dus eigenlijk... Tja.' Hij trekt een spijtig gezicht en neemt een slok van zijn koffie. 'Bedrijfsmatig gezien klopt het allemaal en maken we hier grote stappen. Maar... hoe moet ik het zeggen?'

'Zeg het maar gewoon.'

Hij ontwijkt mijn blik. 'Het voelde hier vroeger als een verlengstuk van mijn huis.'

Bij de gedachte aan de tientallen foto's van zijn vrouw en kinderen aan de muren van zijn kantoor en zijn snuisterijen moet ik glimlachen. 'Zo ziet je werkplek er ook uit.'

'Zag.'

'Niet meer?'

'Joustra zit daar nu. Ze hebben me bij de inkoop gezet.' Hij grinnikt vreugdeloos. 'Ik zit al een poosje tegenover Hanny te werken.'

Ook ik kon vanochtend niet op mijn eigen stek terecht, omdat Ericsson kantoor houdt in mijn kamer – een vreemde gewaarwording. Toen ik binnenkwam sprong hij op en begon meteen over zijn uitglijder tijdens ons werkdiner. Er zijn niet veel mannen op hoge posten die hardop 'sorry' kunnen zeggen, maar hij deed het met droge ogen, al begrijpt een kind nog dat de excuses over zijn horkerige gedrag niet uit de grond van zijn psychopathische hart kunnen komen. Ik weet niet waar Bruno de 'CEO-Europe' mee gedreigd heeft, maar Ericsson is vandaag een stuk beter te pruimen. Inschikkelijk haast. Toch laat ik het etentje waarvoor hij me uitnodigde liever aan me voorbijgaan.

Terwijl Morris een tweede kop koffie inschenkt vertelt hij dat Ericsson een hal aan de andere kant van het bedrijventerrein heeft gehuurd. Het Europese distributiecentrum voor de tweedelijnscollecties wordt daar gevestigd, samen met de afdeling e-commerce. 'Ze zetten er stevig op in. We hebben constant ICT'ers over de vloer, ze willen de gekste dingen weten.' Morris blijft bij het keukenblok staan, roert in zijn koffie.

'Klinkt veelbelovend.'

'Zeker.'

'Maar?'

Hij kijkt peinzend voor zich uit. 'Zoals ik net al zei: het is gewoon wennen. Vivian D was geen familiebedrijf, maar zo voelde het wel. Snap je? Die betrokkenheid van iedereen. We hadden ieder onze eigen verantwoordelijkheid, je moest zelf maar zien hoe je het regelde.' Hij haalt zijn schouders op. 'Hoor mij nou. Ik was degene die zo graag wilde groeien.'

Iedereen wilde groeien, wil ik zeggen, maar ik weet me in te houden.

'Weet je, Vivian, als ik het thuis of bij vrienden over mijn werk had sprak ik altijd over "we". Tegenwoordig zeg ik "ze". Mijn vrouw merkte het laatst op. Dat zegt genoeg, denk ik.'

Op tafel zoemt mijn telefoon.

Terwijl mijn hand naar het apparaat schiet, weet ik dat het het ziekenhuis is.

Zestig

'Zozo, met twee man sterk?'

Ik zet me schrap om ervandoor te gaan, maar Marnix trekt me verder het kantoor van Ben Enders in.

'Ik zal het u straks allemaal duidelijk maken,' zegt hij tegen de directeur-eigenaar van Foox.

'Als het weer gaat over die baan voor haar, dan kan ik –'

'Straks, alstublieft,' zegt Marnix. 'Vertrouw me maar gewoon.'

Enders trekt een wenkbrauw op. 'Het is dat je de zoon van Corné bent, anders had je nu al buiten gestaan.'

Marnix opent zijn mond om iets te zeggen. Ik zie hem worstelen. Na een paar ongemakkelijke seconden zegt hij: 'Dat waardeer ik, meneer Enders. Bedankt voor de tijd die u voor ons wilt vrijmaken, en voor uw vertrouwen.'

Enders laat zich overtuigen, of misschien is hij gewoon nieuwsgierig. Hij zegt in elk geval niets meer terwijl hij zijn snor met duim en wijsvinger in model aait.

Ik geef hem over zijn bureau heen een hand en ga op Marnix' aanwijzing op een van de twee bezoekersstoelen tegen de muur zitten. Het kantoor van Ben Enders lijkt in niets op de buitenkant van het pand. Door de wandpanelen waan ik me in een Engels landhuis. Er hangen ingelijste reclameposters en olieverfschilderijen aan de muren, en foto's waarop Enders met bekende mensen staat. Veel modellen, televisiepersoonlijkheden, zelfs koningin Beatrix.

Marnix gaat tegenover Enders aan het bureau zitten. De directeur haalt een pakje Stuyvesant uit zijn borstzak en biedt Marnix een sigaret aan. Hij slaat hem af, waarna Enders er met veel omhaal zelf een opsteekt.

'Daar zitten we dan, Marnix van de Ven... Nooit gedacht dat ik uitgerekend jou nog eens op deze plek zou zien zitten. Ik ken je al vanaf dat je zó'n ventje was.' Hij houdt zijn hand ter hoogte van het bureaublad. 'Je hebt me versteld doen staan met je show. Fabelachtig.'

Enders blijft maar doorgaan over de aandacht die Marnix heeft kunnen genereren, de lovende pers. Mij negeert hij min of meer, maar van zijn secretaresse, die met een dienblad binnen komt lopen, krijg ik ook een kop koffie.

'Dus, jongen, het zal je niet verbazen waarom ik je heb uitgenodigd,' zegt Enders.

Marnix zet glimlachend zijn kopje terug op het schoteltje.

Ik bewonder het zelfvertrouwen dat hij tentoonspreidt, al besef ik goed dat die onbevangenheid een gevolg is van zijn afkomst. Zijn ouders zijn misschien niet de meest warme opvoeders, Marnix en zijn broer zijn van huis uit wel veel gewend. Bij hen komen bekende mensen en rijke ondernemers gewoon over de vloer – mijn moeder gaat de ramen al zemen als mijn vaders chef een huisbezoek komt afleggen. Je zou iemands carrière kunnen zien als een videospelletje, waarbij iemand als Marnix vanzelfsprekend heel wat levels mag overslaan.

Enders schraapt zijn keel. 'Nou, goed, jongen. Ik zal je niet langer in spanning laten. Ik wil je graag een baan aanbieden. Is het in orde als de dame...' Hij knikt naar mij. '... de ins en outs te horen krijgt?'

'Ze mag alles horen.'

Ik voel me opgelaten. Waarom heeft Marnix me hier mee naartoe genomen? Als hij alsnog wil proberen om een baantje voor me te regelen, wordt het heel gênant. Die man heeft al gezegd dat

dat niet gaat gebeuren. Nerveus peuter ik aan het prijskaartje in mijn broekzak.

Enders drukt zijn sigaret uit. 'We willen je graag in ons ontwerpteam. Je begint als junior stylist, maar als alles gaat zoals verwacht dan groei je met jouw capaciteiten binnen een jaar of anderhalf door en zul je uiteindelijk met Onno en Jacqueline gaan samenwerken. Dat betekent dat je samen met hen verantwoordelijk zult zijn voor onze complete collectie. En dan nu het –'

'Ik wil graag iets zeggen,' zegt Marnix.

Enders kijkt verstoord op.

'Mijn hart ligt niet bij ontwerpen, mijn capaciteiten evenmin. Ik doe liever iets met marketing en management of zo.'

'Of zo?'

Marnix knikt bedachtzaam. 'Daar ben ik nog niet helemaal uit. Maar ik weet wel dat ik geen ontwerper ben.'

Even lijkt Enders van zijn stuk gebracht, dan zegt hij: 'Soms zijn mensen zo vaardig op een bepaald terrein dat ze zelf niet inzien dat ze iets bijzonders kunnen. Voor hen is dat wat ze doen té makkelijk, dus kan het nooit waardevol zijn. Volg je me? De strebers verleggen hun focus naar vlakken die hun meer uitdaging bieden. Ze gaan dingen doen die wél moeite kosten, maar waar ze zelden in excelleren.' Hij pauzeert even om een nieuwe sigaret op te steken. 'Wat ik wil zeggen is dat ik het niet kan toestaan dat je het ontwerpen de rug toekeert. Je bent er te goed in. Let wel: nú al, en je komt net kijken. Je leert razendsnel, jongen, dat is iedereen hier opgevallen.'

'Nou, ik –'

'Kijk eens naar het artwork dat je in het begin leverde, dat met een paar aanpassingen eigenlijk al goed was, en naar het niveau waarop je nu zit. De shirts zijn niet aan te slepen. De klanten vreten ze.'

Marnix staat op van zijn stoel. 'Ik ben niet helemaal eerlijk geweest.'

'O?'

Ik vergeet te ademen. Marnix gaat toch niet vertellen dat het allemaal mijn werk is? Daarmee gooit hij zijn eigen glazen in. Straks kan hij zijn diploma inleveren.

Marnix loopt om zijn stoel heen en zet zijn handen op de rugleuning. 'De eindshow bestond grofweg uit twee delen. Enerzijds de collectie, dat is duidelijk, en anderzijds de presentatie en de organisatie die nodig was om die collectie tot haar recht te laten komen. De uitvoering, choreografie, muziek, timing, maar ook de pr. De jaarlijkse show heeft dit jaar meer pers getrokken dan anders.'

Enders knikt instemmend en mompelt de naam van het landelijke dagblad dat een kwart pagina aan de show heeft gewijd met een foto erbij van Marnix en Maaike Romero.

'Maaike was niet ingehuurd door de academie,' gaat Marnix verder. 'Ze liep alleen voor ons.'

Ons.

Hij zegt ons.

Mijn ogen flitsen van Enders naar Marnix en weer terug alsof ik een tenniswedstrijd volg.

'En de muziek,' gaat Marnix verder. 'Geen cassettebandje, maar drie muzikanten, en alles tot in perfectie afgestemd met de choreograaf en de modellen.'

'Het droeg absoluut bij aan de ervaring.'

Marnix perst zijn lippen op elkaar, zijn ogen dwalen even af naar buiten. Dan haalt hij zijn handen van de leuning en begint heen en weer te lopen. 'Meneer Enders, als u die onderdelen los beziet, dus collectie en presentatie, welke van de twee vond u dan beter?'

Enders haalt zijn schouders op. 'Eh... het was allebei goed. Meer dan goed.'

'Om dat allemaal bij elkaar te brengen waren twee mensen nodig. Ik heb Maaike Romero kunnen overhalen, de muzikanten en stoffenfabrikanten benaderd, brieven gefaxt naar de pers om meer aandacht te genereren. Al die dingen, de hele beleving, komen uit mijn koker.' Hij wijst naar mij. 'Maar de collectie is van haar.'

61

Marnix' ogen tasten het plafond af. 'Wat is dit?'

'Het ziekenhuis, je ligt op de intensive care.'

Hij vloekt. 'Dus...'

'Dus wat?'

Hij fronst. Vloekt weer.

Ik maak me zorgen. Marnix is al uren geleden bij bewustzijn gekomen, zijn broer is bij hem geweest, talloze verpleegkundigen en twee artsen. Bovendien is het overduidelijk dat dit een ziekenhuis is.

Mijn maag trekt samen bij de gedachte dat Marnix' hersenen onherstelbaar beschadigd kunnen zijn.

'Ik dacht...' fluistert hij.

Ik buig me voorover. 'Wat dacht je?'

Hij schudt bijna onzichtbaar zijn hoofd. 'Ik droomde dat ik het droomde.'

'Wat droomde?'

'Vallen.' Hij knippert met zijn ogen, alsof het licht te fel is, sluit ze dan.

'Dat heb je niet gedroomd. Die val van de trap was je redding. Daardoor kwam de onderbuurman kijken wat er aan de hand was. Anders was je misschien pas dagen later gevonden.'

Te laat.

Ik blijf roerloos aan het bed zitten, maar hij zegt niets meer.

'Hij slaapt,' hoor ik een stem achter me zeggen. In de deuropening staat een verpleegkundige.

'Is dat goed of slecht?'

'Goed.' Hij loopt op het bed af. 'Uw vriend was heel onrustig toen ze hem binnenbrachten. We geven hem tranquillizers, zodat hij zichzelf niet in gevaar kan brengen.'

'Onrustig?'

Hij vervangt een infuuszak en sluit er een slangetje op aan. 'Epileptische aanvallen. Dat zie je vaker bij een overdosis. Sommige mensen blijven er wel een week last van houden.' Hij kijkt schuin naar Marnix, glimlacht. 'Het lijkt erop dat ze nu voorbij zijn.'

Eenenzestig

'Waar zat je?'

Ik trek de voordeur achter me dicht. 'Bij Foox, waar anders?'

'Niet liegen, Clau.' Henrie spuwt de woorden uit. 'Ik was daar vanmiddag, en jij was er niet.'

Mijn gezicht voelt ineens warm. 'Wat deed jij bij Foox? Was je niet op je werk?'

'Ze stuurden ons eerder naar huis, dus ik dacht, kom, ik haal die kleine bij z'n oma op en zal hem 's laten zien waar z'n moeder werkt.' Henries stem slaat over. 'Maar ja, mama was er dus niet!'

Jonathan staat tussen ons in, met zijn gezichtje opgericht naar ons te kijken. In zijn knuistje bungelt een van zijn pluchen konijntjes, de dunne oortjes raken de grond.

Ik til Jonathan op en geef hem een zoen op zijn neus. 'Dag lieverd, heb je een leuke dag gehad bij oma?'

Hij knikt, kijkt wat benauwd naar zijn vader.

Ik zet hem weer op de grond. 'Ga maar eventjes naar je kamer, dan kunnen papa en mama even praten.'

Hij blijft staan.

'Hop, vooruit, lieverd. We gaan zo eten.'

Aarzelend loopt hij verder de gang in.

Ik wacht tot hij in zijn kamer is. 'Moet dat nou waar dat kind bij is?' sis ik.

Henries gezicht staat strak van woede. 'Die arrogante nicht zei dat je een vrije middag had.'

Ik loop de keuken in en zet mijn tas op tafel. 'Klopt. Mag dat niet of zo?'

'Waarom weet ik dat niet? Dat is toch raar? Je komt hier om halfzeven binnengelopen alsof je rechtstreeks van je werk komt. Als ik niet bij Foox was langsgegaan, had ik van niets geweten.'

Ik trek mijn jas uit en leg hem over de stoel.

'Waar heb je godverdomme uitgehangen?'

'Ik heb gesolliciteerd.'

'De afgelopen...' Henrie kijkt nadrukkelijk op zijn horloge, 'vier uur? Was dat sollicitatiegesprek in Groningen?'

Ik buig voorover om een schaal zuurkoolstamp uit de koelkast te pakken – oma Konings maakt altijd extra voor ons. Uit een keukenkastje haal ik twee vacuümverpakte rookworsten en een pot appelmoes.

'Ik praat tegen je,' hoor ik Henrie zeggen.

'Ik hoor je wel. Maar ik had dus echt een sollicitatiegesprek, ik kan er niets anders van maken.'

Het is de halve waarheid. Marnix en ik zijn in werkelijkheid nog geen halfuur bij Ben Enders op kantoor geweest. We kregen aansluitend van zijn secretaresse een rondleiding door het bedrijf; ik heb de ontwerpafdeling gezien en het enorme magazijn. Daarna heeft Marnix me meegenomen naar een van zijn favoriete kroegen in de binnenstad om het te vieren.

Ik had Henrie en Jonathan zo tegen het lijf kunnen lopen.

Arm in arm met Marnix, uitgelaten als een stel kleuters.

Waar zat ik met mijn hoofd?

Marnix en ik raken steeds hechter bevriend. We hebben nooit met elkaar gezoend, maar wie gelooft dat? Henrie zeker niet.

Een leugentje om bestwil, prima, maar dit wordt te erg. Henrie is mijn man, vader van mijn kind.

Ik draai me naar Henrie om. 'Ik wil geen ruzie.'

'Leg dan uit waar je mee bezig bent.'

Ik haal diep adem. 'Marnix, die jongen van het artwork, heeft nog eens met de eigenaar van Foox gepraat. Ik kon vanmiddag bij hem terecht om het over die baan te hebben, maar ik wilde er tegen jou niets over zeggen omdat er nog helemaal niets zeker was.' Weer een halve leugen.

Ik leg de worsten in de pan en laat hem vollopen met water.

'En?' vraagt Henrie.

'Ik mag een maand komen proefdraaien. Als ik goed genoeg ben mag ik op de ontwerpafdeling als styliste aan de gang.'

'Wanneer?'

Ik zet een braadpan op het vuur en laat er een klont boter in smelten. 'Zodra ze een nieuwe verkoopster voor in de winkel hebben gevonden. Dat kan volgende week al zijn.'

Henrie vuurt de ene na de andere vraag op me af. Hij wil weten wat ik ga verdienen en hoeveel uur ik moet gaan werken, en op welke dagen – vragen waar ik nog geen antwoord op heb, al vermoed ik dat het om een fulltimefunctie gaat. Dat vertel ik hem.

'Je kunt Jonathan niet nog vaker bij mijn of jouw moeder stallen,' is zijn reactie.

'Dat vinden ze helemaal niet erg.'

'Ik wel. Een kind heeft zijn moeder nodig, Clau.'

Uren later, als we in bed liggen, vraagt Henrie ineens: 'Waarom zou die gast dat allemaal voor jou doen, eigenlijk?'

Ik veeg gapend mijn haar uit mijn gezicht. 'Waarom zou hij dat niet doen?'

'Hij wil iets met je.' Henrie gaat rechtop zitten en trekt aan het lichtkoord boven het bed. 'Of hebben jullie al iets samen?'

Ik knipper met mijn ogen tegen het felle licht. 'Jezus, Henrie, doe even normaal. Marnix en ik zijn gewoon vrienden.'

Henrie slaat het dekbed van zich af en gaat op de rand van het bed zitten. Secondelang kijk ik naar zijn rug. 'Vrienden,' mompelt hij.

'Ik kan goed met hem praten.'

'*Bullshit!*' Henrie draait zijn bovenlijf met een ruk naar me toe. 'Vriendschappen tussen mannen en vrouwen bestaan niet. Eén van de twee wil altijd meer, en –'

'Ik weet dat je er zo over denkt.'

'Nou dan!'

'Je kunt het nog wel honderd keer zeggen, ik ben het niet met je eens.'

Hij haalt geërgerd zijn vingers door zijn haar en vouwt zijn handen in zijn nek.

Het laatste wat ik wil is ruzie, maar ik ben bereid het heel hoog te laten oplopen als Henrie me gaat verbieden om met Marnix om te gaan, of de baan bij Foox aan te nemen.

Ik ga zitten en sla mijn armen om mijn knieën. 'Henrie...'

'Je moet me niet bedonderen.'

'Ik bedonder je niet.'

'Nee?' Op het moment dat onze blikken elkaar kruisen besef ik pas dat het geen bezitsdrang is wat hem drijft, geen haantjesgedrag, maar oprechte angst dat ik ons gezin op het spel zet.

Hij neemt zijn rol als vader en echtgenoot bloedserieus.

'Clau...'

'Ik snap wat je bedoelt, Henrie, en het antwoord is: ik ga niet vreemd. Zo ben ik niet.'

'We hebben een kleine om voor te zorgen. Snap je? Dat manneke heeft ons nodig.'

Ik herhaal de woorden die ik Marnix vanmiddag hoorde uitspreken: 'Vertrouw me maar gewoon.'

Er trekken allerlei emoties over Henries gezicht. 'Kom hier,' fluistert hij.

Ik duw het dekbed weg en ga bij hem zitten.

Hij legt zijn hand in mijn nek, trekt me naar zich toe en beweegt zijn duim over mijn onderlip. Zijn andere hand verdwijnt onder mijn T-shirt.

Hoezeer we ook verschillen en hoe ver ik me soms van hem af voel staan, mijn lichaam reageert nog steeds op hem. En hoe.

Dit hebben we, schiet het door me heen als onze lichamen elkaar vinden.

Goddank hebben we dit.

62

'Excuses voor mijn cynisme.' Felix zit tegenover me in het ziekenhuisrestaurant. Er is geprobeerd om een gezellige sfeer te creëren met bruin meubilair, gedempt licht en plantenbakken, maar de illusie van een echt restaurant wordt tenietgedaan door de vele rolstoelen, bedrukte gezichten en infuusstandaards op wieltjes. De ruimte ruikt naar koffie en frituurvet.

'Maar ik vreet mijn Santoni's op als dit geen businessmodel is,' gaat Felix door, doelend op het menu van de dag, dat bestaat uit een bord frites met twee kroketten en een grote frisdrank. Een lichtkrant boven de vitrine adverteert met twee saucijzenbroodjes voor de prijs van één. 'Tweeledig,' doceert hij. 'Ze verdienen aan de service en houden de toevoer van nieuwe patiënten in stand.'

Grinnikend prakt hij een kroket op een snee brood; blijkbaar voelt hij zich onaantastbaar. Zijn eetlust lijkt ook niet te lijden onder de situatie.

'Misschien is het wel bedoeld als troosteten,' opper ik, en ik probeer een broodje kaas weg te kauwen.

'Troost? Te empathisch. Dat zou een verpleegkundige bedenken. Ziekenhuizen worden bedacht door andere spelers, met andere prioriteiten.'

Ik peuter een plastic laagje van de kaasrand en leg het naast mijn bord. 'Jammer.'

'Hoelang blijf je in Nederland?'

'Weet ik nog niet. Ik blijf voorlopig liever in de buurt.'

Sinds Marnix aanspreekbaar is bezoek ik hem drie keer per dag. Ik zou het liefst de hele tijd bij hem zijn, maar daar hebben we allebei niets aan. Marnix slaapt vooral.

'Het is in elk geval geweldig dat hij weer kan praten,' zegt Felix.

'Nou, ja, praten...'

Het is duidelijk dat Felix weinig contact had met zijn broer; de manier waarop Marnix zich nu uit, staat ver af van zijn kenmerkende vlotte babbel. Hij spreekt langzaam en bedachtzaam, onderbroken door pijnlijke stiltes wanneer hij niet op een woord kan komen. Lopen lukt niet, zijn arm hangt er onbeholpen bij. De arts vertelde vanmiddag dat er gevallen bekend zijn van patiënten die volledig zijn hersteld, al waarschuwde hij voor te veel optimisme. Marnix' lichaam heeft een flinke optater gehad.

Felix schuift zijn bord opzij en dept zijn mondhoeken met een papieren servetje. 'Kun je me dan nu eens vertellen wat er met hem aan de hand was? Wat er écht speelt? Ik neem aan dat je inmiddels navraag hebt gedaan op de zaak.'

'Waarom vind je dat zo belangrijk?'

Zijn blik boort zich in de mijne. 'Mijn broer probeert zichzelf de vernieling in te helpen en ik mag me van jou niet afvragen wat hem daartoe drijft?'

'Hoe vaak zien jullie elkaar?'

'Niet zo vaak.'

'Verjaardagen, kerst?'

Felix schikt zwijgend zijn horloge.

'Bel je hem weleens op, zomaar, om te vragen hoe het met hem gaat?'

'Nee. Maar hij belt mij net zo goed niet.'

'Stuur je hem überhaupt weleens een berichtje?'

Hij fronst. 'Nou, nee, ik–'

'Ook al niet?' Ik sta abrupt op, de stoel kantelt. Ik kan hem nog net tegenhouden en geef in een impuls een harde zet tegen de rugleuning, zodat hij voorover tegen de tafel aan klapt. 'Wentel dan niet alles af op mij om je schuldgevoel weg te poetsen!'

Ik kook nog steeds van woede als ik tussen het drukke verkeer naar het zuiden rijd. De arrogantie van Felix is stuitend. Hij legt de schuldvraag volledig buiten zichzelf.

Dat was vroeger al zo: Marnix' broer en ouders zagen Marnix als het zwarte schaap, de broer en zoon die zich tegen hen afzette en weigerde in het gareel te lopen. Ze zagen alleen niet dat het voor Marnix geen kwestie was van *niet willen*. Het was een kwestie van *niet kunnen*. Marnix kon alleen maar zijn wie hij was.

Tweeënzestig

'You are so beautiful... to me...'

Katja en Manon zingen mee met de radio. Ik hoorde de dj zojuist vertellen dat het nummer van Joe Cocker is opgedragen aan God, maar mijn collega's bezingen de verse oogst, die op een lange tafel ligt uitgestald.

Onno en Jacqueline zijn gisteren teruggekomen uit Parijs met koffers vol kleding die ze in de dagen na een beurs in de Franse hoofdstad bij elkaar gewinkeld hebben. Er liggen een broekpak van Versace in neongeel, een zachtgrijs rokje van Calvin Klein met steekzakken en stapels blouses, pantalons, jurkjes en jasjes die Jacqueline heeft gekocht in de Parijse vestiging van de Spaanse winkelketen Zara.

'Gaaf.' Manon wijst op een legergroen Zara-jasje. 'Deze kan zó de productie in. Niks aan veranderen.'

'Toch wel.' Onno zet zijn Lennon-brilletje hoger op zijn neus.

'Waarom? In Nederland kent niemand Zara.'

Jacqueline wijst fronsend op een naad. 'Geef die stiksels toch maar een kleuraccent.'

Onno neemt het jasje van haar over en houdt het aan de schoudervullingen omhoog. Fronst. 'Die studs moet je vervangen door een print. Sterren of stippen, met *puffs*. Zie maar wat het beste smoelt. Vraag anders een sample op, maar wel snel.'

Toen ik hier pas werkte had ik geen idee wat al die vaktermen betekenden. Puffs, *faux camaieux,* raglan, ton sur ton, prinsessenlijn... Ik voelde me onnozel en moest constant vragen wat iemand bedoelde. Nu ben ik drie maanden verder en hoewel ik elke week nog bijleer, ken ik de meeste termen wel.

Manon maakt aantekeningen op een blocnote, legt het jasje opzij en pakt een glanzende blouse van het tafelblad. Het model laat de schouders bloot. 'Oké, wat is –'

'Jean Paul Gaultier.' Onno trekt het kledingstuk uit Manons handen, vist nog een blouse uit de stapel en geeft ze aan mij. 'Jij gaat hiermee aan de slag, Claudia. En met dat Gaultier-jasje.' Hij wijst op een oversized roestbruin colbert met een dubbele rij knopen en enorme revers. 'Die fancy zakjes wil ik trouwens niet terugzien.'

Ik voel Manons ogen op me prikken.

Ze wordt keihard gepasseerd.

'Vanwege te herkenbaar?' vraag ik.

Onno schudt zijn hoofd. 'Te duur.' Hij neemt het jasje op zijn arm en aait het alsof het een kat is. 'De revers moeten smaller. Of helemaal weg. En ik wil een alternatief voor deze glansstof. Iets ruigers. Linnenlook met ingeweven gouddraad of zo.'

'Pantalon erbij of een rok?'

'Beide. Maak er maar een programmaatje omheen. Zorg dat het past in het army-thema, en gebruik alleen stoffen uit de Bilal-stalen. We hebben afspraken lopen met die fabrikant.'

Ik neem het colbert van hem over.

'Dat was het. Laat me maandag zien wat je hebt, want dit moet snel worden uitgezet.'

'Maandag?'

Onno doet alsof hij me niet hoort.

Achter hem stort Katja zich op een panterprint. '*You're everything I hoped for, you're everything I need...*' zingt ze boven de radio uit. Ze houdt de pantalon met een gelukzalig gezicht tegen zich aan.

Ik stoor me aan haar aanstellerige gedrag, maar op een of andere manier vindt Onno het grappig.

'De dierentuin is voor jou, Katja.' Hij buigt zich over de tafel, rommelt tussen de overgebleven kledingstukken en trekt er een brede leren ceintuur met een opzichtige gesp tussen vandaan. 'Serietje hiervan in *matching* kleuren bij die pantalon: zwart, wit, beige, goud.'

De verdere aanwijzingen die hij haar geeft gaan langs me heen. Maandag moet ik een heel programma rond deze twee blouses en het colbert overleggen. Dat wordt nachtwerk.

63

De treurberken staan er nog, aan weerszijden van de hoofdlaan. De vijfde rij, rechterkant. Ik weet het zeker: we hebben haar hier begraven, maar er ligt iemand anders. Iemand die pas twaalf jaar geleden is gestorven.

Ik haal mijn mobiel uit mijn tas en stuur een bericht naar Antoine:

RARE VRAAG, MAAR WEET JIJ WAAR OPOE VONK LIGT?

Hij reageert meteen:

SENTIMENTAL JOURNEY? GRAF IS GERUIMD VOLGENS MIJ.

Drie seconden later:

JA, GERUIMD IDD. KORT NA DAT VAN OPA STORIMANS, ZEGT MAMA.

KOM JE HIERHEEN? MAMA WIL PAS WAT BESTELLEN ALS JIJ ER BENT. #HONGERALSEENPAARD

Ik stop mijn telefoon weg en staar naar de grafsteen van de mij onbekende man. Op deze plek hebben we opoe destijds begraven. Opoe Vonk met het sigarettenpijpje en haar koffie die smaakte naar suiker en vette koffiemelk. Opoe Vonk met haar

Singer-naaimachine en haar ervaren handen, waarmee ze mijn allereerste werkje vormgaf, tastbaar maakte.

Opoe was een gegeven. Ze was er altijd. Het was normaal. Zo normaal dat het niet eens in me opkwam dat ze er op een dag niet meer zou zijn. Ik had haar bij leven moeten vertellen hoeveel ze voor me betekende.

Nu is zelfs haar graf er niet meer.

Iemand van de familie heeft daarover beslist in een periode dat ik mijn geboortestad beschouwde als een plaats uit mijn verleden waar ik nog maar af en toe kwam, omdat de confrontatie te pijnlijk voor me was, te ontregelend, en ik na elk bezoek dagenlang van slag bleef.

Vreemd genoeg staat alleen de begrafenis van opa Storimans me nog helder voor de geest – zijn kist, de bloemen en de manier waarop het zonlicht door de gebrandschilderde ramen viel. Van de kerkdienst voor opoe Vonk en de crematies van opa en oma Konings en oma Storimans is vrijwel niets blijven hangen.

Oma Konings stopte me elk weekend tupperwarebakjes toe met hutspot, snert of zuurkoolstamp, omdat ze wist dat Henrie en ik daar zo van hielden. Opa Konings bewaarde parkietenveertjes voor me, ook al zag hij er het nut niet van in. Oma Storimans peuterde bij vriend en vijand 'blaadjes met kleurenplaatjes' voor me los. Elke week weer. Opa Storimans luisterde naar me. Ik kon alles bij hem kwijt en hij gaf me het gevoel dat ik speciaal was.

En ik was alleen maar met mezelf bezig.

Drieënzestig

'Heb jij nog Tipp-Ex, Clau?'

Ik gooi mijn potje naar Manon, die het opvangt en er zonder bedankje mee in het kopieerhok verdwijnt.

Katja, Manon en ik hebben ieder onze eigen werktafel. Ze liggen bezaaid met kleurenwaaiers, stofstalen, schetsen, markers, stiften, lijm, linialen en knipsels. In het kopieerhok dat aan onze kamer grenst staat een archiefkast vol stofstaaltjes en papier.

Katja zet de radio harder en zingt mee met Salt-n-Pepa. Haar gezang werkt me op de zenuwen.

Ontwerpen doe ik het liefst in stilte. Die is hier schaars, dus ben ik na vijven het meest productief, als iedereen weg is. Soms neem ik tekeningen en stalen mee naar huis. Dan kan ik 's nachts in alle rust doorwerken, als Jonathan tenminste geen nachtmerrie heeft.

'Let's talk about sex, baby, let's talk about you and me!'

Ik probeer me te concentreren op het jasje en de Gaultier-blouses die voor me op tafel liggen. Bij dat eerste kreeg ik meteen al grootse ideeën, maar die heb ik bij Foox al snel leren negeren. Jacqueline gaat over de inkoop en zij zal echt geen groot borduurwerk van een tijger op het rugpand goedkeuren; Onno zal het haar niet eens willen voorstellen. En ook gekruiste – of beter nog: geknakte – geweren van zilver- en gouddraad kan ik vergeten, al zouden die perfect in het army-thema passen.

Foox heeft een paar basisregels. Een van de belangrijkste is dat onze ontwerpen fancy ogen, maar snel en goedkoop geproduceerd moeten kunnen worden. Daarvoor gebruiken we allerlei trucs. De 'puffs' waar Onno het over had zijn een goedkope vervanging voor opgenaaide versieringen, studs en borduursels. Het is een techniek waarbij een chemisch stofje aan textielinkt wordt toegevoegd; in de droogtunnel zwelt die inkt op, wat een zichtbaar en voelbaar reliëf geeft. Een doorsneeklant merkt geen verschil met een duurdere techniek.

Ik pak het jasje en sla het open. De afwerking is subliem, met kaarsrechte stiknaden, alles perfect symmetrisch. De voering is vlak en sluit mooi aan. Ik bevoel de stof, die glanst en soepel is, zacht en stevig tegelijk, en ik zou willen dat wij met zulke stoffen mochten werken. Gaat niet gebeuren. Ze zijn niet eens machinewasbaar. Dat is ook een van de basisregels, want Foox-klanten gaan niet naar de stomerij.

Ik loop naar de kast waarin we onze fournituren en stofstalen bewaren. In het Bilal-vak ligt alles door elkaar.

'Ik heb je Tipp-Ex teruggezet,' zegt Manon. Ze komt naast me staan, net als ik op zoek naar stalen.

'Deze zijn toch niet allemaal van Bilal?' vraag ik.

'Jawel, hoor.'

Ik neem een pakje stalen uit de kast waarin subtiel gouddraad is verwerkt en bekijk het aan alle kanten. 'Er staan alleen kleurcodes op.'

Ze wijst naar andere stalen in het vak. 'Op die ook. Jacqueline heeft ze laatst meegenomen uit Turkije.'

Ik neem ze mee naar mijn werkplek. Er zitten verschillende stoffen bij met gouddraad, maar geen ervan valt zo soepel als die van het Gaultier-origineel. Ik zal de snit moeten aanpassen. De lengte wil ik gelijk laten; ik houd wel van dit soort over de heup vallende, getailleerde jasjes. Hopelijk zegt Onno er niets van, want in onze aantallen telt ook elke centimeter extra.

64

'Daniëlle en ik hebben een geweldige dag gehad in Amsterdam,' zegt mijn moeder.

Daniëlle lacht. 'Ik voelde me net een prinses. Met dank aan jou, Claudia.'

Ik pers er een glimlach uit. Door alle commotie is het me volledig ontschoten dat ik Daniëlle had aangeboden om haar trouwjurk te maken. Joelle heeft de coördinatie van me overgenomen, waardoor alles zo'n beetje langs me heen is gegaan.

Jonathan schept foeyonghai op zijn bord. 'Ik ken niemand die haar trouwjurk samen met de oma van haar aanstaande heeft uitgezocht.'

Daniëlle trekt het deksel van de kipsaté en haalt er een stokje uit. 'Maar Hanka lijkt helemaal niet op een oma, vind ik.'

'Ze ís gewoon nog hartstikke jong.' Mijn vader richt zich lachend tot Daniëlle. 'Jaja, de generaties volgen elkaar snel op in onze familie, dus wees gewaarschuwd.'

Ze schudt grinnikend haar hoofd. 'Reken er maar niet op.'

Ik trek met een vork een stukje kip van de prikker. 'Wanneer waren jullie op het atelier?'

'Vorige week voor de tweede keer,' zegt mijn moeder.

'Er was een heel aardig meisje dat ons hielp,' vult Daniëlle aan. 'Sophie. Ze had schitterende ideeën.' Daniëlle kijkt met een schuin oog naar Jonathan. 'Maar ik kan er verder niks over zeggen, want dan weet hij het ook.'

Mijn vader schenkt een flesje bier leeg in zijn glas. Het schuim vloeit over de rand.

'Kun jij na al die jaren nog steeds niet fatsoenlijk een glas inschenken?' Mijn moeder staat op om een doekje te pakken.

'Daar heb ik jou toch voor?' grapt hij.

'Binnenkort fulltime,' zegt ze, als ze weer de kamer in komt.

'Hoezo?' vraag ik.

'Ik raak mijn baantje kwijt. Oom Johan gaat het café verkopen.' Ze dept de tafel droog en vouwt het doekje op.

'Waarom?'

'Zijn gezondheid,' zegt mijn vader. 'Die smalle trap nekt 'm eerdaags nog.'

Ik leg mijn mes en vork op mijn bord. Het café van Johan en Sein is al sinds ik me kan heugen in de familie. 'En nu?'

Mijn moeder haalt haar schouders op. 'Niks. Johan heeft het geld nodig.'

Even zegt niemand iets.

'Aan alle goede dingen komt een eind,' zegt mijn moeder, en ze schuift het bakje foeyonghai naar me toe. 'Er is genoeg, hè. Neem gerust meer.'

Ik neem een klein beetje om haar een plezier te doen.

Jonathan schuift de rest op zijn bord.

'Eten jullie elke zaterdag samen?' vraag ik.

Er wordt instemmend geknikt.

'Het is rond deze tijd toch spitsuur in het café?'

Jonathan veegt zijn mond af met een stuk keukenpapier. 'Ach, er is altijd wel iets. We maken er gewoon tijd voor.'

Ik wil me niet aangesproken voelen, maar het is onvermijdelijk. Niet alleen Jonathan en Daniëlle houden de zaterdag bij oma in ere, mijn broer en zijn vrouw schuiven ook regelmatig aan, samen met hun tweeling. Ook Henrie en Mandy prikken af en toe een vorkje mee, al zijn ze officieel geen familie.

Vroeger aten we elke zaterdag bij oma Storimans en op zondag bij oma Konings. Nu houdt mijn moeder de traditie in ere. Iemand moet het doen, schiet het door me heen, anders is de traditie één generatie later verdwenen.

'Zeg, opa,' hoor ik Jonathan vragen. 'Waarom ben jij eigenlijk afgekeurd? Je mankeert toch niks?'

'Zeker wel. Ik heb jarenlang een lui oog gehad, wist je dat niet?' Mijn vader wijst met een serieus gezicht naar zijn rechteroog – waar, voor zover ik weet, niets mis mee is, in tegenstelling tot zijn hart, waarvoor hij nog steeds bij de cardioloog loopt.

Iedereen kijkt hem vragend aan.

'Maar... daar keuren ze je toch niet op af?' vraagt Jonathan.

'Nou, jongen, dat klopt. Het zit zo: dat oog, da's uiteindelijk helemaal vanzelf goed gekomen. Alleen dat lui, hè, dat lui...' Mijn vader beweegt zijn handen over zijn borst en buik. 'Da's he-le-maal uitgezaaid.'

Ik verslik me in m'n eten.

Er is een conferencier aan mijn vader verloren gegaan.

Als ik een uur later aanstalten maak om terug te rijden naar Amsterdam, loopt mijn moeder achter me aan het gangetje in. 'Zo lief, wat je voor Daniëlle doet,' fluistert ze. 'Je hoort haar er niet over, maar ze vindt het verschrikkelijk dat haar vader naar Portugal is geëmigreerd. Met ons heeft ze toch een beetje familie.'

Er zit een brok in mijn keel die me verhindert te spreken.

Mijn moeder kijkt naar me, lieve ogen, rimpels bij haar slapen. Ze pakt mijn gezicht vast. 'Ik vind het jammer dat we je zo weinig zien. Maar da's geen verwijt, hè? Ik weet hoe druk je het hebt.'

Ik probeer te glimlachen, maar slaag er niet in.

'We zijn supertrots op je, schat. Dat weet je toch, hè? Het is reuzeknap wat je allemaal doet. Je bent het verste gekomen van ons allemaal. New York. Daar kunnen de meeste mensen alleen maar van dromen.'

Zwijgend knuffel ik mijn moeder.

Vierenzestig

'Waarom ben jij zo laat?'

Ik hang mijn jas aan de kapstok en geef Henrie een kus op zijn wang. 'We kregen vandaag kleding binnen die Onno en Jacqueline uit Parijs hebben meegenomen, daarmee moest ik meteen aan de slag.' Ik houd mijn tas met de stofstalen, samples en tekeningen omhoog. 'Het moet maandag af zijn.'

'Wordt het niet eens tijd dat jij je overuren gaat indienen?'

Ik loop langs hem heen de keuken in. Henrie krijgt zijn overuren betaald. Dat overwerken er bij Foox nu eenmaal bij hoort, is iets wat er bij hem maar niet in wil. 'Waar is Jonathan eigenlijk?' vraag ik.

'Hij logeert bij Mandy. Morgen gaan ze naar de speeltuin.'

'O? Fijn dat jullie dat ook even met mij overleggen.'

'Je bent er nooit.'

'Je hebt mijn doorkiesnummer.' Ik trek de koelkast open. Er staat een restje erwtensoep van oma Storimans. 'Heb jij al gegeten?'

'Wat denk je – het is goddomme zeven uur!'

Zwijgend stort ik de inhoud van het plastic bakje in een pannetje en zet het op het vuur. Ik haal twee sneeën brood uit de broodtrommel en besmeer ze met boter.

Henrie zit op zijn hurken bij de koelkast. 'Heb jij nog bier gehaald?'

'Hoe, op de fiets?' Ik giet de hete soep in een diep bord, pak een lepel en het brood en ga aan de keukentafel zitten. Met mijn onderarm schuif ik spullen opzij. Het halve tafelblad wordt in beslag genomen door kappersmateriaal van Mandy. Pakjes permanentvloeistof, rollers, een mandje met borstels en kammen, en een föhn. De ammoniakgeur begint me tegen te staan. Er zitten spettertjes haarverf op de voegen tussen de muurtegels. En op het tafelzeil. Ik kan er niets van zeggen, en dat moet ik ook niet doen: ze past twee dagen per week op Jonathan.

'Jonathan heeft nog nooit bij Mandy gelogeerd, heeft dat een speciale reden?'

'Ronald en Mandy willen vast een beetje oefenen.' Hij klinkt net iets te triomfantelijk.

'Waarvoor?'

'Nou, hoe het is, met een kleine d'r bij.'

Mijn lepel blijft boven het bord zweven.

'Mandy is in verwachting,' gaat Henrie door.

Ik laat de lepel in het bord zakken. Staar Henrie aan. Mandy is zwanger en vertelt dat aan Henrie.

En niet aan mij.

65

Een nachtelijke hagelbui trekt over Amsterdam. De steentjes plokken tegen de ruiten. Ik zit aan mijn eettafel met een deken om mijn schouders geslagen in het licht van de hanglamp. Voor me liggen tekeningen van cross-body avondtasjes, handtassen, clutches en shoppers. Hoewel ik vaker tassen heb getekend, haalden ze zelden de collectie. We zijn geen tassen- of schoenenbedrijf, de focus lag op kleding. Maar de nieuwe Vivian D is anders en accessoires horen daarbij. Thomas Li vertelde me dat The Fashion Lab samenwerkt met een in lederwaren gespecialiseerde tussenpersoon. Er is weinig wat die man niet kan realiseren, verzekerde hij me. Ik mocht me helemaal uitleven.

Mijn ideaal is een elegant, symmetrisch tasje van natuurlijk gelooid leer dat door gebruik mooier wordt. Ik ben dol op dat patina, en ook op stiksels: leer mooi, gelijkmatig doorstikken is tijdrovend, maar het resultaat oogt zoveel chiquer dan zo'n gemakzuchtige klinknagel. Als signatuur overweeg ik een gifgroene voering van suède of alcantara. En ritslipjes met ons logo, een gekleurde V. De tassen die ik voor ogen heb vormen de perfecte tegenhanger van het inferieure leerwerk waarmee de markt wordt overspoeld. Dat spuuglelijke saffianoleer, en leer dat voelt en oogt als plastic, of dat ook echt is. Scheve stiksels. Standaardritsen. Lubberende voeringen. Glimmende logo's waar de coating van afbladdert. Zielloos spul dat voor honderden euro's in de winkels ligt. Ook gerenommeerde merken doen eraan mee, onder druk van aandeelhouders en investeerders die groeiende winstcijfers eisen. Ik heb portemonnees gezien van totaal verschillende modehuizen die zo sterk op elkaar lijken dat ik vermoed dat ze allemaal bij dezelfde fabriek van dezelfde lopende band af komen rollen. Pure armoede.

Mijn vingers gaan vliegensvlug door de kleurenwaaier. Terwijl de hagelbui overtrekt probeer ik combinaties, bedenk variaties op ons logo en maak aantekeningen.

Hoe fijn het ook is om hiermee bezig te zijn, de creatieve energie vloeit nog niet echt. In New York lukte het beter. Het stuwende ritme van de stad, het ontheemde gevoel; ik kwam daar los van alles. Hier dwalen mijn gedachten steeds af. Marnix, mijn ouders, Jonathan en Daniëlle, lang geleden gestorven familieleden, oom Johan en het café, Morris en ander personeel op het atelier. Ze houden me vast in het hier en nu.

Mijn beste, authentiekste stukken ontwierp ik vanuit een gevoel dat nog het meeste lijkt op obsessieve verliefdheid: een hunkering die gedurende het creatieve proces verder aanzwelt. Het tastbare eindproduct belichaamt de ultieme vervulling.

Nu voel ik geen verliefdheid. Wel spijt. En twijfel. Hoop en angst.

Ik verzamel de schetsen en sta op van tafel.

Het is al bijna vijf uur.

Vijfenzestig

'Waar heb je deze stalen vandaan?' Onno houdt een reepje stof dat ik aan mijn kartonnetje heb vastgeniet tussen duim- en wijsvinger. Hij heeft mijn schetsen nauwelijks bekeken.

'Gewoon, uit het Bilal-schap.' Ik wijs naar de kast.

'Nee, hoor. Die hebben dat niet.' Hij zucht. 'Ik snap dat je aan deze stof de voorkeur geeft, maar we hebben nu eenmaal afspraken met die fabriek voor de komende collectie. Daar ben ik toch duidelijk genoeg over geweest?'

Ik staar hem aan. 'Ja. Daarom heb ik die stalen gebruikt.'

Onno plooit zijn lippen in een vreugdeloze grijns. 'Leuk geprobeerd, zonde van de tijd. Aan de slag, meid.' Hij draait zich om en loopt naar Katja's werkplek.

Ik verhef mijn stem. 'Onno?'

Hij draait zich om.

'Die stalen zijn wel degelijk van Bilal.' Ik wijs naar Manon. 'Vraag maar aan haar.'

Manon zet grote ogen op en legt haar handen op haar borst. 'Wat? Aan mij?'

'Doe nou niet net of je het niet meer weet. Ik vroeg het nog aan jou omdat ik twijfelde. Jacqueline heeft die stalen zelf meegenomen uit die fabriek, zei je.'

Ze trekt verbaasd een wenkbrauw op. 'Dat heb je dan echt verkeerd begrepen. Ik heb tegen je gezegd dat Jacqueline die stalen uit Turkije heeft meegenomen, maar ook dat ik niet precies weet van welke fabrikant.'

'Ik heb je om de dooie dood niet verkeerd begrepen.'

Uit Onno's gezichtsuitdrukking kan ik niet goed opmaken wie hij gelooft.

Katja heeft haar werk neergelegd.

Mijn stem slaat over. 'Ik verzin zoiets toch niet?'

'Ik wel dan?' roept Manon.

Onno streelt zijn paarse sjaaltje. Hij kijkt me ijzig aan. 'Hoe dan ook... Jacqueline gaat woensdag naar Turkije. Dus zorg maar dat je morgenvroeg een alternatief hebt – met de juiste stalen erbij.'

66

'Heeft Bruno je niet gebeld?'

Joelles stem klinkt zo helder over de autospeakers dat ik zou durven zweren dat ze naast me zit, maar er ligt een complete oceaan tussen ons in. En zes uur tijdverschil. Het is nog nacht in New York.

'Moet jij niet slapen?'

Ze grinnikt. '*Saturday night, baby.* Ik zit nu te borrelen en we gaan zo naar een *roof top party*. Bruno komt ook, dus ik denk: ik bel je even om te vragen hoe het ervoor staat. Die man blijft maar naar je vragen.'

'Ik hoorde hem voorbijkomen op mijn voicemail, maar ik heb nu wel iets anders aan mijn hoofd.'

'Dat snap ik.'

Ik kijk over mijn linkerschouder en voeg in op de snelweg. Het verkeer rijdt langzaam: ochtendspits op de Amsterdamse ring. 'Is het dringend?'

'Tja, dringend...' Op de achtergrond hoor ik geroezemoes, loungemuziek. Gerinkel van glazen. 'Het lijkt allemaal zo onbelangrijk, met Marnix in het ziekenhuis, maar hier is iedereen in rep en roer. Ze zijn bang dat je niet meer terugkomt.'

'Wat een onzin.'

'Ik weet het, maar ik kan het ze niet eens kwalijk nemen. Van die lancering hangt zoveel af.'

'Ik heb mijn ontwerpteam nog niet eens ontmoet.'

'Die meeting bij The Fashion Lab stond meteen na de opnames van de promotiefilmpjes ingepland, weet je nog? En jij vertrok toen halsoverkop naar Nederland. Ze zijn nou flink aan het doorpakken.'

'O, voor ik het vergeet, die documentairemaker die je eerder dit jaar in Parijs en in het atelier heeft gefilmd heeft plannen om naar New York te komen. Hij wil je volgen in de dagen voorafgaand aan de Vivian D-*world launch* begin september. Het doorpassen, de hele aanloop naar de show en hoe jij je thuis in Chelsea op de ochtend voor de show voorbereidt. Hij sluit niet uit dat er zelfs een aparte documentaire in zit voor Vivian D. Vet, hè?'

'Een camerateam in mijn huis? Ik geloof niet dat ik dat wil.'

'Natuurlijk wel! Die foto van jou en Leonardo heeft trouwens nog een staartje gekregen. Zijn management heeft contact opgenomen met KCW en *guess what*? Er is een grote kans dat zijn vriendin in de show mee gaat lopen. Dat wil zeggen dat Leonardo straks *front row* zit. Hoe cool is dat?'

'Zijn vriendin?'

Joelle noemt een naam die me niets zegt. 'Amerikaans model. Drieëntwintig. Ze deed nog geen high fashion, daarom ken je haar niet, maar ze heeft wel elf miljoen volgers op Instagram. Dus ik plan een lunch met haar in voor als je terug bent.'

In de verte zie ik de afslag. Schuin erachter de twee kenmerkende grijze torens van het gebouw dat ik in de afgelopen dagen beter heb leren kennen dan me lief is. 'Ik moet ophangen, Joelle. Ik ben bijna bij Marnix.'

'Doe je hem de groeten? Ik denk aan hem.'

Sure.

'Oké, dan ga ik je –'

'Wacht!' Ze schreeuwt het zowat. 'Wat moet ik nou straks tegen Bruno zeggen?'

'Dat hij zijn gemak moet houden.'

'Heb jij er dan zoveel vertrouwen in dat het allemaal goed komt?'

Hoe leg ik Joelle uit dat ik nu onmogelijk helder kan denken? Dat het stormt in mijn hoofd? De collectie, Marnix, mijn ouderlijk huis, Bruno, Daniëlles bruidsjurk – *mijn zoon gaat trouwen* – New York, influencers, Amsterdam, de documentaire, gifgroene voeringen van suède, het geruimde graf van opoe Vonk.

Ik heb vannacht twee uur geslapen.

'Vivian? Ben je daar nog? Thomas Li zei vanmiddag dat zijn ontwerpteam al in de weer is met de schetsen en opzetjes die jij hem hebt gemaild. Ben je niet bang dat ze die verkeerd interpreteren of er hun eigen draai aan gaan geven?' Ze wacht mijn antwoord niet af. 'Ik vind écht dat jij hier hoort te zijn. Zodra dat kan, natuurlijk, want ik snap het helemaal, hoor, als je bij Marnix wilt blijven. In het ergste geval zetten we een videolijntje op tussen jou en The Fashion Lab. Maar het gaat wel om jouw naam.'

'Ik zie wel, Joelle. Ik moet nu echt ophangen. Veel plezier straks, doe Bruno de groeten.'

Zesenzestig

Ik heb Jonathan net op bed gelegd als ik gemorrel bij de voordeur hoor. Henrie kan het niet zijn, die is naar een vergadering van de voetbalclub. Dan zie ik Mandy's blonde hoofd in de deuropening verschijnen. Ze glipt naar binnen.

Mandy heeft dus een sleutel. Dat verbaast me niets; haar illegale kapsalon is inmiddels vier dagen in de week geopend. Ze brengt meer uren in mijn keuken door dan ikzelf. Soms haalt ze Jonathan tussen de middag op van de kleuterschool – speciaal voor hem heeft ze een zitje op haar bagagedrager laten monteren.

Mandy loopt zonder iets te zeggen langs me heen en gaat in de woonkamer op de bank zitten, met haar gezicht in haar handen.

'Gaat het?' vraag ik.

'Ik wist niet waar ik anders naartoe kon,' fluistert ze.

Ik zet de televisie zachter en ga bij haar zitten. Ze ruikt naar zweet, haar haar is vochtig in haar nek en klit in strengetjes aan elkaar.

'Wat is er?'

'Ik kan het niet zeggen.' Haar stem klinkt schor, gebroken.

Ik voel me koud worden. 'Ronald?'

Ze knikt en schudt dan haar hoofd, alsof ze zich vergist.

'Praat tegen me, Mandy. Heeft hij je iets aangedaan?'

'Nee.' Ze beeft over haar hele lijf. 'Ik ben haar kwijt,' fluistert ze.

'Wie?'

'Mijn kindje.' Ze begint hartverscheurend te huilen. 'Ze was al helemaal af. Zo groot.' Ze houdt haar handen een stukje uit elkaar en staart naar de leegte ertussen. 'Met een gezichtje, ribbetjes, een buikje, armpjes, teentjes.'

Ze vertelt dat ze vanmiddag buikpijn kreeg en op bed is gaan liggen. De buikpijn ging over in krampen. 'Ik wilde de huisarts bellen, maar voordat ik bij de trap was, stroomde er bloed langs mijn benen. En toen voelde ik het.' Ze knijpt haar ogen dicht. Haar stem snijdt dwars door me heen. 'Ze was een ménsje, Clau. Een klein mensje.'

Mandy vertelt dat ze alles heeft schoongemaakt; op haar knieen, met handdoeken. Haar kindje heeft ze in een washandje gewikkeld en op het nachtkastje gelegd. Daarna is ze met een handdoek tussen haar opgetrokken knieën in bed gaan liggen.

Twee uur later kwam Ronald thuis van zijn werk.

Ze had steun verwacht.

'Hij wilde haar niet eens zien! Weet je wat hij zei? "Zo is de natuur, er zal wel iets mis mee zijn geweest."'

Ik leg mijn arm om Mandy's schouders en wieg haar.

Ronald was eerst lief, vertelt ze, hij had thee voor haar gezet, was bij haar gaan zitten. Maar na een uur of wat kon hij het niet meer opbrengen.

'Hij snapt er niks van. Ik haat hem. Ik haat hem echt. Hij zei zulke vreselijke dingen.'

Ik laat haar razen. Ronald Krete is niet bepaald mijn vriend – van niemand, eigenlijk. Iedereen gedoogt hem omdat hij nu eenmaal Mandy's vriendje is. Zij zegt steeds dat hij er niets aan kan doen dat hij is zoals hij is. Samen met zijn broers Rean en Robby groeide hij op in een ruig huishouden met een labiele moeder en een vader die gelukkig meer in de gevangenis zat dan thuis op de bank.

'Heb je de dokter nog gebeld?'

Ze hoort me niet. 'Ik weet niet of ik wel bij hem wil blijven, Clau. Hij is zo hard.' Haar handen beven in haar schoot. 'Ik denk niet dat ik hem dat kan vergeven.'

Ronald is nog aan de deur geweest, maar we hebben hem niet binnengelaten. Het leek ons beter dat Mandy vannacht hier zou blijven. Henrie wist Ronald te kalmeren en hij droop af.

Ik geloof dat iedereen nu slaapt. Jonathan in zijn ledikantje, Henrie naast me in bed en Mandy met een slaapzak op de bank. Ik draai me op mijn zij. Voor we naar bed gingen hoorde ik Henrie iets tegen Mandy zeggen waarvan ik schrok. Hij zei: 'Misschien moet je juist blij zijn dat je geen kind met hem hebt. Want dan had je nou aan hem vastgezeten.'

Ik vrees dat hij het zelf zo voelt: dat hij aan me vastzit. Aan die zonderling die 's nachts uit bed glipt om te tekenen, die nooit eens gezellig met zijn moeder naar de markt gaat.

Je moet me niet bedonderen.

We hebben een kleine om voor te zorgen.

67

Weer een nieuw woord geleerd: woordvindstoornissen. Zo noemt de neuroloog de aandoening waar Marnix mee kampt. Het hoeft niet blijvend te zijn, maar voorlopig kan Marnix nog geen twee zinnen achter elkaar uitspreken zonder gefrustreerd te raken.

'Ik snap wat je bedoelt,' zeg ik. 'Maak je niet druk.'

'Dat doe ik...' Hij maakt ronddraaiende gebaren met zijn goede hand, fronst. 'Doe ik...'

'Dat doe je wel?' Ik pers er een glimlach uit. 'Zie je, het komt goed.'

Hij schudt geërgerd zijn hoofd. 'Kasplant.'

Mijn telefoon gaat. Ik diep hem op uit mijn tas, kijk op het schermpje en stop hem weer weg.

'Geniet er maar van, van al die aandacht. Ik blijf niet eeuwig aan je bed zitten.'

'Jammer.'

Grinnikend sta ik op en loop naar de tafel bij de muur. Hij staat vol met fruitmanden, vazen en emmertjes met rozen en exotische oranje takken van de bloemisterij op de gracht, nog in het plastic. Veel mensen hebben het persbericht gelezen waarin gemeld wordt dat Marnix is getroffen door een herseninfarct. Gelogen is het niet, we hebben alleen de aanleiding weggelaten.

Ik lees de kaartjes. 'Je wordt gemist door vriend en vijand.'

Hij trekt zuchtend een wenkbrauw op. Heft zijn goede hand. De andere ligt werkeloos op het laken. Marnix' linkerarm functioneert niet meer, net als zijn linkerbeen. 'Ik mis me... mezelf ook,' zegt hij.

Het gaat hem allemaal niet snel genoeg, maar ik voel me een stuk beter nu hij er niet meer zo roerloos en bleek bij ligt. Hij is sterker dan hij beseft; vandaag kan hij alweer een beetje meer dan gisteren.

Bij binnenkomst vanochtend trof ik de arts op zijn ronde. Hij heeft me bijgepraat over Marnix' toestand en verteld wat er allemaal nog meer kapot had kunnen gaan – de controle over blaas en endeldarm, de slikfunctie. Ook grote karakterveranderingen komen voor. In dat licht heeft Marnix ongelooflijk veel geluk gehad.

'Kun je wel lezen eigenlijk?'

Hij knikt en pakt een drinkbeker van zijn tafeltje. Brengt het rietje naar zijn mond. Het gaat nog niet gecoördineerd.

Mijn telefoon gaat weer. Ik haal hem uit mijn tas en kijk op het scherm. Bruno weet van geen ophouden. Het is daar verdorie vier uur 's nachts. Zo enerverend is die *roof top party* blijkbaar niet. Ik druk hem weg en ga weer bij Marnix zitten.

'Ze zeg... zeg... zeggen dat ik naar een revalidatiecentrum moet,' zegt hij tussen twee slokjes door. 'Daar gaan ze me weer lopen leren. En woorden... woorden...' Hij fronst.

'Woorden vinden?'

'Ja. Vinden.' Hij zet hoofdschuddend zijn beker weg. Vloekt.

Opnieuw zoemt mijn telefoon.

'Wie is dat steeds?'

'Valerio Bruno. Er is paniek in New York.'

'Waarom?'

'Om mij. Ze hebben me nodig.'

'Waarom ben... je dan hier?'

Ik buig me naar hem toe. 'Waarom denk je?'

Marnix sluit zijn ogen.

Net als ik denk dat hij in slaap is gevallen, zegt hij: 'Het is ook mijn succes.'

'Wat bedoel je?'

Hij opent zijn ogen. 'Je moet erheen. Om het... om het af te...'

'Af te maken?'

'Ja. Ik heb het verpr... verpr... eh...'

'Verprutst? Daar moet je nu niet aan denken. Het is niet belangrijk. Het is maar werk.'

Hoor mij nou.

Marnix schudt geërgerd zijn hoofd. 'Je moet... erheen. Dan wordt het tenminste nog iets.'

Ik schuif dichter naar hem toe en pak zijn hand vast. 'Maar dan ben ik niet bij jou.'

'Dit... Ik wilde dit.' Hij kijkt me indringend aan. 'Altijd al.'

'Dat weet ik.'

Marnix' toekomstdroom was dat Vivian D wereldwijd zou doorbreken, al vanaf het begin, en die droom staat nu op het punt om uit te komen. Als ik me er persoonlijk voor inzet, vergroot dat de kans op succes. Succes dat zal afstralen op Marnix; hij was degene die de knoop doorhakte en uit alle aanbieders koos voor de visie en het netwerk van Valerio Bruno. En al had hij niet kunnen voorzien dat ze hem op een zijspoor zouden zetten, hij koos voor groei. Het succes van Vivian D zal Marnix' fatale beslissing in één klap ombuigen tot een geniale beslissing.

Marnix wil winnen.

Winnen van de concurrentie.

Maar meer dan dat wil hij winnen van zichzelf. Van zijn ouders en zijn broer.

'Je moet *shinen, baby*,' fluistert hij. 'Laat... laat ze wat zien.'

Zevenenzestig

'Ik vind het niks, zo.'

Onno kijkt naar mijn tekening alsof het een drol is die ik plompverloren op de vergadertafel heb neergelegd.

Hoezo *niks*?

Dat Onno van alle herziene ontwerpen juist het colbert zou afkeuren, had ik niet verwacht. 'Wat is er niet goed aan?'

'Het is veel te lang,' valt Jacqueline hem bij. Met de roodgelakte nagel van haar duim zet ze een streep over de tekening. Ze gaat een paar keer heen en weer, zodat er een rode lijn verschijnt. 'Hou deze lengte aan. Niet langer. Dat scheelt onnodig textiel.'

'Maar dan valt hij halverwege de heup.'

De blik die ze me toezendt is dodelijk.

'Het is gewoon niet mooi,' ga ik door. 'Dan komt het accent op de heupen te liggen.'

'Ga je ons nu de les lezen?'

Onno buigt zich naar me toe. 'Je zag toch hoe mooi dat jasje Caroline stond?'

Caroline is onze pasdame. Ze heeft vanochtend samples geshowd die door de fabriek zijn opgestuurd. Carolines lichaamstype zou model moeten staan voor de gemiddelde Foox-klant, maar in de praktijk hebben weinig vrouwen zulke smalle heupen. Jongensachtig – zoals die van mij.

Onno kucht. 'De pantalon vind ik ook niet zo goed.'

'Niet?' Juist over de broek ben ik heel tevreden. Ik heb hem vanaf de basis zelf ontworpen en dus niemands oorspronkelijke ontwerp geweld aangedaan met allerlei nutteloze aanpassingen.

'Die opgestikte zakken zijn te *seventies*,' legt hij uit. 'Teken gewoon even steekzakken in, dan is het in lijn met de rest van de collectie en is het wat mij betreft akkoord.'

Vanbinnen schreeuw ik.

Ze willen het echt. Een jasje dat halverwege de heup valt combineren met een pantalon met steekzakken. Die zakken gaan uitstaan, daar kun je donder op zeggen. Gevolg: nog meer nadruk op de heup. Jacqueline heeft het over onnodig textiel, maar dit maakt de gemiddelde vrouw onnodig breed. Waarom zou je zoiets willen verkopen?

'Steekzakken dus,' herhaal ik. 'En een korter jasje. Halverwege de heup.' Ik maak een paar aantekeningen. 'De rest is wel goed?'

Onno antwoordt niet. Hij keert me de rug toe terwijl hij mijn andere ontwerpen met Jacqueline doorneemt.

'Ik mis nog iets,' zegt ze.

'Dit is misschien ook wat te lang,' mompelt Onno.

Ze overleggen samen alsof ik er niet bij ben.

Juist als ik me begin af te vragen of ik niet beter een kop koffie voor mezelf kan gaan halen, draait Onno zich naar me om.

'Als je nou toch nog met dat jasje aan de slag gaat, teken er dan ook maar een plissérokje bij. Net boven de knie lijkt me wel oké.' Hij kijkt Jacqueline aan.

Ze knikt.

Plissé?

'Bronskleurig,' zegt Jacqueline. 'Iets wat matcht met de knopen van het colbert.'

'Vind je plissé niet een beetje tricky?' vraag ik.

'Tricky?'

'Nou... Het staat de meeste vrouwen niet.'

Jacqueline zendt me een koel glimlachje toe. 'Dan zorg jij er maar voor dat het wél staat.'

'Plissé is nog steeds veelgevraagd,' zegt Onno.

'Ik dacht dat ik hier was aangenomen om te ontwerpen. Om zélf dingen te bedenken.'

Jacqueline tikt met haar pen tegen haar kin. 'Lieve kind, haal je maar niets in je hoofd. Ontwerpers kennen we hier niet. Dit is Foox, niet Chanel.'

Ik hoor Manon grinniken.

'Je kunt daar natuurlijk altijd solliciteren,' zegt Onno giechelend. 'Je hebt er zo'n kijk op, ze nemen je vast meteen aan.' Hij wuift speels zijn woorden weg. 'Grápje, hè, meid. Nou, aan de slag. Jacqueline moet alles morgenochtend hebben.'

Als ik Marnix op de schemerige parkeerplaats voor het pand tref, is het lagedrukgebied in mijn hoofd nog steeds niet opgeklaard.

'Gewoon meebuigen,' zegt Marnix. 'Het komt vanzelf goed als ze zien wat je in huis hebt.'

'Manon wil dat ik de mist in ga.'

'Ze is bang voor haar eigen positie. Niks van aantrekken. En de volgende keer gelijk naar Onno stappen als je ergens over twijfelt.'

'Na die misselijke Chanel-opmerking?'

'Wiens brood men eet, wiens woord men spreekt. Hij is afhankelijk van Jacqueline.'

'Dus trapt hij me de grond in waar iedereen bij staat?' Ik zucht. 'Sinds dat gedoe met die stofstalen kan hij niets meer van me hebben.'

Marnix geeft me een por tegen mijn schouder. 'Kop op, laat je niet gek maken. Niemand daarbinnen zal ooit jouw niveau halen, hoe hard ze hun best ook doen, dus proberen ze je klein te houden.'

'Denk je?'

'Absoluut. Ze reageren hun onvrede over hun eigen tekortkoming op ons af. Maar onze tijd komt nog wel.'

68

‘Wat ben ik blij dat ik jou weer zie!’ Victoria Corel grijpt me bij de schouders en geeft me een knuffel.

Haar enthousiasme overvalt me.

‘Kom gauw mee.’ Ze sleurt me zo’n beetje naar de vergaderruimte. ‘Het wordt een *crazy year* voor je, Vivian. Crazy.’

Thomas Li knipoogt naar me vanachter zijn blauwe brilmontuur. Eerder vandaag stelde hij me voor aan zijn team. Een aantal ontwerpers kende ik al, maar ik heb niet alle namen onthouden. Dat komt nog wel. Het belangrijkste is dat ik me om niets zorgen heb gemaakt. Ook zonder mij persoonlijk te kennen heeft dit team begrepen wat wij met Vivian D voorstaan, en er zijn op een interessante manier grenzen opgezocht. Een van de teamleden kwam met een serie grove breisels en de senior designer – Paul, geboren Engelsman – bracht een elegant serietje jeansjurkjes met prinsessenlijn in. De samples uit Italië zien er al heel goed uit; Bruno en Victoria Corel hebben niet overdreven toen ze zeiden dat de fabrieken en ateliers van de derde compagnon, Bianchi, heel snel konden leveren. Zelfs de schetsen die ik vanuit Amsterdam naar Li heb gemaild blijken door The Fashion Lab al deels te zijn uitgewerkt. Iedereen vond de consequent doorgetrokken, uniform gekleurde tassenvoering een mooi detail, al deed het groen Paul te veel aan Kenzo denken. Hij gaat ermee aan de slag en komt er nog op terug. Li merkte op dat er al wat accessoires in productie zijn; de samples liggen bij Verkoop. Hij zou ze later nog aan me laten zien.

Ze snappen het hier, het klopt gewoon.

Ik moet erop vertrouwen. Loslaten.

Ik moet deze mensen gewoon hun werk laten doen.

In de witte vergaderruimte staat een lange tafel. De zes mensen eromheen stoppen meteen met praten als ze ons zien. Behalve Bruno ken ik niemand van het gezelschap.

Hij pakt me bij mijn middel en kust me op beide wangen. 'Fijn dat je er bent. Ik zal je even aan iedereen voorstellen.'

Op dagen als deze mis ik Marnix naast me. Hij onthoudt gezichten, namen, functies en ook allerlei verbanden tussen mensen zonder daar ogenschijnlijk moeite voor te hoeven doen. Ik krijg het niet eens voor elkaar om alle namen te onthouden. Simon, Ezra, Leah, Deveny... Steve? Ze werken alle vijf voor KCW, het invloedrijkste pr-bureau in de modewereld. Ik moet niet te lang stilstaan bij de imponerende lijst topmerken waarvoor zij werken en houd mezelf voor dat ik voor hen de creative director ben van een grote, nieuwe klant, en dus net zo goed een belangrijke gesprekspartner.

Deveny neemt het woord, een frisse twintiger die me qua uitstraling en energie doet denken aan Sophie. Geen oogmake-up, wel rode lippenstift. Ze legt uit dat dit vijfkoppig team binnen KCW verantwoordelijk is voor de lancering van Vivian D. 'Wij beschikken over eigen netwerken en weten aan welke touwtjes we moeten trekken om iets gedaan te krijgen.' Deveny is degene die regisseur Michael Duko heeft binnengehaald. 'De filmpjes kunnen we je nog niet laten zien, de *edit* verkeert nog in een prematuur stadium.' Ze glimlacht ontwapenend. 'Maar ik kan je alvast melden dat Mister Duko tevreden is. De opnames hoeven niet over.'

'Ik heb er al iets van mogen zien,' zegt Corel. 'Heel naturel, *genuine*. Perfect.'

Deveny begint uit te leggen hoe KCW Vivian D ziet, waarin ons merk zich onderscheidt van de rest en hoe het bureau onze identiteit wil benadrukken in het mediaplan. 'Vivian D staat voor een succesvolle vrouw die hecht aan stijl en traditie, maar ook houdt van glamour en avontuur,' doceert ze. 'Die waarden komen tot uitdrukking in de kwaliteit en elegantie van alle kleding en accessoires.' Ze pauzeert, houdt haar hoofd een beetje scheef. 'We zetten met onze strategie stevig in op de aantrekkingskracht van Dutch design en de bekendheid van Amsterdam. De *likability*-factor, een zeer belangrijke pijler, zit 'm in het feit dat je volledig selfmade bent. Daarmee vorm je een sympathiek rolmodel en een inspiratiebron voor vrouwen van over de hele wereld.'

Er wordt geklapt.

Ik voel me meer opgelaten dan gevleid, en hoop dat dat niet al te duidelijk merkbaar is.

'Mijn collega komt daar zo nog op terug,' zegt Deveny, en ze vervolgt met een knipoog naar een lange, knappe man: 'Eerst praat Simon ons bij over de online ontwikkelingen.'

Terwijl Deveny weer gaat zitten, loopt er een man naar voren die me meer doet denken aan een kickbokser dan aan iemand uit de mode of de reclame. Zijn T-shirt hangt losjes om zijn gespierde lijf. Hij klapt zijn MacBook open en laat op het grote scherm een korte presentatie zien van de nieuwe Vivian D-site, die nog in aanbouw is. De webwinkel is straks in zes talen beschikbaar en krijgt bewegend beeld, zodat je kunt zien hoe een kledingstuk valt tijdens het lopen en draaien, een vierentwintiguursklantenservice en een chatfunctie. Simon rapporteert rechtstreeks aan Victoria Corel. 'De site gaat in juli al online, er is dan uiteraard nog niets te koop, maar er zal al genoeg te zien en te beleven zijn.'

Corel onderbreekt hem. 'Exclusieve previews voor leden en persoonlijke uitnodigingen voor events, zoals de feestelijke openingen van de Vivian D-stores.'

'Dank je, Victoria. De show wordt in september live uitgezonden en direct erna wordt de hele site vrijgegeven en kunnen klanten hun bestellingen plaatsen.'

'Indrukwekkend,' zeg ik.

Hij wijst naar me. 'Ik zie je denken: hoe zit het met de show zelf?'

Dat dacht ik niet, maar ik knik braaf.

'We zijn er volop mee bezig. Momenteel inventariseren we de mogelijkheden en de locaties in samenspraak met de New York Fashion Week.' Hij kucht achter zijn vuist. 'Goed. Dan wil Steve je nu graag om een gunst vragen.'

Een kleine, donkere man – type leraar-professor in een tweed jasje – neemt zijn plaats in. Hij slaat zijn armen over elkaar alsof het frisjes is in de vergaderruimte. 'Deveny merkte zojuist al op dat we flink willen inzetten op jou, op Vivian D, het sympathieke gezicht van het merk. Een authentieke persoonlijkheid met wie vrouwen zich graag identificeren. We denken dat we veel meer aandacht zullen genereren als jij persoonlijk aanwezig bent bij de officiële opening van de Vivian D-winkels. Alleen al de free publicity die daarmee gepaard gaat, is van onschatbare waarde.'

'Hoe dan?'

'Je gaat op tournee, direct na de show. Drie weken non-stop. De bedoeling is dat er lokale celebrity's en media bij elke winkelopening aanwezig zijn, zodat we het uiterste uit elk bezoek halen.'

Die zag ik niet aankomen. Ik, touren?

'Ik neem aan dat je het hebt over Amerika?' vraag ik

'Amerika, Europa en Azië: Singapore, Hongkong, Bangkok en Dubai.' Hij wrijft in zijn handen. 'Het wordt bikkelen, maar je reist uiteraard zo comfortabel mogelijk. Businessclass, en als de aansluitingen slecht zijn per privéjet, en natuurlijk reist je assistente met je mee, plus een visagist en stylist naar keuze. Mocht je behoefte hebben aan een personal trainer of masseur, laat het ons weten. Er gaan sowieso twee mensen van ons bureau mee en een eigen fotograaf.'

Achtenzestig

Mandy zit aan de keukentafel haar nagellak eraf te pulken. Haar laatste klant is al een uur geleden vertrokken, maar zelf maakt ze geen haast om weg te gaan. Sinds de breuk met Ronald woont ze weer bij haar moeder, die haar constant op de huid zit.

'Ik wil zo snel mogelijk een eigen huisje,' zegt ze. 'Liefst met een logeerkamer met een wasbak, zodat ik thuis kan werken op dagen dat ik niet op Jonathan pas.'

Vanuit de woonkamer klinkt vrolijke jazz. Jonathan ligt op de bank video te kijken – *Jungle Book* is zijn lievelingsfilm sinds hij die van oma Elly op VHS heeft gekregen.

'Ik ben gisteren naar de dokter geweest.' Mandy staat op en loopt naar het aanrecht.

'En?'

Ze houdt een vaatdoekje onder de kraan en wringt het uit. 'Hij heeft me doorgestuurd naar de gynaecoloog.'

'Nog steeds pijn?'

'Geen pijn. Gewoon... ik weet niet. Een gevoel dat er iets niet goed zit. Soms denk ik weleens dat dit mijn straf is.'

In de woonkamer zingt Jonathan: 'Als je van béren léren kan, van slimme béren léren kan...'

'Waarvoor?' vraag ik.

Ze haalt het doekje geroutineerd over het tafelzeil. 'Je hoort er de laatste tijd veel over. Van die ziektes waarvan je niet weet dat je ze hebt, waar je onvruchtbaar van kunt worden.' Ze staakt haar bewegingen en kijkt naar de woonkamer, waar Jonathan nog steeds uit volle borst met Baloe de beer meezingt. 'Dat zou ik echt verschrikkelijk vinden.'

69

'Neem nog wat.' Oscar Lens schept pastrami op mijn bord en legt er een hoopje zuurkool naast.

Ik schuif het botermalse vlees zonder morren op mijn vork en neem een hap – mijn eerste zonde van het nieuwe jaar, dat nu drie weken oud is.

De nazomer heeft tot diep in november standgehouden. Het bleef zo lang zwoel en aangenaam in de stad dat het me verbaasde toen de winter toch nog inviel. In de binnentuin zijn de kale takken van de eik bedekt met een laagje sneeuw, als op een plaatje in een prentenboek. De hemel boven het huizenblok is loodgrijs; er komt nog meer neerslag. Het deert me niet: verwarmde taxi's brengen me naar lunchafspraken, meetings en exposities en Lens' huis is behaaglijk in de winter. Dat de oude man in New York blijft en ik dus niet alleen in dit grote huis hoef te wonen, is een onverwachte bonus. Hij heeft een vaatoperatie ondergaan, zijn chirurg heeft hem afgeraden om naar zijn winterhuis in Londen te vliegen.

Lens schenkt nog wat wijn in mijn glas. Terwijl ik er een slokje van neem, blijft mijn blik haken aan een weckpot vol suikerzakjes die achter hem op het aanrecht staat. Deze man, met al zijn miljoenen, spaart suikerzakjes en zelfs papieren servetten uit restaurants op en presenteert die zonder gêne aan zijn gasten. Een pak suiker kopen ziet Lens als verspilling, maar de cabernet sauvignon uit Napa Valley die hij vanavond schenkt kost negentig dollar per fles.

'Goed te horen dat je je collectie grotendeels op de rit hebt.' Lens veegt zijn handen af aan zijn servetje – er staat een logo op van een grillrestaurant. 'Ben je tevreden tot dusver?'

Ik knik.

'Niet te veel concessies hoeven doen?'

'Helemaal niet, zelfs.'

'Mooi om te horen.' Hij kijkt me indringend aan over de rand van zijn glas. 'Knap dat het je is gelukt om je authenticiteit te bewaren.'

'Ik doe niet anders.'

'Word je dan nooit beïnvloed door het werk van concurrenten?'

'Ik denk niet dat je dat volledig kunt uitsluiten, maar er is een verschil tussen geïnspireerd raken en doelbewust *copycatten*.' Lens interesse voert me terug naar mijn tijd bij Foox, waar alleen maar gejat werd. Iedereen die ook maar een beetje was ingevoerd in de modewereld zag wat we deden. Het was in de confectie niet iets om je voor te schamen. Iedereen deed het. En doet het nog steeds. 'Ik ben ooit begonnen als stylist bij een confectiebedrijf. Alles wat we in de collectie opnamen was gebaseerd op een bestaand item. We bedachten niets *from scratch*. Toen ik mijn eerste stappen als designer zette, dacht ik in mijn jeugdige argeloosheid dat jatwerk op dit niveau niet meer zou voorkomen.'

'Wel, dus?'

'Regelmatig.' Ik vertel Lens over de rechtszaak die schoenontwerper Jan Jansen ooit aanspande tegen Giorgio Armani. Armani had een schoen in productie genomen die Jansen twaalf jaar daarvoor had ontworpen. Een styliste van het Italiaanse modehuis bleek het betreffende paar bij een bezoek aan Amsterdam op een rommelmarkt te hebben gescoord en was ermee aan de haal gegaan. Heel gênant. De rechter stelde Jansen in het gelijk en Armani staakte de productie van de schoen. Uitzonderlijk, want zulke zaken liggen juridisch ingewikkeld.

'Het is moeilijk in te schatten waar inspiratie ophoudt en imitatie begint,' zeg ik. 'Ontwerpers zijn mensen. We leven allemaal in dezelfde tijd in dezelfde wereld, staan dus deels aan dezelfde indrukken bloot en worden beïnvloed door wat er op politiek, sociaal, cultureel en economisch vlak speelt. Daardoor ontstaan er stromingen in het modebeeld. Je kunt die dingen niet los van elkaar zien.'

'Hoe bedoel je dat?'

'Elk kantelpunt in de geschiedenis, elke verschuiving, leidt ook tot veranderingen in de mode. Je hoort weleens beweren dat de modewereld het modebeeld *bepaalt*, dat onze invloed op het straatbeeld groot is, maar ik zie onze ontwerpen juist als *reactie* op wat er om ons heen gebeurt. Wij dicteren niet, wij reageren.'

Lens zit geïnteresseerd te luisteren. Tuit zijn lippen. 'Hou me ten goede, maar wat voeg je dan eigenlijk nog toe?'

'Genoeg. We kijken allemaal net even anders naar de wereld, dus is onze reactie daarop ook uniek.'

'Je persoonlijkheid,' concludeert hij.

'Afkomst, scholing, ervaringen, je sociale omgeving.' Ik glimlach. 'Ook de gesprekken die je hebt.'

'Onze gesprekken?'

'Zeker.'

Dat doet hem zichtbaar deugd – zijn ogen schitteren.

Ik wijs op de eik in de tuin. 'Ik was nooit op het idee van de Indian Summer-collectie gekomen als ik niet avondenlang met u onder die boom had gedineerd. De verhalen die u vertelde over uw jeugd hebben me geraakt.'

'Zo speciaal is mijn geschiedenis niet.'

'Wel voor mij. Uw grootvader bouwde huizen voor zijn familie en plantte bomen. Hij drukte zijn stempel op latere generaties Lens en op dit huizenblok.'

Lens staat op en gaat met zijn armen over elkaar bij het raam staan. Buiten vallen dikke sneeuwvlokken op de monumentale eik. 'Ik hou van oude bomen,' zegt hij zacht. 'Niet zozeer vanwege hun omvang of hun onmiskenbare schoonheid. Ik vind ze fascinerend omdat je eraan afziet dat ze strijd hebben moeten leveren om zo groot te groeien, om zo sterk te worden. Elke afwijking van de stam of takken was ooit een verwonding. Een geknakt takje is nu een knoest. Verkleuringen, littekens, verminkingen – bomen op leeftijd zitten er vol mee. Ze maken de worsteling zichtbaar van groei naar wasdom.' Hij draait zich naar me om en ik zie dat zijn ogen vochtig zijn. 'Ik vind het bijzonder dat we dat delen, Vivian. We lijken verder in niets op elkaar, dat zul je met me eens zijn. Maar deze fascinatie delen we.'

Negenenzestig

De samples uit Turkije zijn binnen. Afgelopen week heeft Caroline stapels shirts, broeken en blouses gepast. Ze is ermee gaan lopen, bukken en zitten en heeft in een paar kledingstukken tot ieders hilariteit een rondje gefietst op de parkeerplaats. Het lijkt overdreven, maar Foox maakt kleding voor Nederlandse meiden en vrouwen, en die fietsen nu eenmaal.

We hebben gezamenlijk kleine aanpassingen aangebracht, want sommige aanwijzingen zijn niet goed begrepen door de fabrikant. Er waren ook kleurafwijkingen, dunnere stoffen dan beloofd en een verkeerd geplaatst stiksel, maar over het algemeen zijn Onno en Jacqueline tevreden. En nog belangrijker: de afdeling verkoop is dat ook. Want op onze afdeling mag Jacqueline dan de ongekroonde keizerin van de impopulaire beslissingen zijn, er is altijd baas boven baas, en bij Foox is dat de verkoopdirecteur. Hij is wars van frivoliteiten en wil eigenlijk alleen maar wat minimale veranderingen op de bestverkochte items van voorgaande jaren. 'Dit is wat de klant vraagt!' roept hij altijd. Zelfs Onno en Jacqueline moeten hiertegen opboksen, maar blijkbaar is onze collectie voor komend seizoen behoudend genoeg.

Jacqueline had gelijk toen ze sneerde dat ik me niets in mijn hoofd moest halen: er werken hier inderdaad geen ontwerpers.

70

'Voor jou is het makkelijk. Jij bent iemand.'

'Hoe bedoel je?'

'Jij bént Vivian D.'

'Marnix, jij bent –'

'... niemand! Marnix huppeldepup, die zonder Vivian D nog steeds op een lullig industrieterrein had gezeten onder de knoet van Enders. Uitgekiend genoeg om links en rechts een subsidietje los te peuteren, te weinig armslag om echt door te groeien. Af en toe kletst hij een argeloos grietje zijn bed in dat te weinig levenservaring heeft om te snappen dat ze te maken heeft met een uit zijn nek zwetsende loser.'

'Je woordvindstoornis is voorbij,' merk ik op.

Marnix zendt me een dodelijke blik toe, die op het scherm bevriest. Soms blijft het beeld hangen en loopt het geluid door.

Het gesprek dat we al veel eerder hadden moeten voeren vindt nu plaats, met zesduizend kilometer tussen ons in. Ik zou het vliegtuig willen pakken om hem door elkaar te kunnen schudden en, wie weet, hem tegen me aan te drukken, maar dan is het momentum voorbij. Het moet nu.

'Marnix, luister nou even. Zonder jou was ik nooit Vivian D geweest. Besef je dat wel?'

Hij schudt fronsend zijn hoofd. 'Onzin. Je zou er echt wel gekomen zijn, ook zonder mij. Je barstte van het talent, iemand anders zou het hebben opgepakt. Of je had zelf op een dag het licht gezien. Je kunt meer dan je denkt.'

'Jij ook! Ik mis je, snap je dat wel? Ik mis je op zoveel fronten.'

Het lijkt of hij me niet hoort. Hij draait zijn gezicht van zijn laptop weg en wrijft over zijn wangen. 'Een leven in de marge,' hoor ik hem mompelen.

'Hou toch op.' Ik laat me achterover in de kussens van de bank vallen. Over een halfuur word ik opgehaald voor een werkdiner met Corel, Bruno en Bianchi, en ik loop nog steeds in m'n ochtendjas rond.

Als hij een beetje bedaard lijkt, vraag ik: 'Wanneer mag je naar huis?'

'Geen idee. Het gaat verschrikkelijk langzaam.'

'Je praat weer normaal.'

'Dat wel.' Hij houdt demonstratief zijn arm omhoog, die hij ondersteunt met zijn andere. Zijn onderarm hangt er slapjes bij. 'Sexy, hè, een kerel met een lam handje in een rolstoel.' Het beeld verandert – hij tilt zijn laptop op en laat me zijn kamer in het revalidatiecentrum zien. 'Bed, bureautje, badkamer. De ISO-certificeringen knallen je tegemoet. Alles weldoordacht, duurzaam, praktisch en verplicht spuuglelijk.'

'Je hebt in betere hotels geslapen, maar je bent er nog.'

'Clau... hoelang zitten we nou al in die hogesnelheidstrein? Heb jij weleens stilgestaan, om je heen gekeken en bij jezelf gedacht: dit is mijn leven, maar is dit wat ik wil?'

'Niet meer sinds Vivian D. Daarvoor dagelijks.'

Marnix zet de laptop weer voor zich op het bureautje. 'Weet je wat ik denk? Ik had die school niet moeten doen.'

'De kunstacademie?'

Hij knikt.

'Daar was je prima op je plek, met je roze gespoten Dr. Martens en je geverfde haar.'

Hij kijkt weg van de webcam, haalt zijn neus op. 'Ik ben te veel bezig geweest met me afzetten tegen mijn vader. Ik had zo'n verdomde hekel aan die oppervlakkige klootzak. Maar dat was stom. Ik had net als Felix gewoon Nyenrode moeten doen.'

'Je bent vergeten hoe uitgesproken je was. Ze hadden daar geen spaan van je heel gelaten.'

'Dank voor het compliment.'

'Kom op, joh. Niet zo sip.' Ik grijns. 'De modewereld past bij je.'

'Mode is net zo oppervlakkig.'

'Gelul.'

'Het is toch waar? We zijn de hele dag bezig met buitenkantjes. Met imago. Met wie er zijn uitgenodigd op welke première, en wat ze aanhebben. Want, o, het is van wereldbelang dat de manchet precies een inch onder de mouw van je jasje uitsteekt en de zoom van de avondjurk tot nét boven de grond valt.' Hij trekt een vies gezicht. 'Dat zijn dan de dingen waar wij ons leven aan wijden. Het gaat echt nergens over.'

'Ik hoef die hele oninteressante discussie toch niet nog eens aan te gaan? Toch niet met jou?'

Hij kijkt zwijgend in de lens.

'Kleding is emotie,' ga ik stoïcijns door. 'Expressie, communicatie. Wat je 's ochtends aantrekt voor je naar buiten gaat zegt iets over wie je bent of wie je wilt zijn, bij wie je hoort, in wat voor maatschappij je leeft. Je draagt je persoonlijkheid ermee uit, je gedachtegoed. Mode is hartstikke relevant. Altijd. Ben je dat allemaal vergeten of heb je het weggestopt? Verdomme, waar is de Marnix met wie ik–'

'Wij staan met Vivian D niet bepaald op de barricades, Clau. Vivian D maakt vrouwen blij voor veel geld. Geen modestatements, geen geschop tegen heilige huisjes, gewoon degelijk vakwerk. Dat is wat wij doen. De rest is marketing.'

Hij heeft gelijk.

'Die Ericsson is trouwens hier geweest,' gaat hij verder.

'In het revalidatiecentrum?'

'*Yes*. Hij had gemerkt dat het zonder mij toch wel lastig voor hem werd. Blijkbaar heb ik aardig wat connecties die hij niet heeft en ben ik geliefder dan hij dacht.' Hij grinnikt. De eerste oprechte lach van vanavond. 'Geliefder dan hij in elk geval. "De Verbindingsman" noemde hij me.'

'Ericsson is een lul.'

'Nou, die lul heeft dus mijn expertise nodig. Hij vroeg of ik zo snel mogelijk weer aan het werk kon gaan, op wat voor manier dan ook.'

Marnix stopt met praten, kijkt langs de lens heen.

'Wat heb je gezegd?'

Hij zucht diep. 'Verdomme. Ik had dit veel liever in *real life* met je besproken, Clau, maar... ik doe het niet.'

'Wat?'

'Ik ga niet terug. Ik heb tijd gehad om na te denken, voor het eerst in... hoeveel jaar? Vijfentwintig? Vivian D was van ons tweeën. Met Bruno, Bianchi en Lens aan het roer is het niet meer hetzelfde. Jij zit in New York, ik hier. Als ik er nu weer instap, waar kom ik dan terecht?' Hij schudt zijn hoofd. 'Het is tijd om iets anders te gaan doen.'

Ik ben rechtop gaan zitten. 'Marnix? Je bent nog volop aan het revalideren. Ik denk niet dat dit een goed moment is om daar nu al een beslissing over te nemen.'

'Juist wel. Dit is hét moment. Dan ben ik er niet uit gezet, maar eruit gestápt. Groot verschil.'

Ik snap wat hij bedoelt. Het is een slimme keuze. Gezichtsverlies is uitgesloten: officieel treedt hij terug vanwege gezondheidsredenen. Zijn imago blijft daardoor intact. Eventuele successen van Vivian D stralen wel degelijk ook op hem af, en mocht het allemaal mislopen dan heeft Marnix daar part noch deel aan: beslissingen van de nieuwe directie zijn hem niet aan te rekenen.

Hij heeft inderdaad tijd gehad om na te denken.

Zeventig

De ramen zijn beslagen, de kamer staat blauw van de sigarettenrook. Er zijn nog nooit zoveel mensen tegelijkertijd in onze flat geweest.

Jonathan beweegt zich als een prins tussen de visite door, zijn wangen rozig van vermoeidheid en opwinding. Op zijn hoofd prijkt een kroon van papier die de juf op school voor hem heeft gemaakt en hij draagt een stoer vestje met zijn naam op de rug – het heeft zo zijn voordelen om in de mode te werken.

Nu iedereen koffie en gebak heeft kan ik ook even gaan zitten. Mijn schoonmoeder Elly en tante Andrea maken plaats voor me op de bank en ik prop me verontschuldigend tussen hen in.

We kijken toe hoe Mandy Jonathan van de grond tilt en rondjes met hem danst. Hij zingt hardop mee met 'Bassie en Adriaan' en klapt in zijn handen.

Elly buigt zich naar me toe. 'Dat meisje is hier wel vaak, hè?'

'Mandy? Gelukkig wel.'

Ze trekt een moeilijk gezicht.

'Ze past op Jonathan,' verduidelijk ik.

'Ik hoorde van Henrie dat ze ook voor jullie kookt, wast en strijkt.'

'Soms wel, ja. Daar hebben we geen tijd voor.'

'Voor zulke dingen moet je tijd maken.'

Ik voel me in een hoek gedrukt. 'Dat heb ik niet. Ik werk veel over.'

'En dan zit die griet hier,' zegt ze zachtjes. 'Met jouw man.'

Links van me buigt tante Andrea zich vertrouwelijk naar me toe. 'Twee vrouwen en één man, daar komt gesodemieter van.'

'Zo zijn Henrie en Mandy niet,' zeg ik, en ik overweeg om alvast wat bordjes naar de keuken te brengen.

'Ze zullen het misschien niet opzoeken, maar als jij zoveel werkt...'

'Kijk dan, ze heeft je zoon al om haar vinger gewonden.'

Mandy, zich nergens van bewust, draait nog een rondje met Jonathan. Ze laat hem expres bijna vallen en hij schatert het uit.

Elly tikt met haar gelakte nagel op haar bovenbeen. 'Jij bent hier de vrouw des huizes. Vergeet dat niet.'

Ik weet niet of ik kwaad moet worden of in de lach moet schieten. 'Sorry, jullie denken echt te ouderwets. Henrie is vroeger thuis dan ik. Hij kan zelf ook weleens wat in huis doen.'

Elly zet haar kopje op de salontafel. 'Die mannen van ons werken met hun *klauwen*. Die sjouwen wat af, in weer en wind. Jij zit lekker warm en droog te tekenen. Da's eigenlijk meer een hobby, hè? Wees eerlijk, daar word je niet moe van.'

Ik wil haar uitleggen dat alles wat ze ziet, van de rok die ze aanheeft tot de bank waarop ze zit en het glas dat ze vasthoudt, ooit door iemand is bedacht. Dat diegene een studie heeft moeten doen naar de mogelijkheden en onmogelijkheden van de grondstoffen, heeft nagedacht over hoe het product gebruikt gaat worden en daar met het ontwerp en de manier van produceren rekening mee heeft moeten houden. Dat werken met je hoofd gewoon werk is en dat je daar net zo goed doodmoe van kunt worden, al is het alleen maar omdat je je hoofd nooit kunt uitzetten.

'Ik haal even wat te drinken,' zeg ik.

Met een strak gezicht loop ik langs Mandy en Jonathan, die de grootste lol hebben. Vanuit mijn ooghoeken zie ik Henrie met zijn vrienden van het voetbal rond de eettafel zitten.

Vrolijkheid, vriendschap.

Halverwege de gang duik ik het toilet in en doe de deur achter me op slot. Ik ga er met mijn rug tegenaan staan, mijn ogen stijf gesloten. Een lachsalvo uit de woonkamer dringt door het hardboard heen.

Leven.

Het is alsof het hun geen enkele moeite kost.

71

'Wat een grap. Jij en die Leonardo.' Claire Straumann schikt haar armbandje van Hermès. 'Ik hoorde het van een van mijn oude studievriendjes, hij leest dat soort bladen.'

'Je moet dat allemaal niet geloven, hoor.'

Ze knipoogt. *'Of course not.* Het idee alleen al.'

Claire en ik drinken espresso in de King Cole-salon van het historische The St. Regis aan Fifth Avenue. Ze is in New York voor een medisch congres, haar bedrijf is hoofdsponsor. Ik keek ervan op dat ze me belde, zomaar, zonder dringende reden. Ze wilde even bijpraten, zei ze.

Misschien vindt ze me toch gewoon aardig.

'Heb je de nieuwe jurk al gedragen?' vraag ik.

'Jurk? Ah, de *glamour dress*. Er is nog geen goed moment voor geweest. Maar kind, hij is prachtig.'

De aanpassingen die ik voor Claires exemplaar had bedacht, zijn nog door Cécile doorgevoerd. Het was een van de laatste dingen die ze voor ons heeft gedaan.

De ober komt onze tweede espresso brengen. Hij zet het blad geruisloos op de salontafel tussen ons in en verdwijnt.

'Verblijf je in dit hotel?' vraag ik.

'Altijd als ik in New York ben.' Ze glimlacht fijntjes. 'Mijn vader kwam hier vroeger al. Mijn grootouders trouwens ook. Het voelt als thuis.'

'Dat kan ik me voorstellen,' lieg ik.

The St. Regis is een bijzonder chic en sfeervol hotel, maar een thuis? Misschien voor Napoleon Bonaparte. Het doet eerder museaal aan met zijn ivoorwitte wandpanelen met goudkleurige kaders, kroonluchters en plafondschilderingen.

'Wist je dat het huidige recept voor de bloody mary hier is bedacht?' Claire wijst me op de bar aan het einde van de lounge. 'Mijn opa was een van de eersten die hem probeerde, aan die bar, in de jaren dertig. Toen heette die cocktail nog "red snapper".'

Ik druk een klontje rietsuiker fijn in mijn espresso. De korrels knarsen onder mijn lepeltje. 'Wat bijzonder.'

'Dus nu woon je op Manhattan. Chelsea was het toch?'

'Klopt. Fijne buurt, ik had het niet beter kunnen treffen.'

Ze is even stil. Haar ogen vernauwen zich. 'Viviáne... Ik had nooit verwacht dat jij je nog eens zou laten uitkopen, en dan nog wel door zo'n... discutabel type. Ik meen me te herinneren dat jij onafhankelijk wilde blijven. Wat is de volgende stap, beursgang?'

Ik voel niet de drang om Valerio Bruno te verschonen bij Claire Straumann. Ik weet zelf niet eens wat ik van hem vind. Buiten dat zal een flamboyant type als hij in haar ogen altijd discutabel blijven. Een volbloed proleet.

'Je informatie klopt niet helemaal,' zeg ik. 'Mijn partner is deels uitgekocht, ik heb mijn aandelenpakket nog. En Valerio Bruno is niet de enige aandeelhouder; hij werkt samen met een Italiaanse kledingfabrikant en een vastgoedman hier uit New York.'

Claire hoort het schijnbaar onbewogen aan. 'Goed dat te horen. Vastgoed en mode, een gouden combinatie. Slim, heel slim.' Ze knikt nog een paar keer, bedachtzaam, alsof ze het roerend eens is met haar eigen conclusie. 'Een frisse wind, hoe je het ook wendt of keert. Grote plannen. Nieuwe lijnen, eigen winkels. Toch vind ik het niets voor jou.'

'Is het ook niet.'

'Waarom heb je het dan gedaan?'

Ik begin me ongemakkelijk te voelen. 'Het is zo gelopen.'

Ze trekt een van haar perfect getatoeëerde wenkbrauwen op. 'Je aandelen heb je nog, zeg je?'

Ik knik.

Terwijl ze haar kopje op tafel terugzet, zegt ze: 'Mocht je ooit in de verleiding komen die te verkopen, denk je dan aan mij?'

Die zag ik niet aankomen. Ik schiet in de lach. 'Aan jou? Dan zit je elke aandeelhoudersvergadering aan tafel met Valerio Bruno.'

Een minzaam lachje. 'O, Viviáne, ik heb wel voor hetere vuren gestaan.'

Eenenzeventig

De wind rukt aan de vlaggen op de zo goed als lege parkeerplaats, de touwen tikken tegen de masten. Boven het hoofdkantoor van Foox kleurt de hemel donkergrijs.

'Het lijkt wel een voorteken,' zeg ik met een knikje naar het naderend noodweer.

Marnix leunt tegen zijn auto. Hij is zwijgzaam sinds de presentatie.

'Ik moet zo gaan.' Ik duw mijn fiets een stukje vooruit en knijp in mijn handremmen. In het kinderzitje ligt een plastic tas met stofstalen en een aantekeningenboekje.

'Ben je tevreden over de collectie?' vraagt Marnix.

'Eerlijk? Ik vind het pure armoede.'

Marnix pakt zijn sleutels uit zijn zak en rinkelt ermee. 'Foox-klanten zijn niet zo avontuurlijk. Die vinden een afwijkende kleur stiksel al cool.'

'Toen ik nog artwork maakte vond ik het een uitdaging om te leveren wat ze vroegen. Ik was er zelfs trots op dat ik zoiets kon.'

'Nu niet meer?'

'Een rip-off maken van een Yves Saint Laurent... Dat is toch idioot?'

Marnix trommelt met zijn vingers op het stuur. 'Wij vertalen high fashion voor onze klanten en brengen die voor een betaalbare prijs.'

'Je klinkt nu echt als een yup.'

'Ik begin er ook zo uit te zien, vrees ik.' Hij haalt verontschuldigend zijn vingers door zijn haar.

Sinds Marnix bij Foox werkt, heeft hij zijn stijl aangepast. Het is geleidelijk gegaan. Eerst verving hij zijn graffiti-Dr. Martens voor een paar brogues en nu draagt hij een smal belijnd colbertje met een leren stropdasje in plaats van een schreeuwerige gebreide trui. Zijn haar heeft de oorspronkelijke donkere kleur.

'Wat vind jij dan van de collectie?' vraag ik.

'Ik word er niet warm van, maar het is wel commercieel.'

'Gaat het alleen daarom?'

'Natuurlijk. Voor Ben Enders draait alles om geld.'

De eerste druppels vallen op het linnen dak van de Mazda.

Marnix opent het portier. 'Kom, we kletsen hierbinnen verder.'

'Ik weet niet of...'

Hij pakt mijn plastic zak uit het zitje en legt hem in zijn auto. 'Hier is het droog. Die bui trekt zo over.'

Weifelend neem ik naast hem plaats. Ik heb vaak genoeg in Marnix' auto gezeten, maar het voelt nu ineens te intiem.

Als ik mijn hoofd naar hem toe draai, zie ik dat hij me zit op te nemen. 'We hadden het over Ben Enders,' zeg ik.

'Nee, we hadden het over jou. Dat je bent gegroeid in je werk. Je horizon is breder geworden.'

Het klopt wat hij zegt. Toen ik bij Foox begon kon ik eigenlijk alleen maar een beetje modetekenen, van het hele traject erna wist ik niets. Ik had nog nooit een kledingstuk van een grote ontwerper in het echt gezien. Nu loop ik regelmatig bij luxe modezaken naar binnen om een praatje te maken met de verkoopsters en trek ik af en toe iets aan, puur uit nieuwsgierigheid. Betalen kan ik het nog steeds niet.

Het begint harder te regenen. 'Ik zou het allemaal beter kunnen hebben als het daarbinnen niet zo'n slangenkuil was.' zeg ik.

'Ze zijn niet lekker bezig, hè?' Marnix kijkt voor zich uit over de parkeerplaats. 'Het is ook voor mij niet echt wat ik voor ogen had.' Zijn kaakspieren verstrakken als hij me vertelt dat hij zonder toestemming niet naar filialen mag bellen. Ideeën waarmee hij de kwartaalfolder spraakmakender wil maken, zijn afgeschoten. Samenwerken met andere bedrijven wil De Groot al helemaal niet en hij ziet ook het nut van de media niet in.

'We laten die journalisten niet in onze keuken kijken, zegt hij steeds.'

'Waarom hebben ze je dan aangenomen?' vraag ik.

'Enders kon het naar mijn ouders toe niet maken om jou aan te nemen en mij te laten zitten. Maar het ging hem om het ontwerptalent.'

'Hij heeft een verkeerde keuze gemaakt. Foox heeft geen ontwerptalent nodig.'

Ik vertel hem dat ik thuis voor mezelf aan het ontwerpen ben. Vijf schetsboeken vol; vijf complete collecties die ik door de ervaring die ik bij Foox heb opgedaan minutieus heb kunnen uitwerken. 'Ik was van plan om ze aan Onno aan te bieden, een paar stukken zouden heel goed kunnen voor de feestdagen, maar door al het gedoe overweeg ik ze in te zetten om ergens anders binnen te komen.'

Hij glimlacht raadselachtig. 'Je moet Onno niets aanbieden, en de concurrent ook niet.'

'Wie dan wel?'

'Mij.'

'*Sure.*'

Hij wijst met zijn kin naar het gebouw. 'Geloof me, als ze hier zo doorgaan halen ze het jaar 2000 niet. Ik neem liever mijn eigen beslissingen, net zoals jij je eigen ontwerpen wilt maken. Dus zit er maar één ding op.'

'Een eigen label,' fluister ik.

'Precies.' Hij wrijft over zijn gezicht. 'Ik lig er 's nachts wakker van, Clau. Ik wil dat geëmmer van De Groot niet meer aanhoren, niet meer bij mijn ouders inwonen in dat obscure jachtmuseum van ze. Ik heb lucht nodig. En ik weet zeker dat het ons gaat lukken om samen heel, heel ver te komen.'

'We hebben geen geld.'

'Mijn ouders wel.'

'En die geven jou dat?'

Hij grinnikt vreugdeloos. 'Ik zal op mijn knieën moeten. God verhoede. Maar dat heb ik ervoor over. En er zijn misschien nog andere mogelijkheden.' Zijn gezicht klaart op. 'Kom, we gaan wat drinken.'

'Ik moet naar huis.'

'Waarom?'

Ik kijk hem verbaasd aan. 'Er zitten thuis mensen op me te wachten. Ik heb een gezin.'

'Ja, en je bent zelf ook een mens, en wat je nu nodig hebt is een goed gesprek en een biertje. Of twee.'

'Maar –'

'Bel Henrie maar op vanuit de kroeg om te zeggen dat je een werkbespreking hebt. Niet eens gelogen.'

72

Ik raak er niet aan gewend, aan het doorkruisen van tijdzones. Vannacht landde ik op Schiphol, morgenvroeg moet ik weer terug naar New York. Gekkenwerk, vooral omdat de reden dat ik in Nederland ben te belangrijk is. Ik zou me fit en helder moeten voelen zodat ik vandaag alles bewust kan meemaken. Niet groggy, zoals nu. Niet die draderige mistflarden, het vertraagde denken afgewisseld met het gevoel alsof ik liters sterke koffie op heb.

'Hier nog een tikje innemen. *Little bit*,' zeg ik tegen Gloria.

De nieuwe hoofdcoupeuse is vanochtend op mijn verzoek hierheen gekomen. Ze heeft samen met Sophie fantastisch werk verricht. Hun vakvrouwschap toont zich niet alleen in het totaalbeeld, maar ook in de details. Daniëlles trouwjurk is een waar couturestuk geworden. Toch wil ik er zelf de laatste hand aan leggen.

Daniëlle kijkt zwijgend in de spiegel.

'Je wordt de mooiste bruid van het land,' zeg ik.

'Ik ben zo bang dat ik straks iets stoms zeg. Of struikel.'

'Je struikelt niet.'

Ze glimlacht nerveus. Haar gezicht is nog onopgemaakt, haar haar zit in een staartje. Zelfs zonder opsmuk is ze beeldschoon.

'Hadden Judith en Mayke er niet al moeten zijn?' vraagt ze.

'Om tien uur hadden jullie toch afgesproken?'

Ze knikt.

'Het is pas kwart over negen.'

'Oké, sorry.' Een ontwapenende glimlach. 'Ze zeiden dat ze anderhalf uur nodig hadden voor de make-up en mijn haar.'

'Alle tijd, dus.'

In de woonkamer hoor ik Jonathan praten. Ik vermoed dat hij Daniëlles vader aan de telefoon heeft, die gisteravond met zijn vriendin in Nederland is aangekomen. Volgens het draaiboek komen ze om twaalf uur hierheen. Henrie en Mandy zullen er dan ook zijn.

Ik zie er een beetje tegen op. Zodra Mandy hier een voet over de drempel zet, zal ik me te veel gaan voelen. Het vijfde wiel. De afvallige die jaren terug afstand heeft gedaan van haar recht op dit soort intieme, gedenkwaardige momenten.

'Ik ben zo benieuwd naar Jonathan in zijn trouwpak,' zegt Daniëlle, terwijl Gloria en ik haar uit de jurk helpen. 'Weet je dat ik hem nog nooit in pak heb gezien?'

'Echt niet? Dat verbaast me. Hij is ijdel genoeg.'

'Dat zeker. Maar we komen nooit op gelegenheden waarvoor je een pak nodig hebt.' Ze stapt voorzichtig uit de jurk. 'Hij doet er heel geheimzinnig over, over zijn trouwpak. Jij kent het natuurlijk al wel, hè?'

'Ik heb het nog niet gezien, maar hij was in uitstekende handen.'

Jonathan heeft zijn kostuum laten aanmeten in de P.C. Hooftstraat, bij een winkelier met wie Marnix bevriend is. Het is op maat gemaakt door een kleermaker uit Milaan.

Daniëlle trekt een badjas aan en loopt naar de deur. Ze kijkt de woonkamer in. 'Jonathan?'

'Nu?' hoor ik hem zeggen. Er klinkt spanning door in zijn stem.

Daniëlle draait zich naar me om. 'Eh... wil je even met me meelopen, Claudia?'

Met een blik op Gloria, die zwijgend op bed zit en met naald en draad in de weer is, loop ik achter Daniëlle aan de woonkamer in.

Zodra hij ons ziet gooit Jonathan zijn telefoon op tafel en springt op van de bank. 'Claudia... eh... mam. Ga even zitten.'

Ik neem onwennig plaats op de bank.

Jonathan pakt Daniëlles hand vast. 'Het is hier eigenlijk nog te vroeg voor.'

'Normaal wacht je hier iets langer mee,' vult ze aan.

Ik zie dat hij een kneepje in haar hand geeft. 'Maar mam, omdat jij morgen al terugvliegt hebben we besloten het jou nu alvast te vertellen. Ik wil zoiets niet over de telefoon doen.'

Mijn blik flitst van mijn zoon naar zijn toekomstige echtgenote. Ze stralen. Ik vouw mijn handen voor mijn mond.

Jonathan kijkt me aan. 'Daniëlle is twee maanden zwanger, mam. Je wordt oma.'

Tweeënzeventig

Ik weet meteen dat het mis is. Het geluid van de televisie staat uit, er brandt nauwelijks licht. Ik hang mijn jas op, leg de tas met stofstalen op de keukentafel en loop door naar de woonkamer.

Henrie zit op de bank. Zijn gezicht wordt spookachtig verlicht door het geflikker van het televisiescherm.

'Sorry dat ik zo laat ben,' zeg ik. 'We moesten best veel bespreken.'

Ik zet me schrap voor een tirade, maar die blijft uit. Nerveus ga ik in de stoel bij de bank zitten. 'Wat is er?'

Henrie blijft uitdrukkingsloos naar de televisie staren. 'Claudia... waar gaat dit naartoe, eigenlijk?'

'Ik... Wat bedoel je?'

'Als ik thuiskom, ben je er nooit. Ik vraag me weleens af of je hier wel wilt zijn. Mandy kookt, of we eten kliekjes van mijn of jouw moeder.' Hij trekt een moeilijk gezicht. 'Ik heb het er van de week nog met mijn ouders over gehad en die zeggen het ook. We zijn meer een bedrijfje dan een stel. Mandy is hier meer dan jij. Ze doet onze was, ze past op die kleine, ze luistert naar m'n verhalen over het werk en het voetbal. Het enige wat ik niet met haar heb, is seks.'

'Waarom zou je seks met Mandy willen?'

Hij verheft zijn stem. 'Omdat ik een gezonde vent ben, misschien? Getrouwd met een wijf dat altijd moe is, en anders wel moet overwerken, en me wegduwt als ik iets wil?'

Wijf. Hij noemt me nooit zo.

'Sorry,' zeg ik. 'Ik doe het niet met opzet, ik ben gewoon te moe.'

'Maar nooit te moe om midden in de nacht te werken.'

Het is waar. Nadat ik mezelf de hele dag staande heb moeten houden tussen de kantoorheksen en Onno kom ik sociaal uitgeput thuis. Tekenen werkt helend, het laadt me op. Ik heb zo vaak geprobeerd dat aan Henrie uit te leggen, maar het gaat er bij hem niet in. Als hij moe is, is hij fysiek moe. Meer soorten moe kent hij niet, dus bestaan ze niet. Henrie leeft niet in een spagaat. Hij vindt aansluiting op zijn werk, bij het voetbal, bij zijn vrienden.

'Het is veeleisend werk,' zeg ik.

'Je zit hier verdomme tot vier uur 's nachts te tekenen. Moet jij in je eentje alles voor die winkels bedenken, of zo?' Hij schuift naar het puntje van de bank. 'Geen enkele baas vraagt zoveel van je, da's belachelijk. Met die uren die jij maakt zouden we zo onderhand miljonair moeten zijn.'

Ik krijg het niet voor elkaar hem aan te kijken. 'Het is even pittig nu.'

'Dat hoor ik al zolang je daar werkt.' Zachter vervolgt hij: 'We doen nooit meer iets samen.'

'Wat zouden we dan samen kunnen doen?'

'Zolang ik je ken heb ik je misschien drie keer langs de lijn bij het voetbal zien staan.' Hij graait een pak shag van tafel en begint een shagje te draaien. 'Ik dacht: als die kleine gaat voetballen, wil ze dat vast wel zien. Maar nee, hoor. Wérk, wérk, wérk.' Driftig glijdt het puntje van zijn tong langs zijn vloeitje. Met zijn duim strijkt hij het papier glad. 'Wat ben jij nou voor moeder, die niet eens gaat kijken als haar kind aan het voetballen is?'

'Ik dacht dat het meer een vader-zoonding was,' zeg ik zacht. 'En wanneer moet ik dat dan doen?'

Hij houdt zijn hoofd scheef om zijn shagje aan te steken. 'Tijd maken, Clau. Dat moet iedereen die daar langs de kant staat.' Hij wijst met het pak shag naar me. 'En nou zeg ik "moet", maar het hoort "wil" te zijn, hè? Je moet er tijd voor vrij *willen* maken. Als je dat menneke ziet gaan, dat smoeltje van 'm als ie een bal aan z'n voet krijgt, schitterend. Dat mis jij allemaal. En hij ook, want reken er maar op dat zo'n jongen dat onthoudt, dat z'n moeder d'r nooit was.'

Mijn ogen prikken. 'Ik wist niet dat hij dat belangrijk vindt,' fluister ik, en meteen besef ik dat Henrie gelijk heeft.

Ik ben geen goede moeder.

'Ik hou heel veel van Jonathan,' zeg ik.

'Ik geloof je.' Het uiteinde van zijn shagje licht oranje op in de schemering. 'Maar hou je nog van mij?' Terwijl hij de woorden uitspreekt schudt hij zijn hoofd al.

Ik kan zijn droefenis amper verdragen. De totale verslagenheid die van hem uitgaat.

Ik sta op en ga bij hem zitten, leg mijn hand op zijn arm. 'Sorry dat ik dat te weinig laat blijken.'

'Clau, ik wil jou niet kwijt, echt niet. Maar dit kan zo niet langer. Toen je nog gewoon in de winkel stond ging het nog, maar ik vind dat je met dit werk moet ophouden.'

73

VIVIAN D CLASSICS.

VISIONS BY VIVIAN D.

JUST VIVIAN.

Logo's in goud, kersenrood en donkerpaars zwieren om elkaar heen op het scherm, begeleid door een aanstekelijke acid jazz-beat. Er wordt gejoeld, gefloten, geklapt.

Victoria Corel loopt naar voren. Ze draagt een magnum Veuve Clicquot over aan Bruno. Die maakt de muselet los en houdt zijn duim stevig op de kurk terwijl hij met zijn andere hand aan de bodem van de fles draait. Bruno mag dan een ordinaire smaak hebben, de champagne weet hij chic te openen: de plop is bescheiden, er wordt geen druppel gemorst. Een meisje dat bij KCW werkt komt aangelopen met een dienblad champagneflûtes. Thomas Li schenkt de glazen in.

De muziek loopt door terwijl de genodigden het glas heffen. Er komen serveersters binnen met plateaus vol ijsscherven waarop oesters liggen en er worden schalen met sushi en shotjes gazpacho neergezet.

Om de genodigden heen wervelen beeld- en geluidmensen. De Nederlandse documentairemaker is er, een cameraman die is ingehuurd door The Fashion Lab en er is een journalist van een modevakblad – de enige aanwezige pers die voor deze interne lancering is uitgenodigd.

Ik voel me een beetje verloren. Iedereen weet wie ik ben, groet me of wil een praatje met me maken, maar ik heb op mijn beurt moeite met het plaatsen van al die gezichten. Als een man me de hand schudt, reageer ik afwachtend. Pas als hij begint te praten over de *huge world launch show* in september herinner ik me dat ik hem eerder heb ontmoet – hij zit in het Vivian D-team van KCW, de professor in het tweed jasje. 'Het wordt een van de grootste shows in mijn carrière,' zegt hij. 'We zijn nu celebrity's aan het polsen en de eerste reacties zijn behoorlijk positief. Amerikanen kennen Nederland beter dan jaren geleden, ik denk dat we het juiste momentum te pakken hebben.' Hij legt me uit dat celebrity's speciaal voor de show worden ingevlogen en dat ze hun vervoer, hotel, eten, vertier en beveiliging aangeboden krijgen. 'De show wordt realtime uitgezonden via onze eigen internetkanalen en via de televisiekanalen van *Fashion One*.'

Ik luister naar zijn woordenstroom, knik af en toe en probeer me een voorstelling te maken van wat er straks op me af zal komen. Deze show wordt van een heel ander kaliber dan de shows die Marnix en ik voor Vivian D op poten hebben gezet. We gingen steeds uit van het thema van de collectie en brainstormden over de manier waarop we dat zo groots en meeslepend mogelijk naar een show konden vertalen. Alles moest elkaar aanvullen of versterken: locatie, muziek, beeld, geluid, choreografie, soundbites. We kozen modellen met de juiste uitstraling en we hebben zelfs een keer met geuren gewerkt. Marnix trapte vaak op de rem (al vertelde hij er nooit bij dat dat met het budget te maken had), waardoor ik met nóg meer vuur mijn ideeën verdedigde en hij uiteindelijk altijd weer een weg vond om me mijn zin te geven. Ironisch: nu het budget op geen enkele manier een belemmering vormt – ik heb opgevangen dat voor de show alleen al meer dan een miljoen dollar wordt uitgetrokken – heb ik er geen bemoeienis mee. Ik heb geen idee wat ze inhoudelijk van plan zijn en niemand vraagt om mijn mening.

'Wat vind je van de namen en de logo's?' Victoria Corel is bij ons komen staan. Ze heeft een glaasje gazpacho vast, aan haar schouder bungelt een Chanel Boy Bag.

'Mooi,' zeg ik naar waarheid. 'Maar het is ook confronterend. Het komt nu zo dichtbij.'

'Heb je zin in je tour?'

'Nou, ik–'

'Het wordt waan-zin-nig. Ze zullen je overal als een popster onthalen. Ben je je al aan het voorbereiden?' Als ik niet snel genoeg reageer, voegt ze eraan toe: 'Het is al over drie maanden, hè?'

'Kun je je op zoiets voorbereiden dan?'

'Of course! Laat je niet verblinden door de glitter and glamour, het is topsport, honey. Het is heel belangrijk dat je conditie goed is.' Ze buigt zich naar me toe. 'Ik ken een fantastische personal trainer, hij knijpt je helemaal af, maar hij geeft ook allerlei dieetadviezen, zodat je huid er op zijn best uitziet.'

Joelle, die zich uit het niets bij ons groepje heeft gevoegd, noteert zijn naam en telefoonnummer. Ze knipoogt naar me. 'Als het een knappe vent is, train ik wel een paar keer mee.'

De muziek wordt zachter gezet. Victoria kijkt zoekend over de hoofden van de genodigden. 'Lieverd, we gaan je zo een deel van de samples laten zien. Ik hoop dat je er net zo enthousiast over bent als wij.'

Ik leg een hand op haar arm. 'Voor ik het vergeet: vanaf half oktober wil ik geen afspraken meer, dan zit ik in Nederland.'

Corel kijkt me een beetje verstoord aan. 'Dat is wel kort na de show. Kan het niet wachten?'

'Nee, het kan niet wachten.'

Ik heb haar niet verteld dat ik oma word. Niemand hier in

New York weet het, al denk ik er continu aan.

'Hoelang blijf je weg?'

'Een maand.'

'Een volle maand?' Korzelig vervolgt ze: 'Ik zal het met Steve overleggen, hij regelt de tour. Ik heb daar verder niet heel veel mee te maken.'

'Zie maar hoe je het regelt,' zeg ik.

Drieënzeventig

Marnix en ik hebben allebei een vrije dag genomen. Het voelt als spijbelen, of meer nog als vakantie. Hij heeft me meegenomen naar Amsterdam. Eerst hebben we wat gedronken in een kroeg op de Albert Cuyp. Op de bar lag een cafékat te slapen naast een knappe, oudere man die Herman Brood bleek te zijn. Hij zat over een stuk papier gebogen te tekenen. Marnix vond het niet bijzonder, ik wel: ik kom zelden mensen tegen die ik van radio en tv ken.

Op de Keizersgracht kwamen we langs de zaak van Frank Govers. De couturier zelf was er niet, maar je kon door de etalage heen in zijn universum kijken. Na tien minuten sleurde Marnix me verder – hij had om twee uur met vrienden afgesproken.

Ze wonen in een zwartgeschilderd pand met witte raamkozijnen. Ieder heeft er een eigen kamer; de keuken en badkamers zijn gedeeld. Een van de meisjes ken ik nog van de academie, Laura heet ze. Na haar afstuderen heeft ze in Amsterdam werk gevonden. 'Hier gebeurt alles, hè?' zegt ze, als we met een mok oploskoffie in de gezamenlijke woonkamer zitten.

Haar huisgenoten hebben beroepen waarvan ik het bestaan niet eens ken. Bijna niemand heeft een vaste baan. De meesten krijgen subsidie voor projecten waaraan ze werken. Een van Marnix' vrienden geeft een krant uit voor jongeren. Een andere is kunstfotograaf en net terug uit Londen.

Ik ga zo op in de gesprekken dat ik schrik als iemand opmerkt dat het al vier uur is. Het is tijd om naar huis te gaan.

Ik wil niet naar huis.

Ik wil blijven. Deze mensen inspireren me. Hun manier van praten, van leven en denken. Het is alsof ik de jaren hiervoor in een mistige sluimertoestand heb doorgebracht en nu pas wakker word.

'We moeten naar huis,' zeg ik.

'Goed.' Marnix staat op. 'Ik wil je eerst nog iets laten zien. Het is vlakbij.'

Het waait, en het regent zacht. We lopen snel, weg van de grachten, een straat door, een steeg in.

Marnix pakt mijn hand vast en even is er de vreemde gewaarwording dat het zo hoort te zijn. Zijn hand, mijn hand, deze stad, deze energie. Als ik besef wat er gebeurt, trek ik mijn hand terug.

'We zijn er,' zegt Marnix.

Een poort met een loopdeur erin geeft toegang tot de binnenplaats van een oud ziekenhuis. Pamfletten en bladeren waaien op. Ik volg Marnix het gebouw in en voel me bij elke stap verder verwijderd van de wortels die aan me trekken. Halverwege een lange gang is een ruimte met vierkante ramen en een hoog plafond. Groot, veel daglicht. Rood gevlamd zeil op de vloer. Tafels en stoelen die uit een vooroorlogse school lijken te komen, een pingpongtafel. In de hoek is een keukenblok.

'Het kan hier,' zegt Marnix. 'En het kan al snel.'

'Wat?'

'Ons eigen label.'

Ik voel mijn hart kloppen, hoor mijn bloed in mijn oren suizen.

'Het geld is geregeld,' gaat hij door. 'In elk geval voor de komende twee jaar. En de gemeente stimuleert dit soort initiatieven, we kunnen er volgende maand in.'

'Dit... dit gaat te snel.'
'Nee, het ging te langzaam.'
'Waarom zo ver van huis?'
'Omdat we een netwerk nodig hebben. Fotografen, kappers, stylisten, pr-bureaus, ateliers. Pers. Iedereen werkt in Amsterdam.' Hij trekt zich op aan de hoge vensterbank en gaat zitten. 'Het gaat niet makkelijk worden, maar we werken dan tenminste voor onszelf.'
Ik kijk om me heen. 'Henrie wil dat ik weer parttime ga werken.'
'En wat wil jij?'
'Hij stelde een ultimatum.'
Marnix' blik wordt donkerder. 'Als je wilt groeien, moet je je losmaken van wat je klein houdt. Losmaken van je jeugd, je geboortegrond.'
'Mijn verantwoordelijkheden?'
Ik zie een spiertje in zijn wang trekken.

74

Een portemonnee met een rits aan de buitenkant. Leer met een pythonreliëf dat eruitziet als plastic, en ook zo aanvoelt. JUST VIVIAN staat er trots op het glimmende logo dat opzichtig aan de buitenkant is bevestigd. Het zit een tikje scheef. Er is meer. Ik zie een rip-off van de Monogram Bag van YSL, eentje van de Hudson van Chloé en godbetert een Boy Bag. Afgeleiden van de felbegeerde schoenen en tasjes met rockstuds van Valentino. Ze worden afgewisseld met mijn eigen ontwerpen, die redelijk goed zijn uitgevoerd, en kledingstukken die ik maanden geleden al in een prematuur stadium heb mogen beoordelen in The Fashion Lab. Het is alsof iemand koopwaar van een Turkse bazaar kriskras tussen de fatsoenlijke ontwerpen heeft geplaatst.

Ik pak de portemonnee op. Als de rits hapert, ga ik gillen. Hij hapert niet, maar het is de vraag hoelang dat zal duren.

'Mooi hè?' zegt Bruno.

Ik was vergeten dat hij naast me stond. Zijn hand op mijn schouder voel ik nauwelijks. Ik ben me slechts vaag bewust van de aanwezigheid van tientallen mensen. Thomas Li, Corel. De filmcamera.

'Afschuwelijk.' Ik leg de portemonnee terug en pak de Hudson van tafel. Kijk erin. De donkerpaarse voering hangt er losjes in. Geen suède, geen alcantara. Ik laat het aan Thomas Li zien. 'Wordt dit nog aangepast?'

Hij kijkt me verrast aan. 'Aangepast? Werkelijk niemand van ons kon zich voorstellen dat je hierop tegen zou zijn. Het paars is mooi diep gepigmenteerd. En uniek.'

'De kleur is goed.' Ik pak de voeringstof tussen duim en wijsvinger en trek eraan. 'Het zou toch suède worden?'

'Ging helaas niet.'

'Wat gaat dit tasje kosten?'

'Om en nabij de zeshonderd dollar.'

'Mensen die zo'n bedrag uitgeven aan een designertas verwachten op z'n minst kwaliteit.' Ik pluk nog eens demonstratief aan de voering. De stiknaden hadden ook mooier gekund, zie ik nu. 'Die willen een goede afwerking, duurzaam leer. Niet een tas die binnen een paar maanden uit elkaar valt. Of die indruk wekt.'

Thomas Li rolt met zijn ogen. 'Dat zal écht niet gebeuren, hoor.'

Hij klinkt beledigd.

Ik zet het tasje zwijgend terug en loop met mijn armen over elkaar langs de andere samples. Blouses die in een H&M niet zouden misstaan. Pantalons met steekzakken. Korte jasjes; opnieuw Chanel-rip-offs. Wat stof of leer per strekkende meter kost, een rits, een knoop – ik weet dat het binnen elk modebedrijf belangrijke discussiepunten zijn, maar ik heb nooit willen weten of een bepaalde collectie alleen vanwege een ingewikkelde print- of weeftechniek duurder zou uitvallen. Het zou me absoluut beïnvloed hebben, en dus hebben beperkt. Ik ben niet wereldvreemd, ik heb alleen ooit heel bewust de keuze gemaakt om me er zo min mogelijk mee bezig te houden.

Ik begrijp dus echt wel wat voor keuzes hier zijn gemaakt. Deze collectie gaat zonder twijfel scoren, op alle fronten. Maar dat ik het begrijp wil niet zeggen dat ik me erin kan vinden. Een flink deel van wat hier wordt getoond heeft niets met mij te maken. Niets met Vivian D.

Oscar Lens zet een kopje koffie voor me neer en duwt de buitendeur open. Frisse lucht stroomt de keuken in, begeleid door het gezang van vogels. Ik doe mijn verhaal terwijl hij naar me luistert. De oude man roert bedachtzaam in zijn koffie. Hij laat me praten.

Ik ben weggelopen van de presentatie zonder iets tegen Joelle of de anderen te zeggen. Buiten heb ik een taxi aangehouden en mijn telefoon uitgezet. Het kan me niet schelen wat voor indruk dat maakt.

'Ik heb me er inhoudelijk niet mee bemoeid,' zegt Lens. 'Maar ik heb wel begrepen dat een flink deel van de collectie aansluit op wat modeliefhebbers tegenwoordig willen.'

'Mij is dat allemaal niet verteld en ik ben toch alweer een hele tijd in New York. Uit wiens koker komt dit?'

'Corel en Bianchi, in samenspraak met Li.'

Ik klem mijn vingers om het dunne porselein van het koffiekopje, ontspan ze weer. 'Ze maken een grote fout.'

'Dat lijkt me sterk,' zegt hij kalm. 'Massimo Bianchi produceert al meer dan vijfentwintig jaar voor topmerken. En Corel heeft haar sporen inmiddels ook verdiend. Geef ze dat vertrouwen.'

Vertrouwen. Loslaten. *Je moet mensen hun werk laten doen*. Was het niet Victoria Corel zelf die dat tegen me zei?

Ik ga rechter op mijn stoel zitten. 'Oscar, er staat geen "Corel" of "Bianchi" op de labels.' Ik wijs naar mezelf. 'Het gezicht van deze collecties ben ik. Terwijl jullie je zakken vullen loopt Vivian D imagoschade op. Ik ga straks als *sell out* de geschiedenis in.'

'Nou, nou...'

'Victoria Corel kan een andere baan gaan zoeken, jullie zijn vrij om je vermogen in andere projecten te steken, maar ik heb alleen mezelf. Mijn integriteit als ontwerper, mijn goede naam. Die nu ergens in Italië op inferieure producten wordt geprint.'

Hij knikt alsof hij het begrijpt.

'Een deel van die collecties moet worden teruggedraaid,' zeg ik.

'Dat zal niet gebeuren.'

'Wel als jij je ermee bemoeit.'

De vriendelijkheid is uit zijn ogen verdwenen. 'Dat ga ik niet doen.'

'Niet?' Mijn stem slaat over. 'Ik dacht dat ik aan jou een bondgenoot had.'

'Bondgenoot...' Lens kauwt op het woord. 'Meisje, ik stapte in dit project met Bruno en Bianchi omdat ze me een financieel interessante toepassing boden voor een flink deel van m'n vastgoedportefeuille.' Hij aait over de revers van zijn kasjmieren colbert, op maat gemaakt door een kleermaker op Savile Row in Londen. 'Met vluchtige mode had ik niet zoveel. Nog steeds niet.'

'Vivian D is nooit vluchtig geweest.'

Hij doet alsof hij me niet hoort. 'Er is veel, heel veel geld geïnvesteerd in dit project, dus is het niet zo verwonderlijk dat we op safe spelen.'

Ik sta op van mijn stoel. 'Om zoiets uit jouw mond te horen... Ik kan het amper geloven. Je bewondert creatieve mensen. Je had het over Piaf, Jan Cremer, Warhol. Je noemde hen mensen met een visie en een groot talent.'

'Op hun eigen vakgebied, ja: amusement, maar het zijn geen ondernemers.' Hij schudt meewarig zijn hoofd. 'Ik vind dit toch een beetje naïef van je. Het klopt dat ik een zwak heb voor creatievelingen, maar ze moeten zich niet met zaken bezighouden. Dan gaat het mis.'

Dit is het andere gezicht van de man met wie ik zoveel heb gedeeld, de man die me inspireerde op persoonlijk en creatief vlak en aan wie ik godbetert de Indian Summer-collectie heb opgedragen.

'Zoek maar iemand anders om de promotie te doen, ik stap eruit.' Ik pak het porseleinen kopje en smijt het tegen de muur kapot.

Vierenzeventig

'We zijn sociale wezens, Clau, we conformeren ons van nature.' Marnix' stem echoot tegen de wanden van de hoge ruimte. 'Onze familie, vrienden en collega's vormen onze kaders. En daarmee begrenzen ze ons. Houden ze ons vast in de rol die we in hun leven spelen.'

Ik bal mijn vuisten in de zakken van mijn jack.

'Als je de noodzaak voelt om te groeien, heb je geen keus,' gaat hij door. 'Dan moet je ergens naartoe waar je wordt uitgedaagd, meer kansen krijgt, waar het gemiddelde van de mensen om je heen niet aansluit op wie je nu bent, maar op wie je wilt zijn.'

'Een kind heeft zijn moeder nodig, Marnix.'

Hij wrijft over zijn gezicht. 'Ik had wel zonder mijn moeder gekund.'

75

Ik weet niet hoelang ik al rondloop in de stad die me vorig jaar zo warm verwelkomde en me nu alleen maar vijandig toeschijnt. Kilometers heb ik afgelegd en ik heb weinig meer van de omgeving meegekregen dan vluchtige geuren en de wind die ik op mijn gezicht voelde; lauwwarm, vervuild door uitlaatgassen. De mensen op Manhattan bewegen aan de randen van mijn bewustzijn als kleurrijke geesten, lucide gedaantes. Mechanisch voortgestuwd, net als ikzelf. Gedreven door wat?

Als ik op een richel bij de oever van de Hudson ga zitten, is het al donker. Ik staar over het glinsterende water en zie de helikopters laag boven de rivier af en aan vliegen vanuit hun basis downtown; zwarte stippen tegen een antracietgrijze lucht. Verder weg, bij Newark Liberty International, stijgen en dalen de passagiersvliegtuigen. De stad kent een constante aan- en afvoer van toeristen, zakenlui, gelukszoekers. Af en toe rent iemand over de kade voorbij, zorgelijk voor zich uit kijkend, oortjes in, een knipperend lichtje om de bovenarm.

Ik haal mijn telefoon uit mijn tas en zet hem aan. Tientallen gemiste oproepen en berichten. Bruno. Corel. Twee onbekende nummers. Joelle.

En Marnix.

Ik bel hem.

'Hoe gaat het?' Ik schrik van mijn eigen stem. Schor, metalig.

‘Een stukje beter weer,’ zegt hij. ‘Maar langzaam. Te langzaam.’

Stilte.

‘Gaat het wel goed?’

Ik kuch een brok in mijn keel weg. ‘O, jawel, hoor. Beetje druk.’

‘Snap ik. Ik ken je toch.’

Dat is waar.

Jij kent me.

‘Weet je wie hier afgelopen week weer eens binnen kwam lopen? Ericsson, de slijmbal. Hij liet me het filmpje zien dat Michael Duko heeft gemaakt voor de campagne en toen had hij me verdomme bijna aan het janken.’ Ik hoor hem ongemakkelijk grinniken. ‘Indrukwekkend, Clau. Echt. Je kwam supernaturel over, krachtig, mooi. New York doet iets met je.’

‘Dat zeker,’ fluister ik.

‘Iedereen probeert het, maar jou is het gelukt,’ klinkt het opgewekt. ‘Je hebt het gemaakt, Clau. Laat ze in september maar wat zien, ik kan niet wachten.’

Vijfenzeventig

Er hangen slingers aan de schrootjeswanden van de voetbalkantine. Iemand heeft repen crêpepapier om de tl-balken gedraaid bij wijze van feestverlichting. Het ruikt naar verschaald bier, frituurvet en natte jassen. Mijn ogen prikken van de sigarettenwalm. Achter de bar werkt een meisje samen met een oude man in een spencer met een buik die op ontploffen staat. Ze moeten flink aanpoten om iedereen van bier en kroketten te voorzien.

Vanochtend stond ik tijdens de wedstrijden langs de kant met de ouders van de spelertjes en een enkele opa. Bij de opening van de rommelmarkt vanmiddag werd het drukker; ook buurtbewoners stroomden het veld op. De karaokewedstrijd van vanavond is alleen toegankelijk voor verenigingsleden en hun familie.

Het barmeisje staat zoekend rond te kijken.

'Die was voor mij!' Ik leg vijf consumptiebonnen op de bar en pak een plastic dienblad van haar over. Bier, twee fris en een kroket.

Jonathan wil niets drinken. Hij rent slalommend tussen de mensen door. Af en toe grijpt hij uit het niets mijn benen vast om te schuilen en gaat er dan gierend van de lach weer vandoor om uit handen van zijn vriendjes te blijven. Vanochtend scoorde hij twee van de vijf doelpunten voor zijn team in het kaboutertoernooi. Mijn stem is nog steeds een beetje schor van het aanmoedigen.

Henrie wil alles op alles zetten om de voetbalcarrière van Jonathan te laten slagen. 'Bij mij is het niet gelukt, maar onze jongen gaat het wél redden,' zei hij vanmiddag, terwijl hij met een glunderende Jonathan op zijn schouders rondliep.

Nu ik hier de hele dag ben vraag ik me af waarom ik zo weinig naar het voetbal ben geweest. Misschien is mijn aversie ontstaan door Antoines eeuwige gedribbel in de achtertuin, het constante gebonk van de bal tegen de muur. Of door mijn vader, die elke zondag op zijn vaste plek voor de tv zat om niets van *Studio Sport* te missen, waarbij iedereen zijn mond moest houden. Voetbal was iets wat erbij hoorde, maar mij persoonlijk niet aanging.

'Lekker.' Henrie graait de kroket met een papieren servetje van het blad en pakt zijn bier eraf. Mandy neemt de twee glazen fris, zodat ik het dienblad kan terugbrengen.

'Hij was goed, jullie jongen,' schreeuwt een man die ik niet ken in mijn oor. 'Dat wordt een héle grote later!'

Ik knik.

De man pakt ongevraagd het blad van me aan en geeft het door aan iemand die het over de hoofden van de wachtenden aan het barmeisje geeft. 'Ik heb ze zelden zo hard zien rennen op die leeftijd.'

'Een lief ventje is het ook,' valt een vrouw hem bij. Ze buigt zich naar me toe. 'Iedereen is dol op 'm. Altijd keurig met twee woorden spreken, zo jong als dat-ie is. Een echte De Leeuw. Ik heb nog met z'n opa in de klas gezeten.'

Verderop staan Jonathan en zijn vriendjes bij een vrouw die hen snoep uit een grote pot laat kiezen. Uit zijn houding en de manier waarop hij met haar praat maak ik op dat hij haar goed kent.

Als ik terugloop naar onze stek is de karaoke weer begonnen. Een vriend van Henrie staat op het podium met een zwarte plaksnor en een strak truitje met twee tennisballen eronder *'I want to break free!'* te schreeuwen – zo luid dat de installatie ervan begint te piepen – terwijl hij doet alsof hij stofzuigt. De songtekst komt in gele letters voorbij op een scherm.

Ik zing mee met de rest, al kan ik me voorstellen dat een avond als deze leuker is als je iedereen kent. Henries vriend maakt plaats voor twee vrouwen die het dansje van 'Walk Like an Egyptian' imiteren. Naast me beweegt Mandy haar kin naar voren en naar achteren en ik probeer het na te doen, maar ik heb het nooit van mijn soepele motoriek moeten hebben, en als ik merk dat Henrie me staat uit te lachen houd ik ermee op.

Er klinkt een paniekerige kreet. Ik draai me om en wip op mijn tenen, zoek de bron van het geluid. Halverwege de kantine wijken mensen uiteen. Gehuil van een kind dat overstuur is. Jonathan. Hij komt onze kant op. Ik vang een glimp op van zijn gezichtje, dat rood is aangelopen en nat van de tranen. Hij kan me niet zien, baant zich een weg door een woud van benen, handen die sigaretten vasthouden, knarsend glas op de vloer. Ik geloof dat er een beetje bloed op zijn voorhoofd zit. Er wordt ruimte voor hem gemaakt. Jonathan loopt huilend door, zijn armpjes gestrekt. Ik probeer langs een man te komen, een kolos die onvast op zijn benen staat. Jonathans gezicht klaart op. Vastberaden verandert hij van koers en rent vlak voor me langs, zonder me te zien.

De tijd verdikt.

Ik hoor de muziek niet meer.

Als in slow motion zie ik Mandy bukken, Jonathan die haar in de armen vliegt, zijn gezichtje tegen haar aan vlijt. Mandy die een kusje geeft op zijn voorhoofd, woordjes fluistert, zijn haren naar achteren strijkt. Henrie die ongerust Jonathans voorhoofd bekijkt. 'Gelukkig, het valt mee,' hoor ik hem zeggen.

Maar het valt helemaal niet mee.

76

'Men zegt dat je iemands succes niet moet afmeten aan hoe hoog hij springt, maar hoe hoog hij weer opveert nadat hij de bodem heeft geraakt.' De journalist kijkt me geïnteresseerd aan. 'Wat vindt u van die bewering?'

'Er bestaan veel definities van succes en ze zijn allemaal even waar als discutabel.' Ik neem een slok water en zet het glas terug op het tafeltje dat naast me staat. Mijn handen trillen niet – de downers doen hun werk. 'Ik wil gewoon mooie dingen maken en prijs me gelukkig dat ik er mijn brood mee kan verdienen.'

'Wel iets meer dan brood, dunkt me.' De journalist grinnikt. 'Dus morgen is de grote dag. Dan toont u uw nieuwe collectie aan de wereld en begint u aan een wereldwijde tour langs alle Vivian D-winkels. Heeft u er zin in?'

'O ja, absoluut. Als ontwerper wil je niets liever dan dat je kleding gewaardeerd en gedragen wordt. De tour geeft me de kans om nog veel meer mensen te laten kennismaken met Vivian D.'

Schuin achter de camera steekt Joelle haar duimen omhoog. In de hoek van de hotelsuite werpt Victoria Corel een blik op haar horloge. Ze overlegt op gedempte toon met Deveny van KCW.

'Mijn laatste vraag.' De journalist ritselt met zijn spiekbriefje. 'De collecties *Just Vivian* en *Visions by Vivian D* zijn anders dan de prêt-à-porter die uw Europese klanten gewend zijn. Waarom heeft u–'

'Sorry, meneer Brown. Uw tijd is helaas om,' zegt Deveny.

Na een kort, zakelijk afscheid begeleidt ze de journalist en de cameraman de suite uit. Vanuit de gang zie ik een paar mensen naar binnen loeren.

Ik sta op en rek me uit. Strek mijn benen.

De visagist komt op me af om mijn make-up bij te werken. Ik ben verlost van terror-Tommy uit het beautyteam van Michael Duko; KCW heeft een jonge vrouw met een rustgevende uitstraling gestuurd.

Of komt het door de medicatie dat ik het zo ervaar?

Op de gang sluit Deveny de deur achter zich.

Joelle overhandigt me snel een glas wijn. 'Hier, neem gauw een paar slokken.'

'Eén minuut,' hoor ik iemand zeggen.

'Pff, dat was een taaie, hè?' Deveny maakt een hoofdbuiging naar de gang. 'Als ik had geweten dat we een kruisverhoor zouden krijgen, had ik 'm als laatste gezet.' Haar gezicht klaart op. 'Maar hierna komen een paar leuke!'

'Je doet het echt supergoed,' zegt Joelle.

'Hoeveel nog?' vraag ik.

Deveny tuit haar rood gestifte lippen terwijl ze een blik werpt op haar clipboard. 'Na deze gaan we wat eten, daarna komen er nog vier. Om elf uur vanavond ben je klaar.'

'Showtime!' klinkt het vanaf de gang. Twee vrouwen van in de dertig komen binnen. Eén draagt een fotocamera, de ander komt met uitgestoken hand op me afgelopen.

Ik neem een grote slok wijn en geef het glas terug aan Joelle.

'U heeft vast de hele dag al vragen moeten beantwoorden over uw nieuwe collectie en uw kijk op de veranderingen in de modewereld,' zegt de vrouw.

'Dat valt wel mee, hoor.'

'Nou ja, goed, daarom dacht mijn hoofdredacteur dat het wel interessant zou zijn als wij meer ingaan op de vrouw áchter het succesvolle merk.' Ze overhandigt me een kaartje van het magazine waarvoor ze werkt en neemt tegenover me plaats, in de stoel waar elf andere interviewers haar vandaag zijn voorgegaan. Ik ga ook weer zitten, op mijn vaste plek voor een groot scherm met Vivian D-logo's. Deveny geeft de fotografe instructies: foto's pas ná het interview, niet tijdens, omdat het geklik en het gecirkel rondom de set het gesprek verstoren.

'Goed.' De interviewster slaat haar benen over elkaar. 'Van start! U bent een knappe, zeer succesvolle vrouw, maar net als veel van onze lezeressen bent u single en ook niet meer piepjong. Ervaart u zichzelf als een happy single?'

Ik zoek oogcontact met Deveny.

Noemt zij dit leuk?

Ze begrijpt mijn blik niet en knikt me bemoedigend toe.

Na een korte hapering neemt de automatische piloot het over en geef ik het veilige antwoord dat ik altijd geef op vragen als deze.

'Getrouwd met uw werk?' Ze grinnikt. 'Dat geloof ik graag.'

Wat moet ik anders tegen haar zeggen? Dat de keuzes die ik vroeger heb gemaakt op z'n zachtst gezegd niet goed uitpakten, dat ik onherstelbare schade heb aangericht en me daar nog elke dag schuldig over voel – ook al wordt me niets verweten? Dat ik lang geleden heb besloten om nooit meer een andere relatie aan te gaan dan die met mijn werk, de enige relatie waar ik wél enigszins grip op lijk te hebben? Het succes dat iemand op zijn werkterrein heeft zegt geen moer over zijn persoonlijke ontwikkeling.

De journaliste kijkt me welwillend aan. Ze heeft geen idee.

Ze stelt me nog een tiental vragen over mannen, hoogopgeleide vrouwen, het verschil tussen Nederland en de Verenigde

Staten, succes en toekomstplannen. Zonder morren slikt ze mijn standaardantwoorden. Daarna laat ik me fotograferen. Breed glimlachend voor de logo's, armen over elkaar. Perfecte make-up, perfect haar. Het plaatje klopt.

Het loopt al tegen achten als we met het hele team de lift naar het restaurant nemen, waar een tafel voor ons gedekt is.

'Vijfentwintig minuten,' zegt Deveny, en we schuiven aan.

Terwijl het eten wordt uitgeserveerd pak ik mijn mobiele telefoon. Hij heeft de hele dag op stil gestaan.

Zeven gemiste oproepen. Twee van Henrie, vijf van Jonathan. Een paar sms'jes.

Ik open de laatste.

MAMA, BEL ME ALS JE KUNT. J

Jonathan heeft geprobeerd me te bereiken in het holst van de nacht.

Zesenzeventig

Het graf ligt er netjes bij. Ik zit gehurkt aan het voeteneinde en staar naar de roos die ik tegen de zerk aan heb gezet. De steel zit goed ingepakt in een buisje met water, zodat de bloem nog een paar dagen goed zal blijven.

Ik vouw mijn handen voor mijn mond en denk terug aan opa Storimans zoals ik hem het beste kende: in zijn rolstoel voor de televisie. Als op zaterdag iedereen kwam eten bleef hij meestal in de woonkamer. Ik heb me nooit afgevraagd waarom hij dat deed. Ik ging uit van het voor de hand liggende: in de krappe keuken nam hij ruimte in voor twee. Maar zouden we niet allemaal graag een stukje voor opa zijn opgeschoven, zelfs om beurten zijn gaan staan, zodat hij er ook bij kon zijn?

Opa koos ervoor om zich af te zonderen, denk ik nu. Misschien kon hij zijn ziekte beter verdragen zonder het gezelschap van mensen die geen idee hadden van wat hij doormaakte. En zich nauwelijks realiseerden wat hij allemaal voor hen had opgegeven.

'Zou je dezelfde keuze hebben gemaakt als je had geweten dat je ziek zou worden?' Ik kijk naar opa's zwart-witfototje, dat in een medaillon in de zerk is verwerkt.

Ik hoop op een teken, op iets.

Permissie.

Hoe weet ik of ik de juiste keuze maak? Je kunt alleen oordelen over het pad dat je hebt afgelegd, niet het pad waaraan je voorbijliep.

Met een laatste blik op opa's foto kom ik overeind en loop terug naar mijn fiets. Over krap tien minuten kan ik thuis zijn. Dan zal ik het moeilijkste gesprek van mijn leven gaan voeren.

Ik kan het niet langer uitstellen.

'Ik wil niet dezelfde keuze maken als jij, lieve opa,' fluister ik. 'Ik kies voor mezelf.'

77

'Ze ligt nu aan de beademing,' hoor ik Jonathan zeggen.

'Hoe... hoe gaat het met haar, wat is de prognose?'

'Ik weet het niet. De arts zei dat het de vraag is of ze de nacht zal halen. Ze zijn nu met haar bezig...' Zijn stem breekt. 'Mam? Ik hoor je niet meer. Ben je er nog?'

'Ja,' zeg ik schor. 'Ik ben er nog.'

'Ze is zo mooi, mam. Zo ongelooflijk mooi en klein. Kléín! Die vingertjes, die beentjes. Voetjes. Ik zal foto's maken.'

'Goed.'

'Ik weet dat je niet hierheen kunt komen, dat weten we allemaal. Het maakt niet uit.'

'You can't do everything,
it's impossible.
Something has got to give.
And sometimes it's you.'

Iris Apfel, mode-icoon

78

Ik laat me achterover zakken in het leer en pluk aan de zoom van mijn zijden top. Kijk naar het achterhoofd van de chauffeur – kortgeknipt grijs haar. Hij stond keurig op tijd met ronkende motor voor mijn huis. Toen hij zag wat ik allemaal bij me had, hielp hij me alles in de kofferbak te laden. Hij reed vaker celebrity's rond voor KCW, zei hij, toen we eenmaal zaten.

'Het is een belangrijke dag, hè?' Hij stelde zijn achteruitkijkspiegel bij.

'De belangrijkste dag van mijn leven.'

Nadat we de straat uit reden heeft hij op mijn verzoek geen woord meer gezegd.

Vanuit mijn ooghoeken zie ik de stad aan me voorbijglijden. 24th Street, Eighth Avenue… We komen dichterbij. Je merkt het aan het straatbeeld, dat geleidelijk verandert, kleurrijker wordt en verzadigd raakt van typisch Fashion Week-publiek. Het ziet er hier niet veel anders uit dan in Europa. Excentriekelingen, wannabe's, vloggers en fotografen. Grote zonnebrillen, neonkleuren, hakken, designerlogo's. In de verte zie ik de vlaggen al. Een opstootje. Rijen busjes van televisiestations, met lange masten en schotels op het dak.

Ik tik de chauffeur op zijn schouder. 'Wilt u daar even stoppen?'

Hij fronst, maar doet wat ik vraag en manoeuvreert de auto

tussen het drukke verkeer door naar de overkant. Zet hem met knipperende alarmlichten langs de stoeprand stil.

Ik negeer zijn vragende blik en kijk naar buiten. De gevel van The Armory is van onderaf verlicht. Kersenrood en verblindend wit licht strijken langs de donkere bakstenen van het historische gebouw. Er is al veel pers. Security. Bij de dranghekken staan toeristen, herkenbaar aan hun sneakers en rugzakjes – waarschijnlijk hebben ze de promotiefilmpjes gezien of de interviews en komen ze af op de celebrity's die hebben toegezegd op de eerste rij plaats te nemen.

Er stopt een taxi voor de loper; de KCW-visagiste stapt uit en trekt een aluminium koffer achter zich aan naar binnen. De styliste is daar waarschijnlijk al. Ik had gisteren nog niet besloten wat ik vandaag zou aantrekken. Ik wilde het laten afhangen van mijn bui. Als ik me goed zou voelen, werd het een avondjurk met een diep decolleté. Anders een zwarte legging met een eenvoudige grijze top. Victoria Corel wilde daar niets van weten, maar ik ben niet de enige designer die zich casual kleedt op grote evenementen, en er zijn grenzen aan mijn bereidheid me te laten inzetten als marionet van het bedrijf waar ik nog wel aandelen in heb, maar geen enkele verbintenis mee voel.

Want daar gaat het om, uiteindelijk.

Om wat ons bindt.

Niet om geld.

Niet om succes, groei en aanzien.

Marnix zag het niet goed toen hij me vroeg om dit voor hem te doen. Succes mag geen doel op zich zijn, dat is een misvatting. Maar ik kan het hem niet kwalijk nemen. We hebben allemaal onze littekens, al zijn ze zelden zo zichtbaar als die van de monumentale eik van Oscar Lens.

Ik hoop het Marnix te zijner tijd uit te kunnen leggen.

Hopelijk vergeeft hij het me.

Ik tik de chauffeur op zijn schouder. 'Rijdt u maar weer door.'

Hij draait zijn hoofd naar me om. Lichtelijk verontrust. 'Waarheen?'

'Newark Airport. Mijn vliegtuig vertrekt over een paar uur. Ik ga naar huis.'

ZEVEN JAAR LATER

'Zoek maar een goed plekje.'

Mila rent voor me uit. Haar laarsjes laten ondiepe afdrukken achter in het natte gras. Ze draait zich om; heldere ogen, kastanjebruine vlechten. Vol vuur buigt ze zich voorover. 'Hier, oma. Hier!'

'Dat is een perfecte plek.' Ik wijs naar de achtergevel van het huis. 'Zo kunnen we hem ook vanuit de keuken zien.'

Ik geef haar de kleinste schop die ik in de schuur heb gevonden. Hij is toch iets te zwaar voor haar. Er ontstaat een fronsrimpel in haar voorhoofd.

'Zullen we vragen of papa of oom Marnix ons komt helpen?' Ze tuurt naar haar vader en naar Marnix, die naast elkaar op het terras naar ons staan te kijken. Jonathan heeft zijn armen over elkaar geslagen. Marnix leunt op krukken – uit gewoonte, want ik heb gemerkt dat hij ze niet constant meer nodig heeft.

Ik ga op mijn hurken zitten en veeg met mijn duim een regendruppel van Mila's wang. 'Of zullen we dit gewoon samen doen? Jij en ik?'

Mijn kleindochter knikt plechtig.

Ik zet de scherpe rand van de spade in de grond en druk hem er dieper in met de bal van mijn voet. De bovenlaag van het gazon is taai, daaronder is de aarde rul. De buren wisten me te vertellen dat hier vroeger een moestuin heeft gelegen.

Ik steek een flink stuk grasmat af en leg het opzij. 'Nou jij, Mila.'

Opgetogen gaat ze aan de slag.

'En nou ik weer.'

Het karwei vlot beter dan ik had verwacht.

'Als je moe bent moet je het zeggen, hè?'

Mila schudt haar hoofd, zo jong als ze is, vastbesloten deze klus te klaren. Een vechter, van begin af aan, met een groot hart.

'Zullen we hem er samen in zetten?'

We pakken het boompje bij de stam en laten de kluit in het gat zakken.

Natuurlijk ontkom ik er niet aan om aan Oscar Lens te denken. Vorig jaar is hij overleden, ik las het op internet. De oude man kon teruggrijpen op een indrukwekkende stamboom, een hele rits voorouders die zijn pad voor hem uitgestippeld hadden. Het lag al klaar bij zijn geboorte, geplaveid met tradities. Maar elke traditie moet ergens beginnen. Ooit heeft iemand aan het begin gestaan. En deze traditie van onze familie begint nu, in deze tuin, met deze boom.

Want pas toen de vanzelfsprekende dingen in mijn leven niet meer vanzelfsprekend bleken, toen alles was verdwenen of onomkeerbaar was veranderd, besefte ik hoe bijzonder het allemaal is geweest, hoe kostbaar. Een deur die openzwaait, een welgemeende glimlach, een koekjestrommel die uit een dressoir tevoorschijn wordt gehaald, waarna de inhoud als een schat aan me wordt gepresenteerd. Welkom zijn, bij de ander thuis mogen komen. Het is van een ongekende rijkdom.

Het heeft me een mensenleven gekost om dat in te zien.

Nieuwe koers voormalig ontwerpster van Vivian D

TEKST: REZA HOEK

In het huidige modelandschap, waarin de trends elkaar razendsnel opvolgen, durven maar weinigen een tegendraadse keuze te maken. Onder hen is Claudia Konings, voormalig topontwerpster van Vivian D: 'Dat hijgerige is eraf.'

We treffen de ontwerpster op een warme nazomerdag in het gezellige grand café van haar zoon. Konings: 'Ik kom hier al van kinds af aan. Het café was van mijn oom, mijn zoon heeft het stokje van hem overgenomen. Ik geloof dat het in een snel veranderende wereld goed is om ijkpunten te hebben, plekken waar je thuis mag komen. Ik probeer dat gevoel ook met mijn nieuwe label over te brengen.' Dat label zal haar eigen naam gaan dragen, vertelt de ontwerpster: Claudia Konings.

Ze ziet er stralend uit in een casual jeans en een witte sweater, haar leeftijd is haar niet aan te zien. 'Ik ben in de afgelopen jaren relaxter geworden,' zegt ze. 'Dat hijgerige is eraf.'

Minder is meer

Zeven jaar geleden verraste Vivian D vriend en vijand door plotseling van de radar te verdwijnen. Zij koos daarvoor een opmerkelijk moment: vlak voor haar groots aangekondigde 'world launch' tijdens de New York Fashion Week. Het management liet destijds weten dat Vivian wegens 'dringende familieomstandigheden' niet aanwezig kon zijn bij de feestelijke openingen van de twintig Vivian D-winkels. Op de vraag waarom ze juist op het hoogtepunt van haar carrière terugtrad, wil ze weinig kwijt. Konings, nu: 'Het was misschien niet het meest gunstige moment, maar dingen gaan soms zoals ze gaan. Een paar jaar na mijn vertrek heb ik mijn aandelenpakket verkocht aan Claire Straumann van Omega-SwissMed, in de wetenschap dat het bij haar in goede handen was.'

'Ik woon nu dicht bij iedereen die me dierbaar is.'

De inmiddels beursgenoteerde Vivian D Fashion Group is uitgegroeid tot een miljardenbedrijf, met honderdvijftig eigen winkels en meer dan duizend verkooppunten. Wringt dat niet, dat het bedrijf nog veel succesvoller werd na jouw vertrek? Konings: 'Dat ligt eraan wat je als succes ziet. Soms is minder écht meer, dat geldt in elk geval voor mij.'

Halverwege ons gesprek worden we opgehaald door Marnix van de Ven, met wie Konings samen in de jaren negentig in hartje Amsterdam Vivian D startte. Ook Van de Ven stapte uit het bedrijf. 'Ik had geen keus,' zegt hij, terwijl hij ons de stad uit rijdt en de omgeving steeds groener wordt. 'Na mijn herseninfarct moest ik jarenlang revalideren, dan kun je geen bedrijf leiden. Maar ik had er eerlijk gezegd ook geen zin meer in.'

Slow fashion

De voormalige pastorie waar Claudia Konings en Marnix van de Ven wonen en werken ligt op een steenworp afstand van de Maas in een klein dorp. Het woonhuis is deels overwoekerd met klimop, eromheen staan oude bomen. Een verstilde, sprookjesachtige plek, ver weg van de modecentra van de wereld. Konings: 'Ik woon nu dicht bij iedereen die me dierbaar is en onze klanten weten ons ook hier wel te vinden.'

Opgewekt leidt ze ons rond en wijst ons op elementen die al gerenoveerd zijn of nog aangepakt gaan worden. In de schuur naast de pastorie is een modern en zeer sfeervol atelier gecreëerd: een hoge ruimte met paspoppen en lange tafels waaraan vier mensen aan het werk zijn onder leiding van Cécile Royet. De Française was jarenlang hoofdcoupeuse bij Vivian D.

Konings: 'Cécile is een van de besten in haar vak en net als ik een perfectionist. De stukken die we hier produceren koop je voor het leven. Die geef je door aan je dochters. Of zelfs je kleindochters.' Op mijn vraag of mode niet bij uitstek aan stromingen onderhevig is, antwoordt ze: 'Niet alles. Coco Chanel heeft haar 2.55 in 1955 ontworpen, de tas heeft in de loop van de tijd minimale wijzigingen ondergaan en is niet alleen nog steeds in productie, maar nu zelfs gewilder dan ooit. Dat is waar ik voor sta, voor slow fashion. Wat dat betreft hebben we veel geleerd van Vivian D. Ik had die tijd niet willen missen.'

‘Style is knowing who you are,
what you want to say,
and not caring what anyone else says.’

Gore Vidal

Dank

Mariette Hoitink, Peter Stigter, Jetty Ferwerda, Frans Ankoné, Daniëlle Hermans, Wilma van der Veen, Lyndsay Bekouw, Marlies Dekkers en Mieke van Deursen: zonder jullie hulp had ik deze roman niet kunnen schrijven. Jullie boden me bergen inspiratie en onvergetelijke ervaringen. Zeer veel dank voor het inzichtelijk maken van de verschillende werelden die binnen het kleurrijke, voor mij voorheen totaal onbekende mode-universum bestaan.

Mijn dank gaat ook uit naar Nini, Annelies, Leo, Jeanine, Monique en José, die het manuscript van *Nazomer* (werktitel: *Rue Racine*) van commentaar hebben voorzien.

Ook veel dank aan Sabine Mutsaers en mijn redacteur Harminke Medendorp, voor haar verfrissende inzichten, en iedereen bij Ambo|Anthos, met name steun en toeverlaat Liesbeth Vries.

Rest nog dr. M. Canoy, die me geduldig hielp met de medische 'puzzel' – bedankt daarvoor.

Berry kan ik niet genoeg bedanken. Voor alles.

Verantwoording songteksten

p. 5: Rammstein (2009). 'Haifisch'. Op *Liebe ist für alle da* [cd]. Universal.

p. 9: Theunissen, H. (1981). 'Zit ik op m'n duivenplatje' [Jo Hoogendoorn]. Op *Daar komt munne witpen aan* [single]. CNR.

p. 65: Chapman, M. & H. Knight (1983). 'Love Is a Battlefield' [Pat Benatar]. Op *Live from Earth* [cd]. Chrysalis Records.

p. 111: Kelly, T. & B. Steinberg (1986). 'True Colors' [Cyndi Lauper]. Op *True Colors* [cd]. Epic.

p. 137: Hazes, A., Leijten, T. & J. van de Ven (2002). 'Bloed, zweet en tranen' [André Hazes]. Op *Strijdlustig* [cd]. EMI.

p. 141: Hazes jr., A. (2015). 'Leef'. Op *Leef* [cd]. EMI.

p. 185: Frankfurter, J., Jung, R. & A. Yayay (1981). Eigen vertaling van 'Flieg' nicht so hoch, mein kleiner Freund' [Nicole]. Op *Flieg' nicht so hoch, mein kleiner Freund* [cd]. Jupiter Records.

p. 197: Ebb, F. & J. Kander (1979). 'Theme from *New York, New York*' [Liza Minelli]. Op *New York, New York* [cd]. Capitol.

p. 211: Goffin, G. & M. Masser (1975). 'Theme from *Mahogany* (Do You Know Where You're Going To)' [Diana Ross]. Op *Mahogany* [cd]. Motown.

p. 228/287: Vearncombe, C. (1985). 'Wonderful Life' [Black]. Op *Wonderful Life* [cd]. A&M.

p. 320: Hay, C. (1983). 'Overkill' [Men at Work]. Op *Cargo* [cd]. Epic.

p. 351-352: Fisher, B. & B. Preston (1974). 'You Are So Beautiful' [Joe Cocker]. Op *I Can Stand a Little Rain* [cd]. A&M.

p. 356: Azor, H. (1991). 'Let's Talk About Sex' [Salt-n-Pepa]. Op *Blacks' Magic* [cd]. Next Plateau.

p. 387: Gilkyson, T. (1967). 'Als je van beren leren kan'. Uit *Jungle Boek* [film]. Walt Disney.

p. 431: Deacon, J. (1983). 'I Want to Break Free' [Queen]. Op *The Works* [cd]. EMI.

Van Esther Verhoef verscheen

Rendez-vous
Genomineerd voor de NS Publieksprijs 2006
Winnaar Zilveren Vingerafdruk 2006

Wonen op vakantie

Close-up
Genomineerd voor de NS Publieksprijs 2007
Genomineerd voor de Gouden Strop 2007
Winnaar Zilveren Vingerafdruk 2007
Beste Vrouwenthriller Aller Tijden bij vrouwenthrillers.nl

Alles te verliezen
Genomineerd voor de NS Publieksprijs 2009
Genomineerd voor de Zilveren Vingerafdruk 2009

Erken mij
In samenwerking met de Stichting CPNB ter ere van Juni – Maand van het Spannende Boek 2009

Déjà vu
Winnaar NS Publieksprijs 2011
Genomineerd voor de Diamanten Kogel 2011
Genomineerd voor de Zilveren Vingerafdruk 2010

Is uw man al af?

Nouveau riche & andere spannende verhalen

Tegenlicht
Genomineerd voor de NS Publieksprijs 2012

De kraamhulp
Genomineerd voor de NS Publieksprijs 2014
Genomineerd voor de Gouden Strop 2014
Winnaar Hebban Crimezone Award 2014

Stil in mij – Overleven bij de nonnen
Met Daniëlle Hermans

Lieve mama
Genomineerd voor de NS Publieksprijs 2015
Winnaar Gouden Strop 2016
Genomineerd voor de Diamanten Kogel 2015
Genomineerd voor de Hebban Crimezone Award 2015

Erken mij & andere wraakverhalen

Onder de naam Escober verscheen

Onrust
Deel 1 in de Sil Maier-trilogie
Genomineerd voor de Gouden Strop 2004

Onder druk
Deel 2 in de Sil Maier-trilogie
Genomineerd voor de Gouden Strop 2005
Winnaar Diamanten Kogel 2005

Ongenade
Deel 3 in de Sil Maier-trilogie
Genomineerd voor de Diamanten Kogel 2008

Chaos
Genomineerd voor de Diamanten Kogel 2007

Overkill
Genomineerd voor de Diamanten Kogel 2013
Genomineerd voor de Crimezone Thriller Awards 2013